Blechschaden

Jürgen Reitemeier
Wolfram Tewes

Verlag topp+möller
Detmold 2005

Das muss schnell noch gesagt werden, bevor es losgeht:

Ganz herzlich bedanken möchten wir uns bei Christiane Fischer, Corinna Müther, Petra Wirtz-Kaltenberg, Martin Hostert und Karlheinz Seiler für ihren aufopferungsvollen Kampf gegen die kleinen und großen Fehlerteufel.

Besonders stolz sind wir wieder auf das Titelbild! Unser Dank dafür gebührt wie immer Alfons Holtgreve. Wo holt der Mann nur ständig seine Ideen her?

Bibliografische Information Der Deutschen Bibliothek
Die Deutsche Bibliothek verzeichnet diese Publikation in der Deutschen Nationalbibliografie; detaillierte bibliografische Daten sind im Internet über http://dnb.ddb.de abrufbar.

ISBN 3-936867-14-3
ISBN 978-3-936867-14-5

Zweite Auflage 2006

Verlag und Gesamtherstellung: topp+möller, Detmold

„Wenn ich mal so richtig einsam sein wollte, dann bin ich immer ins Drachenmuseum gegangen. Ich vermisse es!“

Michael Tiemann

„Den kenne ich doch!“, werden Sie vielleicht bei der Lektüre dieses Buches das eine oder andere Mal ausrufen. Leider müssen wir Sie enttäuschen. Wir haben uns zwar bemüht, alle Orte so authentisch wie möglich darzustellen, aber die Handlung ist völlig frei erfunden. Jede Ähnlichkeit mit realen Personen ist rein zufällig.

1

Hätte er sich noch länger am Holzgeländer festgehalten, wären vermutlich seine Handschuhe daran festgefroren. Es war kalt wie lange nicht mehr. Die stille Wasseroberfläche des Norderteiches war zu einer dünnen Eisdecke erstarrt. Vereinzelt lagen noch Reste von Schnee am Ufer. Kein Laut war zu hören, kein Vogel zwitscherte, kein Lüftchen rührte sich. Die Natur hielt resigniert den Atem an und wartete auf bessere Zeiten.

Der ältere Mann steckte beide Hände in die Manteltaschen und lächelte stumm in sich hinein. Die beängstigende Stille schreckte ihn nicht. Lärm und Unruhe jeder Art waren ihm zuwider. Stille war für ihn nicht der unangenehme Raum zwischen zwei Ereignissen, sondern ein erstrebenswerter, höchst lebendiger Zustand.

Alles war bestens vorbereitet. Seine Planungen waren ausgereift. Eigentlich konnte nichts mehr schief gehen. Er gratulierte sich immer wieder selbst zu seinem Geschick beim Einkauf der professionellen Hilfe. Ein Profi, der die Sache schon schaukeln würde! Lange hatte er darüber nachgedacht, ob er nicht besser alles selber machen sollte. Jetzt wusste er, dass er damit scheitern würde. Er war einfach nicht der Typ für solche Arbeiten. Aber dieser Mann, den er für viel Geld als Mitarbeiter gewonnen hatte, der machte so etwas nicht zum ersten Mal. Das hatte er gleich gespürt. Nun konnte fast nichts mehr daneben gehen. Sicher, er würde sich zum ersten Mal in seinem Leben strafbar machen, aber es musste sein, und nichts würde ihn jetzt noch davon abhalten.

Die aggressive Kälte spürte er kaum, während er auf die eisige Wasserfläche starrte, die jetzt, um 18 Uhr, bereits im tiefen Dunkel lag. Nur die Mitte des Gewässers spiegelte etwas vom schwachen Mondlicht wider. Links von seinem Standort, etwa zehn Meter entfernt, konnte er schwach die Umrisse eines Schuppens erkennen. Von früheren Besuchen wusste er, dass es sich um ein altes Bootshaus handelte. Aus ganz weiter Ferne war das Geräusch vorbeifahrender Autos mehr zu ahnen als zu hören. Lange hatte er bereits so gestanden, geschaut und gelauscht, als er plötzlich hinter sich das knisternde Geräusch von Schuhsohlen auf gefrorenem Blattwerk hörte. Verärgert über die Störung drehte er sich um, starrte angestrengt ins Dunkel und versuchte zu erkennen, ob der Spaziergänger einfach weitergehen würde oder vielleicht die Absicht hatte, ebenfalls einen ausgiebigen Blick aufs Wasser zu werfen. Es waren feste und schnelle Schritte, die unbeirrt näher kamen. Während der ältere Herr weiterhin völlig im Dunklen stand, ließ in diesem Augenblick eines der wenigen Wolkenlöcher etwas Mondlicht auf den Besucher fallen. War das nicht...? Aber ja, doch! Als er dem anderen Mann freudig entgegengehen wollte, reflektierte ein Stück Metall in der rechten Hand des Wanderers das fade Mondlicht. Eine Pistole mit aufgesetztem Schalldämpfer!

In einem Reflex, den er selbst nicht für möglich gehalten hätte, sprang der grauhaarige Mann nach rechts und drang ohne Rücksicht auf Zweige, die ihm durchs Gesicht peitschten, auf der linken Seite des Bootshauses in den Wald. Der Verfolger konnte ihn nach wie vor nicht sehen, aber hören. Es dauerte keine zwei Sekunden, bis sich der erste Schuss, etwa einen Meter neben ihm, in einen Baumstamm fräste. Er rannte weiter, stolperte, suchte mit rudernden Armen einen Weg durch das dunkle Gestrüpp. Wieder ein Schuss! Und noch einer. Diesmal sehr viel näher.

Dann war es kurze Zeit ruhig. Offenbar war sein Verfolger damit beschäftigt, sich ebenfalls einen Weg durch den dichten Uferbewuchs zu bahnen. Der alte Mann hielt kurz an, drehte sich um und horchte angestrengt. Er konnte aber wegen seines trommelnden Herzschlags kaum etwas orten. Dann tastete er sich panisch weiter vor, immer den Hang bergab. Er war so sehr aufs Vorwärtskommen konzentriert, dass er das Wasser nicht sah! Erst als das eiskalte Wasser des Norderteiches über ihm zusammenschlug, durchdrang ihn wie ein Blitz die Einsicht, dass er verloren hatte. Dann versagte sein Herz den Dienst.

Als der Verfolger am Ufer ankam, betrachtete er den leblos im kniehohen Wasser liegenden Körper. Mit eisiger Ruhe hob er die Pistole wieder an und gab zwei Schüsse ab. Sicherheitshalber.

2

Nur eine Stunde später erhob Hermann Rodehutskors mit ernster Miene sein Sektglas. Heute war sein großer Tag. Einundvierzig Jahre lang war er eine der wichtigsten Stützen der *Heimatzeitung* gewesen. Direkt nach dem Abitur am Detmolder *Leopoldinum* war er dort als Redaktions-Lehrling eingestiegen. Die Bundeswehr wollte den damals hageren, fast dürren, jungen Mann nicht, wegen allgemeiner körperlicher Schwäche, was ihn aber gar nicht störte. Rodehutskors machte schnell auf sich aufmerksam und wurde direkt nach der Lehre als jüngster Redakteur der *Heimatzeitung* übernommen.

Seitdem hatte er nicht nur an Weisheit und Erfahrung, sondern vor allem auch deutlich an Körperfülle zugenommen. Am Ende seiner beruflichen Laufbahn galt Hermann Rodehutskors als die Journalistenkultfigur im Lippischen. Nun hatte er eine stattliche Zahl ehemaliger und aktueller Kollegen, aber auch Freunde, zu einem Abschiedsempfang im Saal der Detmolder Schloßwache um sich versammelt. Als er das Glas hob, wurde die Menge still.

„Liebe Freunde und Kollegen! Normalerweise halten immer die Chefs, die froh sind, einen alten störrischen Kollegen loszuwerden, die Laudatio. Das übernehme ich lieber selber. Ich will nur eine kurze Rede halten, weil ich jetzt als Rentner überhaupt keine Zeit mehr habe."

Launig gab er einen kurzen Überblick über sein Berufsleben und baute ganz nebenbei kleine Anekdoten, die er mit einigen der Anwesenden erlebt hatte, in seinen Bericht ein. Der Kriminalhauptkommissar Josef Schulte spielte dabei mehrfach eine Rolle. Er hatte erst im vergangenen Sommer zusammen mit Rodehutskors ein wüstes Abenteuer erlebt. Als dieser seine Rede beendet hatte, trugen zwei seiner Kollegen eine große Holzkiste in den Raum. Eine Frau um die Vierzig trat vor, legte eine Hand auf die Kiste und sprach: „Lieber Hermann! Wir wissen, dass du als Rentner wenig Zeit hast. Und wir wissen auch, was du vorhast.“ Damit wandte sie sich um und sprach zu den Gästen. „Unser Kollege Hermann will Heimatforscher werden! Er wird der lippischen Geschichtsschreibung völlig neue Aspekte abringen. Und, wie er mir einmal verraten hat, wird er seinen Schwerpunkt auf das Zeitalter der Römer legen. Nicht dieser Epoche im Allgemeinen, sondern er setzt seinen Schwerpunkt auf den römischen Krieger, der durch die lippischen Wälder zog und zu guter Letzt von Hermann, dem Cherusker, besiegt wurde. Auch um den wird er sich kümmern. Wir haben uns überlegt, was für unseren Hermann wohl als Geschenk angemessen wäre. Ein Denkmal ist ja bereits hier, ganz in der Nähe, nach ihm benannt worden, das kommt also nicht mehr in Frage. Also haben wir uns für diese Kiste entschieden!“

Rodehutskors musste nun vortreten und die Kiste öffnen. Lachend holte er einen nagelneuen Klappspaten, einen Metalldetektor und etliche andere Gegenstände heraus, von denen seine Kollegen annahmen, dass sie für einen Hobby-Archäologen nützlich seien. Den Klappspaten hoch über den Kopf haltend, rief Rodehutskors:

„Jawoll! Ich werde den Teutoburger Wald einmal komplett umgraben. Ihr wisst alle um den skandalösen Stand der Hermannschlachtforschung. Man will sie uns wegnehmen, die Hermannsschlacht! In Kalkriese soll sie stattgefunden haben. Stellt euch diesen Unsinn vor! Man konnte ja damals von den Römern sagen, was man wollte, aber das waren doch kultivierte Menschen. Die kamen von den sanften Hügeln der Toskana und hatten Sinn für schöne Landschaften. Die wären nie und nimmer in dieses karge feuchtkalte Moorgebiet gezogen, sondern hätten immer die Reize der lippischen Natur gesucht. Ich garantiere euch, ich werde den unwiderlegbaren Beweis führen, dass die große Römerschlacht doch im Teutoburger Wald stattgefunden hat. Und zwar hier, ganz in der Nähe von Detmold! Und nicht da oben im traurigen Osnabrücker Land. Wer will da schon hin? Ganz bestimmt nicht unser guter alter Hermann. Ich fordere euch alle auf, mich bei dieser epochalen Forschung mit allen Kräften zu unterstützen. Am Ausgang des Saales findet ihr einen Korb für kleinere und größere Geldspenden. Und jetzt, liebe Freunde und Kollegen, dringen wir nicht ins Erdreich ein, sondern erforschen die Geheimnisse dieses wunderbaren kalten und warmen Büfetts!"

Erst spät am Abend kam Josef Schulte mit dem Taxi nach Hause. Als er seine Haustür aufschließen wollte, tauchte sein Vermieter und Nachbar, Anton Fritzmeier, aus dem Dunkeln auf. „Hallo Jupp! Hab noch 'n kleinen Verdauungsspazierchang chemacht! Ich hab nämlich 'n bisschen viel gechessen heute Abend, und denn kann ich nich so chut schlafen. Wo komms du denn so spät noch her?"

Schulte fröstelte und hatte keine Lust, bei den eisigen Temperaturen draußen zu plaudern. Er bat Fritzmeier ins Haus, machte dort zwei Flaschen Bier auf und setzte sich zu ihm an den Küchentisch. Dann erzählte er von Rodehutskors' Abschiedsfeier. Auch der Bauer kannte den alten Journalisten sehr gut seit dem letzten Sommer. Plötzlich wurde Fritzmeier nachdenklich.

„Weisse wat mich chrad einfällt? Ende März hab ich doch Cheburtstag. Ich werde ja dann achtzig! Muss ich da eigentlich chroß feiern? Wat meinsse?"

Schulte nahm einen großen Schluck Bier und blickte ihn erstaunt an. „Natürlich! Achtzig wirst du nur einmal im Leben. Klar, das muss ganz groß gefeiert werden!"

Fritzmeier kaute auf seiner Unterlippe herum.

„Wirklich? Aber dat kostet doch'n Heidencheld. Und ich hab doch nur noch meinen Sohn als einzigen Verwandten. Wen soll ich denn da einladen?"

„Na, mich zum Beispiel! Alle deine Nachbarn und Freunde. Das ganze Dorf. Eine richtige Sause muss das werden. Davon werden die Leute in Heidental noch Jahre reden!"

Fritzmeier wurde wieder munterer.

„Meinsse echt? Hört sich chut an. Darf abba nich so teuer werden. Ich chlaube, da muss ich mal 'n bisschen Chehirnschmalz für opfern. Iss ja ers im März. Prost Jupp!"

3

Am Abend war es wieder unangenehm kühl geworden. Seit zwei Stunden pfiff dazu ein scharfer Wind von Osten. Für den Normalbürger kein Grund zur Aufregung. Es war kurz vor acht abends, es war dunkel und ungemütlich. Wen da nicht blanke Not aus dem Haus trieb, der saß behaglich im beheizten Wohnzimmer und sah fern.

Für die kleine Gruppe von Joggern galten andere Regeln. Vier verbissen dem Klima trotzende Läuferinnen, winterlich fest verpackt mit winddichter Laufjacke und Ohrenschützern, hechelten wortlos und konzentriert über eine hart gefrorene Piste, die einmal ein Waldweg war. Sie hatten bereits eine komplette Stunde Laufen in den Knochen und waren entsprechend ausgelaugt, die Füße in den völlig durchgeweichten Schuhen waren zentnerschwer. Der eiskalte Wind biss in die Gesichter und ließ die Läuferinnen trotz der Anstrengung frieren. Ein etwas surreales Bild gaben sie ab, da alle vier mit einer Stirnlampe ausgerüstet waren und in der Finsternis von weitem nichts anderes zu erkennen war als die wippende Lichterkette, die einem Betriebsausflug von Glühwürmchen ähnelte.

An der nächsten Weggabelung verließen sie den eigentlichen Weg, der zum Restaurant Entenkrug führte, bogen nach rechts ab und liefen den Rundweg um den Norderteich weiter. Der Teich, ein etwas irreführender Name für eines der größten Gewässer im ganzen Kreis Lippe, lag vor ihnen. Hier war die einzige offene Uferstelle. Rechts von ihnen eine mehrere Meter breite Zone aus Bäumen und Schilf. Links davon stand ein kleines Holzhaus im Wald. Die Läufergruppe hatte etwa zwei Drittel der Teichrunde hinter sich gebracht, als Nina Appelkamp einen heftigen Druck in der Blase verspürte. Sie tippte ihrer Mitläuferin Christiane Stein auf die Schulter und gab ihr zu verstehen, dass sie mal kurz „hintern Busch" müsse. Die gab dies an die restlichen weiter und alle verlangsamten ihren Schritt, trotteten noch ein paar Meter und machten dann gymnastische Übungen, um die Mitläuferin nicht im Dunkeln allein zu lassen und um beim Warten nicht völlig auszukühlen. Sportlersolidarität!

Nina Appelkamp fackelte nicht lange und drang unerschrocken in das dichte Gehölz an der Rückseite des Bootshauses ein. Sie musste aufpassen, denn auf dem Pfad sorgten abgestorbene Äste und Löcher für die Gefahr eines Bänderrisses, außerdem gab die Stirnlampe nur sehr stark gebündeltes Licht, so dass sie außerhalb des kleinen Lichtkegels nichts sehen konnte. Die restliche Gruppe tänzelte derweil fröstelnd vor sich hin. Plötzlich verschwand das kleine Licht, welches von ihrer Mitläuferin ausging und eine Sekunde später durchschnitt ein greller Schrei die eisige Luft.

Entsetzt starrten sich die Läufer an. Angelika Elch war die erste, die beherzt zu der Stelle lief, an der Nina Appelkamp gestürzt sein musste. Dort angekommen stieß auch sie einen Schrei aus, fasste sich aber schnell wieder und rief die anderen zu sich.

Nina Appelkamp lag mit angezogenen Knien auf dem Boden und starrte wie hypnotisiert auf eine Stelle unter einem Weißdornbusch, unter dem zwei Männerschuhe hervorschauten. Die Schuhe allein hätten sie kaum so schockiert, hätten da nicht zwei Beine in den Schuhen gesteckt. Was oberhalb der Beine war, konnten die beiden Frauen nicht erkennen da es durch den dichten Busch verborgen blieb. Mittlerweile waren die restlichen Läuferinnen angekommen. Alle standen nach dem ersten Schock stumm im Halbkreis, unfähig, etwas zu unternehmen. Wieder war es Angelika Elch, die die Initiative ergriff.

„Vielleicht lebt er ja noch! Wir müssen nachschauen!" Mit diesen Worten erfasste sie die Schuhe und versuchte, den schweren Körper unter dem Busch hervor zu ziehen. Erst als dies erkennbar über ihre Kräfte ging, ging auch Claudia Winter in die Knie und half. Hervor zogen sie einen Mann, der zwar groß und schwer, aber ganz offensichtlich nicht mehr lebendig war. Er lag auch nicht erst seit heute dort. Nur der strenge Frost hatte den Körper noch einigermaßen straff erhalten.

4

In der Luft lag Schnee. Über Nacht war es empfindlich kalt geworden. Sollte es jetzt, im Februar, noch einmal Winter werden?

Den Polizeidirektor fröstelte. Er ging, nur mit einem Sakko bekleidet, die paar Meter vom Kreishaus zur Polizeibehörde zurück. Was ihm sein Chef gerade mitgeteilt hatte, veranlasste ihn nicht gerade zu Freudensprüngen. Er fühlte sich angespannt. Die nächsten Wochen würden mit viel Stress und Ärger verbunden sein und viel Arbeit, denn der Bundeskanzler wollte sich mit dem französischen Staatspräsidenten in seiner alten Heimat treffen. Im März planten die beiden Staatsmänner, im Burghotel Blomberg ihren regelmäßigen Gipfel abzuhalten.

Dieses politische Ereignis würde für die Region eine Sensation darstellen. Doch für die Detmolder Polizei und insbesondere für ihn, den Chef, bedeutete dieser Besuch über Wochen den Abschied vom normalen Alltag. Kooperation mit den Polizeibehörden der anderen Landkreise, Zusammenarbeit mit dem Staatsschutz, dem LKA, dem Verfassungsschutz und, und, und.

Erpentrup raufte sich die Haare. Neben dem beruflichen Stress, der auf ihn zukommen würde, sah der Polizeioberrat auch einige private Interessen durch den Staatsbesuch gefährdet. Die größte Befürchtung, die er hatte, war die, dass er sich den Wunsch, in diesem Jahr am Hermannslauf teilzunehmen, nicht erfüllen konnte.

Er war hervorragend im Training. Gut, seine Frau meckerte bereits ob der Tatsache, dass er an jedem Abend seine Laufschuhe anzog und dann für fast zwei Stunden der Familie nicht zur Verfügung stand. Doch eins war für Erpentrup klar: Wenn er schon an dem Lauf teilnahm, dann wollte er nicht von einem Großteil der Polizisten, die in OWL aktive Läufer waren, überholt werden! Zum Gespött der ostwestfälischen Polizei wollte er sich nicht machen. Wenn Hermannslauf, dann musste das Ergebnis stimmen. Die Chefs der anderen Kreispolizeibehörden sollten bewundernd und anerkennend auf ihn schauen.

Der Polizeioberrat zwang sich, wieder an den beruflichen Alltag zu denken.

„Dieses Ereignis wird auch für die Zukunft der Detmolder Polizeibehörde eine große Bedeutung haben“, hatte der Landrat gesagt. „Sie wissen schon, die Polizeireform nimmt langsam Gestalt an. Wenn wir Pech haben, müssen wir uns bald von den Paderborner oder Bielefelder Oberen herumkommandieren lassen. Dann gibt es keine lippische Kreispolizeibehörde mehr. Doch wenn wir den Gipfel polizeilich vernünftig begleiten, werden die Karten eventuell neu gemischt. Danach können wir vielleicht die Bedingungen der Neustruktur doch noch anders gestalten als bisher. Vielleicht können wir die Selbständigkeit der lippischen Polizei weiterhin erhalten. Ich setze auf Sie, Erpentrup!"

Der Landrat hatte ihm jovial auf die Schulter geklopft. Auf diese Bürde konnte der Polizeioberrat gut verzichten. Denn Erpentrup wusste, was das bedeutete. Konkurrenz zwischen den einzelnen, am Einsatz beteiligten Landkreisen, Abgrenzung zu Landes- und Bundesbehörden, wahrscheinlich auch noch zum französischen Geheimdienst. Keiner wollte sich in die Karten sehen lassen.

Und überhaupt, woraus bestand eigentlich genau die Aufgabe der Detmolder Polizei?

„Ich will eine 1a-Motorradstaffel sehen", hatte der Landrat ihn wissen lassen.

Vor Erpentrups innerem Auge liefen Bilder von Staatsbesuchen ab, die er allabendlich in den Nachrichten sah. Je sieben Motorräder links und rechts hinter den Limousinen der Staatsmänner.

In Reihe und Glied ausgerichtet. Woher sollte er die dafür notwendigen Maschinen nehmen? Und woher die Männer, die sie fahren sollten?

Erpentrup war verzweifelt. Völlig frustriert öffnete er die Tür seines Dienstzimmers. Sein Telefon fiepte. Als er den Hörer abnahm, meldete sich am anderen Ende Lohmann:

„Guten Morgen, Herr Erpentrup, wir haben am Norderteich eine Leiche. Schulte und Köster sind an dem Fall dran. Genaues weiß ich noch nicht. Ich wollte sie aber auf jeden Fall schon vorab informieren."

„Vielen Dank", nickte Erpentrup schlapp. Ihm schwante Böses. Wenn es sich bei dem Leichenfund um Mord handeln sollte, fielen ihm schon mal mindestens zwei Leute für den „Blomberger Gipfel" aus. Es sei denn, der Fall würde in den nächsten Tagen gelöst werden.

Der Polizist ließ sich in seinen Schreibtischstuhl sinken. Er ballte die Fäuste mit aller Kraft. Die Knöchel seiner Faust wurden weiß. Wie sollte er mit der Situation umgehen? Wieder hörte er das Telefon.

Heiner Schmitz, sein Paderborner Kollege, war am Apparat.

„Ich will nicht lange drum herum reden, Herr Erpentrup", sagte Schmitz nach der Begrüßung und ein paar einleitenden Worten.

„Richten wir uns nach politischen Interessen oder machen wir unsere Polizeiarbeit?"

Der Detmolder schwieg eine Weile, dann antwortete er bedächtig: „Ich bin für Kooperation. Wir dürfen auf keinen Fall zwischen die Räder der Politik kommen."

„Ist doch mal ne klare Aussage. Wir sollten uns so schnell wie möglich zusammensetzen."

Ein Termin wurde vereinbart, dann war Erpentrup mit seinen Gedanken wieder allein. Er musste nachdenken. Den Paderborner hatte er hoffentlich erst mal im Sack. Jetzt brauchte er etwas Ruhe.

5

Der Februar war der schrecklichste Monat im Jahr. Zwar wurden die Tage schon länger, aber die wärmende Sonne, die man für sein Wohlergehen brauchte, fehlte einfach noch, dachte Erpentrup. Er wandte sich nach einem langen Blick aus dem Fenster wieder seinem Schreibtisch zu.

Unweigerlich fiel ihm Goethes Osterspaziergang aus dem „Faust" ein. Diese Passage aus dem berühmten Drama hatte er als Pennäler auswendig lernen müssen. Er, damals Schüler, bezeichnete sie als „Quälerballade", aber Erpentrup konnte den Text noch heute, dreißig Jahre später, lückenlos zitieren.

„Die Sonne duldet kein Weißes
Überall regt sich Bildung und Streben,
Alles will sie mit Farben beleben;
Doch an Blumen fehlt's im Revier,
Sie nimmt geputzte Menschen dafür."

In Lippe duldeten die dicken tief hängenden Wolken, anders als bei Goethe, keine Sonne. Gestern erst hatte der Polizeioberrat mit seiner Frau noch über eine Woche Urlaub auf Lanzarote nachgedacht, um dem Spätwinterfrust zu entgehen. Doch schon heute machten ihm Schröder und Chirac einen Strich durch die Rechnung. Es war zum Kotzen. Er durfte gar nicht an den Feierabend denken. Wenn seine Frau von ihm erfuhr, dass ihr geplanter Kurztrip dem Bundeskanzler geopfert würde, hinge der Haussegen die nächsten Tage schief, das war klar. Was für ein Scheißtag!

Erpentrup setzte sich in seinen Chefsessel. Sein Blick blieb auf einem Organigramm hängen, das er vor sich auf dem Schreibtisch liegen hatte. Wie sollte der Einsatz seiner Leute bei dem anstehenden Staatsbesuch aussehen? Was für Aufgaben gab es für sie überhaupt zu übernehmen? Er hatte keinen blassen Schimmer. Der Frust des Polizisten vergrößerte sich. Er überlegte, welche Möglichkeiten es gab, sich einem Teil der anstehenden Aufgaben zu entziehen. Da klopfte es an der Tür. Lohmann steckte seinen Kopf durch den Spalt.

„Darf ich kurz stören, Herr Oberrat?"

Förmlichkeiten bedeuten schlechte Nachrichten, dachte Erpentrup. Er nickte mürrisch, stand auf und ging zur Besprechungsecke. Lohmann wollte sich jedoch erst gar nicht setzen.

„Es geht ganz schnell", sagte er zwischen Tür und Angel. „Bei der Leiche vom Norderteich handelt es sich mit ziemlicher Sicherheit um einen Mord. Der Mann wurde erschossen. Wenn Sie nichts dagegen haben, übernehmen Schulte und Maren Köster den Fall. Ich bin für die Aktenführung verantwortlich."

Aktenführung? Erpentrup durchzuckte ein Geistesblitz. Lohmann, das war ein Teil der Lösung! Der Mann war ein penibler Arbeiter, sorgte für keine Eskapaden und Aufsässigkeiten wie Schulte.

Lohmann stand kurz vor der Pension und übernahm in den letzten Jahren meist die Aufgaben im Innendienst. Der war genau die richtige Person für die Koordination des Staatsbesuchs. Er hatte keinen sonderlichen beruflichen Ehrgeiz. Doch wenn es wirklich hart auf hart käme, würde er Tag und Nacht arbeiten, um seinen Job gut zu machen, das wusste Erpentrup. Der geeignete Mann, der bis zu Selbstausbeutung ging, damit die ihm übertragene Aufgabe als Erfolg verbucht werden konnte!

„Nehmen Sie sich doch bitte einen Augenblick Zeit, Herr Lohmann", sagte Erpentrup betont freundlich. „Ich brauche ihren umfangreichen Erfahrungsschatz. Setzen Sie sich doch bitte einen Moment."

Der Polizeioberrat rückte dem Untergebenen den Stuhl hin, der nun keine andere Möglichkeit hatte, als sich zu setzen. Er selber setzte sich Lohmann gegenüber, das Fenster im Rücken. Dann begann er zu berichten, was auf die lippische Polizei zukam. Als er geendet hatte, sagte Erpentrup:

„Ich brauche natürlich eine rechte Hand, da habe ich an Sie gedacht. Ich habe noch eine Hauptkommissar-Planstelle zu besetzen. Wenn Blomberg sauber über die Bühne geht, ist das Ihre Stelle. Was meinen Sie, Lohmann, die Aktenführung in der Mordsache, schaffen Sie die nebenbei? Es ist ja noch nicht abzusehen, wie umfangreich die Aufgaben werden, die wir Detmolder bei dem Staatsbesuch übernehmen. Wenn es wirklich zu viel werden sollte, muss Braunert das Tötungsdelikt eben übernehmen."

Lohmann war nicht unbedingt begeistert. Und der Spruch mit der Beförderungsaussicht ließ Erpentrup in seinem Ansehen nicht gerade steigen. Doch er war nicht der Mann, der einem Vorgesetzten widersprach. Also sagte er nur trocken:

„Wenn Sie meinen, Herr Oberrat, ich kann es ja versuchen.“

„In Ordnung, Herr Lohmann, dann kümmere ich mich jetzt mal um Hintergrundinformationen. Morgen früh setzen wir uns zusammen und machen den ersten Plan.“

Er klopfte dem Kommissar ebenso jovial auf die Schulter, wie der Landrat es bei ihm getan hatte. Für Lohmann war dies das Zeichen, dass er den Raum verlassen konnte.

Wieder auf dem Flur fluchte er:

„Was für ’ne Pest hat man mir da wieder an den Hals gehext? Den Acker bewachen! Hört das denn nie auf?“

Früher hatte er als Libero seine liebe Mühe mit dem als Wühler bekannten Fußballspieler Schröder gehabt, der damals beim TuS Talle spielte. Und jetzt, im hohen Alter, musste er noch einmal auf dem Spielfeld der Polizeiarbeit den Ausputzer übernehmen.

6

„Also, wir beiden sollen zusammenarbeiten? Haben wir schon lange nicht mehr gemacht!“

Kommissarin Maren Köster war nicht uneingeschränkt begeistert von der Aussicht, mit Jupp Schulte Hand in Hand den vermutlichen Mordfall am Norderteich aufklären zu müssen. Nicht, dass sie etwas gegen ihren Kollegen gehabt hätte. Aber die Zusammenarbeit mit Schulte war nicht ohne Besonderheiten. Während andere Männer Ecken und Kanten hatten, bestand Schulte nur aus solchen. Fand Maren Köster jedenfalls. Und das Verhältnis der beiden zueinander war sowieso sehr speziell. Seit Jahren machte Schulte seiner ausnehmend schönen Kollegin den Hof. Seit ebenso vielen Jahren blitzte er immer wieder ab. Nicht nur Schulte fragte sich dann stets, warum dies so war. Auch Maren Köster fand darauf keine Antwort. Irgendwie hatte Schulte nie den richtigen Dreh bei ihr gefunden.

Sie hätte den Job lieber mit ihrem Kollegen Axel Braunert erledigt. Da wäre eine reibungslose Zusammenarbeit garantiert gewesen. Schulte war ohne Frage kompetent, aber auch eigensinnig, eigenmächtig und eigenartig. Doch der Chef hatte entschieden, nun musste sie da durch. Zu allem Überfluss war der höherrangige Schulte automatisch auch der Leiter des kleinen Teams.

Der Hauptkommissar war an diesem Mittwochnachmittag für seine Verhältnisse still und konzentriert bei seiner Arbeit. Am gestrigen Abend hatte es ihn erwischt. Er hatte Spätdienst, und als um etwa 22 Uhr der Anruf der Joggerinnen bei der Kreispolizeibehörde einging, war er es, der sich die dicke, alte Lederjacke überwarf, sich einen warmen Schal von einem Kollegen auslieh und dennoch erbärmlich fror, als er in der Finsternis am Ufer des Norderteiches die mittlerweile tiefgefrorenen Dauerläuferinnen fand. Nur Minuten später traf die Spurensicherung ein, und von da an gab es Licht für Schulte und die anderen Beamten und für die Läufer heißen Kaffee aus der Thermoskanne. Die armen Leute waren völlig durcheinander und Schulte hatte Mühe, einen halbwegs zusammenhängenden Bericht über den Fund des Toten zu bekommen. Auch Schulte war beim Anblick der Leiche zusammengezuckt. Wie oft hatte er in den vergangenen fast achtundzwanzig Dienstjahren eine solche Situation schon miterlebt? Aber immer wieder empfand er diese Mischung aus Hilflosigkeit, Trauer und Wut, wenn er den leblosen Körper eines Menschen vor sich sah, der eines gewaltsamen Todes gestorben war. Und daran gab es in diesem Fall keinen Zweifel. Das Austrittloch eines Projektils war überdeutlich zu erkennen.

Bis Mitternacht hatte es gedauert. Dann waren alle Jogger wieder zu Hause und berichteten ihren schockierten Ehepartnern von dem entsetzlichen Fund. Die Polizisten saßen wieder in ihren gut beheizten Diensträumen an der Bielefelder Straße in Detmold. Nur die Leiche eines älteren Mannes lag ebenso kalt und einsam wie vorher in einem Kühlraum der Pathologie des Detmolder Krankenhauses.

Nach ein paar Stunden Schlaf war Schulte wieder zum Dienst erschienen und hatte erfahren, dass Polizeioberrat Erpentrup ihn zusammen mit Maren Köster auf den Mordfall angesetzt hatte. Sofort hatte er sich mit seiner Kollegin in Verbindung gesetzt, um das weitere Vorgehen zu besprechen. Mit wenig Begeisterung war Maren Köster seiner Aufforderung gefolgt.

Mittlerweile hatten sie alle bislang bekannten Informationen zusammengetragen.

Wenn der Pathologe mit seiner Bewertung richtig lag, dann musste der Mord vor etwa fünf Tagen geschehen sein. Allerdings, so schwächte er sein Urteil selber ab, konnte es bei dieser Kälte auch sein, dass die Leiche einen Tag länger dort gelegen habe. Die beiden Ermittler gingen trotzdem vom Zeitpunkt Freitag, vierter Februar, aus. Da der Norderteich ein beliebtes Ziel für Spaziergänger ist, und der Mord wohl kaum am helllichten Tag stattgefunden hatte, legten sie die Uhrzeit auf den frühen Abend fest.

Der Tote war ein Mann im Alter zwischen sechzig und siebzig Jahren. Die Identität war noch nicht ermittelt worden. Es hatte in den letzten Tagen auch keine Vermisstenmeldung gegeben. Bekleidet war er mit einer braunen Cordhose, einem bordeauxroten Pullover, darüber einem grauen Wintermantel und einem ebenso grauen Schal. Die Hände steckten in hellbraunen Lederhandschuhen. Ob er einen Hut oder eine Mütze getragen hatte, war nicht mehr festzustellen. Vielleicht war die Kopfbedeckung verloren gegangen. Die Taschen des Mantels und der Hose waren entweder sorgfältig geleert worden, oder es war auch vor dem Mord nichts darin gewesen.

Der Mann war etwa 1,75 Meter groß, sehr schlank, fast hager. Graues, dünnes Haar. Im Gesamteindruck wirkte er jedoch für sein Alter erstaunlich gut trainiert. Die Muskulatur sei ausgezeichnet, meinte der Pathologe. Ein drahtiger Typ. Kein Stubenhocker. Einen Befund des Gebisses würde Schulte noch heute an alle Zahnärzte im Kreis Lippe schicken. Vielleicht erkannte einer von ihnen eine Brücke oder eine Plombe wieder und konnte sie einem Patienten zuordnen.

Die Todesursache war wahrscheinlich ein einzelner Schuss mit einer großkalibrigen Pistolenkugel in den Rücken.

Die Spurensicherer unter der Führung von Heinz Krause hatten auch schon einen ersten Bericht vorgelegt. Demnach musste es vor dem tödlichen Schuss mehrere Fehlschüsse gegeben haben, denn an drei Bäumen waren Schussspuren gefunden worden. Der Tote hatte zwar auf dem festen Ufer gelegen, es gab aber Schleifspuren. Vermutlich war er kopfüber ins Wasser gestürzt und dann wieder an den Füßen etwas herausgezogen worden. Zum Beispiel, um seine Taschen zu untersuchen. Der Täter hatte dann eine Menge loser Zweige über den Toten gelegt, damit er vom Spazierweg aus nicht auf den ersten Blick gesehen werden konnte. Offenbar hatte das ja auch ein paar Tage funktioniert. Wer rechnet bei einer solchen Tat in dieser Jahreszeit schon mit der schwachen Blase einer Joggerin?

7

Vor der ehemaligen Leibzucht des Hofes, einem kleinen, gelb angestrichenen Haus in Heidental, ging eine junge Frau auf und ab. Eine Zeit lang hatte sie sich den verwilderten Garten angesehen. Dann wieder setzte sie sich auf ihren Hartschalenkoffer und zog die dicke Winterjacke fröstelnd dichter um ihren schlanken Körper. Es wurde langsam dunkel. Die junge Frau fluchte leise. Die Kälte ließ sich von ihren Kleidern und den dünnen Schuhen nicht aufhalten. Sie drang langsam in jede Pore ihres Körpers ein. So mit den widrigen Witterungsbedingungen beschäftigt, bemerkte die Frau nicht, dass sie von einem beleuchteten Fenster auf der anderen Straßenseite schon seit einiger Zeit beobachtet wurde.

„Kerl, Kerl, Kerl“, brummelte der alte Mann in der Küche vor sich hin. „Wat hat der denn da wida für eine Frau an ’n langen Arm. Die werden auch imma jünger.“

Er legte Messer, Gabel und ein Holzbrett auf den Tisch. Dann ging er wieder zum Fenster und spähte in Nachbars Garten.

„Mensch, dat Mätken hat aba Sitzfleisch“, brabbelte er und machte sich auf den Weg zum Kühlschrank, um lippische Leberwurst, Schinken, Gurken, Senf und Butter zu holen. Wieder sah er hinaus in die Dunkelheit.

„Den Hintern soll se sich ja nich abfrieren“, sagte der alte Mann wieder zu sich selbst. Er verließ kurz die Küche und kam nach einer Minute wieder herein. In der Hand hielt er ein paar dicke Wanderschuhe. Ächzend setzte er sich in einen Korbstuhl, zog seine Filzpantoffeln von den Füßen und die derben Schuhe an.

Der Bauer griff sich eine alte Wachsjacke und überquerte wenige Augenblicke später die Straße.

„Na, junge Frau, auf wen waten Sie denn?“

Die Angesprochene sah den Bauern verwundert an, musterte ihn von oben bis unten und sagte dann:

„Auf meinen Vater.“

„Wie - auf Ihren Vatter? Soll dat etwa heißen, dat Schulte Ihr Vatter is?“

Die Frau nickte.

„Der kommt heute später. Er hat mich vor ein paar Stunden angerufen, dat ich mich um seinen Hund kümmern soll. Is wohl einer ermordet worden oder sowat.“

Der alte Bauer merkte die Verzweifelung der jungen Frau. Sie fror mittlerweile so sehr, dass ihre Zähne vor Kälte aufeinander schlugen.

„Na, dann kommense ers ma rein. Bei mir inne Küche isset warm. 'N Butterbrot hab ich auch noch für Sie. Ich hab auch die Handynummer von Schulte, den könnense dann ja ma anrufen."

Kurze Zeit später saß Schultes Tochter vor dem warmen Küchenofen von Fritzmeier, dem Vermieter Schultes, und rieb behaglich die Hände aneinander. Als die Wärme des Ofens die Kälte aus Lena Wiesenhofs Körper getrieben hatte, griff diese sich ihr Handy und ließ sich von dem Bauern Schultes Nummer geben. Nach dem dritten Signalton meldete sich eine tiefe Stimme:

„Ja, Schulte!"

„Vater, hier spricht Lena."

„Lena", hörte sie Schultes erfreute, aber doch verwunderte Stimme. „Lange nichts von dir gehört, wo bist du?"

Lena Wiesenhof wunderte sich über diese Frage. Sie antwortete:

„Ich bin, wie angekündigt, heute um sechzehn Uhr dreißig bei dir vor dem Haus gewesen. Doch du warst nicht da. Also habe ich auf dich gewartet, bis dein Nachbar mich vor einer Viertelstunde in seine Küche geholt hat."

„Nun mal ganz langsam! Was heißt hier, wie angekündigt? Ich höre jetzt zum ersten Mal, dass du mich besuchen willst."

„Na, ich habe dir doch schon vor einer Woche auf den Anrufbeantworter gesprochen, dass ich in Detmold eine Referendarstelle bekommen habe. Ich habe dich gefragt, ob ich vorübergehend bei dir unterkriechen kann, bis ich eine Wohnung gefunden habe."

Am anderen Ende blieb es still.

Scheiße, dachte Schulte, warum hörst du auch nie den Anrufbeantworter ab. Bei mir sieht es mal wieder aus wie Kraut und Rüben und ausgerechnet jetzt kommt meine Tochter, die mich sowieso erst drei Mal in ihrem Leben gesehen hat.

„Vater?“

Die Frage riss ihn aus den Gedanken.

„Entschuldige, Lena, so ein einsamer Wolf wie ich hat so seine Eigenheiten. Wahrscheinlich habe ich versäumt meinen Blechkumpel abzuhören. In meiner Wohnung ist es kalt und ungemütlich. Ich war eben nicht auf Besuch eingestellt. Ein paar Häuser weiter gibt es eine nette kleine Pension. Ich werde Anton bitten, dich für heute Nacht dort unterzubringen. Morgen früh hole ich dich zum Frühstück ab, dann können wir alles Weitere besprechen. Nimm es mir bitte nicht übel, aber ich höre jetzt zum ersten Mal von deinem Besuch.“

Etwas enttäuscht nickte Lena Wiesenhof.

„Schon in Ordnung, Vater. Wir sehen uns dann morgen früh.“

Die junge Frau drückte den Polizisten auf ihrem Handy weg und besprach das weitere Vorgehen mit dem alten Bauern.

Schulte raufte sich die Haare. Er wusste, was in den nächsten Stunden auf ihn zukam. Aufräumen! Er wollte nicht, dass seine Tochter den Handgranatenwurfstand, den er seine Wohnung nannte, in dem jetzigen Zustand erlebte.

Also packte er seine Unterlagen auf einen Stapel und verließ sein Büro. Eine halbe Stunde später betrat er seine Wohnung. Um halb drei nachts hatte er die letzten Utensilien in Schränke und Kisten geräumt. Jetzt konnte man jede Tür öffnen, ohne gegen etwas, das auf dem Boden lag zu stoßen. Schultes Zimmer bargen keine Stolperfallen mehr. Er konnte sich frei bewegen. Der Nachteil war, er hatte auch den Überblick darüber verloren, wo was lag. Jupp Schulte beherrschte zwar das Chaos, aber nicht die von ihm geschaffene Ordnung.

Müde legte er sich ins Bett, nicht ohne vorher den Wecker zu stellen und auch den seines Handys zu aktivieren. Nur nicht verschlafen, dachte er und Lena noch einmal versetzen. Was sollte seine Tochter von ihrem Vater halten?

8

Es war gemütlich warm im Bett. Schulte zog sich die Decke bis an die Ohren. Doch er achtete penibel darauf, dass sich unten an den Füßen kein Spalt bildete, durch den kalte Luft eindringen könnte. Im Laufe der Jahre hatte er eine absolut sichere Technik entwickelt, die es ihm ermöglichte, seine Decke fest um seinen Körper zu wickeln, um so jeden Wärmeverlust zu verhindern.

Im nächsten Moment geschah das Unvermeidbare. Sein Wecker gab penetrante Geräusche von sich.

Schulte fluchte. Obwohl er wach war, fühlte er sich hundemüde. Vier Stunden Schlaf steckte er nicht mehr so weg. Normalerweise würde er dem lieben Gott jetzt noch eine halbe Stunde der Zeit stehlen. Doch das Frühstück mit seiner Tochter stand an. Obwohl, oder gerade weil er sie kaum kannte, wollte er sie nicht enttäuschen und sie mit einem opulenten Frühstück willkommen heißen.

Sie war das Produkt einer atemberaubenden Nacht. So vermutete er jedenfalls. Genau erinnern konnte er sich nämlich nicht mehr. Damals war sie jedoch nicht das einzige Resultat. Mit einer anderen Frau hatte er auf besagtem Calenberger Schützenfest nämlich noch eine zweite Tochter gezeugt.

Eine der beiden Frauen, Ina Schultes Mutter, hatte er geheiratet. Darauf bestand damals seine katholische Familie. Die Ehe wurde jedoch fünf Jahre später geschieden. Zu Ina Schulte hatte Jupp regelmäßig, mal mehr, mal weniger Kontakt.

Lena Wiesenhofs Kindheit hatte er nicht miterlebt. Er hatte lediglich seinen Pflichtteil gezahlt. Erst als die Mädchen älter wurden, hatten sie die Angelegenheit selbst in die Hand genommen und sich kennen gelernt. So hatte Schulte dann irgendwann auch einmal Kontakt zu Lena bekommen. Beinahe hätte er sogar einmal mit seinen Töchtern Weihnachten gefeiert. Damals verhinderten es die Freunde der Mädchen, die ihrerseits Anspruch auf ein gemeinsames Fest anmeldeten.

Diese besagte Schützenfestnacht war im Übrigen auch dafür verantwortlich, dass Schulte zur Polizei gegangen war. Eigentlich hatte er Soziologie und Sport studieren wollen. Doch dann galt es, hungrige Mäuler zu stopfen. Er musste Geld verdienen! Vater Staat hatte es ihm ermöglicht.

Schulte sah auf die Uhr, warf die Bettdecke beiseite, stürmte unter die Dusche, zog sich anschließend an und fuhr zum Bäcker, um frische Brötchen zu kaufen.

Dass es noch einmal geschneit hatte, bemerkte er erst, als er mit Hausschuhen in den Garten trat. Fluchend kehrte er um und zog sich etwas Geeigneteres an die Füße. Im Auto wählte er die Handynummer von Lena Wiesenhof und bat sie, in einer halben Stunde bei ihm zu sein.

Schulte hatte den Frühstückstisch reichhaltig gedeckt. Frisch gekochte Eier, Schinken, Wurst, Käse und Marmelade. Alles was das Herz begehrte. Und eine aufgeräumte Wohnung. Er war stolz auf sich! Jetzt konnte Lena langsam kommen.

Der Hauptkommissar schenkte sich schon einmal eine Tasse Kaffee ein, setzte sich in seinen Lieblingssessel und beobachtet das Gartentor. Keine fünf Minuten später ging eine junge Frau den Weg Richtung Haus. Mit ihren High Heels hatte sie alle Mühe, sich auf dem mit Natursteinen gepflasterten Weg sicher bewegen zu können, noch dazu bei diesem Neuschnee.

Schulte war aufgeregt. Er ging zur Tür, um ihr zu öffnen. Vater und Tochter standen sich gegenüber. Unsicher gaben sie sich die Hand.

„Komm doch herein. Ich habe den Frühstückstisch schon gedeckt. Was möchtest du, Kaffee, frische Brötchen?"

„Wenn du hast, etwas Müsli und Kräutertee."

Schulte musste passen.

„Na, dann nehme ich ein halbes Brötchen mit Butter und Marmelade. Später trinke ich vielleicht noch ein Glas Wasser."

Schulte zuckte mit den Schultern. Na, wenigstens aufgeräumt ist es, dachte er, als sich seine Tochter in dem Wohn-Esszimmer umsah. Sie jedoch fragte sich, wie kann man nur in einem solchen Chaos leben?

Schulte ergriff wieder das Wort:

„Gestern Abend habe ich den Anrufbeantworter gleich noch abgehört. Ich freue mich darüber, dass du hier in Detmold eine Referendarstelle bekommen hast. Meine Tochter wird Lehrerin, wer hätte das gedacht. Natürlich kannst du hier wohnen, so lange du willst, ich bin eh nicht so oft da. Dann ist auch der Hund nicht so alleine."

Schulte brabbelte und brabbelte.

„Ich habe Angst vor Hunden", entgegnete seine Tochter.

„Brauchst du nicht, Monster ist ein Seelchen. Weil ich gestern nicht da war, hat sich Anton Fritzmeier um ihn gekümmert."

„Was, dies Riesenvieh, was da bei ihm auf der Deele lag?"

Schulte zuckte mit den Schultern. Da meldete sich sein Handy. Er nahm den Anruf entgegen. Es war Lohmann.

„Hallo Jupp! Erpentrup will um elf Uhr eine Dienstbesprechung machen. Wird eine komplizierte Angelegenheit. Ich halte es daher für sinnvoll, wenn wir, das Fußvolk, uns vorher noch zusammensetzen und uns absprechen, damit wir auf der Sitzung mit einer Zunge reden. Wär' ganz gut, wenn du in einer halben Stunde im Büro sein könntest."

Schulte war erleichtert. „Du, Lena, tut mir Leid, ich muss dringend zum Dienst. Hier hast du einen Schlüssel. Fühl dich wie zu Hause. Richte dich gemütlich ein. Wir sehen uns eventuell heute Abend. Lass uns telefonieren."

Schulte griff sich seine speckige Lederjacke und fuhr eine Minute später vom Hof.

Schon dieses gemeinsame Frühstück hatte ihn überfordert. Was sollte er mit seiner Tochter anfangen? Er musste nachdenken. Vater werden ist nicht schwer, Vater sein dagegen sehr, das war ihm heute Morgen wieder einmal sehr klar geworden.

9

War das nicht die Kreuzung in Heidenoldendorf? Schulte sah verblüfft auf die grün werdende Ampel. Wie kam er denn hier hin? So unkonzentriert war er schon lange nicht mehr mit dem Auto durch die Gegend gefahren. Jetzt war Jupp Schulte doch verdammt gedankenverloren an der Kreispolizeibehörde vorbei gefahren. Das Auftauchen seiner Tochter setzte ihm gewaltig zu. Für ihn war sie ein wildfremder Mensch. Wie sollte er nur mit ihr klar kommen? Selbst Leute, die ihn ab und zu besuchten, gute Bekannte, engten ihn nach einigen Tagen ein. Er war nicht mehr dazu gebaut, mit Menschen zusammenzuleben. Und jetzt wollte seine Lena bei ihm wohnen. Konnte das gut gehen? Nach drei Minuten hatte er gemerkt, dass sie so unterschiedlich wie Feuer und Wasser waren. Schulte war ratlos.

Er wendete sein Auto vor dem Zeitungsladen Disse, hielt kurz an und kam mit einer *Heimatzeitung* unter dem Arm kurze Zeit wieder zum Auto.

Weitere fünf Minuten später parkte er seinen Volvo, einen ehemaligen Leichenwagen, neben Maren Kösters nagelneuem Renault Megané Cabrio. Wenn ich ihr sage, dass diese Kiste wie das Auto einer versnobten Postbotin aussieht, redet sie drei Tage nicht mit mir, dachte Schulte. Den Vergleich sollte ich mir merken und ihn bringen, wenn sie mir mal wieder so richtig auf den Zeiger geht.

Als Schulte sein Büro betrat, waren schon alle Kollegen an Bord. Sie setzten sich zu Lohmann ins Büro, da sein Zimmer mal wieder nicht begehbar war.

Nachdem alle sich mit Kaffee versorgt hatten, ergriff Lohmann das Wort. Er berichtete in aller Knappheit von dem anstehenden Besuch Chiracs und Schröders in Blomberg. Der Chef habe ihn angesprochen und für diese Aufgabe sozusagen schon abgezogen.

„In den Kram passt mir das gar nicht. Jeden Tag bei dem Alten auf dem Schoß. Aber er muss wohl mächtig Druck vom Landrat bekommen haben. Jedenfalls ist er ganz nervös. Wir müssen aufpassen wie die Schießhunde, dass er uns von der Mordkommission nicht zu seiner geplanten Motorradstaffel abzieht."

Die Diskussion ging noch eine geraume Zeit hin und her, dann stand der Plan. Lohmann würde dem Chef zur Hand gehen, die anderen machten sich in der Mordsache unentbehrlich. Lohmann würde das mittragen und sie rechtzeitig warnen, wenn Erpentup einen Zugriff auf die Mordkommission plante.

Nachdem alles klar war, sah Lohmann auf die Uhr.

„Ouh! Wird höchste Zeit! Um elf Uhr sollen wir beim Boss sein!"

Die Polizisten erhoben sich und marschierten im Gänsemarsch, Lohmann voran, zum Polizeioberrat.

Der ging in seinem Zimmer schon auf und ab. Einige Kollegen aus anderen Abteilungen saßen schon am Besprechungstisch und harrten der Dinge, die da kommen würden.

Kaum saß die Truppe von der Mordkommission da, legte Erpentrup los.

„Wie Sie vielleicht schon im Flurfunk gehört haben, werden uns der Bundeskanzler und der französische Staatspräsident in Lippe besuchen. Sie treffen sich auf der Burg Blomberg. Vielleicht sind Sie jetzt der Meinung, kein Problem, die Spezialisten werden das schon machen. LKA und BKA, und was es da so gibt. Weit gefehlt, wir sind da mit im Boot. Und ich sage nur eins! Höchst unangenehm und höchst brisant. Unser Landrat hat ja schon wie angestochen reagiert, als unsere neuen Dienstwagen nicht mehr mit lippischen Autokennzeichen durch die Gegend fuhren. Das war keine Spinnerei von ihm, wie manche denken. Das war pures Kräftemessen. Vielleicht hat ja der eine oder andere sich schon mal mit den Ergebnissen der Scheukommission auseinander gesetzt. Da wird vorgeschlagen, dass sie die Kreise Warburg-Höxter, Paderborn und Lippe zu einem weiteren Polizeipräsidium zusammenfassen wollen. Die drei Landräte sind natürlich alle am Pokern. Ich glaube, dass keiner diese Lösung will. Jedenfalls rechnet sich der Lippische irgendetwas aus, wenn der Schröderbesuch ein Erfolg wird. Was, weiß ich auch nicht, aber dieser Fuchs erzählt ja nicht alles."

Im nächsten Moment überkam Erpentrup das Gefühl, gerade ein Wort zuviel gesagt zu haben. Na, jetzt war es auch egal. Er fuhr mit seinem Bericht fort.

„An der Sicherung des Gipfels sind jedenfalls neben den Spezialisten auch die Kreise Höxter, Paderborn und Lippe beteiligt. Da geht es natürlich um den Führungsanspruch. Rein geografisch haben wir Lipper den, aber weiß man's? Jedenfalls werden Sie alle da voll eingespannt sein. Jede Abteilung muss ihren Teil leisten. Kommissar Lohmann wird in dieser Angelegenheit meine rechte Hand sein. Er teilt Ihnen in den nächsten Tagen mit, wer, aus welcher Abteilung, für was zuständig sein wird."

Alle Augen starrten auf den Mann von der Mordkommission. Der fühlte sich in seiner Haut gar nicht wohl.

10

Auf einmal ging alles ganz schnell.

Während sie zu Dienstbeginn noch nicht einmal wussten, wer der Tote vom Norderteich eigentlich war, hatte es in den zwei Stunden danach ein wahres Informationsgewitter gegeben.

Nachdem am frühen Mittwochnachmittag die Röntgenaufnahmen des Gebisses an alle lippischen Zahnärzte gemailt worden waren, hatte sich jetzt, am Donnerstagvormittag, wahrhaftig ein Zahnarzt aus Blomberg gemeldet. Er war sich absolut sicher, dieses Gebiss als das eines seiner Patienten erkannt zu haben. Er würde ja sonst alles vergessen, selbst seinen Hochzeitstag, aber niemals das Gebiss eines Patienten. Sofort habe er das Röntgenbild mit zwei anderen aus seiner Patientenkartei verglichen. Das habe die Vermutung zur Sicherheit werden lassen. Es handelte sich seiner Meinung nach um einen 65-jährigen Mann, einen gewissen Eberhard Koppsieker aus Bad Meinberg. Der Mann habe eine ganz ungewöhnliche Brücke über drei Zähne. Eine Brücke aus diesem Material und mit dieser Konstruktion würde in Deutschland nicht eingesetzt. Da sei keine Verwechslung möglich.

Maren Köster bedankte sich im Namen der Kreispolizeibehörde für den wertvollen Hinweis. Dann begann für sie eine Stunde konzentrierter Arbeit. Sie musste erst einmal feststellen, ob es überhaupt einen Mann dieses Namens unter der angegebenen Adresse gab. Dies bewahrheitete sich. Als sie bei dessen Telefonnummer anrief, bekam sie nur den Anrufbeantworter an die Strippe. Sofort sprang sie in ihr nigelnagelneues Auto, ein sattgelbes Renault Megané Cabrio, in dieser Jahreszeit natürlich geschlossen, und hetzte über Diestelbruch Richtung Bad Meinberg. Und tatsächlich, der Briefkasten der ehemaligen Pension in der Brunnenstraße mit dem Aufkleber Koppsieker quoll über. Maren Köster klingelte Sturm, aber niemand öffnete. In dem Haus wohnten anscheinend drei Mietparteien. Sie klingelte bei den beiden anderen. Weder die Frau, die allein die oberste Etage bewohnte, noch das greise Ehepaar im Erdgeschoss hatten Koppsieker in den letzten Tagen gesehen. Man habe sich schon Sorgen gemacht, teilte die allein stehende Dame mit. Jawohl, auch sie hätten sich Gedanken gemacht, meinte das Ehepaar. Aber der Herr Koppsieker sei häufiger für mehrere Tage abwesend gewesen. Schließlich sei er Musiker, das wäre doch so ein bisschen was wie fahrendes Volk. Das Reisen liege denen einfach im Blut. Maren Köster nahm sich vor, dies alles zu überhören und fragte, ob vielleicht einer von ihnen einen Schlüssel für Koppsiekers Wohnung habe. Nein, meinte das Ehepaar. So gut sei das Verhältnis denn doch nicht. Nein, sagte die allein wohnende Frau. Wenn sie als allein stehende Frau in der Wohnung eines allein stehenden Herrn ein und ausgehen könnte, was würde denn das für einen Eindruck machen?

Maren Köster überlegte fieberhaft. Sicher war sie technisch in der Lage, eine Wohnungstür aufzubrechen und einfach nachzuschauen. Aber was hätte das gebracht? Es bestand ja makabrerweise keine Gefahr mehr für diesen Herrn Koppsieker, die hätte abgewendet werden müssen. Koppsieker lag ja schon in der Pathologie. Dringend notwendig für weitere Ermittlungen war es allerdings, dass der Tote so schnell wie möglich identifiziert wurde.

Sie schaute sich die beiden Mietparteien an und entschied sich für das Ehepaar.

„Es tut mir leid, aber ich muss Sie bitten, sofort mit mir nach Detmold zu kommen. Es wartet eine sehr unangenehme Pflicht auf Sie."

Eine Stunde später konnte Maren Köster mit einer akzeptablen Wahrscheinlichkeit davon ausgehen, dass der Hinweis des Zahnarztes korrekt war. Was jetzt kam, war trockene Routinearbeit, musste aber sein. Sie trug alles an Daten zusammen, was über diesen Mann amtlich an Informationen vorlag. Unter anderem ging aus den Eintragungen des Einwohnermeldeamtes hervor, dass Koppsieker vor rund zehn Jahren von seiner Frau Karola geschieden worden war. Ob er seitdem allein lebte, war den Unterlagen nicht zu entnehmen. Auf jeden Fall hatte er nicht wieder geheiratet. Seine Ex-Frau wohnte in der Detmolder Benekestraße. Maren Köster schnappte sich ein Foto des Toten und ihr Notizbüchlein, setzte sich wieder in ihr Auto und zischte los.

Karola Koppsieker erwies sich als kleine rundliche Frau, die offenbar sehr viel Zeit darauf verwendete, sich zurechtzumachen. Nicht, dass sie elegant gewirkt hätte, nein. Es sah aus, als habe ihr ein durchgedrehter Anstreicher alle seine Farbtöpfe über den Kopf geschüttet. Die hochgetürmte Frisur war tiefschwarz gefärbt, mit leuchtend roten Strähnen. Das flache Gesicht musste offenbar als Spielwiese für die Gestaltungsfreude dieser älteren Dame herhalten. Hier gab es einen blassen Grundton, aber himmelblau eingefärbte Liddeckel, zartrosa Wangen, kirschrote Lippen, mehrfarbige riesige Ohrringe. Das bodenlange, weitgeschnittene Kleid schimmerte in allen Regenbogenfarben. An den Füßen trug sie außer königsblauen Fußkettchen erstaunlicherweise nichts. Sie lief mit einer Selbstverständlichkeit barfuß durch ihre Wohnung, dass es auf Maren Köster nach einigen Sekunden ebenfalls völlig normal wirkte.

Die Polizistin zögerte nicht lange, nahm all ihren Mut zusammen und erledigte ihre traurige Pflicht. Sie informierte die Frau vom Tod ihres Ex-Mannes. Als sie erkannte, dass da unter der Paradiesvogelfassade eine empfindsame Frau steckte, die ganz offensichtlich tief betroffen war von der Nachricht, wartete sie eine Weile, bevor sie ihr das Foto zeigte. Frau Koppsieker war zutiefst schockiert, bestätigte aber sofort, dass es sich bei dem Foto um ihren Ex-Mann Eberhard handelte. Damit war die Identität des Mannes hinreichend nachgewiesen. Dann stand Maren Köster auf, ging in die Küche und setzte für sich und Frau Koppsieker die Kaffeemaschine in Gang.

11

„Was haben wir denn bis jetzt zusammengetragen?"

Maren Köster wirkte ungeduldig. Nun war dies bei ihr nicht wirklich ungewöhnlich. Ungeduld gehörte zu ihrem Naturell, wie ihr langes, kastanienrotes Haar zu ihrer äußeren Erscheinung gehörte. Normalerweise hätte sich Jupp Schulte darüber nur amüsiert. An diesem Donnerstagvormittag ging sie ihm damit auf die Nerven. Als wenn nicht alles schon stressig genug wäre? Dieser Mord, diverse noch nicht abgeschlossene ältere Fälle, dann der Staatsbesuch, der ihnen in den nächsten Wochen alles abverlangen würde. Und dann die Ankündigung seiner Tochter Lena, bei ihm wohnen zu wollen. Ihm schwante Unheil. Was er in dieser Situation überhaupt nicht gebrauchen konnte, war eine aggressiv um ihn herumwuselnde Kollegin, deren eigene Unzufriedenheit ihr jedes bisschen Lockerheit raubte.

Maren Köster war nicht zufrieden mit ihrem Beruf, mit ihren Kollegen, mit sich selbst. Sie war noch nie ein entspannter Typ gewesen. Aber seitdem sie sich ihrem neununddreißigsten Geburtstag näherte, war es ganz schlimm geworden. Ihr Singledasein, in den vergangenen Jahren immer als Ausweis von Freiheit besonders hoch gehängt, erschien ihr zunehmend unattraktiv. Sie hatte es satt, immer alles selber machen zu müssen. Alles selbst entscheiden zu müssen, alles allein aushalten zu müssen. Sie wollte nicht immer nur die starke Frau sein. Eigentlich würde sie sich gern mal fallen- und wieder auffangen lassen. Aber wenn sie mal wankte, war niemand da, um sie zu stützen. Und mit fast neununddreißig Jahren wurde es auch höchste Zeit, noch einmal über einen eventuell unterdrückten Kinderwunsch nachzudenken. Allerhöchste Zeit! Aber mal ganz davon abgesehen, dass es für sie immer schwieriger wurde, ihre emotionalen Interessen von denen zu trennen, die sie glaubte, der Rolle einer modernen, karrierebewussten Frau zu schulden, war ja auch weit und breit kein als Vater geeigneter Mann in Sicht. Sicher, Bewerber gab es mehr als genug. Aber noch hatte keiner ihre hochgesteckten Erwartungen länger als ein halbes Jahr erfüllen können. Und derweil tickte die biologische Uhr gnadenlos weiter...

Nun saß sie am kleinem Besprechungstisch und trommelte nervös mit den langen Fingernägeln darauf herum. Schulte ließ sie in aller Absicht noch etwas zappeln, bevor er seine Unterlagen griff und sich dazusetzte. Die Kollegen Lohmann und Braunert saßen bereits seit mehreren Minuten dort und warteten geduldig, dass Schulte endlich in die Pötte kam.

„Okay", brummte dieser. „Heute Morgen bei Dienstbeginn wussten wir noch nicht einmal, wer der Tote ist. Das haben wir nun rausgefunden. Zugegeben, Maren war es."

Er schenkte ihr ein Lächeln, das vielleicht versöhnlich wirken sollte, bei ihr aber das Gegenteil bewirkte.

„Der richtige Tipp kam von seinem Zahnarzt in Blomberg. Dann hast du dich an die Arbeit gemacht und in mühevoller Kleinarbeit alles über den Mann zusammengetragen. Vielleicht kannst du es zur Erleuchtung der Kollegen einmal kurz vortragen."

Sie blickte ihn zornig an, schluckte ihren Ärger aber herunter und las vor.

„Der Tote hieß Eberhard Koppsieker. Er war zum Zeitpunkt des Todes 64 Jahre alt, wohnhaft in Bad Meinberg. Von Beruf war er Musiker. Er war noch berufstätig. Aber alles der Reihe nach. Also, geboren 1940 in Lemgo. Ab 1946 Volksschule in Lemgo, dann Wechsel zum Engelbert-Kaempfer-Gymnasium. War offenbar nicht bei der Bundeswehr. Warum wissen wir noch nicht. Dann Musikstudium. Erst in Detmold, in der damals noch sehr jungen Musikhochschule, dann in Düsseldorf. Anschließend hat er viele Jahre als Orchestermusiker gearbeitet. Er war Kontrabassist. Eigentlich ein..."

„Das ist vielleicht ein komisches Instrument! Ich habe da mal ein Theaterstück gesehen. Der Kontrabass hieß das, da hat...!", rief Lohmann dazwischen.

Schulte winkte ihn zur Ruhe.

„Ja, Bernhard! Lass bitte Maren mal weiter berichten!"

„Also, eigentlich hat so ein Kontrabassist keine sehr bedeutende Rolle in einem Orchester. Das wollte Bernhard wahrscheinlich auch sagen, aber Koppsieker hat es trotzdem irgendwie geschafft und ist 1962 Dozent geworden. An der Uni Düsseldorf. Anscheinend hat er da auch Kontakt zu Josef Beuys bekommen und wurde von ihm stark geprägt."

„Woher weißt du das?", fragte Axel Braunert.

„War ganz einfach. Das hat mir alles seine Frau erzählt. Vielmehr seine geschiedene Frau. Koppsieker hatte sich vor fast zehn Jahren von ihr scheiden lassen und lebte seitdem als Single. Heute Mittag war ich bei ihr. Einmal, um ihr die Nachricht vom Tod ihres Ex-Mannes zu überbringen, aber auch, um mit ihr zu reden."

„Wie hat sie denn reagiert?", wollte wiederum Braunert wissen. Maren Köster überlegte kurz, bevor sie antwortete.

„Sie war schon sehr getroffen. Das war echt, da bin ich mir ganz sicher. Es hat auch eine ganze Weile gedauert, bis wir miteinander reden konnten. Aber dann war sie recht kooperativ. Na ja, auf jeden Fall war seit seiner Begegnung mit Beuys neben der Musik die bildende Kunst seine zweite große Leidenschaft. Er war aber nie selbst als bildender Künstler aktiv, sondern hat sich immer mehr in der Rolle des Förderers und Sammlers gesehen."

„Hatte seine Frau denn seit der Scheidung noch Kontakt zu ihm?", fragte Bernhard Lohmann.

„Nein! Der Kontakt war völlig abgebrochen! Die Scheidung war auch mit viel Ärger verbunden. Koppsieker scheint immer wieder Frauengeschichten gehabt zu haben. Das hat seine Ehefrau ziemlich verbittert. Ich bin mir aber sicher, dass sie ihn nie gehasst hat. Sie behauptet, überhaupt keine Ahnung davon zu haben, was ihr Ex in den letzten zehn Jahren so getrieben hat. Jetzt lasst mich mal weiter berichten."

Sie holte tief Luft und legte los.

„Also! Neben seiner Dozententätigkeit war er immer auch aktiver Musiker. In verschiedenen Orchestern. In dieser Funktion hat er mit den Orchestern lange Reisen unternommen. Er hat dabei einen großen Teil der Welt kennen gelernt. Durch besondere Brillanz ist er wohl nie aufgefallen. Sein Talent scheint überschaubar gewesen zu sein. Stark war er aber anscheinend als Theoretiker und Redner. Immer wieder wurde er aufgefordert, Vorträge über Musik, Musikgeschichte oder andere Kulturthemen zu halten. Das hat ihn vermutlich dazu gebracht, im Jahre 1978 zu promovieren. In Köln war das. Von 1984 bis 1994 war er dann Dozent an unserer Detmolder Musikhochschule. Irgendwie hat er da sehr intensive Kontakte nach Japan geknüpft. Wahrscheinlich durch die vielen japanischen Studenten. Auf jeden Fall ging er 1995, noch in der Scheidungsphase, als Dozent an eine Hochschule in Yokohama. Soweit der Lebenslauf Koppsiekers aus der Erinnerung seiner Frau. Was danach kam, hat sie nicht mitbekommen."

Schulte räusperte sich. „Vielleicht ist das auch gar nicht wichtig! Es gibt ja bisher nicht den geringsten Hinweis darauf, dass es sich um eine Beziehungstat handelt. Die Tatsache, dass der Mann weder eine Brieftasche noch ein Portemonnaie bei sich trug, spricht eher für einen Raubmord. Ich denke, es ist wichtiger, sich um den Mörder zu kümmern, als um den Toten. Deshalb habe ich unsere Spurensucher noch am Abend des Fundes angewiesen, ganz besonders die Fußspuren auszuwerten. Dabei ist..."

„...aber ganz und gar nichts herausgekommen, da durch die Joggergruppe alle Spuren kaputtgetreten waren!", fuhr ihm Maren Köster wütend dazwischen. „Wir werden ja noch sehen, welche Herangehensweise die richtige ist. Wart's ab!"

Schulte zuckte leicht erschrocken zurück.

„Okay! Entscheidend ist, was hinten rauskommt, hat mal einer unserer Bundeskanzler gesagt."

Axel Braunert beugte sich nun mit ernster Miene etwas vor.

„Sagt mal, ihr beiden. Habt ihr sonst keine Sorgen, als euch hier anzugiften?"

Und als die beiden betreten schwiegen, mischte sich auch Lohmann ein:

„Also, als der Älteste und Vernünftigste in dieser Runde appelliere ich daran, dass wir alle Profis sind. Persönliche Reibereien haben in der Teamarbeit nichts zu suchen. Dafür gibt es bei der Polizei gute Psychologen. Klar?"

Alle nickten. Lohmann griff zu seinem Notizheft.

„Ich schlage vor, die weitere Vorgehensweise besprecht ihr beiden unter euch. Wir haben da nämlich noch verschiedene andere Probleme vor der Brust. Übrigens, Krause und Jakobskrüger haben sich bei mir gemeldet. Sie haben jetzt ihren Bericht fertig und würden den gern mit uns besprechen. Was meint ihr? Soll ich sie eben anrufen und herbestellen?"

Die drei anderen nickten. Lohmann stand auf und ging zum Telefon.

„Ich mache in der Zwischenzeit neuen Kaffee!", murmelte Axel Braunert und stand ebenfalls auf. Maren Köster und Jupp Schulte blieben sitzen, schwiegen und bemühten sich, einander nicht anzuschauen. Beide kramten geschäftig in ihren Unterlagen. Erst als sich Lohmann wieder gut gelaunt zu ihnen gesellte, entspannte sich die Atmosphäre etwas.

„Die beiden kommen gleich!"

Als die Tür aufging, traten zwei Männer ein, die unterschiedlicher nicht hätten sein können. Heinz Krause, der Leiter der Spurensicherung, war ein großer dünner Mann.

Typ Bußprediger, wie Schulte immer sagte. Äußerst wortkarg, immer leicht grantig mit Leidensmiene. Kompetent und anspruchslos. Hans-Werner Jakobskrüger hingegen war einiges unter mittelgroß, alles an ihm war rund und irgendwie glänzend. Jakobskrüger war Pathologe im Klinikum Detmold und arbeitete seit vielen Jahren eng mit der Kripo zusammen. Er genoss bei der Polizei einen etwas fragwürdigen Ruf. Niemand zweifelte an seinem Fachwissen und an seiner Kooperationsbereitschaft. Aber irgendwie war er den Polizisten nicht ganz geheuer. Jeder halbwegs normal veranlagte Mensch verspürt ein leichtes Grauen bei dem Gedanken, sich tagein, tagaus mit Toten beschäftigen zu müssen und findet es nachvollziehbar, wenn solche Leute depressiv werden oder Alkoholiker oder zumindest schlecht gelaunt. Jakobskrüger aber war nie schlecht gelaunt und am allerwenigsten depressiv. Er war immer, auch am Seziertisch, bester Stimmung und trieb den armen Beamten, die gelegentlich an einer Obduktion teilnehmen mussten, mit makabren Scherzen das kalte Grauen in dic Glieder. Allgemein war man bei der Polizei der Meinung, dass Jakobskrüger zwar ein brillanter Pathologe sei, aber doch irgendwie 'nen leichten Hau habe.

„Hallo zusammen!“, rief er mit seiner lauten hohen Stimme. „Alle an Bord? Ist ja richtig was los hier. Ganz anders als bei mir in der Firma! Schönen Gruß übrigens von meinen Patienten!“

Die Polizisten schluckten betreten. Als sich alle gesetzt und Braunert den frischen Kaffee serviert hatte, begann Jakobskrüger mit seinem Bericht.

„Es ist schwer, den genauen Todeszeitpunkt festzulegen, weil durch die große Kälte der normale Zersetzungsprozess verzögert wurde. Aber wenn wir die äußeren Umstände mit einkalkulieren, dann können wir einigermaßen sicher davon ausgehen, dass der Mann am vergangenen Freitagabend gestorben ist. Die endgültige Todesursache war ohne Zweifel ein Geschoss, dass durch den Hinterkopf gedrungen ist und vorn wieder ausgetreten ist. Endgültig sage ich deshalb, weil der Mann auch durch ein vorher aufgetretenes plötzliches Herzversagen gestorben sein kann. Wie auch immer, für euch hier ist ausschlaggebend, dass er erschossen wurde. Zur Munition kann ich wenig sagen, da sie aus dem Kopf wieder ausgetreten ist. Vielleicht weiß da Kollege Krause schon mehr!"

Krause räusperte sich umständlich, bevor er anfing. Reden war nicht seine Stärke.

„Die tödliche Kugel haben wir nicht gefunden. Sie ist wahrscheinlich durch den Kopf des auf dem Gesicht liegenden Mannes tief in den Boden des Sees gedrungen. Wir hätten die Stelle zur Not auch ausbaggern und durchsieben lassen, aber das war nicht nötig. Denn wir haben an mehreren Bäumen Geschossspuren gefunden. Und auf dem Waldboden auch eine Patronenhülse. Eine 9 mm Luger Patrone, Vollmantel, Rundkopf. Pistolenmunition. Ganz sicher sind wir nicht, aber ich tippe mal auf eine *Glock*. Es könnte auch die ein oder andere Pistole gewesen sein, aber bei der *Glock* passen die Werte, außerdem ist es eine sehr gebräuchliche Waffe, sowohl bei Jägern als auch bei Sportschützen. Ich schätze aber, dass der Täter die Waffe nach Gebrauch mit viel Schwung weit hinein in den Norderteich geworfen hat. Vielleicht müssen wir den ganzen ufernahen Bereich des Norderteichs mit Metalldetektoren absuchen und dann Taucher einsetzen. Ich hoffe, ihr findet den Täter auch ohne so eine aufwändige Aktion. Wir haben nämlich auch noch was anderes zu tun."

12

Der weiße Scania, ein Auflieger, fuhr auf dem Detmolder Nordring und bog an der Kreuzung Klingenbergstraße Richtung Lage ab. Es war fünfzehn Uhr dreißig. Karl Meyer, der zweite Fahrer, machte es sich gemütlich. Er legte sein Handy auf die Ablage, griff sich seine speckige Ledertasche und entnahm ihr eine silberfarbene Thermoskanne, zwei Kaffeetassen und eine Butterbrotdose.

„Komm, Heinz, jetzt trink erst mal ’ne schöne Tasse Kaffee. Es wird ’ne lange Fahrt und bestimmt auch stressig. Aber Essen und Trinken hält Leib und Seele zusammen.“

„Warte, bis wir auf der Bielefelder Straße sind. Dann habe ich zehn Kilometer eine gerade Strecke vor mir. Da passt es besser mit dem Kaffee.“

An der Kreuzung kurz hinter Helpup bog der LKW von der B66 links auf die L976 Richtung Oerlinghausen. Er ließ das Gut Niederbarkhausen rechts liegen. In diesem Moment piepste an Meyers Armbanduhr ein Wecker.

„Die ersten dreißig Minuten sind um“, sagte er, griff sich das Telefon, wählte und sagte, als sich jemand meldete: „Hier Meyer! Es ist fünfzehn Uhr achtundvierzig. Erster Kontrollanruf, keine besonderen Vorfälle.“

Der Mann wartete die Antwort seines Gegenübers ab und drückte dann die Taste, die die Verbindung unterbrach. Als er sich wieder auf die Umgebung konzentrierte, riss er seine Augen vor Schreck auf. Aus einer Seitenstraße kam von rechts ein Pajero und hielt direkt auf den LKW zu. Der Sattelschlepper fuhr höchstens fünfundzwanzig Stundenkilometer, zu dieser Geschwindigkeit zwang ihn ein vor ihnen fahrender Laster. Um einen Unfall zu vermeiden, riss Heinz Henze den Lenker nach links und lenkte das Fahrzeug in einen Weg, der zur Kläranlage führte. An der Einfahrt stand ein Schild: „Durchfahrt verboten!“ Der Fahrer ignorierte es. Doch nach siebzig Metern bemerkte er, dass es nicht sinnvoll war, weiter zu fahren. Er stoppte den Sattelzug, um ihn zurück auf die Straße rollen zu lassen. Doch was war das? Der Pajero stand hinter ihnen. Noch bevor er richtig begriff, sprangen drei maskierte Männer aus dem Auto. Sie rissen im nächsten Moment die Türen des Führerhauses auf. Den beiden Fahrern hielt man Pistolen entgegen. Sie wurden unsanft ins Freie gerissen. Das Handy fiel von der Ablage auf den Beifahrersitz. Meyer griff reflexartig danach. Doch noch bevor sich seine Hand um das Telefon schließen konnte, peitschte ein Schuss. Ein heißer schmerzender Blitz durchzuckte seinen Körper. Den Knall der Explosion hörte er bereits nicht mehr.

Henzes Entsetzen dauerte nur wenige Sekunden. Im nächsten Moment traf ihn ein Schlag an der Schläfe. Sterne tanzten vor seinen Augen. Dann schwand auch ihm das Bewusstsein.

In der Zentrale rannte der Mann vom Kartentisch zum Büro des Einsatzleiters. Er riss ohne anzuklopfen die Tür auf. „Das Fahrzeug ist kurz vor Oerlinghausen links in einen Seitenweg eingebogen und hält nun, Herr Haase."

„Muss wahrscheinlich schon einer pinkeln. Ich habe den Idioten schon hundert Mal gesagt, sie sollen bei solchen Aufträgen nicht so viel Kaffee trinken. Beim nächsten Kontrollanruf scheißen Sie sie richtig zusammen! Noch so ein außerplanmäßiger Halt und die Fahrer sind gefeuert. Und Sie sehen zu, dass Sie wieder an Ihren Kartentisch kommen, sonst geht Ihnen noch was durch die Lappen."

Der Mann nickte. Haase war ein Mensch, der es gewohnt war, dass seine Anweisungen ausgeführt wurden.

Wieder an der Plexiglaskarte angekommen, zeigte die sich bewegende rote Leuchtdiode dem Wachdienstmitarbeiter, dass der LKW seine planmäßige Fahrtrichtung wieder aufgenommen hatte.

Der Einsatzleiter ging an einen Kühlschrank, entnahm ihm eine Dose Cola, riss den Verschluss auf und trank einen großen Schluck. Kehrte zu seinem Schreibtisch zurück, stellte die Dose auf ihm ab, setzte sich in seinen Stuhl und sah längere Zeit gedankenverloren aus dem Fenster.

Es war fünfzehn Uhr siebenundfünfzig. In knapp einer Minute würde der Sattelzug in den Oerlinghausener Tunnel einfahren. Dann gäbe es für ca. achtzig Sekunden kein Signal.

Da, die rote Lampe erlosch. Das Fahrzeug war in den Tunnel eingefahren. Der Wachmann sah auf die Uhr. Dreißig Sekunden, sechzig Sekunden, neunzig Sekunden. Jetzt musste das Signal aber jeden Moment wieder empfangen werden. Zwei Minuten! Kein Signal! Zwei Minuten zwanzig Sekunden, nichts! Der Mann am Kartentisch raufte sich die Haare. Er rannte wieder zum Büro des Einsatzleiters.

„Herr Haase!"

„Ich habe Ihnen doch gesagt, Sie sollen am Kartentisch bleiben!", dröhnte dem Security-Mann eine wütende Stimme entgegen.

„Herr Haase, der LKW ist schon über zwei Minuten im Tunnel! Ich habe kein Signal!"

Die Stimme klang hysterisch.

Haase starrte den Mann an, schob ihn beiseite und ging selbst zum Kartentisch. Es blinkte eine einsame rote Leuchtdiode in der eintretenden Dämmerung. Haase sah auf seiner gefaketen Rolex sechzehn Uhr drei.

„Na bitte, da ist der Sattelzug doch! Er fährt auf der vorgesehenen Strecke. Ihre Hysterie geht mir langsam auf den Zeiger, Möllensiek. Noch so eine Nummer, und Sie können Ihren Hut auch gleich nehmen. Die beiden Idioten im LKW haben jedenfalls ihre letzte Tour für uns gemacht!"

Auf dem Hemd des Wachmanns zeichneten sich riesige Schweißflecken ab. Für so was war er nicht mehr gebaut, mit seinen siebenundsechzig Jahren. Aber was sollte er machen, er brauchte das Geld, das er sich hier verdiente, dringend zu seiner kleinen Rente dazu.

Am liebsten hätte er Meyer angerufen, aber nach dem Anschiss eben traute er sich nicht. Möllensiek sah auf die nachgemachte Bahnhofsuhr, die an der gegenüberliegenden Wand hing. Sechzehn Uhr zehn, noch acht Minuten bis zum nächsten Kontrollruf. Er merkte plötzlich, dass sich seine Blase meldete. Wenn er jetzt pinkeln ginge, riss ihm Haase den Kopf ab. Der Harndrang verstärkte sich. Der Mann in dem schweißgetränkten Hemd trat von einem Bein aufs andere.

Sechzehn Uhr dreizehn, noch fünf Minuten, dem Wachmann traten die Augen aus dem Kopf. Er hielt es nicht mehr aus. Eine Sekunde später rannte er zur Toilette. Selten hatte er größere Erleichterung gefühlt, als in diesem Moment. Beinahe hätte er laut losgelacht. Selbst wenn es ihn seinen Job kosten würde, das musste jetzt sein. Er zog den Reißverschluss nach oben und rannte wieder in die Zentrale des Wachgebäudes. Haase hatte seine Abwesenheit anscheinend nicht bemerkt.

Sechzehn Uhr siebzehn, noch eine Minute. Es schien, als würden die Sekunden wie Stunden verrinnen.

Sechzehn Uhr achtzehn! Möllensiek starrte auf das Telefon, nichts passierte.

„Scheiße!", heulte er. „Was für ein verdammter Drecksjob!"

Möllensiek drehte sich um und sah sich von einem stählernen Blick Haases getroffen. Das Herz schlug ihm bis zum Hals.

„Was ist mit dem Drecksjob?", schnauzte Haase.

„Die, die rufen nicht an!"

„Das hätten Sie ja auch machen können, Sie Idiot!"

Der Einsatzleiter riss seinem Wachmann das Telefon aus der Hand und wählte. Nichts! Beide Männer starrten auf den Hörer. Haase legte wütend auf.

„Wenn ich jetzt gleich die Polizei anrufe, und die beiden Idioten nur zu blöde sind, ihren Job zu machen, wird unser Unternehmen zum Gespött der staatlichen Konkurrenz", dachte Haase laut.

Er griff wieder zum Telefon und wählte eine hausinterne Nummer. Es meldete sich umgehend jemand, mit militärischem Tonfall.

„Langenberg, Personenschutz, Herr Haase, Sie wünschen?"

„Herr Langenberg, es scheint so, als gäbe es Schwierigkeiten mit unserem Transport. Nehmen Sie sich den Porsche und fahren Sie dem LKW nach! Sobald Sie ihn eingeholt haben, erwarte ich Ihren telefonischen Bericht. Sie bekommen dann weitere Anweisungen!"

An Möllensiek gewandt fragte der Einsatzleiter:

„Wo befindet sich das Fahrzeug gerade?"

„Es ist vor einer Minute links auf die A33 abgebogen, Richtung Paderborn. Es befindet sich auf der planmäßigen Route", antwortete der Mann am Kartentisch. Haben Sie gehört Langenberg? Der Sattelzug ist in Schloß Holte gerade auf die Autobahn aufgefahren, in südliche Richtung. Sehen Sie zu, dass Sie loskommen."

Der Einsatzleiter beendete das Gespräch. Er hatte das Gefühl, dass sein Gesprächspartner am anderen Ende, hinter seinem Schreibtisch, gehorsam die Hacken zusammenschlug und zum Wagen spurtete.

Haase ging zum Fenster und sah hinaus. Unten fuhr ein Porsche vom Hof. Es war sechzehn Uhr dreiunddreißig.

Möllensiek hatte ein unbehagliches Gefühl. Gespannt starrte er auf das sich ständig bewegende, permanent blinkende rote Lämpchen. Nach einigen Minuten Beobachten und Nachdenken gab er sich einen Ruck. Er nahm allen Mut zusammen und marschierte entschlossen wie selten zu Haases Büro. Wieder klopfte er gegen die Tür und trat ein. Sein Chef starrte ihn an.

„Ich habe mir noch einmal Gedanken gemacht und bin zu dem Schluss gekommen, es ist an der Zeit, die Polizei einzuschalten. Da ist was faul, das merke ich in jeder Pore meines Körpers."

Über dieses sichere Auftreten seines Untergebenen war der Einsatzleiter sichtlich verwundert. Er nahm nachdenklich einen Schluck aus der Coladose.

„Vielleicht haben Sie Recht, Möllensiek. Wo ist der LKW jetzt?"

Der Sicherheitsbedienstete ging zurück zu seinem Kartentisch, sah nach der Position und wurde aschfahl.

„Chef, die Kiste steht schon wieder!", heulte er auf, „diesmal auf dem Autobahnparkplatz Hövelhof."

Die Bahnhofsuhr an der Wand zeigte sechzehn Uhr fünfundvierzig.

In dem Moment, als Haase zum Telefon griff, schlossen sich die Tore einer Lagerhalle im Industriegebiet Bielefeld Sennestadt.

13

Der weiße Scania stand einsam und verlassen auf dem Autobahnparkplatz, als Herbert Langenberg mit seinem Sportwagen hinter dem Lastwagen zum Stehen kam. Es hatte angefangen zu schneien. Auf der Frontscheibe des Führerhauses hatte sich schon eine dünne Schneeschicht gebildet. Fußspuren führten vom Fahrzeug weg, Richtung Toilettenhäuschen.

Doch sie endeten kurz davor. An der Stelle, wo die Abdrücke der Schuhe plötzlich wie im Nichts verschwanden, begannen die Reifenspuren eines Autos.

Der Porschefahrer war nicht unbedingt der Hellste. Doch diese Situation hatte er im Bruchteil von Sekunden eingeordnet. Die Mannschaft, die noch vor kurzer Zeit den Sattelschlepper gelenkt hatte, war umgestiegen. Sie hatte sich mit einem PKW davon gemacht.

Langenberg pfiff durch die Zähne. Endlich kam mal Leben in seinen langweiligen Arbeitsalltag. Er ging zurück zum Auto. Wählte die Nummer der Zentrale und hatte sofort Haase am Apparat. Der Einsatzleiter hörte sich die Schilderungen seines Bediensteten an und fluchte leise. Dann sagte er:

„Okay, das Kind ist in den Brunnen gefallen. Bleiben Sie vor Ort. Und versuchen Sie darauf zu achten, dass niemand die Spuren verwischt. Aber bitte mit der nötigen Diskretion und dem nötigen Fingerspitzengefühl."

„Jawoll!", kam es zackig aus Langenbergs Mund. Dann wurde das Telefongespräch beendet.

Haase griff wieder zum Telefon und wählte die 110.

„Kreispolizeibehörde Lippe, Volle am Apparat, Sie wünschen?", meldete sich der diensthabende Wachtmeister.

„Lippe-Security, Einsatzleiter Haase. Herr Wachtmeister, auf dem Autobahnparkplatz Hövelhof ist uns …".

„Hövelhof? Da sind wir nicht zuständig, da müssen Sie Paderborn anrufen!"

„Aber Herr Wachtmeister, wie, war noch gleich ihr Name?"

„Volle!", dröhnte es ungehalten aus dem Hörer.

„Also, Herr Wachtmeister Volle, auf dem Parkplatz Hövelhof steht ein LKW, der…".

„Sagen Sie, sind Sie schwer von Begriff, das ist Paderborner Zuständigkeit!"

Volle knallte den Hörer auf die Gabel. Das hatte er gerne, diese Hobbybullen von Lippe-Security, die hatte er schon lange gefressen. Zu blöd, ein Loch in den Schnee zu pissen, und wenn sie es dann nicht mehr geregelt kriegten, dann musste doch sie, die eigentliche Polizei, wieder den Ausputzer spielen. Da waren diese Möchtegernsheriffs bei ihm, Volle, an der richtigen Adresse.

„Null Toleranz!", hatte er seinem Kollegen Büschemann letzte Woche noch gesagt, als ihnen ein paar Männer in Pseudouniformen entgegen kamen. „Keine Ahnung, aber uns irgendwann den Job wegnehmen. Null Toleranz sage ich dir Hans-Werner.“

Volle fühlte sich richtig gut, so wie er den Mann von der Privatkonkurrenz gerade abgemeiert hatte.

So etwas war Haase noch nie passiert. Er wählte jedoch noch einmal die Nummer 110. Vielleicht ging ja jetzt jemand anderes an den Apparat. Doch er hatte Pech, wieder meldete sich Volle.

„Noch mal Haase! Könnte ich vielleicht die Telefonnummer der Paderborner Polizeiwache haben?“, fragte er.

„Sagen Sie, wollen Sie mich verarschen, bin ich die Telefonauskunft? Stellen Sie sich einmal vor, jetzt in diesem Moment passiert etwas sehr Wichtiges und Sie blockieren die Notrufzentrale, weil Sie zu blöde sind in ein Telefonbuch zu sehen oder die Auskunft anzurufen. Wenn Sie nicht sofort aus der Leitung gehen, sperre ich Sie ein!“

Volle beendete das Gespräch wieder.

Haase war stinkwütend. Dem reiße ich den Arsch auf, bis ihm die liebe Sonne reinscheint, dachte er und rief die Auskunft an. Das wird ein Nachspiel haben!

Kurze Zeit später hatte er den Paderborner „Kollegen“ am Apparat. Um die Angelegenheit zu verkürzen, berichtete er von einem Überfall auf einen LKW. Ob etwas fehlte, oder ob jemand verletzt sei, wisse er nicht. Er beschrieb ihm den Standort und sagte ihm, dass er jetzt direkt losfahren würde, um „Hilfestellung“ zu geben.

Als der Paderborner „Kollege“ das Wort Hilfestellung hörte, veränderte sich seine Stimme. Haase bemerkte auch hier, dass die privaten Sicherheitsdienste bei der Polizei allgemein nicht sehr beliebt waren. Ihm sollte das egal sein. In dieser Sache müssten die Staatsdiener mit ihm zusammenarbeiten. Das war klar.

14

In Lipperreihe, einem Ortsteil von Oerlinghausen, trat ein Mann in seinen Garten. Er sah sich angewidert um. Häuser, Bäume und Sträucher sahen aus, als seien sie mit Puderzucker überzogen. Es hatte doch wahrhaftig wieder angefangen zu schneien. Wenn es jetzt kurz vor Weihnachten gewesen wäre, hätte sich Karl Brinkmann sicher über den Schneeeinbruch gefreut. Doch jetzt, Ende Februar, widerte ihn so ein Wetter an. Er brauchte die wärmende Sonne des Frühjahrs, doch der Winter wurde eher heftiger als weniger. Der Klärwerksmeister war schlecht gelaunt. Missmutig stieg er in seinen Golf ein, um seine Abendrunde an seiner Arbeitsstätte zu absolvieren.

In dieser Stimmung fuhr er durch Oerlinghausen, Richtung Norden. Er hätte jetzt lieber auf dem Sofa gelegen, in seiner *Lippischen Heimatzeitung* geblättert und nebenbei etwas im Fernsehen gesehen. Dazu eine Flasche *Strate-Bier,* das wäre die Krönung gewesen. Aber nein, er musste, wie er es nannte, zum „Scheiße rühren". Es war zwar eher seine Aufgabe, die Temperatur der Klärbecken zu überwachen und die Bakterienkulturen zu begutachten. Dann musste er noch ein paar Sicherheitschecks mit Hilfe der eigens dafür vorhandenen Computerprogramme vornehmen und die Elektronik warten. An sich eine saubere und technisch anspruchsvolle Tätigkeit. Aber die Tatsache, dass seine Arbeit dort stattfand, wo sich alles, was in Oerlinghausen durchs Klo gegangen war, sammelte, veranlasste ihn eben dazu, für seine Tätigkeit den Begriff „Scheiße rühren" zu gebrauchen. Doch dann erinnerte er sich wieder an den wahren Grund dieser Begriffsschöpfung.

Der Klärwerksmeister musste grinsen. Seine schlechte Laune löste sich auf, wie sie gekommen war. Er dachte an ein Ereignis aus der Zeit zurück, als er seine jetzt studierende Tochter noch dazu anhalten musste, ihre Hausaufgaben ordentlich zu machen. Als Brinkmann sich wieder einmal über ihre Leistungen geärgert hatte, sagte er wütend:

„Mach nur so weiter, dann reicht es bei dir auch nur zum Scheiße rühren.“

Seine Tochter wusste, dass ihr Vater auf dem Klärwerk schaffte. Sie stellte sich seine Arbeit eben so vor, wie er sie bei seiner Schelte beschrieben hatte. Also überlegte sie, wie sie ihren Pa wieder gütig stimmen könnte, trotz eben dieser von ihm verrichteten unangenehmen Tätigkeit. Schließlich schüttete sie alle Murmeln, die sie besaß, ins Klo. In der Hoffnung, dass ihr Vater, beim „Scheiße rühren“ die eine oder andere dieser wunderschönen Glaskugeln finden würde. Sicher würde er sich darüber so freuen, dass dann der Ärger, den die unordentlichen Hausaufgaben verursacht hatten, keine Rolle mehr spielen würde.

Als die von Tochter Brinkmann beabsichtigte gute Tat an die familieninterne Öffentlichkeit kam, wurde die Äußerung „Scheiße rühren“ bei Brinkmanns ein feststehender Begriff.

So in Gedanken setzte er den Blinker rechts und bog in die schmale Zufahrt zur Oerlinghausener Kläranlage ab. Doch was der Klärwerksmeister im nächsten Augenblick wahrnahm, trieb ihm die Panik durch den Körper. Mit aller Macht trat er auf die Bremse. Das ABS-System seines Golfs ließ das Auto einen halben Meter vor einem auf dem Boden liegenden menschlichen Körper zum Stehen kommen.

Brinkmann riss die Wagentür auf, friemelte an seinem Sicherheitsgurt, bis er ihn endlich gelöst hatte und stürzte ins Freie. Da, wo der Kopf des Menschen war, hatte Blut den Schnee rot gefärbt. Erbrochenes sorgte für weitere Farbgebungen.

Der erschrockene Mann beugte sich hinunter zu dem Verletzten.

Er sah eine klaffende Wunde. Als er sein Gesicht dicht vor dem Mund des am Boden Liegenden hielt, bemerkte er eine noch schwache Atmung.

Aufgeregt richtete Brinkmann sich wieder auf und rannte zum Eingangstor der Anlage. Er klingelte Sturm und versuchte gleichzeitig seinen Schlüssel in die dafür vorgesehene Einrichtung zu stecken. Da wurde die Tür von innen geöffnet. Ein Mann in blauer Arbeitkleidung trat ins Freie.

„Was ist los, Meister? Kommen die Russen oder bist du vom wilden Affen gebissen?

Brinkmann zeigte nach hinten. „Da liegt einer auf der Straße! Schwer verletzt! Ruf einen Krankenwagen und bring Decken oder sonst was mit, damit wir ihn warm halten können. Ich bringe ihn derweil in eine stabile Seitenlage."

Brinkmann war schon wieder bei dem Verletzten. Er brachte ihn auf die Seite. Da kam auch schon sein Kollege und brachte Wolldecken, welche die beiden Männer gemeinsam über den am Boden liegenden ausbreiteten.

Der Klärwerksmeister stand aus der Hocke auf und verschwand im Eingangsbereich des Werkes. Erschien kurze Zeit später wieder und trug eine Stabtaschenlampe in der Hand. Wortlos begann er die Umgebung abzuleuchten. Im nächsten Moment sah er etwas, das ihm das Blut in den Adern gefrieren ließ.

„Mensch, Herbert! Hier liegt ja noch einer!", die beiden Männer näherten sich der neu entdeckten Person. Der Mann in der blauen Arbeitskleidung sah es zuerst.

„Mannomann, Hans, sieh dir mal den Kopf an. Von dem fehlt ja über die Hälfte. Der lebt bestimmt nicht mehr!", sagte er noch ganz sachlich und sackte dann zusammen, als hätte man die Luft aus ihm herausgelassen.

Mensch, was ist das alles für eine verdammte Sauerei, dachte Brinkmann und spähte angestrengt in den Abendhimmel. Da sah er das Licht, das blaue Warnlicht von Krankenwagen und Polizei. Endlich, dachte er. Dann versuchte er, sich um seinen Kollegen Herbert Menke zu kümmern.

Zwei Minuten später trafen erst der Krankenwagen und dann die Polizei ein. Erst jetzt, als die Last und Verantwortung von ihm abfielen, bemerkte der Klärwerksmeister, wie er unter Dampf gestanden hatte. Er ging ins Klärwerk und setzte sich erschöpft an seinen Schreibtisch. Er war fertig, aber die Arbeit musste gemacht werden. Also rief er seinen Kollegen, den zweiten Klärwerksmeister, an und bat ihn zu kommen. Es ginge ihm nicht gut, sagte Brinkmann. Er würde die Arbeit nicht schaffen. Nachdem das erledigt war, stützte er seinen Kopf in die Hände und versank in eine andere Welt.

15

Langeweile, nichts ist schlimmer als Langeweile. Jeden Tag der gleiche Trott, aufstehen, anziehen, arbeiten, abends manchmal in die Kneipe und dann wieder ins Bett. So hatte er sich das Leben nicht vorgestellt. Aber heute würde sich alles ändern. Abenteuer, endlich, das wollte er. Er stieg wieder aus dem Auto aus, um den LKW zu umrunden. Da fiel ihm ein, dass er dann die Spuren zertreten würde. Er war Profi, auch wenn er nur beim Wachdienst arbeitete und nicht bei der Polizei. Und in diesem Fall wollte er mitmischen. Er würde maßgeblich an der Aufklärung beteiligt sein. Das nahm sich Langenberg gerade in dem Moment vor, als sein Chef mit dem zweiten Firmenporsche auf den Parkplatz fuhr. Der Wachmann ging ihm entgegen. Haase stieg aus und fragte: „Wie sieht's aus, sind die Bullen immer noch nicht da? Kein Wunder, dass uns die Kunden die Bude einrennen. Wenn man nur auf die „Freunde und Helfer“ angewiesen wäre, wäre man verraten und verkauft. Na, mir soll es recht sein.“

Anschließend standen die beiden Männer schweigend an der Leitplanke und sahen auf die Autobahn, bis ein Polizeiwagen, der am Blaulicht zu erkennen war, immer näher kam.

Die Polizisten stiegen aus und stellten sich vor.

„Die Kripo wird auch jeden Moment kommen“, sagte die junge Frau in Uniform. Dann gingen sie gemeinsam zu dem einsam dastehenden LKW.

„Ich hab die ganze Zeit aufgepasst, dass niemand Spuren zerstört“, sagte Langenberg stolz, als sie den Laster erreicht hatten.

„Wenn Sie es auch noch geschafft hätten, dass es nach Ihrer Ankunft nicht weiter geschneit hätte, wäre Ihre Leistung nahezu perfekt“, sagte der Polizist. Ein gewisser spöttischer Unterton war nicht zu überhören.

Bevor sich Langenberg gegen den Spötter wehren konnte, bog ein Audi A4 von der Autobahn ab.

„Das ist Potthast, unser Kommissar. Eigentlich ist er bei der Mordkommission, aber im Moment ist in dem Bereich Flaute“, erzählte die Polizistin und ging zum Auto.

Die Fahrertür wurde geöffnet. Ein Mann stieg aus, ging eilig um den Wagen herum und öffnete die Beifahrertür. Er half einer gut aussehenden Frau, deren Alter man schlecht schätzen konnte, heraus. Sie hakte sich bei ihm unter. Dabei wirkten die beiden wie ein altes Ehepaar.

Haase und Langenberg waren sprachlos. So einen Auftritt hatten sie nicht erwartet. Die Polizistin, die dem Paar entgegen gegangen war, wechselte ein paar Worte mit ihnen. Dann gingen sie gemeinsam zu den drei Männern.

Potthast stellte sich und die Polizeidirektorin Frau Dr. Bülow vor. Nach dem Austausch der Formalitäten ging das seltsame Paar zum LKW. Potthast erklärte der Frau, was er sah. Sie stellte ein paar Fragen, die Potthast beantwortete. Doch dann legte die Frau plötzlich ihren Finger auf den Mund und sagte:

„Pst, da sind doch Geräusche aus dem Hänger zu hören. Da ist jemand drin!“, sagte sie.

„Los, die Tür aufmachen!“, befahl Potthast.

Haase zuckte mit den Achseln.

„Keine Chance, die Tür ist abgeschlossen. Da muss ein Spezialist ran.“ Potthast griff zum Telefon und rief eine Autowerkstatt, die mit der Paderborner Polizei kooperierte, an. Dann wählte er neu und orderte die Spurensicherung. Als auch das erledigt war, wandte er sich an Haase.

„Macht es Ihnen was aus, wenn wir unsere Gespräche in der Paderborner Polizeibehörde weiter führen? Hier auf dem Parkplatz ist es doch recht ungemütlich und kalt. Sobald der LKW geöffnet ist und wir hier nicht mehr gebraucht werden, sollten wir die Gespräche ins Präsidium verlegen.“

Haase war einverstanden und so verabredeten sie sich, um sich in einer halben Stunde in der Riemekestraße zu treffen.

16

Es wurde immer noch früh dunkel. Vorsichtig bewegte sich Schulte auf seinem Gartenweg. Es war ein anstrengender Tag gewesen. Jetzt freute er sich auf seinen wohlverdienten Feierabend. Er sah in Richtung Haustür. Es brannte Licht in seinem Haus. Im ersten Moment war der Polizist darüber verwundert. Doch dann fiel es ihm wieder ein. Seit heute wohnte er nicht mehr alleine. Vorübergehend war seine Tochter bei ihm eingezogen. Schulte fühlte sich unsicher. Wie würde es gehen? Seit mehr als achtzehn Jahren hatte er eine Wohnung nur für sich.

Manchmal war er in den Jahren eine lockere Beziehung eingegangen. Doch seine Wohnsituation hatte er nie in Frage gestellt. Fürs Zusammenleben war er einfach nicht gebaut. Er war eben ein einsamer Wolf. Er hatte sich damit abgefunden und fühlte sich wohl in seiner Rolle.

Der Polizist kramte seinen Schlüssel aus der Tasche und steckte ihn in die dafür vorgesehene Vorrichtung, drehte ihn um und drückte die Tür auf. Er wollte aufschreien. Doch der Laut blieb ihm im Halse stecken. Der Flur blitzte in einer

Sauberkeit, wie er sie seit seinem Einzug nie an den Tag gelegt hatte. Seine Schuhe, die sich bis heute Morgen in einer Ecke getürmt hatten, waren bis auf zwei Paar nicht mehr da. Schulte wagte nicht mehr weiter zu gehen. Was war mit seiner Wohnung passiert? Über Jahre hatte er sich ein System zugelegt, von dem er behauptete, das Chaos beherrschen zu können. Jetzt war es zerstört.

„Lena!", presste er den Namen seiner Tochter heiser durch die Zähne.

„Ich bin in der Küche!", kam die freundliche Antwort.

Schulte stützte sich an der Wand ab, zog seine Jacke aus und hängte sie an den Haken der leeren Flurgarderobe. Hier hingen, als er das Haus verließ, noch mindestens acht Kleidungsstücke. Wo waren sie hingekommen? Schweiß trat auf seine Stirn. Wie mochten die anderen Zimmer aussehen? Der Polizist kämpfte mit sich. Holte tief Luft und ging dann entschlossen zur Küchentür. Er stieß sie mit einer Wucht auf, als würden fünf Männer von innen versuchen, ihn am Eintreten zu hindern. Da dies nicht der Fall war, knallte die Tür gegen die Wand. Lena fuhr erschrocken herum.

„Vater, was ist mit dir?"

„Ach nichts", stotterte Schulte und suchte nach einem leeren Stuhl, auf den er sich fallen ließ.

„Ich habe ein bisschen aufgeräumt und sauber gemacht", sagte seine Tochter, nicht ohne einen gewissen Stolz in der Stimme.

„Ein bisschen ist gut! Ich kann mich nicht daran erinnern eine so saubere, ordentliche Wohnung mein Eigen nennen zu dürfen. Nur, wo finde ich alle meine Sachen wieder und wo ist mein Hund?"

„Der ist bei Fritzmeier. Ich habe noch etwas Angst vor ihm. Außerdem stand er beim Putzen immer im Weg herum."

Dann griff Schultes Tochter nach zwei DinA4-Blättern und reichte sie dem Wohnungsbesitzer.

„Was ist das?“, fragte der Polizist.

„Ich habe dir eine Liste gemacht, auf der steht, wo ich die gesamten Utensilien hingeräumt habe, die ich in der Wohnung vorgefunden habe, damit dir das Suchen erspart bleibt.“

Schulte warf einen Blick auf die Liste. Er ging die einzelnen Dinge durch. Sein Blick blieb an dem Wort Fotoapparat hängen. Er las weiter: Unteres Fach im rechten Teil des Schreibtisches.

Hatte er die Kamera im Urlaub vor zwei Jahren etwa doch nicht verloren?

„Vater, ich bin hungrig wie ein Wolf. Wie wäre es, wenn wir irgendwo etwas essen gingen. Der Kühlschrank ist so gut wie leer. Zum Einkaufen bin ich nicht gekommen. Ich lade dich ein, sozusagen ein Einstandsessen!“

Schulte war jetzt eh alles egal. Seine Wohnung war nicht mehr die alte. Füße hoch legen und einfach nur Zeitung lesen oder fernsehen war jetzt wohl auch nicht möglich und seiner Tochter gegenüber auch unhöflich.

Fünf Minuten später saßen Vater und Tochter in Schultes Volvo, einem ehemaligen Leichenwagen und fuhren Richtung Detmold.

„Starkes Auto!“, sagte Lena, als er ihr die Beifahrertür aufhielt.

Eine Viertelstunde später lenkte Jupp Schulte sein Auto auf einen Parkplatz vor dem Ferdinand-Brune-Haus.

„Gleich da vorne ist die Schloßwache. Da kann man gut essen, bekommt fast immer einen Platz, die Luft ist nicht schlecht und man kann sich gut unterhalten, ohne zu schreien.“

Lena war einverstanden.

17

War es Konkurrenzdenken oder Hochnäsigkeit? Potthast war sich über sein Gefühl nicht im Klaren. Begegnungen mit privaten Wachdiensten, schwarzen Sheriffs, wie er sie nannte, hatte er bisher immer als äußerst unangenehm empfunden. Das Gefühl, das er empfand, machte ihn wütend.

„Willi, was ist los? Ich habe den Eindruck, du bist mit irgendeiner Angelegenheit nicht zufrieden?“, fragte ihn seine Kollegin Bülow.

Potthast irritierten solche Fragen noch immer. Er war es nicht gewohnt, dass Menschen sich um seine Gefühle kümmerten.

Wenn er schlecht gelaunt war, tat seine Frau Mechthild alles, um seine Stimmung zu übergehen. Bei ihm zu Hause wurde in den letzten Jahren selten über Gefühle geredet. Doch seit er mit Margarete Bülow zusammenarbeitete, hatte sich da was geändert. Vor einigen Jahren war sie durch einen Unfall blind geworden. Ein Sinneskanal zur Wahrnehmung der Welt stand ihr nicht mehr zur Verfügung. Sie kommunizierte mit den vier restlichen dafür umso intensiver. Also wurde Potthast von ihr oft auch nach seiner Gefühlslage gefragt. Im Anfang ihrer Zusammenarbeit war ihm das äußerst unangenehm. Ständig wurde er von seiner Kollegin gefragt, warum sich seine Gefühlslage gerade geändert hatte. Anfangs war ihm das ziemlich auf die Nerven gegangen. Mittlerweile hatte es geradezu etwas Erleichterndes, Wertschätzendes. Da war jemand, der wahrnahm, dass es ihm, Potthast, nicht gut ging. Der ihm ein Angebot machte, darüber zu reden. Und, das war das Beste, wenn er nicht wollte, ließ sie es auf sich beruhen. Nicht wie seine Frau Mechthild früher, als sie ihn dann ständig bedrängte:

„Komm Willi, du hast doch was! Na komm, erzähl schon. (…).“ Nach einer gewissen Zeit hörte sie dann auf und wurde sauer, weil Potthast nicht, wie sie es sagte, auf sie einging.

Das war lange her. Wie gesagt, heute versuchte seine Frau, Potthasts Launen nicht mehr zu beachten.

Die beiden Polizisten fuhren einige Minuten schweigend Richtung Paderborn. Dann meinte Potthast:

„Mich nerven diese *Schwarzen Sheriffs*. Ich kann dir nicht sagen, warum, aber sie gehen mir einfach auf den Zeiger. Immer wenn ich mit diesen Leuten zu tun habe, beschleicht mich ein Gefühl, dass diese Leute der Meinung sind, wir wären Sesselpupser und hätten keine Ahnung. Und wenn sie nicht wären, wäre die aufgeklärte Welt schon längst einer kriminellen Übermacht ausgeliefert."

Seine Kollegin schwieg wieder eine geraume Zeit. Dann sagte sie:

„In der Vergangenheit haben soziale Systeme einen gewissen Ordnungsfaktor übernommen. Wenn du in deinem Dorf Äpfel geklaut hast, hat dein Nachbar schon dafür gesorgt, dass dein Vater es erfuhr. Oder hat dir gleich selbst den Hintern versohlt. Deine Eltern haben diese Erziehungsmaßnahme deines Nachbarn mit: ‚Schade, wenn ein Schlag vorbei gegangen wäre', kommentiert. An keiner Stelle hätte die Polizei eine Rolle gespielt. Heute werden die Äpfelbäume von einem privaten Wachdienst behütet. Wenn jemand drei Äpfel klaut und er nicht erwischt wird, gibt es eine Anzeige gegen Unbekannt. Die zu neunundneunzig Prozent eingestellt wird, wegen Misserfolgs. Wir, die Polizei, haben aus der Sicht des Apfelbaumbesitzers versagt.

Wird der Apfeldieb erwischt und bekommt, wie gesagt, vom Besitzer den Hintern versohlt, wird der wegen Körperverletzung angezeigt. Der hat aber nur so gehandelt, Selbstjustiz eben, weil die Polizei versagt hat und seine Apfelbäume in der Vergangenheit nicht ausreichend geschützt hat.

Zahlt der Apfelbaumbesitzer jetzt aber einen privaten Wachdienst, der zufällig den Apfeldieb fängt und ihn der Polizei übergibt, dann waren die Sheriffs erfolgreich und haben die Arbeit gemacht, die die Polizei nicht geregelt bekam.

Wieder Misserfolg der Polizei, man braucht Private, damit die Welt sicherer wird. Für uns fühlt es sich so an, dass wir machen können, was wir wollen, wir haben auf jeden Fall Schwächen. Die Schwarzen haben einmal Erfolg und sind die Größten. Umgekehrt wird es so sein, dass die Beschäftigten des privaten Wachdienstes denken, auch wenn wir erfolgreich sind, die Lorbeeren erntet immer die Polizei. Ist das nicht ein Dilemma?

Na, jedenfalls brauchen die Wachdienstunternehmen ein gewisses Maß an Unsicherheit, also Polizeiversagen, damit sie ihre Dienste verkaufen können und die Beschäftigten haben den Ruf, gescheiterte Existenzen zu sein, die zu blöde waren, Polizist zu werden. Auch nicht gerade schön, oder? Eins ist aus meiner Sicht jedoch klar, private Sicherheitsdienste und die Polizei passen nicht zusammen."

Potthast fand die Ausführungen seiner Kollegin so spannend, dass er es beinahe versäumt hätte, von der Rathenaustraße auf die Riemekestraße abzubiegen, um auf den Polizeiparkplatz zu kommen.

In seinem Büro angekommen, telefonierte er noch einmal mit der Streifenwagenmannschaft, die die Öffnung des LKWs überwachte und mit dem Leiter der Spurensicherung, Franz Gockeln. Dann ging er ins Besprechungszimmer. Hier saßen schon die Polizeidirektorin Frau Dr. Bülow und die beiden Männer vom Wachdienst, Haase und Langenberg.

Potthast nahm auf einem freien Stuhl Platz und schaltete ein Tonband ein. Dann ergriff er das Wort:„Ihre Personalien nehmen wir später auf. Ich will Sie kurz auf den neusten Stand bringen. Danach hätte ich einige Fragen an Sie."

Er sah in Richtung Männer vom Sicherheitsdienst. Die nickten ihr Einverständnis.

„Die zwei Männer auf der Ladefläche waren die beiden LKW-Fahrer. Beide litten unter einer starken Unterkühlung. Beide haben eine schwere Gehirnerschütterung und weitere leichte Verletzungen. Sie hatten den Laster um fünfzehn

Uhr in Horn übernommen. Er war leer. Die Fahrer hatten den Auftrag nach Herford zu fahren, um dort Küchenmöbel zu laden. Auf der Wilberger Straße, dreihundert Meter nach Fahrtantritt, Richtung B239, wurde das Fahrzeug von einem Geländewagen gestoppt. Männer bedrohten die Fahrer mit einer Pistole und dann, auf einem abgeschiedenen Feldweg, überwältigten und fesselten sie die Speditionsangestellten. Sie wurden auf der leeren Ladefläche verstaut. Mehr wissen wir im Moment nicht. Die Männer sind auf dem Weg ins Josefs-Krankenhaus. Alles weitere von den beiden morgen. Unsere Spurensicherung hat sich den LKW jetzt vorgenommen. So und jetzt zu Ihnen!"

Haase ergriff das Wort.

„Das kriege ich alles noch nicht hintereinander. Ich versuche einmal aus unsere Sicht der Reihenfolge nach zu berichten. Um fünfzehn Uhr achtzehn hat der LKW, den wir gechartert hatten, das Drachenmuseum am Charles-Lindbergh-Ring verlassen. Er war mit den Kunstdrachen beladen, die nach Palermo gebracht werden sollten."

Potthast unterbrach Haase. „Moment, ich kenne Detmold ganz gut, ein Freund von mir wohnt dort. Aber von einem Drachenmuseum habe ich noch nie was gehört."

„Doch", schaltete sich jetzt Frau Bülow ein. „Ich habe da vor Jahren einmal etwas drüber gelesen. Das muss eine Sammlung von japanischen Kampfdrachen gewesen sein, die von zeitgenössischen Künstlern bemalt worden sind. Genaues kann ich jedoch auch nicht mehr sagen. Es war noch zu einer Zeit, als ich noch sehen konnte."

Haase und Langenberg starrten die Frau an. Jetzt wurde ihnen einiges klar. Die Polizistin war blind.

„Ja gut, Kunstdrachen", sagte Potthast. „Wer klaut so ein Zeug?"

„So ein Zeug ist gut, die Drachen haben, soviel ich weiß, einen Versicherungswert von über 40 Millionen Euro!", entgegnete Haase.

Potthast wurde blass und musste sich setzen. Er pfiff durch die Zähne.

„Wenn das stimmt, ist das ja 'ne richtig große Nummer."

Dann sagte er:

„Das kann nicht sein! Wenn es in Detmold eine so bedeutende Kunstsammlung gegeben hätte, wüsste selbst ein Kulturbanause wie ich davon. Wie lange sollen diese Drachen denn in Detmold gehangen haben?"

Haase zuckte mit den Schultern.

„Ich weiß es nicht so genau. Ich glaube fünf Jahre."

„Konnte man die Dinger auch besichtigen?", fragte Potthast.

„Ja sicher, meist jedenfalls. Manchmal waren sie aber auch woanders ausgestellt. Den Transport der Drachen hat immer unser Sicherheitsunternehmen begleitet."

„Und wie haben die Lipper es geschafft, geheim zu halten, dass bei denen ein solcher Kunstschatz zu sehen war? Na, ist ja, ist jetzt auch nicht das Thema. Wir gehen erst einmal Ihre Aufzeichnungen zu dem Transport durch und dann muss so schell wie möglich eine Großfahndung raus. Das gibt richtig Ärger."

Nach zehn Minuten war klar, dass wahrscheinlich in dem Tunnel von Oerlinghausen die Zugmaschinen der LKWs ausgetauscht worden waren. Denn der Hänger, der auf dem Hövelhofer Autobahnparkplatz gefunden wurde, hatte eine andere Autonummer, als der, der mit den Drachen beladen war.

Die Diebe hatten sich wahrscheinlich einen zweiten gleich aussehenden LKW besorgt und die Zugmaschinen gewechselt. Es wurde in dem Tunnel gemacht, weil dort das GPS-System nicht funktionierte.

So war man beim Wachdienst der Meinung, dass der LKW weiterhin auf dem richtigen Weg war. Der Laster mit den Drachen konnte in aller Ruhe sonst wohin fahren. Potthast sah auf die Uhr. Zwanzig Uhr fünfzehn. Die Diebe hatten einen Vorsprung von viereinhalb Stunden. Wenn das alles wirklich so war wie er es in diesem Moment vermutete, so handelte es sich um einen der größten Kunstraube der Geschichte – und das in Ostwestfalen. Ihm wurde ganz anders.

Um zwanzig Uhr zwanzig wurde die Großfahndung eingeleitet.

18

Eine Wohnung, in der man sich wohlfühlt, kann einem über so manche Schwierigkeiten des Alltages hinweghelfen. Besonders nach einem Tag wie heute, war diese Tatsache für Axel Braunert wichtig.

Schlechte Stimmung im Büro und ein Winter der nicht enden wollte, da waren seine behaglich eingerichtete Behausung in Lemgo und seine zelebrierten Wohlfühlrituale genau das richtige Gegenmittel.

Er hatte sich auf dem Heimweg nach Lemgo in der *Räucherkate* am *Realmarkt* etwas frischen Fisch gekauft. Zu Hause angekommen steckte er sich einige Kerzen in seinem Wohnzimmer an, der Ofen wurde angefeuert und das Licht etwas gedämmt. Dann war er in seine aufs Edelste eingerichtete Küche gegangen, um sich Sushi zuzubereiten. Dazu ein paar nette Dips und einen trockenen Riesling. Der Polizist schob die CD *A GO GO* von John Scofield in den Player. Da bimmelte sein Telefon. Braunert fluchte! Verdammt, er hatte Bereitschaft. Sollte etwa?

Eine Minute später hatte er Gewissheit. Es war Lohmann, der ihm mitteilte, dass in Lippe mehr los sei als in Chicago. In Oerlinghausen hatte man einen Toten und einen Schwerverletzten gefunden.

„Wenn du mich abholst, brauchst du erst gar keine Wegbeschreibung. Ein Umweg ist es auch nicht“, versuchte Lohmann ihn zu überreden.

„Geht schon in Ordnung, Bernhard. Ich bin in einer Viertelstunde bei dir."

Braunert blies die Kerzen aus.

„Ach, du Scheiße! Ich hatte ganz vergessen, dass du ja immer noch diese Affenschaukel fährst", schimpfte der wohlbeleibte Polizist, als er sich in den BMW Z3 von Braunert quetschte. „Da komme ich doch nie mehr raus. Kannste dir nicht mal einen vernünftigen Opel kaufen? Das ist doch was Genaues."

„Ich besitze leider keinen Häkelüberzug für meine Klopapierrolle."

Lohmann sah Braunert den Bruchteil einer Sekunde mit offenem Mund an.

„Dann kauf dir eben einen Kombi!"

Jetzt war es an Braunert, dumm in die Wäsche zu gucken.

Er startete sein Auto und Lohmann rückte sich auf dem für ihn viel zu engen Sportsitz zurecht. Es fielen vereinzelte Schneeflocken, die in dem kalten weißblauen Licht der Autoscheinwerfer besonders gut zu erkennen waren.

Als die Kripoleute am Klärwerk in Oerlinghausen ankamen, waren Krankenwagen und die Kollegen in Uniform schon zur Stelle. Auch Heinz Krause von der Spurensicherung war schon dabei, das Gelände weiträumig abzusperren. Er begrüßte die beiden Kollegen nur mit einer flüchtigen Handbewegung, als der BMW ausrollte. Doch dann stellte er sich hin, die Hände in die Seite gestemmt, und sah schmunzelnd zu, wie sich Lohmann aus dem Sportwagen pellte. Der ignorierte seinen Kollegen und ging zu den beiden Streifenpolizisten.

Denen stand der Schreck ins Gesicht geschrieben. Der ältere der Männer sagte:

„Kopfschuss! Sieht schrecklich aus! Der Schwerverletzte ist nicht ansprechbar. Er wird gerade ins Krankenhaus gebracht."

Lohmann und Braunert sahen sich den Tatort lange an. Prägten sich die Lage des Toten ein und beobachteten Krause bei seiner Arbeit. Dann fragte Lohmann:

„Wer hat die Männer denn gefunden?"

Einer der Polizisten zog ein zerknittertes Vokabelheft aus der Tasche, las und berichtete:

„Gefunden hat den Toten ein gewisser Karl Brinkmann. Er fuhr zu seiner abendlichen Inspektionsrunde. Die macht immer der Klärwerksmeister, der Bereitschaft hat. So wie er berichtet, hätte er beinahe den schwer verletzten Mann, der quer auf der Straße lag, überfahren. Er hat dann seinen Kollegen geholt. Sie haben den Verletzten dann gemeinsam versorgt. Als das soweit erledigt war, hat einer der Männer, wohl zur Sicherheit, noch einmal eine Taschenlampe geholt und das Gelände abgeleuchtet. Dabei haben sie den Toten gefunden. Die Männer sind jetzt im Klärwerk."

Lohmann und Braunert gingen hinein und fanden zwei bleiche, völlig apathische Menschen.

„So was habe ich noch nie erlebt, so was habe ich noch nie erlebt, …", stammelte der eine Klärwerksangestellte immer wieder vor sich hin.

Der andere sah nur starr in den Raum. Beide nahmen das Eintreten der Polizisten kaum wahr.

Daher gab Braunert den beiden nur je eine Visitenkarte, auf die er eine Uhrzeit schrieb und sagte:

„Bitte kommen Sie morgen zu uns nach Detmold zur Kreispolizei! Uhrzeit und Zimmernummer habe ich notiert."

Die Männer nickten schweigsam.

Wieder im Freien, ging Lohmann zu dem Notarzt und bat ihn, sich auch noch um die beiden Männer im Klärwerk zu kümmern.

„Es könnte sein, dass die beiden einen Schock haben."

Der Arzt versprach es und kramte in seiner Tasche nach einem Beruhigungsmittel.

19

Das war eine unruhige Nacht. So schlecht hatte Willi Potthast schon seit langem nicht mehr einschlafen können. Er hatte sich immer wieder von einer zur anderen Seite geworfen. Der neue Fall hatte ihn nicht losgelassen. 40 Millionen Euro war der Wert der Kunstwerke. Kampfdrachen! Unglaublich!

Irgendwann gegen drei Uhr nachts hatte er die Bettdecke zur Seite geschlagen. Seine Frau Mechthild hatte leise in die Kissen geflucht und etwas von: „Nie wieder einen Bullen heiraten...“, gemurmelt.

Potthast war in das Zimmer seines Ältesten gegangen, der die Nacht mal wieder sonst wo verbrachte. Er warf den PC seines Sohnes an, ging ins Internet und rief eine Suchmaschine auf. Der Polizist tippte den Suchbegriff Kampfdrachen ein. Es kamen reichliche Meldungen. Auch Detmold und Art-Kite-Museum tauchte mehrfach in den Kurzbeschreibungen auf.

Er las:

Drachen wurden früher auch zum Ziehen von Wagen und Booten und als Hilfsmittel in der Meteorologie eingesetzt.

Typische Materialien zum Bau sind Papier und Bambusspaltstäbe.

Folgende Drachentypen werden unterschieden:

Einleinerdrachen
Einleinerdrachen sind die Grundform der Drachen. Sie sind üblicherweise ungelenkt. In Europa sind deltoide Flachdrachen der verbreiteste Typ.

Kampfdrachen
Kampfdrachen sind einleinige Lenkdrachen.

Wird die Leine locker gelassen, bricht der Drachen seitlich aus. Durch Ziehen an der Leine stabilisiert er seine Flugbahn in die Richtung, in die er zuletzt gezeigt hat.

Der Bau des einleinigen Lenkdrachen ist eine knifflige Sache, da der Drachen perfekt austariert sein muss.

Die Handhabung ist ebenfalls eine Übungssache und erfordert Geschick und Reaktionsschnelligkeit.

Weitere Typen von Einleinerdrachen

Kastendrachen, Rolplan, Gleitdrachen, Cody, Saul's Barrage Drachen, Rokkaku

Mehrleinige Drachen (Lenkdrachen)

Ein Lenkdrachen ist ein Drachen, der sich lenken lässt. Er hat gewöhnlich zwei Leinen, an denen unterschiedlich stark gezogen werden kann. Jeweils eine Leine ist mit einem Teil des Drachens verbunden. Gewöhnlich gibt es einen linken und einen rechten Teil, von dem jeweils eine Leine abgeht.

Im weiteren Text folgten detaillierte Beschreibungen.

Deltadrachen

Der Deltadrachen ist der klassische Lenkdrachen. Er wurde mit dem Rhombusdrachen als erster als Lenkdrachen eingesetzt.

Der Delta besteht aus einem V-förmigen Segel, das durch ein etwas schmaleres V in der Stabkonstruktion aufgespannt wird. Der Wind wölbt die Segelflächen nach oben und bildet das Profil aus. Bei einem Drittel der Stablänge des V und bei rund 2 Drittel wird je eine Waagenleine befestigt. Die dritte Leine kommt an das untere Ende der Mittelstrebe. Damit enthält man 2 Befestigungspunkte für die Steuerleine.

Potthast las weiter, Beschreibungen und Bauanleitungen.

Mattendrachen

Mattendrachen (auch: Airfoils) sind stablose Drachen, die nur durch den Wind in Form gebracht werden.

Die Matte besteht aus der Segelfläche und den sie stabilisierenden Luftkammern. Die Matten werden meist aus zwei gleichen Segelflächen mit den sie verbindenden Kammern hergestellt. Die Kammern haben Luftverbindungen, um Druckunterschiede in ihnen auszugleichen.

Eine Matte muss immer mit Zug an den Leinen geflogen werden. Wird sie drucklos, klappt sie zusammen. Deshalb werden beim Kite-Surfen Drachen mit aufblasbarer Vorderkante eingesetzt. Diese verhindert bei fehlendem Zug, dass die Matte zusammenfällt.

Vierleiner

Die Steigerung des Lenkdrachens findet sich im Vierleinerdrachen wieder. Beim 4-Leiner werden die beiden üblichen Steuerleinen durch zwei weitere an der hinteren Segelkante angebrachte Steuerleinen ergänzt. Durch diese beiden Leinen lässt sich der Anstellwinkel der beiden Segelflächen variabel einstellen. Damit lassen sich die Drachen auch rückwärts fliegen, auf der Stelle stehen oder drehen und sanft auf den Boden aufsetzen.

Weitere typische Lenkdrachen

Deltadrachen - Nasa Wing - Revolutiondrachen - Rhombusdrachen

Drachensteigen

Je nach Wind können Drachen solche Kraft entfalten, dass sie den Piloten mitschleifen oder sogar in die Luft ziehen können. Das bewusste Spiel mit den Kräften des Drachens wird Power-Kiting genannt. Anfänger sollten im Zweifelsfall den Drachen lieber allein fliegen lassen, d.h. die Leinen loslassen. Da dann kein Leinenzug mehr herrscht, sinkt der Drachen zu Boden.

Potthast wechselte zu anderen Internetseiten. Sie zeigten Bilder von Kampfdrachen, es waren Bauanleitungen zu sehen. Und, und, und..., eine riesige Vielfalt gab es zu diesem Thema. Die Drachen, die er sah, waren alle kunstvoll bemalt. Er stellte fest, dass es im Grunde einige wenige Basistypen gab, von denen dann aber vielfältige Varianten. Fast alle Drachen hatten japanisch klingende Namen. Was war also die Besonderheit der heute gestohlenen Drachen?

Um fünf hatte er so eine Ahnung, was an der Detmolder Sammlung so außergewöhnlich war. Fast hundertfünfzig der größten zeitgenössischen Künstler aus allen Kontinenten, die in der zweiten Hälfte des zwanzigsten Jahrhunderts wirkten, hatten einen dieser Drachen gestaltet. Wenn er einem der Autoren glauben durfte, die im Internet veröffentlicht hatten, gab es auf der ganzen Welt kein Museum, in dem so viele unterschiedliche, berühmte, zeitgenössische Künstler gleichzeitig ausgestellt worden waren, wie in Detmold. Die Fläche, auf denen sie ihre Bilder gemalt hatten, waren jedoch keine gewöhnlichen Leinwände, sondern es waren japanische Kampfdrachen.

Gut, Potthast war nicht unbedingt jemand, der sich für Kunst interessierte. Dennoch konnte er sich nicht erklären, warum er diesseits des Teutoburger Waldes noch nie von diesem Kunstschatz gehört hatte. Der Museumsneubau in Herford war in aller Munde. Er registrierte, wenn in Bielefeld in der Kunsthalle eine interessante Ausstellung war. Okay, er besuchte sie nicht, aber er las darüber in der Zeitung, doch das Detmolder Drachenmuseum war ihm irgendwie durchgegangen.

Der Polizist sah auf die Uhr. An sich lohnte es sich nicht mehr, ins Bett zu gehen. Doch plötzlich bemerkte er eine unglaubliche Müdigkeit. Der Stress war wie weggeblasen. Ruhe und Ausgeglichenheit waren an dessen Stelle getreten. Er ging zurück in sein Schlafzimmer und kuschelte sich unter seine Decke. Sofort wurden seine Glieder schwer. Wärme und Wohlgefühl machte sich in jeder Faser seines Körpers breit und schon war er eingetaucht in einen tiefen Schlaf.

Als seine Frau Mechthild ihn an der Schulter schüttelte und rief:

„Willi, es ist Viertel nach sieben! Wenn du nicht bald aufstehst, kommst du zu spät zum Dienst!“, kam es ihm vor, als habe er gerade einmal fünf Minuten geschlafen. Er fühlte sich wie gerädert. Im nächsten Moment bestimmte schlechte Laune seinen Gemütszustand.

20

Es war Freitagmorgen, Maren Kösters Bürouhr zeigte auf acht. Es wollte an diesem Morgen einfach nicht hell werden. Sie hasste es, tagsüber bei künstlichem Licht arbeiten zu müssen, aber das trübsinnige Dämmerlicht machte dies notwendig.

Auf dem Besucherstuhl lümmelte sich ein noch lange nicht ausgeschlafener Jupp Schulte. Beide warteten auf Axel Braunert, der am gestrigen Abend Dienst gehabt hatte und der nun zu einer Eilbesprechung bei Erpentrup abkommandiert war. Es vergingen noch zehn Minuten, bis er hereinplatzte.

„So, jetzt brennt uns aber richtig der Arsch!“

Mit dieser für seine Verhältnisse ungewöhnlichen deftigen Aussage ließ er sich auf seinen Schreibtischstuhl fallen, öffnete eine Schublade, holte ein großes Stück Schokolade heraus, brach es in drei Teile und warf den beiden anderen jeweils ein Stück zu.

„Hier, Nervennahrung! Werden wir brauchen!“

Dic beiden anderen schauten ihn verwirrt an.

„Nun rede schon! Was ist denn los?“, wollte Schulte wissen.

Braunert setzte sich aufrecht hin.

„Gestern Abend kamen zwei Anrufe. Erst einer aus Oerlinghausen. Dort hatte ein Mitarbeiter des Klärwerkes eine Leiche gefunden. Bernhard und ich sind sofort hingefahren. Der Tote, ein Mann, kann maximal zwei Stunden dort gelegen haben, meinte Heinz Krause. Es war ganz offensichtlich Mord. Dem Mann wurde mit einer großkalibrigen Waffe in den Kopf geschossen. Waffentyp und so weiter weiß ich noch nicht, das erfahren wir heute alles von Heinz. Aber das ist noch lange nicht alles! Während Bernhard und ich in Oerlinghausen unseren Job gemacht haben, gab es ein weiteres Telefongespräch. Diesmal von den Kollegen aus Paderborn. Von deinem Freund Potthast!"

Dabei blickte er zu Schulte, als sei der schuld am Anruf aus Paderborn.

„Die Paderborner haben auf einem Autobahnrastplatz einen führerlosen LKW aufgestöbert. Dazu passend einen Menschen von einem Wachdienst, der behauptete, dieser LKW und auch sein Wachdienst wären von einem Museum engagiert worden, um einen sehr wertvollen Transport zu machen. Aber der LKW war leer! Komplett leer! Abgesehen von zwei gefesselten Männern auf der Ladefläche, die behauptet haben, überfallen worden zu sein. Und jetzt ratet mal, um welches Museum es geht und um welche Kunstschätze? Irgendeine Idee?"

Die beiden anderen schüttelten verärgert den Kopf. Keiner hatte Lust auf Ratespiele.

„Okay! Es geht um unser Detmolder Drachenmuseum!"

Jetzt waren Maren Köster und Jupp Schulte hellwach.

„Das Kittekat-Museum, oder wie das heißt? Ich denke, das ist geschlossen?"

„Ist es auch. Aber die Drachen waren bis gestern noch da. Sie sollten gestern Nachmittag per LKW nach Palermo gebracht werden. Ihr werdet es vielleicht nicht glauben, aber dieser Transport war mit rund 40 Millionen Euro versichert."

Schulte pfiff anerkennend durch die Zähne.

„Verdammt, dass hätte ich nicht gedacht! So was Wertvolles hatten wir hier in Detmold? Und ich war nie da. Aber ich will nicht stören. Erzähl weiter!"

Braunert steckte sich den Rest Schokolade in den Mund.

„Das ist eine ziemlich komplizierte Geschichte. Irgendwie sind da zwei total identische LKWs im Spiel, die ausgetauscht wurden. Ich habe gestern fast bis Mitternacht gearbeitet und heute Morgen brummt mir der Schädel. Irgendwie habe ich den Überblick verloren."

Die drei Polizisten schwiegen eine Weile.

„Also", begann Schulte eine Zusammenfassung, „wenn ich alles richtig verstanden habe, stehen wir vor folgenden Aufgaben: Wir haben den Mord am Norderteich. Da haben wir bislang nur die Identität des Toten klären können. Dann den Mord in Oerlinghausen. Von dem wissen wir noch fast gar nichts. Dann der Diebstahl der Drachen. Wenn ich das richtig einschätze, wird das noch gewaltig große Kreise ziehen. Und zu allem Überfluss stecken wir bis zum Hals in der Vorbereitung dieses Staatsbesuches. Ich will nicht schwarz malen, aber ich habe keine Ahnung, wie wir das schaffen sollen."

Maren Köster wischte die schokoladenverschmierten Finger an einem Tempotuch ab.

„Jupp, du als dienstältester und ranghöchster Kollege musst zu Erpentrup gehen und mit ihm sprechen. Entweder brauchen wir Verstärkung, oder er soll uns von dem Staatsbesuch befreien. Alles zusammen geht nicht!"

Schulte schwieg eine halbe Minute.

„Will ich gerne machen! Aber ich habe da keine großen Hoffnungen. Sicher ist es auch Erpentrups eigener Ehrgeiz, diesen ganzen Staatsbesuch mit möglichst vielen eigenen Kräften abzuwickeln. Ich bin aber sicher, dass auch er ganz enorm unter Druck steht. Viel Gestaltungsspielraum wird er gar nicht haben. Ausgerechnet in dieser Situation, in welcher der Kreis Lippe der ganzen Welt zeigen will, wie leistungsfähig die eigene Polizei ist, zu erklären, dass die eigenen Kräfte nicht ausreichen, also das dürfte unserer Führung sehr, sehr schwer fallen. Ich werde mein Bestes geben, wünscht mir die Kraft zur Gelassenheit."

21

Wenn er eins nicht mochte, dann war es unter Stressbedingungen zu arbeiten. Doch was sich jetzt abzeichnete, schien die Hölle zu werden. Erpentrup ging in seinem Zimmer auf und ab. Er war planlos. Wie sollte er eine vernünftige Arbeit machen und den Bundeskanzler schützen, wenn ihm zwar gesagt wurde, dass der kommt, aber weder seine Aufgaben klar waren, noch der Zeitpunkt, wann die Veranstaltung beginnen würde und welche Behörden und Kreise beteiligt waren.

Jetzt auch noch zwei Mordfälle und die gestohlenen Drachen. Das war mit seiner Truppe nicht zu schaffen. Doch woher nehmen und nicht stehlen. Seine Manpower war eben begrenzt.

In diesem Moment klopfte es an der Tür. Lohmann trat ein, bevor er ein Wort sagen konnte.

„Herr Oberrat", begann er gleich zu reden. „Unsere Kapazitäten werden verdammt knapp. Ich bin dabei, einen genauen Plan zu machen, wie wir das alles unter einen Hut bringen. Dazu brauchte ich von Ihnen noch ein paar Daten, damit ich auch alles berücksichtigen kann."

„Fragen Sie, Lohmann, fragen Sie", sagte er resigniert.

„Wann geht das in Blomberg los und was ist unsere Rolle?"

Erpentrup zuckte resigniert mit den Schultern.

„Ich weiß nichts, es kommen keine Infos rüber. Vor einer Viertelstunde habe ich noch mal beim Kreis und beim Landesverband angerufen. Die wissen auch noch nichts Genaues. Es ist alles zum Kotzen."

Lohmann dachte nach. Plötzlich bekam er einen Gesichtsausdruck, den der Polizeioberrat noch nie bei seinem Polizisten bemerkt hatte.

„Wissen Sie was, ich rufe jetzt einfach in Berlin an."

„Sie rufen in Berlin an, okay, und wen?"

„Na, Schröder!"

Erpentrup glotzte.

„Darf ich von hier?"

Erpentrup nickte.

Lohmann griff sich das Telefon und rief die Auskunft an. Wenige Minuten später hatte er die Telefonnummer des Bundeskanzleramtes. Er wählte wieder.

„Ja, hier Lohmann, Kreispolizeibehörde Detmold! Ich hätte gerne einmal den Bundeskanzler gesprochen."

„Nein, sonst habe ich keine Sorgen!"

„Ist er im Hause? Ja, dann sagen Sie ihm bitte, dass ihn Bernhard Lohmann aus Lage Lippe sprechen möchte." Sekunden später.

„Okay, dann verbinden Sie mich mit seinem persönlichen Assistenten."

Das ist doch peinlich, dachte Erpentrup, doch bevor er die Vorstellung beenden konnte, ergriff sein Kommissar schon wieder das Wort.

„Ja, hallo, hier Bernhard Lohmann aus Lage, ich möchte gerne den Bundeskanzler sprechen.

Stille

„Dann fragen Sie ihn!", sagte der Detmolder Polizist jetzt schon fast ungehalten.

Wieder eine Pause. Erpentrup wollte etwas sagen.

„Hallo, Herr Bundeskanzler, ja, hier Lohmann, vielleicht kennen Sie mich noch? Ich war früher beim VfL ..."

„Ja genau, Libero."

Erpentrup sah blöde zu dem telefonierenden Polizisten.

„Jetzt bin ich Polizist! Okay, also Gerhard, wir haben den Job, den Staatsbesuch zu sichern. Wir wissen aber nichts. Mein Chef ist schon ganz raschelich."

Erpentrup hätte seinem Polizisten am liebsten den Hörer aus der Hand gerissen. Doch Lohmann fing wieder an zu reden.

„Also, es wäre gut, wenn wir einen festen Ansprechpartner hätten, mit dem wir alles absprechen können."

Stille.

„Okay, ich rufe deinen persönlichen Sekretär heute Nachmittag an. Danke! Ja, die habe ich geheiratet. Ich grüße sie von dir. Also, wir hören voneinander."

An Erpentrup gewandt, der den Mund nicht mehr zu bekam, sagte er:

„Heute Nachmittag bekomme ich alle Infos, die wir brauchen und uns wird ein fester Ansprechpartner zugewiesen, mit dem wir jederzeit telefonieren können und der über alles informiert ist."

Erpentrup glotzte nur noch.

„Ach", sagte Lohmann „noch etwas. Zu dieser Drachengeschichte würde ich vorschlagen, dass wir eine Sonderkommission mit den Paderbornern bilden. Das ist eh im Moment eine kreisübergreifende Geschichte. Diese Gelegenheit sollten wir nutzen. Dann bleibt im Endeffekt nicht alles auf uns Lippern hängen. Wenn die sich aus dem Fall rausziehen, haben die Paderborner Kapazitäten frei, die uns fehlen werden. Dann doch lieber jetzt die Kräfte bündeln. Die können später nicht mehr abgezogen werden."

Erpentrup war beeindruckt. Was steckte in diesem unscheinbaren Mann, der sich nie nach vorne gespielt hatte! Der in seinem Alter immer noch nur Kommissar war. Als er ihn zu seinem Assistenten in Sachen Staatsbesuch gemacht hatte, war das genau die richtige Wahl gewesen.

„Gute Idee", sagte Erpentrup. „Ich setze mich gleich mit dem Polizeioberrat Schmitz ins Benehmen und sehe, was sich da machen lässt. Ach, eine Sache noch, war das wirklich der Bundeskanzler?“

„Sicher, wir haben früher viele Jahre zusammen Fußball gespielt“, sagte Lohmann und tat, als sei dies das Normalste auf der Welt.

22

Eine tiefe Traurigkeit hatte nach Margarete Bülow gegriffen. Sie konnte sich an Zeiten erinnern, da hatte sie ihre Urlaube so geplant, dass sie immer auch das eine oder andere berühmte Museum besuchen konnte. Sie war in New York, Paris, Amsterdam, Rom, Florenz und sonst wo gewesen, mit der Absicht, die Kunstausstellungen zu besuchen, die diese Städte zu bieten hatten. Die Kunsthalle in Düsseldorf und das Museum Ludwig in Köln waren sozusagen ihre Wohnzimmer. So manches berühmte Bild hatte sie fast zu Tränen gerührt. Sie liebte die Explosion von Farben. Doch dann kam dieser verdammte Unfall, bei dem sie ihr Augenlicht verloren hatte. Seit dieser Zeit hatte sie alles getan, um ihre Leidenschaft für Kunst zu vergessen.

Sie konnte sich noch genau erinnern, als sie damals einen Artikel über das in Detmold geplante Drachenmuseum las. Sie stellte es sich fantastisch vor, einen Drachen von Uecker gestaltet, neben einem von Akira Kurosaki zu sehen. Einen von Karl Otto Götz, einen von Niki de Saint Phalle gemeinsam mit einem von Robert Rauschenberg und einem von Elvira Bach. Daneben einen von Emil Schumacher. Die Kunst der Aborigines neben der informellen Malerei und einem Drachen, gemalt im Stil der ‚Lubok‘, der bunten Bilder, wie sie früher auf Moskauer Straßen verkauft wurden.

Nie mehr wollte Margarete Bülow einen Fuß in ein Museum setzen. Am liebsten hätte sie Vokabeln wie Farbe, Kunst, Museum, Bilder aus ihrem Wortschatz gestrichen. Und jetzt sollte ausgerechnet sie an der Wiederbeschaffung dieses in Detmold gestohlenen Kunstschatzes mitarbeiten. Alle ihre gerade etwas vernarbten Wunden rissen wieder auf. Plötzlich blind werden war schrecklich. Margarete Bülow konnte ihre Tränen nur mit Mühe zurückhalten. Sie wollte sich im Dienst keine Schwäche erlauben, die auch nur im Weitesten mit ihrer Behinderung zu tun hatte. Trotzdem empfand sie das Gefühl, die ganze Verzweiflung, die es in der Welt gab, ertragen zu müssen.

So fand Willi Potthast seine Kollegin. Hilflos ging er zu ihr.

„Margarete, was ist mit dir los?"

„Die gestohlenen Drachen haben in mir wieder diese unendliche Schrecklichkeit hervorgerufen, die das Blindsein für mich bedeutet. Gegen die ich jeden Tag ankämpfe. Ich bringe fast alle mir zur Verfügung stehende Kraft auf, mein Leben zu meistern ohne sehen zu können. Doch wenn ich mich an die Schönheit, die Ausdruckskraft mancher Bilder erinnere, dann reicht sie nicht aus. Ich bin eine Meisterin des Verdrängens geworden. Doch offensichtlich bin ich nicht gut genug. Allein der Gedanke an die Detmolder Drachen nimmt mir all meinen Lebensmut."

Die Polizistin brachte ihre gesamte zur Verfügung stehende Selbstdisziplin auf, um ihren Schmerz schnell zu durchleben. Sie wünschte sich, dass der Alltag wieder nach ihr griff.

Der Hauptkommissar bemerkte bei sich Verlegenheit. Sie schwiegen beide lange. Plötzlich schlug die Polizeioberrätin mit beiden Handflächen auf die Schreibtischplatte.

„Wie gehen wir jetzt in diesem Fall weiter vor? Du hast dir doch sicher schon so deine Gedanken gemacht?"

Potthast stützte sein Gesicht in seine Hände und rieb es sich damit. Dann stellte er seinen Plan vor:

„Ich schlage vor, wir fahren nach Detmold zu Lippe-Security und vernehmen dort die an dem geplanten Drachentransfer beteiligten Personen. Ich habe mich schon mit Einsatzleiter Haase in Verbindung gesetzt. Der ist wirklich kooperativ. Um elf Uhr hat er alle am gestrigen Einsatz Beteiligten einbestellt. Mit denen werden wir, mit jedem einzeln, reden. Anschließend machen wir unseren Antrittsbesuch in Detmold. Mit Schulte habe ich gerade telefoniert. Mit Erpentrup wird unser Chef telefonieren, damit auch ja die Kleiderordnung eingehalten wird. Danach sehen wir weiter."

Frau Bülow erhob sich.

„Wie sehe ich aus? Kann ich so unter die Leute?"

Potthast nickte und beeilte sich, im nächsten Moment ja zu sagen.

Die Polizistin hakte sich bei ihrem Kollegen ein und verließ gemeinsam mit ihm das Büro.

Potthast lenkte seinen Audi über die Gauseköte. Hier oben auf dem Teuto war eine richtige Winterlandschaft. Über zwanzig Zentimeter Schnee bedeckten den Kamm des Gebirges. Es sah wirklich schön aus. In Detmold war von der weißen Pracht nicht mehr viel zu sehen. Potthast fuhr Richtung Kreispolizeibehörde. Doch dann bog er auf der Bielefelder Straße rechts ab Richtung Industriegebiet. *Lippe-Security* hatte seinen Sitz auf einem umzäunten Gelände in der Nähe des Verlages *Topp+Möller.* Das Gebäude selber war ein Industriebau mit einem angegliederten Bürotrakt. Als die Paderborner Polizisten sich über die Wechselsprechanlage angekündigt hatten, öffnete sich das Eingangstor. Es war wütendes Hundegebell zu hören. Potthast parkte seinen Wagen direkt vor dem Eingang und klopfte zwei Minuten später an die Tür von Haases Büro. Dieser kam ihnen entgegen, in der Hand hielt er eine Coladose. Er leitete Potthast und Frau Bülow in ein Besprechungszimmer und sagte:

„Die Kollegen stehen gleich zu Ihrer Verfügung. Möchten Sie etwas trinken? Cola, Kaffee, Tee?"

Potthast entschied sich für Kaffee, die Polizeidirektorin für Orangensaft.

Zehn Minuten später schilderte Möllensiek, der gestern Dienst habende Wachmann, seine Sichtweise. Haase saß schweigend daneben. Als er zum Ende gekommen war, fragte Potthast:

„Was meinen Sie, waren die beiden Fahrer Henze und Meyer an dem Diebstahl der Drachen beteiligt?"

„Kann ich mir nicht vorstellen, ich kenne die beiden schon seit fünf Jahren. Ich halte sie für absolut zuverlässig. Als der LKW in Oerlinghausen am Klärwerk das erste Mal hielt, da hatte ich es schon im Urin. Da is was faul, habe ich gedacht. Aber wer denkt denn an so was. Der Chef, Herr Haase, war stinksauer, als er erfuhr, dass die da anhielten. Er war der Meinung, die hätten eine Pinkelpause gemacht. Aber das glaube ich nich."

„Von den beiden Fahrern fehlt jede Spur?", hakte Frau Bülow nach.

Möllensiek und Haase nickte bestätigend.

Gegen vierzehn Uhr verließen die beiden Paderborner Polizisten den Wachdienst und fuhren zur Kreispolizeibehörde. Potthast klopfte zehn Minuten später an Schultes Bürotür. Das Zimmer war chaotisch wie immer. Schulte sah von seinem Schreibtisch hoch und freute sich, seinen Freund und Kollegen zu sehen.

„Wir gehen in ein Besprechungszimmer. Da können wir in Ruhe reden und haben Platz. Lohmann, Maren Köster und Braunert kommen auch dazu. Wollt ihr einen Kaffee?"

Beide Gäste winkten ab. Ihren Bedarf an Getränken hatten sie bei *Lippe-Security* hinreichend befriedigt. Schulte stand auf und begrüßte auch Margarete Bülow herzlich. Sie hatten noch im letzten Sommer gemeinsam einen Fall gelöst.

Als sich alle um den Besprechungstisch versammelt hatten, eröffnete Lohmann die Sitzung.

„Wie ihr wisst, steht uns ein Staatsbesuch ins Haus. Der Bundeskanzler und der französische Staatspräsident treffen sich im Hotel Burg Blomberg. Wir, die örtliche Polizei, sollen unseren Beitrag zur Sicherung des Gipfels leisten. Wenn ich von örtlicher Polizei rede, meine ich unter anderem die Kreise Höxter, Paderborn und Lippe. Die Zuständigkeiten sind natürlich noch ungeklärt und die Aufgabenverteilung kennt auch noch keiner. Die Detmolder Mordkommission ist völlig überlastet. Wir arbeiten an zwei Morden, die in der letzten Woche passiert sind. Jetzt kommt auch noch der Kunstraub dazu. Der wäre zwar Aufgabe für die Abteilung Eigentumsdelikte, aber die stecken auch bis zum Hals in Arbeit, sagen sie jedenfalls. Die Zuständigkeit für den Drachendiebstahl ist eh etwas kompliziert. Deshalb hat unser Chef den Paderbornern vorgeschlagen, wieder eine Sonderkommission zu gründen. Euer Chef, Polizeioberrat Schmitz, ist übrigens einverstanden. Das heißt, wir werden in den nächsten Wochen in irgendeiner Weise zusammenarbeiten."

„Zwei Mordfälle in einer Woche", ergriff Potthast das Wort.

„Bei euch ist ja mehr los als in Chicago. Könnt ihr sie kurz vorstellen? Danach bekommt ihr von uns den Sachstand zum Drachendiebstahl. Viel haben wir noch nicht und ich muss mich noch ein bisschen sortieren nach den Gesprächen heute Vormittag."

„Ganz viel können wir auch noch nicht liefern", berichtete Schulte.

„Der erste Tote wurde am Montag von einer Läufergruppe am Norderteich gefunden. Es handelt sich um einen gewissen Koppsieker. Emeritierter Musikprofessor, wurde erschossen. Wir geben euch eine Kopie der Akte zur Kenntnis. Der zweite Mord fand gestern in Oerlinghausen statt. Am Klärwerk …"

Potthast sprang wie von einem Stromschlag getroffen auf, noch bevor Frau von Bülow etwas sagen konnte.

„Wann war das, wie heißt der Tote?"

Die Detmolder sahen den Paderborner Polizisten verständnislos an.

„Der Tod trat ca. um siebzehn Uhr ein. Die Identität des Erschossenen und des Schwerverletzten ist noch nicht geklärt", antwortete Braunert verwundert.

„Ich möchte wetten, die beiden Männer heißen Meyer und Henze. Es waren die beiden Fahrer des LKWs, der die Drachen befördert hat," ergriff Frau Bülow das Wort und berichtete von den Verhören, die sie noch vor kurzer Zeit bei *Lippe-Security* durchgeführt hatten. Als sie geendet hatte, zückte Potthast sein Telefon, rief Haase an und bat ihn, mit den Personalakten der beiden Fahrer zur Kreispolizeibehörde zu kommen.

Es herrschte aufgeregte Betriebsamkeit, nachdem sich die Wahrscheinlichkeit herauskristallisiert hatte, dass der Mord in Oerlinghausen und der Drachenklau unmittelbar miteinander zu tun haben könnten. Alle redeten durcheinander. Es entwickelte sich eine spannungsgeladene Situation. Jeder der Polizisten ahnte, dass sie kurz davor waren, einen entscheidenden Schritt weiter zu kommen. Da klopfte es an der Tür. Im nächsten Moment trat ein athletisch wirkender Mann ins Besprechungszimmer. Er hatte blonde, kurz geschorene Haare. In der rechten Hand hatte er zwei grüne Akten aus einer Hängeregistratur. Potthast erhob sich von seinem Stuhl und ging ihm entgegen.

„Schön, dass Sie es einrichten konnten und so schnell gekommen sind."

„Das ist doch selbstverständlich", erwiderte der Mann. „Keiner hat ein größeres Interesse daran, den Diebstahl so schnell wie möglich aufzuklären, als ich. Schließlich lastete es unserem Unternehmen und auch mir an, wenn die Kunstwerke nicht wieder auftauchen. Ich glaube jedoch nicht, dass unsere beiden Fahrer etwas mit dem Diebstahl zu tun haben. Auch wenn sie verschwunden sind. Ich kann mir gut vorstellen, dass man sie entführt hat."

Jetzt ergriff Frau Bülow das Wort: „Wenn unsere Vermutungen stimmen, dann sind Ihre beiden Fahrer nicht entführt worden. Bitte zeigen sie uns doch die Personalakten der Männer!“

Haase legte die Ordner auf den Tisch. Lohmann griff danach und blätterte sie durch. Die Passbilder der Männer sah er sich lange an. Dann nickte er.

„Es sind die beiden. Der Tote und der Schwerverletzte.“

Der blonde Wachdienstleiter sah den Polizisten verblüfft an. Dann wiederholte er die Worte langsam und leise.

„Der Tote und der Schwerverletzte? Wie soll ich das verstehen?“

Lohmann schob Haase einen Stuhl hin.

„Gestern Abend sind vor dem Klärwerk in Oerlinghausen zwei Männer gefunden worden. Einer ist schwer verletzt, er liegt noch im Koma. Hat aber gute Chancen durchzukommen. Wenn wir ihn vernehmen können, kommen wir sicher einen großen Schritt weiter. Doch das kann noch ein paar Tage dauern. Aber der andere Mann ist tot. Er wurde erschossen.“

Frau Bülow fasste den Ist-Stand zusammen:

„Der LKW mit den Drachen ist gekidnappt worden. Dann wurden die Zugmaschinen ausgetauscht, um uns auf eine falsche Spur zu bringen. Der andere LKW ist in aller Seelenruhe wahrscheinlich in die andere Richtung davon gefahren. Die Täter gehen mit einer enormen Brutalität und Rücksichtslosigkeit zu Werke. So wie der ganze Diebstahl abgewickelt wurde, kann man davon ausgehen, dass es sich um absolute Profis handelt. Es kann auch durchaus sein, dass es bei Ihnen im Unternehmen einen Maulwurf gibt, Herr Haase. Die Möglichkeit, dass er beim ehemaligen Betreiber des Drachenmuseums sein Plätzchen hat, ist auch nicht unwahrscheinlich. Beide Bereiche werden wir überprüfen müssen.“

Haase nickte.

„Ich werde alles tun, damit Sie ihre Aufgabe so schnell und problemlos wie möglich erledigen können“, antwortete er kooperativ.

Zwischen den Polizisten und Haase gab es für heute nichts mehr zu besprechen und so verabschiedete sich der Mann von *Lippe-Security* wenige Minuten später. Die Polizisten legten ihr weiteres Vorgehen fest. Anschließend bildeten sie Arbeitsgruppen.

„Wir müssen uns das Drachenmuseum und deren Beschäftigte vornehmen“, stellte Lohmann fest.

Potthast, Braunert und Frau Bülow beschlossen, dies gleich am Montag zu tun. Sie verabredeten sich für neun Uhr vor dem Gebäude.

23

Was war das für eine ätzende Besprechung gewesen! Schulte ging in sein Büro, setzte sich an seinen Schreibtisch, zog die untere Schublade heraus und legte seine Füße hinein. Freitagabend. Er überlegte, wie er den Abend verbringen könnte. Er hatte Lust ein Bier zu trinken und etwas zu essen. Aber so alleine durch die Kneipen zu ziehen, danach stand ihm auch wieder nicht der Sinn. In solchen Situationen war sein Kumpel Detlef Dierkes meist die Rettung. Er war sein Sandkastenkumpel und, wie es der Zufall wollte, hatte es den Tierarzt ebenfalls nach Lippe verschlagen. Jetzt wohnte er mit seiner Frau Lisa auf einem ehemaligen Bauernhof in der Nähe von Brüntrup. Das Paar hatte zwei Kinder, die es selten zuließen, dass die Eltern am Wochenende die kulturellen Highlights der Region verkonsumierten. Mit fast hundertprozentiger Sicherheit würden sie zu Hause sein. Detlev hätte sicher nichts dagegen, seinem Kumpel Schulte das eine oder andere Bier auf den Küchentisch zu stellen. Auch seine Frau Lisa hatte gern Gäste, die sie immer ausgezeichnet bewirtete. Einem netten Gespräch war sie ebenfalls nicht abgeneigt. Noch dazu war sie eine der besten Köchinnen, die Jupp kannte.

Warum sich also weiter Gedanken über den Abend machen? Er griff zum Telefon und rief an.

Lisa und Detlef hatten nichts gegen einen Besuch und so sputete sich Schulte. Noch kurz zu Hause vorbei und den Hund versorgen und sich etwas frisch machen, dachte er sich, und dann einen schönen Abend auf dem Bauernhof verleben, sich satt essen und das eine oder andere Bierchen trinken. Was für ein Leben!

Eine viertel Stunde später rollte sein Volvo auf die Einfahrt seiner Leibzucht. In seiner Küche brannte Licht. Jetzt fiel es Schulte wieder ein. Seine Tochter lebte ja seit zwei Tagen bei ihm. Die hatte er ganz vergessen. Mit schlechtem Gewissen betrat Schulte das Haus. Da roch er, dass jemand etwas gekocht hatte. Schulte betrat die Küche. Sie hatte noch an Sauberkeit gewonnen. Auf dem Tisch lag eine weiße Damastdecke. Es war für zwei Personen gedeckt und zwei Kerzen brannten. Schulte war sprachlos. Wo kam nur die Tischdecke her?

In diesem Moment kam seine Tochter Lena aus dem Wohnzimmer.

„Guten Abend, Vater, du kommst genau richtig. Ich habe für uns gekocht. Es gibt Grünkernauflauf. Ich hoffe, du hast Hunger!"

Da stand Schulte und musste sich, zwischen dem Rehrücken, den ihm Lisa in Aussicht gestellt hatte und dem Grünkernauflauf seiner Tochter entscheiden. Egal in welche Richtung das Pendel ausschlug, er kam in Erklärungszwang.

Der Polizist zog seine Jacke und die Schuhe aus und setzte sich an den Tisch. Seine Tochter stellte eine Flasche Wein und Wasser auf den Tisch und wollte auftragen. Doch Schulte hielt sie davon ab und bat sie, sich zu setzen.

„Ist irgendetwas, Vater? Habe ich etwas falsch gemacht?"

„Nein, es ist schon in Ordnung", erwiderte Schulte. „Zunächst einmal finde ich es ausgesprochen lieb von dir, wie du dich kümmerst. Es ist nur, ich weiß gar nicht, wie ich es dir erklären soll. Also, ich habe so ungefähr zwanzig Jahre alleine gelebt und war eigentlich nie Vater, also so richtig, mit Verantwortung und so“, druckste er herum.

„Als ich die Mutter deiner Schwester heiratete, war ich ein junger Polizist in der Ausbildung und danach an der Fachhochschule. Jedenfalls fast nie zu Hause. Ich war jedes Wochenende verwundert, wie viel Ina schon wieder gewachsen war. Na ja, so als Wochenend-Ehemann war ich vielleicht noch einigermaßen geeignet. Ich hab ja auch nicht so richtig viel mitbekommen von den Sorgen, die meine damalige Frau hatte und den Schwierigkeiten, die die Kindererziehung mit sich brachte. Sie war ja, wenn man es genau nimmt, Alleinerziehende. Und dann, als ich meine Ausbildung beendet hatte, und die Woche über öfter auch mal zu Hause war, da war unsere Ehe innerhalb eines Jahres kaputt. Es war unmöglich, weiter zusammen zu leben. Also zog ich aus und wohne seitdem alleine. Jetzt auf einmal trittst du in mein Leben. Du bist, wie es mir scheint, völlig anders als ich. Meine Unordnung, für die ich zehn Jahre gebraucht habe, hast du in zwei Tagen ruiniert. Ich vergesse immer wieder, dass ich seit zwei Tagen Vater bin. Heute Abend zum Beispiel habe ich mich mit einem Sandkastenfreund verabredet. Eben erst. Ich hatte völlig vergessen, dass du auch noch da bist. Ich schäme mich richtig, dass ich mich so verhalte. Aber ich kann nicht anders! Ich habe es einfach nicht gelernt, Vater zu sein. Noch mal. Ich freue mich, dass du da bist. Dass du den Mut gefunden hast, mich zu fragen, ob du bei mir unterkriechen kannst. Doch ich komme mit der Situation nicht klar. Versteh mich nicht falsch, es ist nicht gegen dich. Doch wenn ich dich verletzen sollte, ist das nicht meine Absicht, sondern meine Unfähigkeit.“

Lena standen die Tränen in den Augen. Obwohl Schulte gewissermaßen ein Fremder für sie war, so umarmte sie ihn jetzt.

„Mir geht es ähnlich. Ich will alles richtig machen und schieße wahrscheinlich über das Ziel hinaus. Ich hasse Unordnung, Unpünktlichkeit und ganz viele andere Dinge, die mit „Un“ anfangen. Ich hatte bis heute Morgen Angst vor Hunden und dachte, für das Leben auf dem Lande sei ich nicht gebaut. Im Grunde, glaube ich, geht es mir ähnlich wie dir.“

Schulte erwiderte die Umarmung. Plötzlich war er unendlich stolz auf seine Tochter.

„Weißt du was, Vater, den Auflauf können wir morgen auch noch aufwärmen. Fahr einfach zu deinem Kumpel.“

„Zunächst möchte ich dich bitten, nicht immer Vater zu mir zu sagen. Ich heiße Jupp! Und dann, was hältst du davon, wenn du einfach mit kommst. Ich muss doch meinen Freunden endlich einmal meine Tochter vorstellen.“

„Ich komme gerne mit. Doch Jupp werde ich dich nicht nennen. Ich habe mir das ganze Leben gewünscht, zu jemandem Vater zu sagen. Diese Möglichkeit hab ich jetzt und werde sie auskosten.“

Schnell räumten Schulte und seine Tochter den Tisch ab und machten sich auf den Weg zu Dierkes. Auf dem Weg zum Auto fragte Schulte seine Tochter:

„Sag mal, wo hast du eigentlich die Tischdecke aufgetrieben? Ich habe die ganzen Jahre über immer ein Bettlaken genommen, wenn ich ein weißes Tischtuch brauchte.“

„Die lag unten in deiner großen Truhe in deinem Schlafzimmer.“

Familie Dierkes staunte nicht schlecht, als Schulte mit einer jungen Frau auflief. Als er sie dann noch als seine Tochter vorstellte, war die Überraschung perfekt. Es wurde ein schöner Abend. Nach dem Essen saßen sie alle zusammen und Detlef erzählte Schultes Tochter Geschichten über ihren Vater. Der trank einige Flaschen Bier und genoss es, sich spät in der Nacht von seiner Tochter nach Hause fahren zu lassen.

24

Es gab nichts Schlimmeres für Lohmann, als nach einem Mord den Angehörigen die schreckliche Nachricht zu überbringen. Gleich heute Morgen hatte er sich auf den Weg zur Familie Meyer gemacht, um die Botschaft zu überbringen. Karl Meyer hatte in Lage-Billinghausen gewohnt, in einer Mietwohnung eines Mehrfamilienhauses. Als Lohmann um halb acht auf den Knopf der Hausklingel drückte, ertönte nur wenige Sekunden später der Summer des Türöffners. Der Polizist erklomm schnaufend die erste Etage. Die Wohnungstür wurde einen Spalt breit geöffnet. Lohmann sah einer jungen Frau entgegen, die ein wimmerndes Kind auf dem Arm hielt. Ein zweites, etwas älteres, klammerte sich an ihrem linken Bein fest und sah den Mann mit großen fragenden Augen an. Die Frau machte einen unausgeschlafenen Eindruck. Ihre Gesichtsfarbe war bleich und sie sah erschöpft aus.

Lohmann zeigte ihr den Polizeiausweis und bat darum, kurz eintreten zu dürfen. Die Frau bekam einen Schrecken. Sie leitete ihn in ein Wohnzimmer, dessen Boden von Kinderspielzeug übersät war. Unaufgefordert setzte Lohmann sich in einen Sessel. Die Frau selber nahm auf dem Sofa Platz.

Der Polizist kam schnell zum Wesentlichen:

„Frau Meyer, ich muss Ihnen eine schreckliche Nachricht überbringen. Ihr Mann ist vorgestern Abend wahrscheinlich erschossen worden."

Lohmanns Gegenüber starrte ins Zimmer, als wäre Lohmann nicht anwesend.

„Ich würde es Ihnen ja gern ersparen, aber ich muss Sie bitten, in die Pathologie des Detmolder Krankenhauses zu kommen, um ihn zu identifizieren."

Die Frau starrte weiter und reagierte nicht auf Lohmanns Ansprache. Auch als er sie nach ihrem Hausarzt fragte, sagte sie kein Wort. Lohmann war für sie sozusagen gar nicht im

Zimmer. Sie stand unter Schock. Der Polizist wusste, dass ein Arzt hermusste. Er fischte sich sein Handy aus der Manteltasche und rief einen Mediziner an, zu dem auch er ging. Zehn Minuten später ließ er den Doktor in die Wohnung. Der versorgte die Frau. Lohmann hatte mittlerweile die Adresse einer Freundin von Frau Meyer herausbekommen. Er hatte angerufen mit der Bitte, sich um Mutter und Kinder zu kümmern. Auch sie versprach sofort zu kommen.

Als Lohmann eine halbe Stunde später seine Autotür aufschloss, um nach Detmold zu fahren, hatte er einen schalen Geschmack im Mund. In solchen Momenten widerte ihn diese Gesellschaft ebenso an wie sein Beruf. Wie wenig war doch ein Menschenleben wert. Da wurde ein LKW angehalten und gekidnappt. Einer der Fahrer machte vielleicht nur eine falsche Bewegung und musste dies mit seinem Leben bezahlen. Ihm wurde schlecht. Lohmann lenkte sein Auto an den Straßenrand. Er drehte das Seitenfenster seines alten Opels herunter und sog die kalte, klare Winterluft in seine Lungen. Die beißende Kälte, die durch das offene Fenster ins Innere des Wagens eindrang, bemerkte der Polizist nicht.

Anschließend fuhr der Kommissar zum Klinikum Lippe Lemgo, um sich über den Gesundheitszustand des Fahrers Henze zu erkundigen.

Der Dienst habende Arzt hatte keine Bedenken, Lohmann mit dem Verletzten sprechen zu lassen. Sein Gesundheitszustand war stabil. Doch die Befragung brachte wenig neue Erkenntnisse. Der Mann berichtete, dass alles sehr schnell ging und er sich an nichts erinnern konnte. Nachdem er von einem Pajero in den Feldweg abgedrängt worden war, hatte er einen regelrechten Filmriss.

25

Der Waldboden war immer noch hart gefroren, obwohl es zunehmend milder wurde. Hermann Rodehutskors, der frischgebackene Ruheständler, stolperte leise fluchend durch eine Treckerfurche. Er hatte keine Zeit vergeudet und sofort mit Beginn der Rente seine Forschungen aufgenommen. Er wollte nachweisen, dass die Hermannsschlacht in Lippe geschlagen worden war.

Bereits in der letzten Woche seiner Arbeitszeit hatte er sich einen Ruck gegeben und einen Computer gekauft. Auch wenn er in seinem Beruf keine große Liebe zu diesen Dingern entwickelt hatte, so war ihm doch klar geworden, dass es ohne sie nicht mehr geht. Denn am Ende seiner Forschungen sollte natürlich ein Buch stehen und ein Buch kann man heutzutage nur mit einem PC schreiben. Aber diese teuflische Kiste stand noch unausgepackt in seinem Arbeitszimmer. In den nächsten Tagen würde sein ehemaliger freier Mitarbeiter Axel Kogge vorbeikommen und den Apparat installieren. Bis dahin wollte Hermann Rodehutskors sich erst mal einen globalen Überblick über den Tatort seines künftigen Themas machen. Auf die Schlacht im Teutoburger Wald stimmt man sich am besten ein, indem man den Wald auf sich wirken lässt. So spazierte er bereits seit zwei Stunden durch den Winterwald und langsam wurde ihm kalt. Mit seiner Kondition stand es auch nicht zum Besten. Es wurde also höchste Zeit, diese erste Exkursion zu beenden. Er hatte das Gelände rund um die uralte Falkenburg bei Berlebeck erforscht und war nun auf dem Weg zu seinem Auto, welches er an der Gauseköte abgestellt hatte. Es dämmerte bereits. In weniger als einer Stunde würde es dunkel sein. Er beschleunigte seinen Schritt. Dabei erinnerte er sich daran, dass er in diesen zwei Stunden bereits mehrfach Jogger gesehen hatte. In dieser Jahreszeit! Waren die denn völlig verrückt? Mit Grausen erinnerte sich der Journalist im Ruhestand daran, dass er vor nicht einmal einem Jahr ebenfalls täglich durch den Bad Salzuflener Kurpark walken musste. Doch, darauf bestand er, nie freiwillig!

Kurz vor der Gauseköte hörte er hinter sich schlurfende Geräusche und Stimmen. Er drehte sich etwas verärgert um. Konnte man denn nirgendwo mehr allein herumspazieren und seinen Gedanken nachhängen? Wieder diese Jogger? Und prompt tauchte aus dem Wald ein ganzes Rudel von Läufern auf. Alle in diesen albernen bunten Läuferklamotten. Hermann Rodehutskors schüttelte den Kopf, schaute sich aber die gemischte Laufgruppe sehr genau an. Aber den Mann ganz vorn, so ein großer hagerer Typ, den kannte er doch! Er ging nicht etwa zur Seite, um die Sportler überholen zu lassen, sondern blieb mit seiner ganzen, nicht unerheblichen, Breite mitten auf dem schmalen Weg stehen, so dass der führende Jogger gezwungen war, heftig abzubremsen. Dieser wollte gerade wütend werden, als auch er den älteren dicken Herren erkannte.

„Herr Rodehutskors!“, stieß er, nach Luft ringend, aus. „Was machen Sie denn hier?“

Rodehutskors grinste.

„Das wollte ich Sie auch gerade fragen, Herr Erpentrup! Jagen Sie gerade Verbrecher? Dann ist das wahrscheinlich die neue Uniform, oder?“

Dabei blickte er leicht spöttisch an Klaus Erpentrup, seines Zeichens Polizeioberrat aus Detmold, herunter. Er trug, wie alle anderen auch, diese hautengen Laufhosen, wie ein Balletttänzer. Rodehutskors hatte seine ganz eigene Meinung von Männern, die sich so kleiden, aber das behielt er für sich. Erpentrup hatte mittlerweile seinen Atem wieder unter Kontrolle. Er bedeutete seinen ungeduldig wartenden Laufkumpanen, dass sie schon mal weiterlaufen sollten. Er würde sofort nachkommen.

„Nein! Wir trainieren für den Hermannslauf! Den kennen Sie doch, oder?“

„Sicher, der ist ja nach mir benannt worden!“, lachte Rodehutskors. Erpentrup schaute ihn verdutzt an. Er war ein kompetenter Polizeichef, vermutlich auch ein guter Läufer. Aber Humor gehörte nicht zu seinen Stärken. Er hob grüßend die Hand, drehte sich wieder in seine Laufrichtung und rannte mit schnellem Schritt hinter den anderen her. Rodehutskors lächelte in sich hinein.

„Noch so ein Verrückter! Das muss ich Schulte erzählen!“

Auch er ging nun etwas schneller. Weniger aus Freude am Laufen. Vielmehr dämmerte es bereits ganz kräftig und seine Frau hatte versprochen, bei seiner Rückkehr frischen Pickert und Kaffee auf dem Tisch zu haben.

26

An einem Samstag zwischen 12 und 14 Uhr, wenn sich der Wochenmarkt dem Ende zuneigt, in einem Café in der Detmolder Innenstadt einen Sitzplatz zu ergattern, ist fast so aussichtslos wie eine Audienz beim Papst zu bekommen. Das an Werktagen hauptsächlich von Schülern besuchte Café *Cup&Cino* in der Exterstraße machte da keine Ausnahme. Es war rappelvoll!

Tobias Kröger aus Heidenoldendorf war mit seiner Clique, allesamt Schüler des Stadtgymnasiums, bereits vor dem großen Run hier eingetroffen und hatte keine Mühe gehabt, einen freien Tisch zu finden. Freiwillig wäre keiner von ihnen aufgestanden und hätte seinen Platz riskiert. Doch Tobias Kröger hatte um 13.45 Uhr keine Wahl – er musste dringend zur Toilette. Noch bevor er sein Geschäft verrichten konnte, bekam er einen Anruf auf seinem Handy. Als das Gespräch beendet war, legte er das Handy auf die geflieste Fensterbank und pinkelte in aller Ruhe. Dann zog er den Reißverschluss zu, wusch sich die Hände und verließ den Toilettenraum.

Eine Viertelstunde später bemerkte er, dass sein Handy nicht in der Hosentasche steckte. Etwas beunruhigt lief er wieder zur Toilette. Das Handy war weg!

27

Die Nacht war ungewöhnlich dunkel. Dicke Wolken verhinderten, dass auch nur ein Stern zu sehen war. Von der tief hängenden Wolkendecke wurde das Licht, das die lippischen Städte und Gemeinden auch nachts abgaben, nicht wie sonst reflektiert. Es gab sozusagen kaum Restlicht. Obwohl es schon früher Morgen war, konnte man die Hand nicht vor den Augen sehen. Diese Atmosphäre verwunderte Braunert, der, wie jeden Morgen, Punkt sechs Uhr wach wurde, ohne dass ein Wecker seine Aufgabe verrichten musste. Verunsichert schaltete er eine Lampe ein und suchte nach seiner Armbanduhr. Sie zeigte die übliche Zeit, zu der er sich zum ersten Mal aus den Federn erhob. Er war ein Frühaufsteher. Für ihn gab es nichts Schöneres, als den jungen Tag bewusst zu erleben. Er ließ wie immer gemütlich den Tag angehen. Seine Kaffeemaschine war so programmiert, dass um fünf Uhr fünfzig die ersten Tropfen heißes Wasser durch das schon gestern Abend eingefüllte Kaffeepulver sickerten. Der Duft drang im nächsten Moment in seine Nase. Braunert setzte sich auf die Bettkante und suchte mit den Füßen nach seinen Pantoffeln. Dann machte er sich auf den Weg in die Küche. Holte sich seine Tasse Kaffee und auf dem Rückweg zum Schlafzimmer die Zeitung aus dem Briefkasten.

Er schlüpfte wieder ins warme Bett, nahm einen ersten Schluck aus seiner Tasse und blätterte die Zeitung durch. Der Diebstahl der Drachen spielte in der regionalen Berichterstattung noch keine Rolle. Wer weiß, wofür es gut ist, dass noch nicht drüber gesprochen wird, dachte er und schlug die Seite um. Er fand auch hier nichts Lesenswertes und so begann er über den Tag, der vor ihm lag, nachzudenken. Er hatte sich mit den beiden Paderborner Polizisten Potthast und Frau Bülow verabredet, um die Mitarbeiter des *Art-Kite-Museums* zu verhören. Sie wollten die ersten Gespräche direkt im Hangar an der Charles-Lindbergh-Straße führen und sich auch einen Eindruck über die Örtlichkeiten verschaffen.

Braunert war ein paar Mal, wenn er Besuch aus Köln, Hamburg oder Berlin hatte, dort gewesen, um seinen Freunden das einmalige Erlebnis zu gönnen, ein Museum mit den Bildern vieler berühmter zeitgenössischer Künstler ganz für sich zu haben. Sie waren nie von anderen, unbekannten Besuchern bei ihrer Kunstbetrachtung gestört worden. So etwas gab es bis vor kurzem in keinem anderen Museum irgendeiner Kunstmetropole. Über diese Einzigartigkeit verfügte nur das Weimar Ostwestfalens-Lippes: Detmold!

Der Polizist musste schmunzeln. Nahm den letzten Schluck Kaffee und machte sich auf den Weg ins Bad.

Nach einem Frühstück mit Müsli, frischem Obst und einer weiteren Tasse Kaffee machte er sich wie jeden Morgen auf den Weg von Lemgo nach Detmold.

Manchmal fuhren Braunert und Maren Köster, die in einer Hausgemeinschaft lebten, gemeinsam zur Kreispolizeibehörde. Doch heute wollte Braunert direkt zum Drachenmuseum. Lohmann hatte ihn und seine Kollegen bei dem Direktor, oder was noch von ihm übrig war, angemeldet. Braunert rechnete mit einem gebrochenen Mann, der seinem Arbeitsplatz nachweinte. Doch das war nicht so. Als er um Punkt acht Uhr dreißig das ehemalige Museumsgebäude betrat, begegnete ihm Herbert Malzahn, der ehemals künstlerische Leiter, wie er sich nannte, mit ungemeiner Selbstsicherheit. Dass das Projekt Drachenmuseum so sang- und klanglos geendet hatte, lag an allem, nur er selbst hatte alles richtig gemacht. Dies hatte er Braunert plausibel gemacht, noch ehe der Polizist fragen konnte, ob seine Kollegen aus Paderborn schon eingetroffen seien.

Die Kulturmanager dieser Welt würden sich um ihn reißen. Den Laden abwickeln sollten andere, schwadronierte er weiter. Er nicht! Man hatte schon jemanden eingestellt, Rudolf Treuland, irgend so ein politischer Versorgungsfall aus dem Osten.

Braunert horchte auf. Den Namen hatte er schon einmal gehört. Er konnte ihn jedoch nicht zuordnen. Gerade als er nachfragen wollte, betraten Potthast und Frau Bülow den Eingangsbereich. Die Polizistin hatte sich, wie seit geraumer Zeit bei den beiden üblich, bei ihrem Kollegen eingehängt. Dieses Auftreten ließ bei Außenstehenden die Vermutung zu, es handele sich bei dem Paar um alte Eheleute, die immer noch einen zärtlichen Umgang hegten. So war auch Malzahn verwundert über sie.

„Das Museum ist seit über zwei Wochen geschlossen!", trat er ihnen entgegen.

Er hielt die Polizisten für Besucher. Doch Braunert klärte das Missverständnis schnell auf.

Malzahn entschuldigte sich und bat die nun vollständige Gruppe in sein Büro. Ein großzügiger, heller Raum, der geschmackvoll eingerichtet war. An den Wänden hingen einige Bilder. Dem oberflächlichen Betrachter wurde schnell klar, dass es sich nicht um Drucke handelte.

Der Museumsdirektor wies die Eintretenden auf eine Sitzgruppe hin.

„Ihre Mäntel und Jacken nehme ich Ihnen ab", sagte er beflissen und half Frau Bülow aus ihrem Kleidungsstück.

„Kaffee und Gebäck kommt sofort", plapperte er weiter und rückte Frau Bülow einen Stuhl hin, den diese ertastete und sich dann setzte.

„Was ist mit der Frau?", dachte Malzahn, sagte jedoch nichts, sondern ging um den Tisch herum und setzte sich auf seinen Stammplatz.

Er wartete erst gar nicht darauf, dass die Polizisten sich vorstellten und den Grund ihres Kommens näher erklärten oder irgendwelche Fragen stellten. Der Direktor plauderte darauf los:

„Ist es nicht schrecklich? Eine der größten Kunstsammlungen der Welt ist gestohlen worden. Hoffentlich gehen die Diebe pfleglich mit den Drachen um. Na, die werden schon irgendwann wieder auftauchen. Ich kann mir nicht vorstellen, dass sich die jemand in den Keller hängt. Mit Sicherheit wird es um die Versicherungssumme gehen, 40 Millionen Euro. Das ist kein Pappenstiel, das kann ich Ihnen sagen."

Frau Bülow bremste ihn.

„Das sind ja schon ganz bemerkenswerte Informationen, die Sie uns da geben. Wir werden auch noch einmal darauf zurückkommen. Doch bitte erlauben Sie, dass wir Vorgehen und Inhalt der Gespräche bestimmen."

Einen Moment hatte es Malzahn die Sprache verschlagen. Doch dann hatte er sich wieder gefangen.

„Das ist doch selbstverständlich, Sie geben den Weg vor. Doch vergessen Sie nicht, wenn sich hier einer auskennt, dann bin ich es", sagte Malzahn.

Alle merkten, dass er sichtlich beleidigt war. Doch über diesen Gefühlszustand gingen die Polizisten hinweg.

„Zunächst benötigen wir eine Liste der am Drachenmuseum Beschäftigten. Eine zweite von denen, die an der Planung des Drachentransfers beteiligt waren und eine Liste der Fremdunternehmen, mit denen das Drachenmuseum kooperiert hat!", fuhr Frau Bülow fort.

Sie sagte es mit einer Bestimmtheit, die keinen Widerspruch duldete.

Eine Seite der Polizistin, die ihre Kollegen nicht oft an ihr beobachteten. Meist setzte sie auf Kooperation. Doch dieser Mann schien sie zu provozieren.

Auch Malzahn war beeindruckt. Er nickte nur sprachlos.

„Wann, meinen Sie, können wir über die Listen verfügen?", kam die nächste Frage wie aus der Pistole geschossen aus ihrem Munde.

„Die Beschäftigtenliste können Sie sofort haben. Die anderen werde ich so schnell wie möglich anfertigen lassen."

Malzahn wirkte auf einmal geradezu dienstbeflissen. Die Arroganz, die der Kulturmanager noch vor fünf Minuten an den Tag gelegt hatte, war wie weggeblasen.

„Okay", holte Frau Bülow zum nächsten Schlag aus. „Wir brauchen noch ein Büro, in dem wir die Gespräche führen können. Ich denke, wir nehmen gleich dieses hier. Ist Ihnen das recht?"

Malzahn hob an, um zu widersprechen. Doch dann entwich die Luft seinem Mund wie aus einem Luftballon und er stotterte frustriert:

„N-n-nein, kein Problem. Richten Sie sich ruhig ein."

„Gut, würden Sie uns dann bitte allein lassen!", kompromittierte Frau Bülow den Künstlerischen Leiter aus seinem eigenen Büro.

Als er die Tür hinter sich geschlossen hatte, sagte sie mehr zu sich selber:

„Wichtigtuerisches Arschloch! Immer große Sprünge, aber nichts im Beutel. Wenn der Wind auch nur ansatzweise von vorne kommt, knicken solche Männer ein wie Streichhölzer. Man muss es nur erst mal begriffen haben, wie man mit so einem Fischfilet umspringen muss."

Dann wandte sie sich an ihre Kollegen, die gerade nicht im Stande waren, den Mund zuzubekommen.

„Ihr habt es doch gehört, richtet euch ruhig ein."

Die Polizisten hatten kaum jeder einen Stuhl in Beschlag genommen, da kam Mahlzahn auch schon mit der Liste. Und überreichte sie Frau Bülow, die sie wortlos, aber mit einem gnadenvollen Nicken entgegennahm und an Potthast weiterreichte.

Braunert kramte seinen Laptop und ein Modemkabel aus seinem Rucksack. Er fragte den schon fast wieder aus dem Raum geeilten Malzahn nach einer Telefonbuchse. Als Braunerts Computer ans Internet angeschlossen war, las Potthast einen Beschäftigten nach dem anderen mit Namen und Adresse vor und sein Kollege überprüfte, ob er einschlägig erfasst war.

Kurz vor Mittag waren sie mit ihrer Arbeit durch. Sie hatten niemanden gefunden, dessen Profil mit dem Drachendiebstahl in irgendeiner Weise in Verbindung gebracht werden konnte.

Anschließend ließen die Polizisten die einzelnen Beschäftigten zu einem ersten Gespräch kommen. Auch dies brachte keine nennenswerten Ergebnisse.

Gegen sechzehn Uhr brachte Malzahn die beiden fehlenden Listen. Wieder nahm sie Frau Bülow entgegen.

„Morgen können Sie wieder über Ihr Büro verfügen, Herr Malzahn. Doch in den nächsten Tagen möchten wir gerne noch einmal auf den Raum zurückgreifen."

Malzahn nickte nur stumm.

Als er den Raum wieder verlassen hatte, konnte Potthast sich die Frage nicht mehr verkneifen:

„Margarete, ich möchte dir ja nicht zu nahe treten. Aber was hat dieser Malzahn an sich, dass du auf diese Weise mit ihm umspringst?"

Die Polizistin sah noch versonnener in die Welt, als es sonst bei ihr üblich war. Dann erwiderte sie:

„Jahrelang hat so ein Mann mein Leben dominiert. Ich war nämlich mit einem solchen Typen verheiratet. Ich hatte ihm lange nichts entgegenzusetzen. Als ich ihn durchschaut hatte, habe ich ihn verlassen. Er war von jetzt auf gleich nur noch eine hohle Nuss. Er hat mir, durch seine Fähigkeit mich zu blenden, Jahre meines Lebens geraubt. Heute ist mir meine Zeit zu schade, um mich mit solchen Typen lange aufzuhalten. Sie reden und bluffen und wenn man darauf hereinfällt, muss man am Ende alles doch selber machen und man hat eine Menge Zeit verloren. Ich bin davon überzeugt, wenn dieser Malzahn sich heute Morgen durchgesetzt hätte, hätten wir höchstens die Hälfte unserer Arbeit geschafft. Doch er hätte uns den ganzen Tag erzählt, welche bedeutende Rolle er in der Kulturwelt spielt."

Braunert und Potthast räumten schweigend ihre Arbeitsplätze. Dann hakte sich Frau Dr. Bülow bei ihrem Kollegen ein und sie verließen das ehemalige Museum.

Auf dem Heimweg dachte Braunert über den Tag nach. Irgendetwas war ihm entgangen. Ihm war etwas aufgefallen oder er hatte etwas gehört, das er nicht sofort weiter verfolgt hatte. Jetzt quälte ihn die Tatsache, dass er die Zusammenhänge nicht mehr herstellen konnte, um den fallen gelassenen Strang wieder aufzunehmen.

28

Maren Köster wurde langsam ungeduldig. Der ältere Mann ihr gegenüber hatte die Ruhe weg. Die beiden saßen in einem Büro der Detmolder Musikhochschule. Sicher, der Kaffee war stark und gut, genau ihr Geschmack. Aber es dauerte, bis er serviert wurde. Und der Mann war erst nach einem kräftigen Schluck bereit, ihr Auskunft zu geben.

Nachdem der Name des Toten vom Norderteich der Polizei bekannt war, hatte es nur kurze Zeit gedauert, bis Maren Köster herausgefunden hatte, was Eberhard Koppsieker beruflich gemacht hatte. Er war Professor an der Hochschule für Musik in Detmold gewesen und hatte als Spezialfach Kontrabass gelehrt. Jetzt saß sie einem seiner ehemaligen Kollegen gegenüber. Der Mann musste in Koppsiekers Alter sein und genoss die Gesellschaft der hübschen Polizistin sichtlich.

Koppsieker war noch nicht lange an der renommierten Detmolder Einrichtung gewesen. Erst seit dem Jahre 2003. Er war aber bereits lange vorher, von 1984 bis 1994, schon einmal als Dozent hier tätig gewesen. Ein guter Lehrer, wie Maren Kösters Gesprächspartner von der Musikhochschule zu berichten wusste. Als Musiker war er allerdings nur guter Durchschnitt gewesen, deshalb hatte er auch nie Karriere in einem Orchester gemacht. Koppsieker hatte in seiner ersten Detmolder Periode so gute Kontakte zu den vielen japanischen Studenten geknüpft, dass ihn eines Tages der Lehrauftrag einer Hochschule in Yokohama erreichte. Er hatte ohne zu zögern alle Zelte in Detmold abgebrochen und lebte bis Anfang 2003 in Japan.

„Was genau hat er in Yokohama gemacht?“, wollte Maren Köster wissen.

„Na ja, was soll er gemacht haben? Unterrichtet hat er. Bass. Und soweit wir wissen, waren die japanischen Kollegen sehr zufrieden mit ihm. Er war nämlich nicht nur ein guter und engagierter Lehrer. Er hat sich auch darüber hinaus intensiv mit der japanischen Kultur beschäftigt. Sowas kommt da natürlich gut an. Wir haben ja auch gute Kontakte nach Japan und können schon beurteilen, wie angesehen Koppsieker dort war. Ich bin sicher, dass die Kollegen dort entsetzt sein werden, wenn ich ihnen die Nachricht von seinem Tod schicke. Und vor allem, wenn sie erfahren, wie er gestorben ist. Schreckliche Sache!“

Die Polizistin nickte. „Wissen Sie irgendetwas über Hobbys, Nebentätigkeiten, besondere Interessen und so weiter? Was hat er in seiner Freizeit gemacht?“

Der ältere Mann schüttelte den Kopf.

„Darüber weiß ich nicht viel. Ich kann Ihnen aber sagen, dass Koppsieker weiterhin seine japanischen Kontakte lebendig gehalten hat. Japan war für ihn geradezu zu einer fixen Idee geworden. Alles Japanische hat ihn brennend interessiert.“

Maren Köster wurde unruhig. Hier passierte gerade irgendetwas, das sie nicht einordnen konnte. Es war etwas Wichtiges. Nur was? Das Gefühl nahm sie gefangen. Dies machte sie nervös. Die Polizistin musste an die Luft. Hektisch beendete Maren Köster das Gespräch.

29

Der große, hagere Mann setzte sich mit einem kurzen Seufzer. Dabei fasste er sich mit der rechten Hand in den Bereich des Lendenwirbels. Offenbar bereitete es ihm sogar Rückenschmerzen, sich auf den gut gepolsterten Stühlen des Café Knigge in der Bielefelder Altstadt niederzulassen. Nachdem er Platz genommen hatte, holte er ein Taschentuch heraus, entfaltete es langsam und legte es vor sich auf den Tisch. Dann nahm er seine sehr moderne, fast avantgardistische Brille ab und begann, sie sehr methodisch und sorgfältig mit dem Taschentuch zu putzen. Als die junge Kellnerin kam, um die Bestellung aufzunehmen, friemelte er hektisch die nun saubere Brille wieder hinter die Ohren. Dann gab er etwas verlegen eine heiße Schokolade und ein Stück spanische Vanilletorte in Auftrag.

Dr. Ludwig Bockstiegel war ein nervöser Mensch. Ständig fummelte er mit seinen Fingern an irgendeinem Gegenstand in seiner Nähe herum. Wenn es nichts anderes zu greifen gab, musste die Brille dran glauben. Er nahm sie ständig ab und wedelte damit herum wie ein Hund mit seinem Schwanz. Eigentlich war er eine recht elegante Erscheinung. Mit seinen 1,92 Meter ein langer Schlacks, der aber stets im feinen Zwirn, wenn auch etwas abgegriffen, herumlief. Heute war es ein anthrazitfarbener dreiteiliger Anzug. Die langen grauen Haare kämmte er in der Theorie zwar zurück, in der Praxis fielen sie ihm immer wieder ins hagere Gesicht.

Letzten Monat hatte er seinen 58. Geburtstag gefeiert. Seine berufliche Laufbahn konnte ohne Wenn und Aber als erfolgreich durchgehen. Er war Professor für Kunst an der Bielefelder Universität. Spezialgebiet war die Bildende Kunst der 50er und 60er Jahre. Sein Name hatte in der Kunstszene der Region einen sehr guten Klang. Er war Mitglied in verschiedenen Gremien, sein Urteil als Fachmann war gefragt. Besonders am Herzen lag ihm die Bielefelder Kunsthalle.

In dieser schillernden Runde von prominenten Zeitgenossen war er die unbestritten letzte Instanz, wenn es um Ankäufe oder um die Förderung von besonderen Ausstellungen ging.

Heute, an einem verregneten Dienstag im Februar, hatte er fast den ganzen Tag mit Sitzungen in der Kunsthalle verbracht. Kein Problem für ihn. Sein Lehrstuhl gab solche Freiheiten her und sein Fach war auch seine Leidenschaft, für die er Tag und Nacht zur Verfügung stand. Ein heftig diskutiertes Thema war der Raub der Detmolder Drachen. Auch wenn die Bielefelder Kunsthalle mit den Drachen in keinem Zusammenhang stand, war man in diesem Kreis doch schockiert über den Vorfall. Nicht nur, dass diese unselige Geschichte ein wenig zufrieden stellendes Bild der Sicherungsmaßnahmen zeigte. Es war auch echte Betroffenheit zu spüren. Was würde aus diesen Kunstschätzen werden? Dann aber überlagerten die eigenen, meist finanziellen, Sorgen das Detmolder Thema.

Ein Kollege hatte ihm gegen Mittag seine Dienstpost aus der Universität mitgebracht. Er hatte aber noch keine Zeit gefunden, sie zu öffnen. Das wollte er nun im Café nachholen.

Aus seiner Westentasche zerrte er einen zusammenklappbaren Brieföffner hervor, öffnete ihn mit fahrigen Händen und schlitzte den ersten Brief auf. Dann den zweiten und den dritten.

Beim vierten Brief zog er erstaunt die buschigen Augenbrauen hoch und las ihn noch einmal.

Nach der durchaus höflichen Anrede hieß es:

Wir wissen, dass Sie ein leidenschaftlicher Unterstützer der modernen Kunst sind. Ein bedrohtes Kunstwerk wird in Ihnen einen engagierten Verteidiger finden. Es gibt sie – bedrohte Kunstwerke! Hier und heute, in unserer Region. Sie haben selbstverständlich vom Detmolder Drachenmuseum gehört, sie wissen, dass die Drachen entführt wurden. Dieser einzigartige Kunstschatz befindet sich unversehrt in unserer

Hand. Es geht ihnen sozusagen gut, den Drachen. Doch bei uns können sie nicht bleiben. Sie sind zu schade, um für immer in einem dunklen Lagerraum zu verschwinden oder vielleicht sogar endgültig entsorgt zu werden. Diese großartige Sammlung gehört öffentlich in einem angemessenen Rahmen präsentiert. Doch bevor diese Vision Wirklichkeit werden kann, muss Geld fließen. Wir wissen, dass der Transport mit 40 Millionen Euro versichert war. Die Summe von vier Millionen Euro erwarten wir von der Versicherung für unser Entgegenkommen, die Drachen ohne die kleinste Beschädigung wieder zurückzugeben.

Sie können dabei eine entscheidende Rolle spielen. Sicher werden Sie verstehen, dass wir nicht in direkte Gespräche mit der Versicherung treten können. Hier kommen Sie mit Ihrer Kompetenz und Ihrem guten Ruf ins Spiel. Wir möchten Ihnen das Mandat für die Verteidigung der Kunst übertragen, für die Wiederauferstehung der Drachenausstellung. Sie werden ein ehrlicher Makler sein zwischen unseren berechtigten Interessen und denen der Versicherung. Im Erfolgsfall, und davon gehen wir aus, werden wir Ihre Bemühungen selbstverständlich honorieren. Jedoch...

Nun folgte neben der Nennung der Versicherung der Hinweis, dass Bockstiegel auf keinen, auf gar keinen Fall die Polizei hinzuziehen solle. Falls er das doch tue, würden die Drachen zerstört. Das Ergebnis seiner Bemühungen sollte er ihnen in einer Woche unter einer ebenfalls beigefügten Handynummer mitteilen.

Bockstiegel war platt. Sein Kakao wurde kalt, die Vanilletorte war vergessen, während er sich bemühte, den ganzen Inhalt dieses Briefes zu erfassen. Dann begann er zu schwitzen.

30

Regen kämpfte gegen den Schnee. Es war knapp über Null Grad. Warum war eigentlich der November der Totenmonat? Wahrscheinlich brachten sich im Februar trotz der Tatsache, dass die Tage länger wurden, mehr Menschen um als zu jeder anderen Jahreszeit. Solche Tagesanbrüche wie heute wirkten da noch einmal als Verstärker. Wie beim Pawlowschen Hund nach dem Ertönen der Glocke der Speichelfluss einsetzte, machte sich bei Erpentrup nach dem Blick aus dem Fenster an solchen Tagen eine handfeste Depression breit. Die Flucht auf die Insel war da die einzige Rettung. Doch Schröder und Chirac hatten ihm diese Möglichkeit genommen, sich in den Frühling zu retten. Urlaubssperre!

Heute sollte es endlich zustande kommen, das Treffen aller Beteiligten, die an der Absicherung des Treffens von Chirac und Schröder involviert waren. Erpentrup hatte von Lohmann eine Vorabinformation aus dem Kanzleramt bekommen. Der Kontakt, den Lohmann dorthin hatte, klappte einwandfrei. Er hatte alle Informationen bekommen, die er benötigte, um zu glänzen. Wenigstens ein Lichtblick an solchen trüben Tagen wie dem heutigen, dachte er, als er sein Auto Richtung Detmold bewegte.

Dieses Pfund wollte der Detmolder Polizeichef natürlich nutzen. Also hatte er den Paderborner Kollegen eine Stunde vorher zu sich eingeladen, sozusagen um die Strategie festzulegen.

Heiner Schmitz staunte auch nicht schlecht, als Erpentrup bei ein paar frischen Brötchen und Kaffee mit ein paar Insiderinformationen um die Ecke kam.

„Sie können es mir glauben, Herr Kollege. Chirac und Schröder übernachten nicht in Blomberg. Auch der Fischer nicht.“

Erpentrup zog seine Schreibtischschublade auf, entnahm ihr einen DIN A 4-Bogen und legte ihn auf den Besprechungstisch. Fast beiläufig erwähnte er: „Und hier die vorläufige Gästeliste. Im offiziellen Teil werden es zwanzig Gäste sein. Im Übrigen endet das Ganze auch etwas früher als geplant, da Chirac aus bestimmten Gründen ca. eine Stunde früher wieder zurück muss."

Heiner Schmitz fiel fast der Kitt aus der Brille.

„Herr Erpentrup, Sie wollen mir doch nicht weismachen, dass das alles gesicherte Informationen sind!"

„Ich will Ihnen gar nichts weismachen, ich weiß es!", sagte Erpentrup mit stolz geschwellter Brust.

Schmitz war platt.

„Und was meinen Sie, wie sollte unser Vorgehen gleich in großer Runde sein?"

Erpentrup zuckte mit den Schultern. „Wenn Sie mich fragen, je weniger wir an Aufträgen übernehmen, umso weniger können wir falsch machen. Ich würde sagen, wir halten uns zurück. Sollen doch LKA, BKA, Bundesnachrichtendienst und wie sie alle heißen, sich um die Lorbeeren schlagen. Die örtliche Polizei kann in dieser Angelegenheit sowieso keinen Blumentopf gewinnen. Aber wenn was in die Hose geht, dann wird es uns in die Schuhe geschoben. Wie gesagt, ich bin der Meinung, Zurückhaltung ist angesagt."

Wieder kam Schmitz aus dem Staunen nicht heraus. Ausgerechnet der sonst so ehrgeizige Erpentrup ließ auf einmal die Weisheit regieren.

Schmitz wiegte mit dem Kopf hin und her, ein bisschen Bedenkenträgerei wollte er denn doch an den Tag legen. Erpentrup sollte bloß nicht denken, dass er hier der Bestimmer war. Er zierte sich noch ein bisschen und dann, nach einigem Hin und Her, schwenkte der Paderborner doch auf die vorgeschlagene Linie ein.

Plötzlich fing er an zu grinsen:

„Wenn aber einer aus dem Kreis Höxter da ist, den lassen wir vor die Pumpe laufen, soll der doch die Motorradstaffel stellen. Dann wären wir diese Sorge auch los."

Beide Polizisten waren begeistert von ihrer Strategie und Erpentrup dachte, dieser Lohmann ist doch ein abgewichster Hund. Tut immer so als könnte er kein Wässerchen trüben. Der Tipp, sich zurückzuhalten, war das Beste, was man hier machen konnte, das wurde dem Detmolder Polizeichef noch einmal deutlich, und Lohmann hatte das längst gewusst.

Wenn ich mich nicht mit ihm abgestimmt hätte, wäre ich ins offene Messer gelaufen und würde ab heute nicht mehr ruhig schlafen können, weil ich nicht wüsste, wen ich aufs Motorrad setzten sollte.

Die eigentliche Sitzung lief dann auch wie vermutet. Die Großkopferten aus Bund und Land bliesen sich auf wie die Pfauen. Der Höxteraner blies mit und durfte sich um die Staffel kümmern. Doch Erpentrup und Schmitz hatten keine Aufgaben. Sie mussten lediglich jeweils dreißig Polizisten zur Verfügung stellen, die das BKA entsprechend einteilen würde. Das war zwar auch nicht einfach, aber die leichteste Aufgabe von allen. Und wenn einer fragen würde, warum die Detmolder Polizei so schwach vertreten sein würde: Mehr war einfach nicht drin, die Großkopferten wollten einfach alles selber machen.

31

„Ich muss darauf bestehen, dass dieses Gespräch absolut diskret behandelt wird!"

Dr. Ludwig Bockstiegel wedelte nervös mit seiner Brille hin und her.

„Sind Sie sich überhaupt darüber im Klaren, um was es hier geht?"

Kriminalhauptkommissar Wolf Muffen war in der gesamten Bielefelder Polizei bekannt als ruhiger Vertreter. Kompetent, sachlich und effektiv. Fast nie aufgeregt. Aber dieser Besucher ging ihm auf die Nerven. Bockstiegel kam einfach nicht zur Sache. Er hatte mit zwei Sätzen darauf hingewiesen, dass es sich um den Diebstahl der Drachen aus Detmold handelte. Aber dann wollte er erstmal einen Nachweis, dass Muffen der richtige Ansprechpartner sei. Als dieser ihm das durch Nennung seines Dienstgrades und Erläuterung seiner dienstlichen Funktion glaubwürdig dargelegt hatte, wollte Bockstiegel eine Garantieerklärung, dass dieses Gespräch äußerst diskret und sensibel behandelt würde. Muffen konnte und wollte ihm eine solche Garantie nicht geben, ohne zu wissen, was Bockstiegel ihm eigentlich erzählen wollte. Wenn es sich um eine Straftat handelte, konnte er unmöglich solche Versprechungen abgeben.

Er schluckte den aufsteigenden Ärger runter und sprach, um einen moderaten Ton bemüht:

„Auch wir Polizisten haben mitbekommen, welchen Wert die Drachen haben. Das dürfen Sie mir ruhig glauben. Und ich weiß auch, dass die Kollegen in Detmold und Paderborn sehr engagiert die Aufklärung dieses Falles betreiben. Also, was wollen Sie mir denn eigentlich mitteilen?“

Bockstiegel setzte seine Brille wieder auf und schaute den Beamten prüfend an. Anscheinend überzeugte ihn der Anblick irgendwann doch, er nahm die Brille wieder ab und begann zu wedeln. Dann griff er in die Innentasche seines Mantels, zog einen Briefumschlag heraus und legte ihn vor Muffen auf den Tisch. Mit einer einladenden Handbewegung forderte er den Polizisten auf zu lesen.

Muffen studierte den Brief ruhig und konzentriert, pfiff aber zwischendurch einmal erstaunt durch die Zähne. Dann steckte er den Brief wieder in den Umschlag.

„Interessant! Den Brief kann ich Ihnen leider nicht zurückgeben, das werden Sie sicher verstehen. Wir werden ihn erkennungsdienstlich behandeln müssen. Hat außer Ihnen noch jemand den Brief in der Hand gehabt?“

Bockstiegel schüttelt das eindrucksvolle ergraute Haupt. Muffen fuhr fort:

„Gut! Der Umschlag ist natürlich weniger wertvoll, den haben vermutlich etliche Postmitarbeiter in der Hand gehabt, aber wer weiß? Manchmal hat man auch Glück. Irgendwas wird uns der Umschlag und besonders der Brief schon verraten. Jetzt erklären Sie mir bitte, was Sie mit diesem Drachendiebstahl zu tun haben? Wie kommen Sie eigentlich in diese Geschichte?"

Dr. Bockstiegel nahm nun wieder den gleichen, leicht aggressiven Tonfall an wie zu Beginn des Gespräches. Seine bedauernswerte Brille wedelte nun so heftig wie nie zuvor.

„Ist das denn nicht klar? Das müsste Ihnen doch nach der Lektüre des Briefes deutlich geworden sein. Hatte ich jedenfalls gehofft. Also erklär ich es Ihnen noch mal!"

Muffen spürte leichtes Bedauern, dass das Verprügeln eines Zeugen in deutschen Polizeidienststellen nicht gern gesehen ist. Er zwang sich weiterhin zur Ruhe und wartete ab, was der Herr Professor zu sagen hatte.

„Ich schmeichele mir, dass ich ein bekannter und anerkannter Kunstsachverständiger bin. Davon werden diese Leute gehört haben. Offenbar kennen sie sich in der Kunstszene gut aus. Als Vorstandsmitglied im Förderkreis der Bielefelder Kunsthalle stehe ich allerdings auch häufig in der Presse und bin daher auch einer breiten Öffentlichkeit bekannt, die nicht so sehr mit der modernen Kunst vertraut ist."

Muffen wiegte den spärlich behaarten, runden Kopf hin und her.

Ruhig blickte er den um einen kompletten Kopf größeren Gelehrten an.

„Das reicht mir nicht als Erklärung! Warum gerade Sie? Es geht ja offenbar nicht darum, diese Kunstwerke zu identifizieren oder ihren Wert festzulegen. Sondern Sie sollen, wenn ich alles richtig verstanden habe, als eine Art Vermittler zwischen den Dieben und der Versicherung auftreten. Dazu braucht man keinen Kunstsachverständigen, sondern einen geschickten und ehrlichen Makler. Welche speziellen Qualifikationen haben Sie sonst noch?“

Bockstiegel überlegte kurz, ob diese Frage provozierend oder wirklich notwendig und zielgerichtet war. Er entschied sich angesichts des weiterhin entspannt dreinblickenden Beamten für die zweite Variante und sprach nun mit etwas leiserer Stimme und in einer versöhnlicheren Tonlage:

„Für mich ist Kunst nicht nur Profession, sondern Leidenschaft. Ich bin so einer, den junge Leute vermutlich als Kunst-Junkie bezeichnen würden. Ohne zu übertreiben kann ich sagen: Ich brauche Kunst! Jeden Tag, jede Stunde. Wie andere Leute ihre Drogen brauchen. Können Sie sich das vorstellen?“

Muffen horchte in sich hinein. Doch, das kannte er ansatzweise auch. Für ihn war Musik Doping für die Seele und wenn er nicht großen Ärger in seiner Dienststelle zu befürchten hätte, liefe dort den lieben langen Tag laute und heftige Rockmusik. Muffen war auch der einzige Beamte, der freiwillig Dienstfahrten mit seinem Privatauto machte, obwohl er einen Dienstwagen beanspruchen könnte. Aber kein Fahrzeug der Bielefelder Polizei hatte auch nur ansatzweise eine Musikanlage in der Qualität wie sein alter Mercedes. Und nicht selten schauten Passanten verblüfft in das klapprige Auto und wunderten sich, dass die laute und manchmal schrille Musik nicht von einem bleichgesichtigen, schwarzgekleideten Gruftie ausging, sondern von dem kleinen wohlgenährten Mann mit der Stirnglatze und dem konservativen Trachtenjanker. Aber davon sagte er dem Professor nichts, sondern ließ den weiterreden. Dieser saß nun mit gesenktem Kopf vor ihm, die langen grauen Haare hingen ihm über das Gesicht.

„Wahrscheinlich wissen diese Leute ganz genau, dass ich alles, aber auch wirklich alles dafür tun würde, um die Drachen zu retten. Ich könnte es weder seelisch noch körperlich ertragen, wenn die Kunstschätze Schaden nehmen würden.

Die Diebe haben gut gewählt. Sie könnten keinen Makler finden, der soviel Herzblut investieren würde, die Drachen zu retten."

Er vergrub nun das Gesicht für eine Weile in seine großen, knorrigen Hände. Dann hob er den Kopf und schaute Muffen wütend an.

„Und ich Volltrottel habe nun den unglaublichen Fehler gemacht, mit diesem Problem zur Polizei zu gehen. Jetzt werden Sie mir natürlich mit tausend Dienstvorschriften kommen. Nun wird dies nicht gehen und das nicht! Wie soll ich jetzt noch den ehrlichen Makler spielen? Nein! Ich habe alles verbockt! Wenn nun durch meine Dummheit das Ganze platzt? Nicht auszudenken! Ich wäre erledigt!"

Wieder vergrub er das Gesicht in den Händen. Der Mann war sichtlich verzweifelt.

Muffen wartete eine Weile. Dann stand er auf, legte dem Mann die Hand auf die Schulter und sagte mit leiser Stimme:

„Natürlich sind Sie jetzt in Ihren Möglichkeiten eingeschränkt. Das will ich überhaupt nicht leugnen. Aber glauben Sie mir, auch die Polizei hat großes Interesse daran, die Drachen wiederzubekommen. Und zwar unbeschadet! Ich werde mein Möglichstes tun, dass unsere Nachforschungen so geräuschlos wie möglich ablaufen, damit die Diebe nicht merken, dass wir im Spiel sind. Aber Sie müssen weiterhin mit uns zusammenarbeiten. Zurück können Sie jetzt nicht mehr. Sie haben A gesagt, jetzt müssen Sie auch B sagen!"

32

Hermann Rodehutskors hatte ein ungutes Gefühl.

Den ganzen Tag hatte er bei einem alten Freund in Hannover verbracht. Dieser alte Bekannte war Historiker im Ruhestand. Und zwar einer von denen, die sich ein Gelehrtenleben lang mit der deutschen Frühgeschichte befasst hatten. Eine echte Koryphäe auf genau dem Gebiet, dem Rodehutskors seinen Ruhestand widmen wollte.

Die beiden hatten sich Mitte der Achtziger Jahre kennen gelernt, als Rodehutskors einen Beitrag über eine in Detmold stattfindende Historikerkonferenz schreiben musste. Anschließend war er mit dem seelenverwandten Wissenschaftler „um die Häuser gezogen", hatte ihm Detmolds beste Restaurantküche und die gemütlichste Kneipe nahe gebracht. Seitdem verging kein Jahr, in dem sich die beiden Männer nicht mindestens einmal besuchten. Manchmal ließ sich das mit beruflichen Terminen verbinden, meistens jedoch waren es rein private Treffen, die häufig zu geradezu barocken Ess- und Trinkgelagen ausarteten. Frau Rodehutskors hatte diesen Besuchen nie etwas abgewinnen können und war auch diesmal nicht mitgefahren. Für ihn bedeutete das, selbst zurückfahren zu müssen. Übernachten wollte er dort nicht. Mit zunehmendem Alter war ihm das eigene Bett immer wichtiger geworden. Also diesmal kein Alkohol. Jedenfalls nicht viel. Nach langen Gesprächen über Wahres, Unwahres, über Mögliches und Unmögliches der Hermannsschlacht hatte sein Freund wieder einmal fürstlich aufgetafelt. Zum Essen gab es Wein, zum Verdauen probierten sie einige Obstbrände aus, die der Historiker aus seinem Winterurlaub im Schwarzwald mitgebracht hatte. Von jedem nur ein winzig kleines Schlückchen. Dann stieg Hermann Rodehutskors in seinen neuen VW Passat, den er sich zum Ruhestand als Jahreswagen gekauft hatte. Der sollte bis ans Ende seiner Tage halten. „Mal sehen, wer eher die TÜV-Plakette abgeben muss, das

Auto oder ich!", hatte er damals sarkastisch in einer Herrenrunde gesagt.

Schon bei der Abfahrt Garbsen war ihm klar geworden, dass es doch wohl ein Obstler zuviel gewesen sein könnte. Dass dieses Teufelszeug aber auch immer mit Zeitverzögerung wirken musste. Du trinkst ein Gläschen, fühlst dich pudelwohl und nach zehn Minuten hast du Seifenblasen im Hirn. Aber deshalb gab Hermann Rodehutskors noch lange nicht auf. Er nahm die Autobahn fest ins Visier, blieb immer schön auf der rechten Fahrbahn, ließ selbst LKWs überholen. Ab und zu wunderte er sich, dass so viele von ihnen hupten. Komische Leute, dachte er dann. Aber ihn konnten sie ja nicht meinen. Er tat ja keinem was.

So kam er zwar langsam, aber ohne Schaden anzurichten, bis Bad Eilsen. Er fand auch die richtige Abfahrt in Richtung Rinteln. Kurz vor Rinteln sah er schon von weitem Blaulicht! Adrenalin schoss in die Blutbahn und mischte sich mit dem Birnen-, Apfel- und Zwetschgenbrand. Jetzt bloß nicht unangenehm auffallen! Rodehutskors fuhr nun noch langsamer, kroch förmlich an einer Unfallstelle vorbei, die ihn doch irgendwie interessierte. Er hielt hinter den beiden zerbeulten Unfallwagen an, stieg aus und ging zu den beiden Polizisten, die nach seiner Wahrnehmung mit dem komplexen Geschehen völlig überfordert waren und dringend Hilfe brauchten.

„Was kann ich für Sie tun, meine Herren?", fragte er hilfsbereit.

Die beiden Polizisten schauten sich verblüfft an.

„Wieso?", fragte einer der beiden, ein noch junger, aber dicker Mann mit einem Walross-Schnauzbart.

Diese Frage konnte Hermann Rodehutskors nun gar nicht verstehen.

„Ich will Ihnen helfen! Als guter Staatsbürger fühle ich mich verpflichtet, in solchen Krisensituationen an der Seite der Staatsgewalt meinen Mann zu stehen. Teilen Sie mich ein!"

Selten hatte er einer solchen Ratlosigkeit gegenübergestanden. Die beiden Beamten erschienen ihm völlig unfähig. Mittlerweile waren die Unfallbeteiligten dazugekommen. Etwas enttäuscht musste Rodehutskors feststellen, dass offenbar keiner von ihnen verletzt war. Das dämpfte seinen Tatendrang erheblich. Der dicke Polizist hatte sich endlich gefasst und schnauzte ihn an:

„Lassen Sie uns hier in Ruhe arbeiten! Was soll der Quatsch? Das ist doch hier keine öffentliche Belustigung! Machen Sie, dass Sie weiterkommen!"

Rodehutskors wollte empört protestieren, aber sowohl die Beamten als auch die Unfallbeteiligten drehten sich nun von ihm weg und begannen eine Diskussion über so wenig relevante Dinge wie Schuldfrage und so weiter. Der alte Journalist warf trotzig den Kopf in den Nacken und marschierte innerlich wütend, aber äußerlich stolz und ungebeugt zu dem Passat, der mit offener Fahrertür am Straßenrand stand. Er ließ sich ächzend in den Sitz fallen und klopfte seine Jackentaschen ab, um den Autoschlüssel zu finden. Da war aber keiner. Völlig überrascht stellte er dann fest, dass der Schlüssel schon steckte. Der fühlte sich zwar irgendwie komisch an, aber das Auto startete problemlos und Rodehutskors fuhr mit heulendem Motor und schleifender Kupplung an. Die schmalen und kurvenreichen lippischen Landstraßen verbrauchten den Rest an Konzentrationsfähigkeit und Schweiß. Irgendwann stand der Passat sicher in der Garage und Rodehutskors saß auf der heimischen Couch. Offenbar hatte er seine Aktentasche in Hannover liegen lassen, denn er konnte sie trotz verzweifelter Suche im Auto nicht finden. An die letzten zwanzig Kilometer hatte er auch keine Erinnerungen mehr. Aber immerhin war er zu Hause. Seine Frau wollte ihm noch erzählen, wie sie ihren Tag verbracht hatte, aber da war er schon auf der Couch sanft eingenickt.

Eine halbe Stunde war vergangen, als es an der Haustür schellte. Frau Rodehutskors wunderte sich noch, wer denn wohl so spät abends noch zu Besuch kommen würde, als sie die Haustür aufmachte. Kurz darauf kam sie völlig aufgeregt wieder zurück ins Wohnzimmer und rüttelte ihren Ehemann wach.

„Hermann! Du musst sofort kommen! Da sind zwei Polizisten, die wollen dich sprechen!“

Rodehutskors riss die Augen auf und brauchte ein wenig, um alles zu erfassen. Irgendwie schwante ihm Böses.

„Hast du was angestellt?“, wollte seine Frau wissen.

Er winkte nur ab, stand ächzend auf und ging, immer noch leicht schwankend, zur Haustür. Seine Befürchtungen schienen Wirklichkeit zu werden. Draußen standen die beiden Polizisten, mit denen er bei Rinteln aneinander geraten war. Hatten die seine Fahne bemerkt? Wollten die jetzt noch einen Alkoholtest bei ihm machen? Plötzlich war er hellwach. Er versuchte, seiner Stimme die volle Autorität eines in Ehren pensionierten und hoch angesehenen Journalisten zu verleihen und fragte die Beamten nach ihrem Begehr.

„Dürfen wir mal Ihr Auto sehen?“, fragte der mit dem Walrossbart.

Das verstand Rodehutskors gar nicht. Er holte aber brav die Fernbedienung für das Garagentor und ging mit den Polizisten dorthin. Als sich das Tor geöffnet hatte, wusste Hermann Rodehutskors, dass er etwas falsch gemacht hatte.

In der Garage stand ein Polizeiauto!!!

Es war zwar auch ein Passat, aber kein silbergrauer, sondern ein grünweißer. Deshalb war ihm der Schlüssel so komisch vorgekommen. Deshalb hatte er seine Tasche nicht gefunden, als er ausgestiegen war. War das möglich? War er so betrunken gewesen, dass er in das Polizeiauto eingestiegen und losgefahren war? Unglaublich, aber offensichtlich wahr. Oh, oh, dachte er bei sich. Das wird aber einen Riesenärger geben. Alkohol am Steuer und dann auch noch sowas.

„So“, sagte der Walrossbärtige, und betonte dabei jede einzelne Silbe. „Jetzt holen Sie bitte den Autoschlüssel unseres Fahrzeugs und geben ihn mir. Dann bekommen Sie von uns den Schlüssel von Ihrem Auto zurück. Das haben wir nämlich mitgebracht!"

Und wirklich! Auf dem Bürgersteig parkte sein silbergrauer Passat. Der andere Polizist ergänzte:

„Und dann Schwamm drüber! Wir werden darüber kein Wort verlieren und Sie auch nicht, okay?"

Rodehutskors konnte sein Glück kaum fassen. Wieso waren diese Beamten denn so großzügig?

„Ganz einfach!", kam der dicke Polizist seiner Frage zuvor. „Sie konnten mit unserem Dienstwagen nur losfahren, weil wir bei geöffneter Fahrertür den Schlüssel haben stecken lassen. Das ist im Einsatz streng untersagt. Wenn diese Geschichte also rauskommt, kriegen Sie Ärger wegen Alkohol und wir wegen eines Dienstvergehens. Da hat doch keiner was von, oder? Also, nichts für ungut und noch einen schönen Abend!"

33

Als er die Speisekarte aufschlug, fühlte sich Hauptkommissar Wolf Muffen plötzlich glücklich wie schon lange nicht mehr. Die letzten Arbeitstage hatten mächtig an seinen Kräften gezehrt und auch privat lief nicht alles nach Plan. Seine Frau Susi hatte vor zwei Jahren die magische Zahl Vierzig überschritten und führte seitdem einen heftigen Privatkrieg mit ihren Hormonen, die nicht so wollten wie sie. Nachdem sie zusammen mit dem vierzigsten Geburtstag auch endgültig ihren Kinderwunsch abgehakt hatte, war sie nun auf der Suche nach einem neuen Lebensinhalt. Sie hatte schon fast alles ausprobiert. Begonnen hatte sie ihre Selbstfindung mit Sport. Zuerst mit sehr viel Ehrgeiz in einer Laufgruppe. Ziel war natürlich der Berlin-Marathon, mindestens aber der Hermannslauf. Muffen konnte die hymnischen Berichte über das Glück des langen Laufs schon nach einer Woche nicht mehr ertragen. Nach sechs Wochen Training gab sie auf und übernahm die Rhetorik der Nordic Walker, für die Laufen etwas für suizidgefährdete Angeber ist. Aber auch die Skistöcke lagen bald ungenutzt im Schrank, neben dem Gürtel mit den Trinkflaschen und dem Pulsmesser. Frau Muffen sagte dem Sport ebenso radikal Adieu wie sie ihn vorher gepriesen hatte. Sie hatte nun die wunderbare Welt der Kreativität entdeckt. Angefangen hatte alles mit einem Aquarellkurs in der Bielefelder Volkshochschule. Muffen hatte ihr zuvor nur mit viel Mühe den Kurs *Kreatives Gestalten mit Salzgebäck* ausreden können. Der Aquarellkurs wirkte auf sie wie ein Leuchtfeuer bei Seenebel auf den Schiffer. Er wies ihr den Weg! Von nun an ertrug Muffen von morgens bis abends das hohe Lied der Kunst. Seine gelegentlich etwas gereizt vorgebrachten Mutmaßungen, der gutaussehende Kursleiter sei der eigentliche Auslöser für ihre neue Leidenschaft, führten zu grimmigen Ehestreitigkeiten, bei denen er stets unterlag. Frau Susi glaubte fest an ihr großes, bisher brachliegendes Talent und warf ihm vor, ihr die volle Entfaltung ihrer Begabungen nicht zu gönnen, ja, sie vorsätzlich zu behindern. Irgendwann brachen sie ihren Streit und damit auch ihre Gespräche ab. Er hörte in seiner Freizeit daheim viel zu laute Musik und trank viel zu teuren Scotch. Sie traf sich mit drei gleichgesinnten Frauen in einem ehemaligen Lagerraum, den sie euphemistisch Atelier nannten, und schwang den Pinsel. Sie fand seine Musik grauenvoll, für ihn war ihre so genannte freie Malerei nur uninspirierte Farbkleckserei. Ihre Ehe war ein schon dampfender Vulkan, dessen Eruption unmittelbar bevorstand.

Die Speisekarte des Bielefelder *Ratscafé KaffeeKunst*, gegenüber dem Rathaus gelegen, war jedoch ganz nach seinem Geschmack. Es wurden zwar auch internationale, aber doch vorwiegend alpenländische Speisen angeboten. So etwas ist mittlerweile selten geworden und traf exakt Muffens

Sehnsüchte. Er liebte diese Küche, bei der sich im idealen Fall mediterrane Raffinesse und deutsche Deftigkeit befruchteten. Voller Vorfreude bestellte er sich einen Tafelspitz mit G'röste und dazu einen Grünen Veltliner.

Er hatte gerade einen ersten Schluck des Weines getrunken, als jemand an seinen Tisch trat, sich räusperte und ihn fragte, ob er sich dazu setzen dürfe. Muffen blickte genervt auf und sah zu seinem Erstaunen den Professor Bockstiegel, der am Vortag in seinem Büro gewesen war.

Bockstiegel stand etwas linkisch vor Muffens Tisch, bevor er zögernd fragte: „Haben Sie einen Moment Zeit?"

Und noch bevor Muffen antworten konnte, ließ sich der lange Schlacks ihm gegenüber nieder, wobei er das Gesicht schmerzhaft verzog und leicht ächzte.

„Mir ist nämlich noch was eingefallen", fuhr er fort, nahm seine Brille ab und begann, damit zu wedeln. In diesem Augenblick kam der Kellner mit dem Essen. Bockstiegel blickte neugierig auf Muffens Teller, verzog dann angewidert den Mund und bestellte für sich einen Kaffee Melange. Falls er erwartet hatte, dass der Kommissar nun höflich mit dem Essen gewartet hätte, bis Bockstiegel sein Anliegen vorgebracht hatte, sah er sich enttäuscht. Muffen dachte gar nicht daran, sich die Freude an diesem leckeren Essen durch den ungebetenen Besuch nehmen zu lassen und langte kräftig zu. Mit vollen Backen kauend, versuchte er durch kreisendes Wedeln mit der Gabel sein Gegenüber zum Sprechen aufzufordern. Der wartete jedoch, bis ihm der Kellner sein Heißgetränk gebracht hatte. Dann begann er, langsam und leicht stockend zu sprechen.

„Haben Sie schon etwas herausgefunden?"

Muffen schüttelte den Kopf und kaute weiter.

„Aber Sie haben doch bereits Erkundigungen eingezogen oder sind sonst wie aktiv geworden, oder?"

Als Muffen immer noch nichts sagte, sondern tapfer weiter kaute, platzte dem Herrn Professor der Kragen.

„Soll das heißen, Sie haben einfach die Hände in den Schoß gelegt? Warten einfach ab, bis sich die Geschichte von selbst erledigt hat? Das kann doch nicht wahr sein! Wozu bezahlen wir denn Leute wie Sie von unseren Steuergeldern?“

Bockstiegel war so laut geworden, dass einige Leute von den Nachbartischen bereits irritiert herüberschauten. Muffen schluckte einen letzten Bissen herunter, spülte mit einem Schluck Wein nach und konnte endlich, mit leiser Stimme, aber sehr bestimmt antworten:

„Wenn Sie weiterhin in diesem Ton mit mir sprechen, lasse ich mir den Rest meines Essens einpacken und gehe einfach. Was denken Sie sich eigentlich? Ich bin hier privat. Sie kommen einfach an meinen Tisch, setzen sich ungefragt und pöbeln mich vor allen Leuten an...“.

Bockstiegel zuckte zusammen, überrascht von der heftigen Reaktion des Polizisten. Dann antwortete er wesentlich leiser: „Tut mir Leid! Aber meine Nerven! Ich bin für so was nicht gemacht. Haben Sie denn wirklich noch gar nichts unternommen?“

„Doch, natürlich! Wir haben herausgefunden, dass die Handynummer zu einem Handy gehört, welches am letzten Samstag in Detmold einem Schüler gestohlen wurde. Es ist kein Vertragshandy, sondern eines mit einer Prepaid-Karte. Es gibt praktisch kaum eine Möglichkeit, auf Grund der Handynummer irgendwelche Rückschlüsse auf den Briefschreiber zu ziehen. Außer natürlich, dass der sehr wahrscheinlich aus Detmold oder der engeren Umgebung kommt. Aber was heißt das schon?“

Bockstiegel blickte mürrisch drein, ließ Muffen aber ungestört weiter reden.

„Wir haben uns auch mit den Detmolder Kollegen verständigt. Natürlich...“, er hob abwehrend beide Hände, als er sah, dass der Professor wieder aufbrausen wollte. „Natürlich in aller gebotener Diskretion. Aber Sie werden einsehen, dass Ihr Problem mit dem Fall des Detmolder Drachenmuseums zusammenhängt und nicht isoliert behandelt werden kann. Verlassen Sie sich drauf, auch die Kollegen in der Kleinstadt sind Profis. Auch die wirbeln keinen unnötigen Staub auf."

Um nicht noch mehr in die Defensive gedrängt zu werden, schoss Hauptkommissar Wolf Muffen nun schnell eine Gegenfrage ab:

„Sie sagten eingangs, dass Sie noch etwas vergessen hätten. Was war das denn?"

Bockstiegel brummte unzufrieden, antwortete aber doch.

„Ich habe erst gestern davon gehört. Vielleicht können Sie ja was damit anfangen, " murmelte er leise und wedelte wieder besonders heftig mit seiner Brille.

„Womit was anfangen?", fragte Muffen ungeduldig.

„Gestern stand in der Neuen Westfälischen ein Artikel über den Mord an einem gewissen Eberhard Koppsieker, irgendwo im Lippischen. Sie haben vielleicht auch davon gelesen oder gehört, oder?"

Er wartete ab, bis Muffen eine kurze Bestätigung brummte.

„Wenn das, was in der Zeitung stand, wirklich alles ist, was die Polizei über den Toten weiß, dann habe ich wohl eine wichtige Information anzubieten. Sie müssen wissen, dass ich diesen Eberhard Koppsieker recht gut kannte. Hier in der Provinz Ostwestfalen sind die wenigen Akademiker, die mit Kunst zu tun haben, alle durch geheimnisvolle Fäden miteinander verknüpft. Man kennt sich. Ich weiß nicht mehr, wann und wo, aber bei irgendeiner Diskussion saßen wir beide auf dem Podium und haben uns so kennen gelernt. Es war irgendwann Ende der achtziger Jahre. Ich erfuhr, dass er über seine musikalischen Interessen, die ja sein Fachgebiet waren, hinaus auch eine ganz besondere Affinität zur bildenden Kunst hatte. Somit trafen sich unsere Neigungen und wir haben uns gegenseitig eingeladen, wie das eben so läuft. Der Kontakt wurde nie sehr intensiv, brach aber auch nie völlig ab. Daher weiß ich einiges über sein Leben, was der Polizei offenbar noch nicht bekannt ist. Haben Sie daran Interesse?“

Muffen staunte. Was wollte dieser Mann von ihm?

„Ja, sicher. Aber warum erzählen Sie nicht einfach?“

Bockstiegel zögerte kurz. „Ich möchte Ihnen ein Geschäft vorschlagen. Der Polizei geht es darum, das Strafrecht durchzusetzen und die Drachenentführer zu erwischen. Wie und zu welchem Preis ist erst einmal nebensächlich. Wenn dabei die Kunstgegenstände zerstört würden, fände man dies seitens der Polizei zwar sehr bedauerlich, aber wichtiger wäre es, die Täter hinter Gitter zu bringen. Aus Ihrer Sicht ist das auch nachvollziehbar, Herr Hauptkommissar. Aber nicht aus meiner. Mir geht es ausschließlich darum, die Drachen zu erhalten. Die Diebe sind für mich ein zweitrangiges Problem. Verstehen Sie mich nicht falsch. Natürlich möchte auch ich diese Leute bestraft sehen. Aber wenn der Preis für die Rettung der Drachen das Entkommen der Diebe wäre, dann würde ich bedauernd die Achseln zucken, wäre aber unter dem Strich zufrieden. Kurz und gut: Ich werde tun, was diese Leute von mir verlangen! Ich werde Kontakt mit der Versicherung aufnehmen. Und dazu brauche ich Ihre Hilfe! Schotten Sie mich ab! Tun Sie gegenüber Ihren Kollegen so, als wäre ich aus der Angelegenheit völlig raus. Ich habe diesen Brief bekommen, habe mich wie jeder anständige Bürger sofort bei der Polizei gemeldet und damit hat es sich auch. Auf gar keinen Fall geht dieser ältere, etwas wirre Kunstprofessor auf die Forderungen dieser dreisten Diebe ein. Er hat alles an die Polizei delegiert, er ist raus aus der Geschichte. Das wird Ihnen jeder abnehmen. Und ich kann im Hintergrund in aller Ruhe meine Fäden ziehen und diese herrlichen Drachen retten. Als Gegenleistung bringe ich Sie bei der Lösung des Mordfalles Koppsieker einen großen Schritt weiter. Was meinen Sie?“ Hauptkommissar Wolf Muffen staunte. Er hatte den Herrn Professor wahrhaftig für einen etwas weltfremden Schöngeist gehalten. Und nun das!

„Sie wissen ja sicher, dass es auch so etwas wie eine staatsbürgerliche Verantwortung gibt. Wenn Sie im Besitz von Informationen sind, die zur Aufklärung eines Mordfalles dienen können, dann ist das für uns keine Verhandlungsmasse. Sie sind verpflichtet, diese Informationen an die Polizei weiterzugeben und es ist völlig ausgeschlossen, dass wir wegen dieser Selbstverständlichkeit irgendwelche Zugeständnisse machen. Das muss ich hier ganz deutlich sagen."

Bockstiegel schaute ihn lange an. Erst sichtbar enttäuscht, dann nachdenklich und schließlich trotzig und kämpferisch.

„Wenn das so ist, dann habe ich nichts gesagt. Dieses Gespräch wurde schließlich nur unter vier Ohren geführt. Sie haben keinen Zeugen dafür, dass ich irgendwas angedeutet habe. Wie kommen Sie eigentlich darauf, dass ich Informationen zurückhalte? Ich habe Ihren Herrn..., wie hieß er noch gleich?, Koppsieker nie kennen gelernt. Vergessen wir dieses Gespräch!"

Er winkte dem Kellner, um zu bezahlen. Gleichzeitig machte er Anstalten aufzustehen. Muffen seufzte.

„Bleiben Sie sitzen! Jetzt blasen Sie mal die Backen nicht so auf und erzählen einfach. Warum seid ihr Akademiker eigentlich oft solche eitlen Gockel? Ich habe ja nie behauptet, dass ich Ihren Einsatz an die große Glocke hängen will, sondern Sie nur auf etwas Grundsätzliches hingewiesen. Also nun raus mit der Information! Wenn sie was taugt, gehe ich auf Ihren Wunsch ein. Aber erst will ich was hören!"

Bockstiegel setzte sich hin und schickte den mittlerweile herbeigeeilten Kellner wieder weg.

„Gut, ich vertraue Ihnen! Aber wehe, Sie legen mich herein!"

Er wedelte wieder aufgeregt mit der Brille.

„Wie Ihre Detmolder Kollegen bestimmt schon herausgefunden haben, lebte Koppsieker einige Jahre in Japan. Er hatte dort eine Gastdozentur an der Universität in Yokohama. Schon kurz nach seiner Ankunft lernte er einen anderen Deutschen kennen, der ebenfalls als Dozent dort arbeitete. Die beiden waren sich zwar nicht sympathisch, aber in der Ferne klammert man sich an alles Heimatliche. Und so hockten die beiden häufig zusammen. Beide hatten eine große Affinität zur bildenden Kunst. Irgendwann besuchten sie zusammen eine Veranstaltung, die in Japan sehr populär ist. Ein Drachenfest! Die beiden Deutschen waren stark beeindruckt davon, welche Bedeutung die Japaner diesen fliegenden Kunstwerken beimaßen. Und kurz darauf hatte Koppsieker die Idee, solche Drachen von zeitgenössischen Künstlern aus aller Welt gestalten zu lassen. Er besprach das Konzept mit seinem Bekannten. Der hielt aber davon nichts und so machte sich Koppsieker allein ans Werk und schrieb alles an, was in der aktuellen Kunstwelt Rang und Namen hatte. Zu verdienen gab es für die Künstler dabei nichts, aber das Konzept schien ganz viele zu überzeugen und nach einiger Zeit war Koppsieker im Besitz etlicher fliegender Meisterwerke der modernen Kunst. Als sein Bekannter sah, dass Koppsiekers Idee derart erfolgreich war, bot er seine Hilfe an. Von nun an arbeiteten sie zusammen daran, die Drachensammlung immer weiter auszubauen."

Bockstiegel nahm einen Schluck von seinem mittlerweile kalten Kaffee und schaute angewidert die Tasse an.

„Aber Koppsiekers Bekannter war ein ausgesprochen dominanter Mensch und übernahm immer stärker die Führung des Projekts. Es kam zu heftigem Streit und Koppsieker musste feststellen, dass er versäumt hatte, die alleinigen Rechte an der Drachensammlung festschreiben zu lassen. Sein Kompagnon behauptete nun dreist, selbst der Initiator der Sammlung zu sein. Koppsieker konnte nichts beweisen und da er auch keinerlei Kampfgeist besaß, gab er irgendwann klein bei und fügte sich klaglos in seine Rolle als zweiter Mann. Die eigentliche Arbeit aber hat weiterhin er gemacht."

„Moment", warf Muffen ein, „warum hat er denn dann nicht die Brocken komplett hingeschmissen?"

Bockstiegel schaute ihn ernst an.

„Da kann man mal sehen, dass Sie keine Ahnung haben von der Psyche eines Kunstbessenen. Die Drachen waren sein Werk, sein Baby! Das wirft man nicht so einfach weg! Koppsieker hat geflucht und hat gehasst. Aber er konnte sich auch nicht von den Drachen trennen. Das ging so weit, dass er, als er kurz darauf eine Dozentur in Detmold angeboten bekam, sich dafür einsetzte, dass die Drachensammlung in Detmold ein würdiges Zuhause fand und er immer in der Nähe sein konnte. Aber er hat das alles im Hintergrund eingefädelt, denn offiziell war nicht er, sondern der andere der Besitzer der Sammlung. Können Sie sich diese Opferbereitschaft vorstellen? Aber auch den abgrundtiefen Hass, den er verspürt haben muss? Da wurde seine Idee, sein Lebenswerk, in der Öffentlichkeit gefeiert, und er selbst stand im Abseits."

Muffen staunte über so viel Hingabe an eine Idee.

„Aber wo ist da die Verbindung zu seiner Ermordung?"

„Ich weiß nicht sicher, ob es da überhaupt eine gibt! Aber dass seine Ermordung und der fast zeitgleich erfolgte Drachenraub nicht in einem Zusammenhang stehen, das werden nicht mal Sie glauben, oder?"

34

Die Zusammenarbeit der letzten Jahre hatte bewirkt, dass die Detmolder und Paderborner Polizeibeamten der Mordkommission das trennende Moment des Eggegebirges und sonstige Kulturgrenzen zwischen dem Fürstentum Lippe und dem Bischöflichen fast überwunden hatten. Munter plauderten sie drauf los und berichteten von Diesem und Jenem. Die Schwätzchen wurden nach einigen Minuten von Lohmann unterbrochen, der mit einem Kugelschreiber an seine Tasse klopfte.

„Leute, die Zeit drängt, wir sollten unsere neuen Erkenntnisse zusammentragen! Der Staatsbesuch in Blomberg rückt immer näher. In dem Fall Drachenmuseum sind wir auch noch nicht so richtig auf einem grünen Zweig und der Mordfall Koppsieker ist meines Erachtens auch noch nicht auf der Zielgeraden angelangt. Also, lasst uns in die Pötte kommen. Was gibt es Neues?“

Potthast hatte die Liste der am Drachenmuseum Beschäftigten noch einmal überprüft. Eine zweite von denen, die an der Planung des Drachentransfers beteiligt waren und eine Liste der Fremdunternehmen, mit denen das Drachenmuseum kooperiert hatte. Es wurden von ihm jedoch keine Anhaltspunkte gefunden, die mit dem Drachendiebstahl in Verbindung gebracht werden konnten.

Axel Braunert meldete sich und berichtete, dass er gestern in das Zeitungsarchiv der *Heimatzeitung* abgetaucht sei, um sich die Geschichte des Drachenmuseums noch einmal in Erinnerung zu rufen. Dabei sei ihm klar geworden, um was für ein Desaster es sich bei diesem Projekt doch handelt habe.

Zig Zeitungsartikel seien Dokumente von Pleiten, Pech und Pannen, die sich um das Museum ranken.

Wenn er es richtig verstanden habe, so wurde die Idee, dieses Museum hier in Lippe zu errichten, von der ehemaligen Kämmerin Detmolds kreiert. Sie hatte wohl einen der Väter der Drachen kennen gelernt und war von diesem begeistert worden. In Detmold gab es einen leer stehenden Flugzeughangar, in dem die Drachen ausgestellt werden sollten.

Kurze Zeit später begegneten sie faszinierten Politikern, die davon träumten, dass das zukünftige Detmolder Drachenmuseum demnächst in einem Atemzug mit *Guggenheim* und der *Metropolitan Art* genannt wurde.

Doch schon im Vorfeld der Eröffnung begann wohl der Ärger. Für die Abwicklung und Überwachung des Baus war der ehemalige Stadtdirektor Detmolds eingesetzt worden. Am vierten März zweitausend berichtete die *Heimatzeitung: Am ersten April soll das Drachenmuseum eröffnet werden.* In dem Artikel wurde weiter berichtet: „*Weltweites Interesse soll ein Internetauftritt auf das Kunstmuseum ziehen.*"

Als erste niedrig angesetzte Besucherzahlengröße legte man die Zahlen des Detmolder Freilichtmuseums zu Grunde. Dann stellte sich heraus, dass das Museum anscheinend am Eröffnungstag erhebliche Baumängel aufwies. Nachzulesen in einem Artikel am 19. Mai der *Heimatzeitung*. Später warf ein Oppositionspolitiker dem Bürgermeister in einem Zeitungsartikel vom neunten August 2000 vor, die Eröffnung des Drachenmuseums eigenmächtig genehmigt zu haben. „*Nur mit viel Glück sind die tausend Besucher nicht zu Schaden gekommen.*"

Später, am fünfzehnten November 2000, berichtete die Zeitung über die Veröffentlichung eines Gutachtens, in dem auch von einer Expertise geschrieben wurde, die sich mit dem Bauverlauf des Drachenmuseums beschäftigte. Diese ging auch auf die Rolle des Projektmanagers, den für die Bauphase verpflichteten Ex-Stadtdirektor, ein. So hieß es: *Über diese Gutachten sind bisher kaum Informationen an die Öffentlichkeit gelangt. Dass es bei der Abwicklung des Baus Probleme gab, wurde spätestens öffentlich, als die Eröffnungsfeier fast an der Weigerung der städtischen Bauaufsicht gescheitert wäre, das Gebäude abzunehmen.*

Am 17. November 2000 war dann zu lesen:

„*Festzustellen ist, dass keine Pflicht der unteren Baubehörde bestand, die Benutzung des Museums zuzulassen. Im Umkehrschluss: Es bestand keine Pflicht, die Eröffnung zu stoppen.*"

Von weiteren Eklats berichtete Axel Braunert. In einem Artikel am 9. August 2000 wurde von der Opposition der

Rücktritt des Bürgermeisters gefordert. Man sprach sogar von Insolvenzverschleppung.

Es gab wohl einen finanziellen Engpass. Die nötigen Mittel für den Weiterbau des Drachenmuseums standen wohl nicht rechtzeitig bereit, um fällige Handwerkerrechnungen zu bezahlen.

Da hatte der Bürgermeister, so schrieb die Zeitung, wohl kurzerhand 1,5 Mio. DM von der Detmolder Verkehrsgesellschaft zur *Art-Kite GmbH* transferiert, ohne sich mit dem Mitgeschäftsführer und Aufsichtsrat in Verbindung zu setzen.

Gleichzeitig wurde berichtet, habe der Bürgermeister nach Aussage der Opposition gegen einen Ratsbeschluss verstoßen, der beinhaltete, dass nicht mehr als 1,9 Mio. DM an städtischen Geldern für das Museum zur Verfügung gestellt werden sollten.

Ende Juni 2000 stellt die Opposition den Antrag, das Drachenmuseum zu liquidieren. Der Antrag scheitert im Rat.

An anderer Stelle berichtete die Zeitung von einer Manipulation der Besucherzahlen durch den damals Museumsverantwortlichen.

Letztlich war in einem Artikel der *Heimatzeitung* zu lesen: *„Das Art-Kite Museum vermittelt eher den Eindruck einer staatlich geförderten Privatgalerie.*“

„Um es zusammenzufassen“, schloss Axel Braunert seinen Bericht, „sicherlich war das Drachenmuseum für Detmold ein gigantisches Groschengrab. Doch wenn man das gesammelte Maß an Dilletantismus zu Grunde legt und in Verbindung bringt mit den Eigeninteressen einiger verantwortlich handelnder Personen, dann steckt da schon eine Menge Zündstoff drin, der auch schon einmal einen Mord zur Folge haben kann.“

Schulte raufte sich die Haare. Er dachte an Erpentrup. Immer wenn die Politik ins Spiel kam, reagierte der Polizeichef ausgesprochen übersensibel. So nach dem Motto: Lieber einmal nichts machen, als einem Politiker auf die Füße zu treten.

Maren Köster sprach aus, was die Anderen dachten.

„Es könnte also auch möglich sein, dass die Drachen gar nicht gestohlen wurden, weil sich jemand an ihnen bereichern wollte, sondern weil persönliche Eitelkeiten im Spiel waren?"

„Oder noch alte Rechnungen beglichen werden sollten", ergänzte Frau Bülow die Theorie.

In diesem Moment klopfte es an der Tür. Ein aufgeregt wirkender Mann trat in den Besprechungsraum. Es war der Wachdienstleiter von *Lippe-Security*, Rainer Haase. Die Polizisten sahen ihn verwundert an.

Etwas außer Atem fing er gleich an zu reden.

„Ich habe vor einer Viertelstunde einen Anruf bekommen, von den Dieben der Drachen."

Haase holte Luft.

„Also, die sagen, die Drachen sind sicher untergebracht. Die Diebe werden sich in nächster Zeit an Menschen mit Sachverstand wenden und diesen mitteilen, was zu tun sei. Nach dem Anruf bin ich gleich zu Ihnen, um zu berichten. Ich bin noch ganz außer Atem."

Noch bevor einer der Anwesenden etwas sagen, oder eine Frage stellten konnte, ergriff Lohmann das Wort. „Ich habe heute Morgen einen Anruf von unserm Kollegen Muffen aus Bielefeld bekommen, der genau das berichtet hat."

Dann wandte sich Lohmann wieder an Haase, der sich wie selbstverständlich auf einen freien Stuhl gesetzt hatte. Gerade schlug er die Beine übereinander und tat, als würde er zum Ermittlungsteam gehören.

„Ich muss Sie bitten, noch kurz auf dem Flur Platz zu nehmen. Ich werde gleich für Sie da sein und Ihre Aussage aufnehmen."

Die Tatsache, aus dem Besprechungsraum hinauskomplimentiert zu werden, passte dem Wachdienstleiter überhaupt nicht. Mit einem eingeschnappten Gesichtsausdruck verließ er das Zimmer.

Die anderen Polizisten sahen Lohmann an. Als Haase die Tür geschlossen hatte, sprach Lohmann weiter:

„Muffen hat mir noch mehr erzählt“, berichtete er. Unser Mordfall Koppsieker hat nämlich unter Umständen durchaus etwas mit dem Drachendiebstahl zu tun.“

Maren Köster horchte auf. Jetzt fiel ihr siedendheiß ein, was sie die ganze Zeit übersehen hatte. Ihr Gefühl hatte sie nicht getäuscht. Koppsiekers Japanaffinität und die Kampfdrachen! Plötzlich fielen ihr mindestens drei Berührungspunkte gleichzeitig auf.

Lohmann berichtete, was Muffen ihm am Telefon erzählt hatte.

Während seines Japanaufenthaltes hatte Koppsieker seine Idee, Kunst auf Drachen, entwickelt. Ein Bockstiegel unbekannter Freund oder Bekannter hatte die Idee von Koppsieker geklaut und umgesetzt.

Schulte pfiff durch die Zähne.

Als Lohmann geendet hatte, sagte Schulte:

„Muffen schickt mir den Bericht so schnell wie möglich zu. Ich reiche ihn dann an euch weiter.“

Jetzt meldete sich Frau Bülow:

„So, wie ich den Fall jetzt beurteile, konzentriert er sich ja wohl auf Detmold und Bielefeld. Lediglich der leere LKW mit den beiden gekidnappten Fahren wurde auf Paderborner Gebiet sichergestellt. Dieser Bereich ist nur ein kleiner Bestandteil des großen Ganzen und schon weitestgehend aufgeklärt. Ich bin der Meinung, wir Paderborner sind raus aus der Geschichte. Wenn also nichts dagegenspricht, solltet ihr Detmolder allein an dem Fall Drachenmuseum weiterarbeiten. Vielleicht ist es ja auch sinnvoller, wenn ihr die Bielefelder Kollegen mit ins Boot holt.“

Die Argumente der Polizistin leuchteten allen ein, und so beschlossen sie, dass Lohmann sich mit Erpentrup in Verbindung setzen sollte, um die Auflösung der Kommission zu bewirken.

Wieder hob Frau Bülow den Finger.

„Eine Angelegenheit liegt mir noch am Herzen, ich habe heute Geburtstag und würde euch gern zum Abendessen einladen. Weiß jemand ein nettes Restaurant oder eine Gaststätte?“

Potthast meldete sich und berichtete, dass er seit Jahren, immer wenn er durch Schlangen fuhr, auf eine Gaststätte aufmerksam wurde, in die er schon immer einmal einkehren wollte, es aber noch nie geschafft hatte, einen Anlass zu finden. Das Lokal hieß *Zur Rose* und lag quasi auf der Grenze zu Westfalen. Da keiner einen Einwand vorbrachte, war es eine abgemachte Sache. Ein Tisch wurde bestellt. Heute Abend um 18.00 Uhr würde man sich in Schlangen treffen.

Kurze Zeit später beendeten die Polizisten die Sitzung. Lohmann ließ Haase in sein Büro kommen und nahm die Aussage über den Telefonanruf auf.

Komisch, dachte Lohmann, eigentlich ist das, was die Täter Haase am Telefon gesagt haben, belangloses Zeug. Die hätten sich doch auch nur an Bockstiegel wenden können.

Der Polizist zuckte mit den Schultern. Dann ließ er Haase die Aussage unterschreiben.

35

Es war Freitagabend! Feierabend! Als Schulte zwanzig war, hätte er an solchen Abenden wie heute richtig Freizeitstress gehabt, wenn er nicht Aussicht auf eine Fete gehabt hätte. Würde er sich heute fragen, wonach steht dir der Sinn, dann hätte er gesagt: In den Detmolder Hof gehen, gut essen, Zeitung lesen und dann nach Hause, den Fernseher anstellen.

Seitdem seine Arme zu kurz geworden waren, um ein Buch zu lesen, hatte er die Glotze für sich entdeckt, doch nach jedem Abend wahllosen Zappens und Guckens, nahm er sich fest vor: Morgen kauf ich mir eine Lesebrille.

Heute Abend blieb ihm der Fernseher erspart. Doch er war sich nicht sicher darüber, ob er von Glück reden sollte oder nicht. In letzter Zeit fühlte sich Schulte geradezu weichgespült. Wo war der alte Anarchist in ihm geblieben? Wo das Moment der Unberechenbarkeit? Er kam in die Jahre, das konnte er nicht von der Hand weisen. Dagegen war kein Kraut gewachsen, dachte er sich. Aber dennoch! Er wollte nach wie vor alles im Leben und das doppelt! Nur altersgerecht aufbereitet. Jetzt saß er in seinem Volvo. Er hatte die CD *Wish you were here* von Pink Floyd eingelegt und fuhr über die Gauseköte, Geburtstag feiern in Schlangen.

Der *Gasthof Zur Rose* machte von außen einen netten Eindruck.

Als er den Schankraum betrat, saßen die Paderborner Polizisten schon an einer langen Tafel. Schulte ging zu Margarete von Bülow. Er hatte noch ein kleines Geschenk, das Hörbuch *Vor dem Frost* von Hennig Mankell, besorgt.

Er nannte ihr den Titel.

„Ich hoffe, du hast es noch nicht."

„Nein, vielen Dank! Ich höre aber gerade einen anderen Krimi von diesem Autor. Er gefällt mir wirklich ausnehmend gut."

Die Polizistin umarmte ihren Kollegen und bat ihn, es sich heute gut gehen zu lassen. Schulte begrüßte noch ihren Hund Kalle, der seinen Kopf unter dem Tisch hervorschob, dann setzte er sich auf einen freien Stuhl. Kaum hatte er seinen Platz eingenommen, kam eine Frau, um die Bestellung aufzunehmen.

„Na, sind Sie auch Polizist wie die anderen Herrschaften? Dann ist ja meine Kasse heute sicher. Was darf ich Ihnen zu trinken bringen?"

Die Gasthausbesitzerin war eine Wirtin des alten Schlages. Sie baute sofort Kontakt zu den Leuten auf, wusste innerhalb kürzester Zeit, um wen es sich handelte und wo er wohnte. Ein Verhör bei der Kripo hätte nicht effektiver sein können. Doch sie wusste auch sehr genau, dass sie diese kleinen Geheimnisse in den meisten Fällen für sich behalten musste, denn das hatte ihr schon ihr Vater mit auf den Weg gegeben. Ein Kneiper muss verschwiegener sein als ein Beichtvater, hatte er immer gesagt.

Nur wenn die Gäste Vertrauen haben, sind es treue Besucher und wenn Schnaps und Bier die Zunge gelockert haben, durfte das Erzählte nicht gleich am nächsten Tag in der Zeitung stehen.

„Bringen Sie mir mal ein helles Hefeweizen!"

„Wird sofort gemacht, das Essen bringe ich, wenn alle da sind."

Als ob die Detmolder Kollegen es gehört hätten, tauchten sie auf der Bildfläche auf und nach nicht einmal einer Stunde waren alle zufrieden. Sie aßen Lippische Schlachteplatten, frisch gebratene Koteletts, Bratkartoffeln, Spiegelei und verschiedene Salate. Dabei floss reichlich Bier.

Lohmann erzählte gut gelaunt:

„Meine Leute haben mir zum Geburtstag ein Fahrrad geschenkt. So eine bunte Eierschaukel mit hundertfünfundzwanzig Gängen. Wenn man mit dem Dingen auch nur einen Kilometer fährt, bricht einem der Hintern auseinander, so hart ist der Sattel. Fehlte nur noch, dass sie mir so ein Trikot von diesem Jan Ullrich dazugelegt hätten. Na, die Schleife habe ich zurückgehen lassen. Ihr könnt euch vorstellen, da waren natürlich erst mal alle beleidigt. Aber ich mache mich nicht zum Gespött bei uns im Dorf, wenn ich wie ein Affe auf 'nem Schleifstein die Straße runtergeradelt wäre.

Ich habe denen jetzt versprochen, dass ich mir selber ein Fahrrad aussuche. Und wenn das Wetter jetzt besser wird, werde ich auf meine alten Tage noch einmal richtig sportlich. Denn ich will damit jeden Tag ins Büro fahren. Wisst ihr nicht, wo ich mal nach so einem geeigneten Rad gucken kann? So gut gefedert, mit niedrigem Einstieg und einer überschaubaren Anzahl an Gängen?"

„Köpckes Gute Räder!", meldete sich Potthast wie aus der Pistole geschossen. „In Paderborn in der Brüderstraße. Der Chef hat gute Fahrräder, kann fast alles besorgen und die Beratung ist auch Spitze, gerade, wenn es um bequeme Fahrräder mit Qualität geht, ist das einer, der sich auskennt."

„Meinste wirklich, ich sollte im feindlichen Ausland einkaufen?", fragte Lohmann. „Na, ich brauche es ja nicht rumerzählen und Paderborn ist nicht aus der Welt. Reparieren muss er das Rad aber auch mal können. Ich habe nämlich zwei linke Hände."

So zogen sich die Gespräche hin, es wurde viel gelacht, der Drachendiebstahl noch einmal besprochen. Alle waren der Meinung, dass es ein originär Detmolder Fall sei und es sinnvoll wäre, ihn auch dort weiterzubearbeiten.

„Ist vielleicht der letzte Fall, der unter eurer Ägide aufgeklärt wird. Ich bin mir sicher, dass nach der Polizeireform die Kreisgrenzen noch weniger Bedeutung haben als jetzt schon. Vielleicht sitzen wir in einem halben Jahr schon in gemeinsamen Büros", dachte Frau Bülow laut und keiner widersprach.

Als nächstes wurde über den bevorstehenden Besuch von Schröder und Chirac in Blomberg geflucht, der für die Polizisten nur Mehraufwand bedeutete und sie von ihren wesentlichen Aufgaben abhielt.

Satt und mit reichlich Bier im Bauch sah Potthast auf die Uhr. Er sah seine Paderborner Kollegen an.

„Na, was meint ihr, soll ich meinen Filius mal anrufen, dass wir nach Hause kommen? Sonst geht es uns wie einem Mann aus Benhausen. Der kam mit seinem Auto von Schlangen. Kurz vor Benhausen ist ein Bahnübergang. Jeder, der diese Stecke schon mal gefahren ist, vergisst den Übergang nicht mehr. Wenn man da nämlich auch nur einen Tucken zu schnell rüberfährt, dann hebt man mit dem Auto ab. Als besagter Mann dort die Schienen überqueren wollte, waren die Schranken runter. Er musste warten und war eingeschlafen. Geweckt worden ist er von ein paar Kollegen der Streife. Er hatte 2,3 Promille drin. Dumm gelaufen, würde ich sagen."

Das Gelächter war groß. Jeder wusste in der nächsten Zeit noch eine Anekdote aus seinem Polizistenleben zu berichten. Dabei versuchte man sich selbstverständlich, was Verrücktheit und Originalität der Geschichten anging, gegenseitig zu toppen.

Als ein völlig genervter Potthast Junior die Kollegen endlich zum Aufbruch bewegte, war es lange nach Mitternacht. Margarete Bülow bedankte sich noch einmal für die Geschenke und das Kommen der Polizisten.

„Es war eine der schönsten Geburtstagsfeiern seit langem", behauptete sie.

36

Schon dreimal hatte er das Handy vom Tisch genommen, hatte die ersten Zahlen eingetippt, hatte dann aber immer wieder die Eingabe abgebrochen und das Gerät wieder auf den Tisch zurückgelegt. Dabei war die Frist abgelaufen. Eine Woche hatten sie ihm Zeit gegeben. Heute musste er sich melden. Bockstiegel hatte nach seinen Gesprächen mit der Bielefelder Polizei in Person von Kriminalhauptkommissar Wolf Muffen Kontakt zu der Versicherungsgesellschaft mit Sitz in Hamburg aufgenommen, welche den Drachentransport versichert hatte. Das Ergebnis war für Bockstiegel mehr als enttäuschend. Er hatte den Wert des Diebesgutes deutlich gemacht, den nominellen Wert, aber auch den emotionalen. Hatte den Spagat versucht, im Interesse der Kunst die Forderungen der Diebe zu erfüllen, ohne als deren Helfer zu gelten. Es war ihm nicht gelungen! Die Versicherungsgesellschaft hatte alle seine Vermittlungsangebote kategorisch zurückgewiesen. „Keine Verhandlungen mit Kriminellen", war die immer wiederkehrende Antwort auf seine Versuche. Bockstiegel war nicht wohl bei dem Gedanken, nun der Überbringer dieser für die Diebe schlechten Botschaft zu sein. Viel lieber hätte er jetzt berichtet, dass alles glatt liefe und es nur noch darum ginge, wie der Geldkoffer zu übergeben sei. Aber nun, es blieb ihm nichts anderes übrig als anzurufen. Wieder nahm er das Handy auf, wählte aber diesmal die komplette Nummer und wartete angespannt darauf, dass sich am anderen Ende der Leitung jemand meldete. Endlich, er hätte fast schon wieder die Verbindung gekappt, kam ein zögerliches: „Hallo!" aus dem Gerät. Bockstiegel nannte seinen Namen und wollte wissen, mit wem er sprach.

„Das tut nichts zur Sache", sagte eine sehr aggressive Männerstimme. „Nennen Sie mich einfach den Samurai. Was haben Sie zu berichten?"

Bockstiegel war eingeschüchtert, aber auch etwas verärgert.

„Sie lassen sich auf nichts ein", berichtete er so knapp wie möglich.

Kurze Pause.

„Was heißt das?", wollte die Stimme, jetzt noch eine Spur aggressiver, wissen. „Haben Sie unser Angebot denn wirklich deutlich gemacht? Da gab es doch gar nichts dran falsch zu verstehen. Mit wem haben Sie denn gesprochen?"

Bockstiegel bemühte sich, seiner Stimme weder die Furcht noch die langsam aufsteigende Wut anmerken zu lassen. Ein gewisses Zittern in der Stimme konnte er aber nicht verhindern.

„Ich habe alles nur Erdenkliche unternommen, um die Sache erfolgreich abzuschließen. Über verschiedene Kanäle habe ich versucht, zu den Entscheidungsträgern durchzukommen. Das ist mir auch in mehreren Fällen gelungen.

Aber die hatten sich offenbar abgesprochen. Es gab überall nur ein klares Nein! Nein! Nein! Dann haben die angefangen, den Spieß umzudrehen und haben mir gedroht, mich der Polizei zu melden. Wahrscheinlich sei ich der verantwortliche Drachendieb und Mörder! Ich bin sicher, die haben sogar Telefongespräche mitgeschnitten. Für die Polizei stehe ich jetzt wahrscheinlich an oberster Stelle der Verdächtigenliste. Es würde mich gar nicht wundern, wenn ich schon observiert würde. Das ist...!"

„Was sagen Sie da? Ist Ihnen irgendwas aufgefallen? Wie kommen Sie darauf, dass Sie observiert werden?"

Aber Bockstiegel hatte seinen Wutpegel nun so hoch ansteigen lassen, dass er nicht mehr zuhörte.

„Wissen Sie was? Ich steige aus Ihrer schmierigen Geschichte aus! Suchen Sie sich einen anderen Schwachkopf! Ich stehe nicht mehr zur Verfügung. Sie können...!"

Er hätte sich wahrscheinlich noch weiter in Rage geredet, wurde aber brutal ausgebremst.

„Halt dein Maul! Jetzt hör mir gut zu. Ich bestimme hier, was gemacht wird. Und du machst, was ich sage oder es geht dir so wie deinem Freund Koppsieker. Der wollte auch superschlau sein. Aber er..."

Mitten im Satz brach der Mann ab und schwieg.

Die Stimme am Telefon, die sich selbst ‚Samurai' genannt hatte, brauchte einige Zeit, um das ungewollt Gesagte in seiner vollen Tragweite zu erfassen.

Auch Bockstiegel wagte kaum zu atmen. Es dauerte einige Sekunden, dann ging ihm auf, was er gerade gehört hatte. Er führte offenbar ein Gespräch mit dem Mörder Koppsiekers!!!

Seine Gedanken schlugen Saltos. Wenn dies so war, was bedeutete das für ihn selbst? War er von dieser Sekunde an eine Gefahr für den Mörder?

Dann, sehr leise, aber sehr gefährlich, kam die Stimme des Mannes wieder aus dem Handy.

„Dranbleiben! Versuch es weiter. Und es gilt noch immer: Keine Polizei! Ich warne dich! Wir haben gute Beziehungen. Wenn wir auch nur den leisesten Verdacht hören, dass du geplaudert hast, dann sind wir zur Stelle. Ist das klar?"

Bockstiegel stotterte ein leises „Ja" in das Handy. Dann war das Gespräch ganz plötzlich beendet.

Noch minutenlang saß er wie gelähmt an seinem Küchentisch. Was sollte er jetzt tun?

37

„Dat hätt ich ja nie chedacht! Dat Fritzmeiers Anton mal ein' auschibt. Kannsse ma' sehen! Dat soll mich ja wat cheben!"

Klärchen Henkenmeier war ganz aufgeregt. Zusammen mit zwei anderen Vorstandsmitgliedern der Lippischen Landfrauen, Ortsverein Heidental, war sie von Anton Fritzmeier zum Kaffeetrinken eingeladen worden. Da Anton Fritzmeier als jemand galt, der mit allen urlippischen Eigenschaften ausgerüstet war, vor allem aber dem Klischee des lippischen Geizhalses voll entsprach, kam diese Einladung für die alten Damen vollkommen überraschend.

Nun standen sie vor Fritzmeiers Hofeinfahrt und schauten sich um.

„Iss ja 'n bissken schmuddelig hier", bemerkte Frau Elvira Tölle und bedauerte, ihre guten Schuhe angezogen zu haben. Der weite Hof war zwar gepflastert, aber da Fritzmeier so gut wie nie den Hof fegte, hatte sich der Dreck, den Autos, Schuhe und der Wind auf die Pflastersteine brachten, durch den ständigen Regen in eine flächendeckende Schlammschicht verwandelt.

„Iss doch sein Wohnzimmer!", lachte Klärchen Henkenmeier und versuchte, dabei einen allzu gemeinen Gesichtsausdruck zu vermeiden. „Isser doch selbst in Schuld, wenn wir den chanzen Dreck auf seinen schönen Teppich bringen. Hätte ja ma fegen können!"

Nun war es an Hermine Kaltenbecher, laut zu lachen.

„Meinsse denn, der hat 'nen Teppich? Kann der sich doch gar nicht leisten!"

Die drei munteren Damen staksten so vorsichtig wie möglich quer über den Hof bis zu Fritzmeiers Haustür. Frau Henkenmeier, als Vorstandsvorsitzende dazu prädestiniert, drückte auf den Klingelknopf. Es dauerte eine ganze Weile, bis sie aus dem Haus Gepolter hörten. Dann hörten sie schwere Schritte näher kommen. Lautes Stöhnen, als müsste sich jemand furchtbar anstrengen. Die drei Damen schauten sich besorgt an. Endlich öffnete sich laut knarrend die massive Haustür und Anton Fritzmeier stand im Flur. Die Damen staunten. Fritzmeier hatte sich offenbar in seinen besten schwarzen Anzug geworfen, hatte sogar eine Blume in ein Knopfloch gesteckt. Zu allem Überfluss bekamen die Damen jetzt auch noch eine Verbeugung, gefolgt von einer einladenden Handbewegung, zu sehen. Und dann die Begrüßung:

„Wünsche einen schönen chuten Tach, die Damen! Ich freue mich, so viel Schönheit in mein bescheidenes Haus bechrüßen zu dürfen. Kommense rein!"

Der gesamte Vorstand der Lippischen Landfrauen, Ortsverein Heidental, war baff. Diesen Auftritt hatte keine von ihnen erwartet, galt doch Fritzmeier eher als alter Muffel. Als Charmeur hatte man ihn noch nie wahrgenommen.

„Wat dat woll chibt?", fragte Frau Kaltenbecher freudig erregt die beiden anderen. Aufgedreht folgten sie dem alten Landwirt in dessen Wohnzimmer.

„Immer rein in die chute Stube!"

Der erste Blick der drei alten Mädels galt dem Fußboden. Teppich oder nicht? Teppich! Ein alter Perser lag dort.

Abgenutzt, aber sauber! Das große Staunen ging weiter. Auf dem langen Wohnzimmertisch lag eine weiße Tischdecke, blitzsauber und gebügelt. Darauf stand alles, was auch die Frauen bei einer Kaffeetafel aufgedeckt hätten. Nicht die Tatsache, dass Fritzmeier so etwas besaß, war erstaunlich. Schließlich war er ja jahrzehntelang verheiratet gewesen. Aber dass er als einsamer alter Witwer dies alles auf die Reihe bekommen hatte, das konnten sie kaum fassen. Zumal sie ihn völlig anders eingeschätzt hatten. Klärchen Henkenmeier hatte sogar Sorge gehabt, dass Fritzmeier sie „veräppeln“ wollte mit seiner Einladung. Das sah jetzt wahrhaftig nicht danach aus. Voll freudiger Erwartung setzten sie sich an den Tisch, sprangen aber alle drei gleich wieder beflissen auf, als Fritzmeier fragte:

„Könnte wohl eine der Damen helfen, den Kaffee und den Kuchen zu holen? Steht inne Küche!“

Elvira Tölle war es, die als erste in der Küche war. Als sie die Glasplatte mit einem russischen Zupfkuchen auf den Tisch stellte, setzte bei den Frauen nicht nur verstärkter Speichelfluss ein. Immer drängender wurde die unausgesprochene Frage: Wie hat er das nur alles geschafft?

Als der letzte Krümel gegessen und der letzte Schluck Kaffee getrunken war, schleppte Fritzmeier noch Likörgläser und eine Flasche Cointreau an. Das Glück der drei Damen war beinah perfekt. Ab sofort würden es ihre Ehemänner zu Hause sehr schwer haben, dies zu toppen. Fritzmeier hatte die Messlatte sehr hoch gelegt. Als ihn die drei Grazien, alle nur unwesentlich jünger als er, selig lächelnd anschauten, nahm Fritzmeier noch einen Schluck Likör. Insgeheim nahm er sich vor, nach dem Damenbesuch sofort einen großen Schluck Korn zu trinken, um den klebrigen süßen Orangengeschmack wieder loszuwerden.

„Schön, dat wir noch mal so chemütlich zusammen sitzen können. Wer weiß, wie oft dat noch möglich iss. Denn, ihr werdet es nich chlauben, aber es iss wahr. Euer Anton wird bald achtzig Jahr! Ja, im März hab ich Cheburtstach. Und da hab ich mich chedacht, bevor de alt wirst, lädsse noch ma ’n paar schöne Frauen ein...“.

Die drei kicherten wie Teenager.

„Ich hoffe, es hat euch chefallen. Auf jeden Fall hab ich mich viel Mühe checheben. Leider kann ich sowas zu meinen Cheburtstag nich noch ma machen. Dat schaffe ich einfach nich mehr, bei all die Chäste. Ich bin ja chanz alleine, so ohne Frau. Schade, ich hätte ja chern gefeiert, aber so...“

Traurig winkte er ab. Die drei Frauen schauten sich an. Es war schließlich die Vorsitzende Klärchen Henkenmeier, die im Namen der anderen Vorstandsmitglieder feierlich sagte:

„Aber Anton! Dat iss doch kein Problem. Keine Sorge, wir machen dat schon. Solls ma sehen. Den Kuchen wollen wir dir schon backen. Und auch fürs Abendessen machen wir was. Muss nur alles bezahlen, dat Arbeiten machen wir Landfrauen doch mit links!“

Als Anton Fritzmeier drei mit diesem Nachmittag hoch zufriedene Frauen verabschiedet hatte, setzte er sich erschöpft in seinen alten Ohrensessel und grinste minutenlang. Das wäre schon mal geschafft! Der Einsatz hatte sich gelohnt. Er persönlich hatte allerdings außer den netten Worten und dem schwarzen Anzug nichts dazu beigetragen. Alles andere hatte Schultes Tochter Lena in erstaunlich kurzer Zeit vollbracht. Und dazu noch völlig ohne Bezahlung. Nur weil Fritzmeier ihr vorgejammert hatte, dass die Vorstandsdamen der Landfrauen sich selbst bei ihm eingeladen hätten, weil sie zum 100-jährigen Vereinsjubiläum eine Festschrift herausbringen wollten und nur er ihnen dazu die nötigen Anekdoten liefern könne. Der arme alte Mann, hatte sie gedacht. So ganz allein mit dieser Herausforderung. Außerdem fand sie Anton Fritzmeier „einfach süß!“

38

Am Vormittag hatten sie ihm die Hölle heiß gemacht.

Sie, das waren jene anonymen Leute, die diese Drachensammlung in ihren Besitz gebracht hatten und die nun versuchten, daraus Kapital zu schlagen. Eigentlich hatte Professor Ludwig Bockstiegel gehofft, sein Part als Vermittler habe sich nach den ersten Reinfällen erledigt. Aber da hatte er sich getäuscht. Die Erpresser erwarteten weiterhin von ihm, dass er seine einmal begonnene Rolle bis zum Ende durchspielte.

„Mein Lieber, Sie stecken zu tief drin..., Sie können nicht mehr einfach aussteigen. Außerdem wissen Sie mittlerweile etwas zu viel, um Sie einfach so laufen zu lassen. Nein! Sie bleiben uns erhalten, ob Sie wollen oder nicht!“, hatte die Stimme gesagt, die sich ihm als ‚Samurai‘ vorgestellt hatte. In einem fast fröhlichen Tonfall, der auf einen ziemlich deformierten Humor schließen ließ.

„Wir haben Ihren Anruf bei der Versicherung bereits angekündigt. Sie werden feststellen, dass die Leute dort vorbereitet sind. Man rechnet schon mit Ihnen. Und ich bin auch davon überzeugt, dass jetzt eine gewisse Bereitschaft vorhanden ist, Ihnen zuzuhören. Also, keine Hemmungen! Ihre Aufgabe besteht weniger im Verhandeln, das machen wir schon auf unsere ganz spezielle Art, als vielmehr darin, die Modalitäten für die Geldübergabe in unserem Sinne zu klären. Sie werden es auch sein, der das Geld in Empfang nimmt und uns überreicht. Und spätestens dann, mein lieber Professor, hängen Sie so tief in der Geschichte drin, dass Ihnen kein Richter dieser Welt mehr glaubt, wenn Sie behaupten, man habe Sie zur Mitarbeit gezwungen. Zu allem Überfluss werden wir Ihnen auch noch einen zwar kleinen, aber hochverdienten Anteil am Erlös unserer Aktion zugestehen. Dadurch werden Sie nicht nur ein bisschen wohlhabender, sondern steigen auch zum Kriminellen auf. Willkommen im Club!“

Dann wurde der ‚Samurai' ernsthafter und bedrohlicher.

„Im Ernst, wenn Sie wirklich glauben, Sie könnten jetzt noch aussteigen, dann liegen Sie total falsch. Sie haben sich auf uns eingelassen und Sie werden uns nicht mehr aus den Fingern gleiten. Ob Sie das nun so wollen oder nicht, aber Sie sind nun mal Teil unseres Planes. Und diesen Plan lassen wir uns nicht mehr versauen, von niemandem! Entweder Sie ziehen jetzt mit oder Sie ziehen den Kürzeren! Denken Sie an Koppsieker! Und es gilt noch immer: Keine Polizei!"

Es folgten noch weitere warme Worte und der Name des Ansprechpartners bei der großen Versicherungsgesellschaft. Bockstiegel war für den Rest des Vormittags mit den Nerven fertig. Es war für ihn keineswegs Alltag, vor den Karren einer Erpresserbande gespannt und mehrfach mit dem Tode bedroht zu werden. Er verfluchte seine übereilte Zusage zur Zusammenarbeit. Er wusste, dass er den zweiten Fehler gemacht hatte, als er zur Polizei gegangen war. Nichts und niemand würde nun diesen Apparat, wenn er erst einmal ins Rollen gekommen war, aufhalten können. Und niemand konnte ihm garantieren, dass seine Person aus den Ermittlungsakten heraus gehalten würde. Was ihm drohte, wenn die Zusammenarbeit mit der Polizei herauskam, war ihm ja mittlerweile mehrfach drastisch klargemacht worden.

Am frühen Nachmittag hatte der Regen aufgehört. Es wurde wieder freundlicher, aber auch kühler. Bockstiegel schluckte seine Bedenken herunter, griff zum Telefon und wählte die Versicherungsgesellschaft in Hamburg an. Er ließ sich mit dem Ansprechpartner verbinden und stellte fest, dass dieser wirklich auf den Anruf vorbereitet war.

„Wir sind bereit, unter gewissen Vorbedingungen eine Übereinkunft mit Ihnen zu treffen. Vorbedingung Nummer eins ist: Die kleine finanzielle Transaktion muss unter allen Umständen unter uns bleiben! Vorbedingung Nummer zwei ist: Das Geld kann erst dann übergeben werden, wenn sich eine Person unseres Vertrauens davon überzeugt hat, dass die Drachensammlung unversehrt ist. Und dass die Geldübergabe an Sie und die Übergabe der Kunstgegenstände an uns gleichzeitig und auf einem neutralen und diskreten Gelände stattfinden. Wir erwarten Ihre konkreten Vorschläge! Und vergessen Sie eines nicht: Wir sind nicht irgendwer! Eine große Versicherungsgesellschaft ist zwar eine rundum seriöse Unternehmung, aber unterschätzen Sie nicht unsere Bereitschaft und unsere Mittel, wenn es darum geht, unsere Interessen zu verteidigen. Im Augenblick haben Sie eine starke Position. Aber wir erleben so etwas nicht zum ersten Mal und wissen mit solchen Herausforderungen umzugehen. Also, versuchen Sie nicht, uns reinzulegen!"

Bevor Bockstiegel dem Mann erklären konnte, dass er selbst doch nur der unfreiwillige Vermittler sei und gar nicht vorhabe, irgendwen hereinzulegen, hatte dieser die Verbindung abgebrochen. Bockstiegel hatte zu spüren bekommen, dass niemand ihm seine Rolle als neutraler Vermittler abnehmen würde. Wahrscheinlich hatten die Sicherheitsprofis der Versicherung sogar das Telefongespräch irgendwie geortet und wussten bereits, mit wem sie es zu tun hatten. Für diese Leute war er der Drachendieb, keine Frage. Er hatte nur helfen wollen und steckte jetzt knietief im Dreck!

39

Wieder war es ein grauer Tag gewesen. Schmutzige Schneereste, die überall herumlagen, verstärkten den Eindruck noch. Diese Stimmung gab Rodehutskors das Gefühl, dass es heute noch früher dunkel würde, als es sowieso schon der Fall war. An solchen Abenden fühlte sich Hermann Rodehutskors in seinem Arbeitszimmer besonders wohl. Er hatte mehrere Lampen angeschaltet, die ein warmes Licht ausstrahlten. Es war seine Höhle, in deren Ordnung niemand eingriff. Er liebte Bücher, schon solange er denken konnte. Er konnte sich noch genau an die Zeit erinnern, als er der Meinung war, sich endlich ein Arbeitszimmer einrichten zu können. Lieber hätte er es Bibliothek genannt. Doch dann hätte halb Lippe über ihn gelacht.

Als geeigneten Raum hatte er sich nicht den kleinsten, der in seinem Haus zur Verfügung stand, ausgesucht. Als er seine Idee und die Wahl des Zimmers seiner Frau mitteilte, war sie absolut dagegen. Der Haussegen hing eine Woche schief. Seine Frau sprach einfach nicht mit ihm. Damit bestrafte sie sich wahrscheinlich mehr als ihren Hermann. Das schöne große Zimmer für ihren Mann als Arbeitszimmer! Der hatte doch schon sein Büro bei der Zeitung und dann noch einen Raum für sich zu Hause. Frau Rodehutskors war der Meinung, das wäre doch so überflüssig wie ein Kropf. Außerdem war ihr Mann sowieso nie zu Hause. Sie hielt es für eine Verschwendung von Ressourcen. Zugegeben, auch sie hatte schon über die Verwendung des Zimmers nachgedacht. Sie hätte gerne eine Bügel- und Wäschestube gehabt. Lediglich die Größe des Raumes hatte sie in ihrer Bescheidenheit davon abgehalten, ihren Wunsch zu äußern. Und dann kam einfach ihr Mann und teilte ihr mit:

„Das wird mein Arbeitszimmer!“

Er hatte einfach schneller „hier“ gerufen als sie. Diese Erfahrung bestimmte ihr weiteres Eheleben. Seither kam ihr Mann ihr nicht mehr all zu oft zuvor, wenn es um gemeinsame Belange ging.

Dieser „Zimmerkampf“ ereignete sich vor über zwanzig Jahren. Damals ließ Rohdehutskors nichts anbrennen. Gleich nachdem er sich das Zimmer unter den Nagel gerissen hatte, machte er selbige mit Köpfen.

Sofort räumte er die wenigen Möbel, das Ehebett seiner Großeltern und einen wuchtigen Kleiderschrank, in den Schuppen und machte sich so seine Gedanken über die zukünftige Einrichtung. Er wälzte Kataloge und Prospekte.

Doch immer wenn er auch nur vorsichtig bei seiner Frau einen Vorstoß wagte, kam ein kategorisches:

„Wir haben kein Geld für neue Möbel! Da brauche ich mir die Kataloge erst gar nicht anzusehen!“

Rodehutskors erkannte die Gefahr, die vom Ansinnen seiner Frau ausging. Doch er wartete ab, irgendwann würde er seine Chance bekommen.

Drei Monate später war es so weit. Die Sommerferien rückten näher. Für Rodehuskors, damals ehrgeiziger Redakteur bei der Heimatzeitung, war an Urlaub nicht zu denken. Er fühlte sich unabkömmlich. Natürlich bemerkte seine Frau in kürzester Zeit, dass mal wieder ein gemeinsamer Urlaub zur Disposition stand.

Doch sie traf kurzerhand eine einsame Entscheidung. Sie sagte ihrem Mann damals:

„Gut, wenn du meinst, Lippe könnte nicht ohne dich auskommen, dann fahre ich mit den Kindern eben alleine nach Norderney und zwar drei Wochen!“

Auf diesen Zeitpunkt hatte Rodehutskors gewartet. Am nächsten Tag setzte er sich mit einem Freund in Verbindung. Dieser war Verkäufer bei der Firma Omnia. Den Plan für sein Bücherregal hatte er längst gezeichnet.

„Toni, ich brauche Regalwände! Eine vier Meter breit und zwei Meter fünfzig hoch. Hier sind die Pläne. Und eine zweite mit integrierter Hängeregistratur, Barfach und temperiertem Zigarrenschrank. Das Ganze muss vom ersten bis fünften August geliefert und aufgebaut werden. Wenn das nicht möglich ist, wird aus unserem Geschäft nichts.“

„Kein Problem, kannst du auch schon drei Wochen vorher haben.“

„Nein, auf keinen Fall vorher! Ach, und noch etwas: Kein Wort an meine Frau. Wenn du nicht die Klappe halten kannst, bleibst du ebenfalls auf deinen Regalen sitzen.“

Der Freund von Rohdehutskors versprach ihm, verschwiegen wie ein Grab zu sein.

Den nächsten, den der Zeitungsmann konsultierte, war der Maler, dem er einen guten Stundenlohn versprach, wenn er in der letzten Juliwoche bei ihm ein Zimmer tapezieren und streichen würde. Es müsste aber auf jeden Fall in dieser Woche geschehen, verlangte der Journalist.

Alles klappte wie geplant und als Rohdehutskors' Frau mit den Kindern aus dem Urlaub zurückkam, bemerkte sie eine Veränderung im Wohnzimmerschrank. Der war plötzlich so leer.

„Hermann", fragte sie, „wo sind denn die ganzen Bücher hingekommen?"

„Och, du hast dich doch immer darüber beschwert, dass sie so viel Platz wegnehmen. Da habe ich die Zeit, in der ihr in Ferien wart, genutzt und meinen ganzen Krempel, der dich so störte, in mein Arbeitszimmer geräumt."

Rodehutskors konnte sich die Bezeichnung Bibliothek gerade noch verkneifen.

Einen kurzen Moment freute sich seine Frau über den dazugewonnenen Platz. Doch dann roch sie den Braten. Ihr Mann hatte die Bücher doch mit Sicherheit nicht in eine freie Ecke gestapelt. Energisch stemmte sie sich aus ihrem Wohnzimmersessel hoch und marschierte schnurstracks zu dem so genannten Arbeitszimmer. Frau Rodehutskors öffnete die Tür, war einen Moment sprachlos, doch dann rief sie um so lauter.

„Hermann! …".

Heute erinnerte er sich mit einem Schmunzeln an die Entstehungsgeschichte seines Arbeitszimmers zurück. Doch damals fürchtete er monatelang sogar um seine Ehe. Die putschartige Einrichtung des Zimmers hielt ihm seine Frau noch Jahre vor. Doch gleichzeitig zog auch Frau Rodehutskors für sich einige Schlüsse. So hatte sie sich seit damals das eine oder andere Schmuckstück gekauft, von dem ihr Mann bis heute noch nichts wusste. Zwar setzte sie ihre neu erworbenen Ringe immer sofort auf oder behängte sich mit der gestern erstandenen Halskette, doch ihr Hermann hatte anscheinend keinen Blick fürs Geschmeide und stand so dem ständig wachsenden Schmuckbestand nicht im Wege oder begleitete die Einkäufe mit nörgelnden Kommentaren. Wenn Frau Rodehutskors die nach der Zimmereinrichtung neu erworbene Handlungsfähigkeit und die damit verbundenen Kosten in Sachen „Schmuck und Klamotten kaufen“ gegen die Einrichtungskosten des Arbeitszimmers gegenrechnete, so hatte sie einen guten Schnitt gemacht.

Der Zeitungsmann hingegen fand es, wenn er mal die anfänglichen Unannehmlichkeiten außer Acht ließ, immer noch eine der besten Entscheidungen seines Lebens, dass er sich dieses Arbeitszimmer zugelegt hatte. Er begann es zu hegen und zu pflegen. Am meisten beglückwünschte er sich immer wieder über die Anschaffung der beiden kleinen Besonderheiten seines Omnia-Regals. Die er natürlich in seiner Familie ebenso wenig an die große Glocke hängte, wie seine Frau ihre Schmuckeinkäufe. In die Schrankwand integriert waren, wie schon erwähnt, ein Barfach, in dem sich mittlerweile der eine oder andere gute Schnaps befand und ein Humidor. Zu dem ging er jetzt und kramte zwischen seinen Zigarren. Dann entnahm er eine Romeo y Julieta - Mille Fleurs hadgerollt. Nach Rodehutskors’ Meinung gehörte diese kubanische Zigarre zu den noch erschwinglichen, aber dennoch besten der Welt. Oft gönnte er sich diesen Genuss nicht, doch heute Abend war ihm danach. Er zerbrach ein dünnes Sandelholz, entzündete es und dann damit seine Zigarre. Er rauchte sie an und nahm auf seinem äußerst bequemen Stuhl Platz. Er sah sich wohlwollend in seinem Zimmer um. Im Laufe der Jahre hatten viele Bücher in den Schrankwänden einen Standort gefunden. Er selbst saß an einem riesigen Schreibtisch, den er vor längerer Zeit seinem Chef abgeluchst hatte. An den Wänden hingen Stiche und Bilder des Hermannsdenkmals, alte Landkarten von Lippe und Umgebung und es gab hunderte von Hängeregistern. Alle fein säuberlich nach Inhalt und Alphabet geordnet. Jedoch alles, was er in diesen Ordnern gesammelt hatte, drehte sich im weitesten Sinne um die Hermannschlacht. Vieles war nur archiviert und katalogisiert, aber noch nicht gesichtet. Dies hatte er sich für seine Zeit als Rentner aufgehoben. Also für jetzt.

Rodehutskors hatte sich die Tagesschau angesehen, sich dann die *Heimatzeitung* und den *Spiegel* der letzten Woche unter den Arm geklemmt und sich in sein Reich verdrückt. Hier rauchte er nun genüsslich seine Zigarre. Doch er fand, es fehlte noch etwas zum Glück. Er stemmte sich wieder aus seinem Sessel hoch, ging zum Barfach und schenkte sich noch eine Wildpflaume des Weingutes Schneider ein. Dazu holte er sich noch ein großes Glas Leitungswasser. Jetzt konnte der Abend beginnen. Gemütlich blätterte er die Heimatzeitung durch, überprüfte kritisch die Artikel der ehemaligen Kollegen, nahm hier und da einen Zug von der Zigarre und ein Schlückchen Schnaps. So in Schmökerlaune griff er sich nun den Spiegel.

„Die Nibelungen, hm hm hm, auf den Spuren der deutschen Heldensagen", las er sich den Titel laut vor. „Na, dann wollen wir doch einmal sehen, was es in dieser Sparte so Neues gibt." Er schlug das Inhaltsverzeichnis auf.

„Seite hundertachtundvierzig", sagte er wieder zu sich selbst. Er blätterte. Als er an entsprechender Stelle war, traute er seinen Augen nicht. „Sein" Hermann streckte ihm das Schwert entgegen.

Was hat unser Hermann denn mit den Nibelungen zu tun?, dachte er. Da liegen doch mindestens fast dreihundert Jahre dazwischen.

Unter Hochspannung fing er an zu lesen. Plötzlich wurde ihm ganz anders. Da stand: *„Und es gibt einen Kandidaten, der angeblich als Vorbild für den Drachentöter diente. Auch er erschlug eine Art Lindwurm – dieser allerdings trug Kettenhemden, Sandalen und schwere Eisenhelme, hatte über 36.000 Füße und rasselte bei jedem Schritt. Gemeint ist Her-*

mann der Cherusker, der in Westfalen den aus drei römischen Legionen bestehenden Armeezug des Varus besiegte.“

Rodehutskors’ Zigarre qualmte wie eine Lokomotive, so aufgeregt zog er an ihr.

„Das ist ja eine Idee! Dass da noch keiner drauf gekommen ist!“, brummelte er vor sich hin.

Hastig las er weiter. Da, was stand da: *„Und es gibt ein weiteres Indiz dafür, das den Drachentöter direkt mit Arminius verknüpft. In der Edda* (eine nordische Saga) *wird mehrfach der Ort genannt, an dem Sigurt den feisten Wurm erschlagen hat. Der Kampf fand auf der Gnitaheide statt.“* Rodehutskors stand kurz vor einem Herzstillstand. Beim Umblättern zerriss er fast das Blatt der Zeitung. Es kam noch besser, in den folgenden Reiseaufzeichnungen eines Benediktinermönches die der Spiegel zitierte. Da war unter anderem zu lesen:

„Vorbei an Burgzinnen und frühgotischen Domen erreicht er Paderborn. Genau in dieser Gegend, notierte der Mönch, liegt die Gnitaheide wo Sigurt den Fafner erschlagen hatte. Nikulas (der Mönch) meinte Knetterheide bei Schötmar. Sie liegt am Nordrand des Teutoburger Waldes – achtzehn Kilometer vom Hermannsdenkmal und siebzig Kilometer vom Schlachtfeld bei Kalkriese.“

Rodehutskors zerdrückte seine teure Zigarre im Aschenbecher, als handele es sich um den letzten Schnitt vom Bahndamm.

Knetterheide, dachte er. Ich fasse es nicht: Knetterheide. Achtzehn Kilometer vom Hermannsdenkmal.

Das war es! Bis Kalkriese waren es über siebzig Kilometer. Für damalige Verhältnisse eine Wahnsinnsentfernung. Zu Hermanns Zeiten legten die meisten Menschen eine solche Wegstrecke in ihrem ganzen Leben nicht zurück. Ne, ne, ne die Schlacht hatte in Lippe stattgefunden und das, was Kalkriese da an historischen Funden ausstellte, war der Schrott, den die Lipper mal nach Osnabrück verkauft hatten, wie in einem Comic über den Hermann so treffend beschrieben wurde.

Rodehutskors kippte seinen Schnaps in einem Zuge herunter. Gleich morgen würde er sich ins Auto setzten und die Gegend um Knetterheide abfahren, das war so sicher wie das Amen in der Kirche. Und er musste mit dem Landesverband sprechen! Er musste zu Bünemann! Er brauchte Geld für eventuelle Ausgrabungen. In Brake musste er auch vorbei. Rodehutskors wusste nicht mehr, wo ihm der Kopf stand.

40

War er eigentlich nur der Makler zwischen einem Erpresser und seinem Opfer? Oder hatte er sich durch seine Vermittlungstätigkeit schon so sehr besudelt, dass seine Position nun die eines Kriminellen war? Seinem Gefühl nach gehörte er nach wie vor zu den „Good Boys“, aber wenn er seine Rolle nüchtern betrachtete, hatte er ohne Zweifel das Geschäft eines Gangsters gefördert. Ohne dies jemals bewusst angestrebt zu haben. Eine „Scheiß-Situation“, wie er fand! Professor Ludwig Bockstiegel, ein achtbarer Gelehrter, ein angesehenes Vorstandsmitglied im Förderkreis der Bielefelder Kunsthalle, ein gefragter Sachverständiger in Kunstfragen. Er hatte sich im Laufe eines langen und erfolgreichen Berufslebens das Anrecht auf Achtung seiner Mitmenschen erworben und war nun im Begriff, diese restlos zu verspielen. Waren die Drachen das wert?

Vor einer Stunde hatte dieser ‚Samurai‘ wieder angerufen. Nun noch aggressiver als zuvor. Mittlerweile wurde ihm auch nicht mehr die Rettung der Drachen ans Herz gelegt. Nein, mittlerweile drohte ihm dieser Mann immer unverhohlener mit dem Tod, falls er nicht so funktionierte wie von ihm gefordert. Bockstiegel hatte keine Wahl mehr. Er war vor den Karren gespannt worden, nun musste er ziehen.

Der Unbekannte hatte ihm seinen Plan für die Geldübergabe dargelegt. Zumindest den Teil, den die Versicherungsgesellschaft kennen sollte. Die Aktion sollte auf einem Parkplatz an der B1 in der Nähe von Bad Meinberg stattfinden. Bockstiegel hatte auf einer Straßenkarte nachschauen müssen, wo dieses Bad Meinberg lag. Geographie hatte ihn nie interessiert.

Es waren eigentlich zwei Parkplätze an der B1, die sich gegenüber lagen. Der Geldkoffer sollte von einem Auto auf einem genau bezeichneten Punkt des Parkplatzes abgestellt werden. Es handelte sich hierbei um den Parkplatz, der von Bad Meinberg aus gesehen auf der rechten Seite lag. Kurz vor der Abfahrt nach Höxter, über Belle. Parkplatz und angrenzender Wald waren durch einen Drahtzaun getrennt. Verbunden wurden beide Seiten mit einer metallenen Drehtür. Der Fahrer des Autos sollte den Koffer einfach über den Drahtzaun hieven, ihn in unmittelbarer Nähe des Drehkreuzes abstellen und dann schnell verschwinden. Sobald der Inhalt des Koffers geprüft sei, würde die Versicherung telefonisch informiert werden, wo und wie sie den LKW mit der Drachensammlung abholen könne. „Die Information bekommen Sie jedoch erst, wenn sicher ist, dass Sie keine Tricks versucht habe, wie etwa das Einschaltung der Polizei, einen versteckten Mini-Sender im Koffer oder ähnliches.“

„Das müssen Sie unbedingt hervorheben, Bockstiegel!“, schnarrte der ‚Samurai‘. „Verstanden?“

Als Bockstiegel nur leise brummte, setzte der selbsternannte Krieger nach:

„Machen Sie diesen Leuten klar, dass wir keine verdammten Anfänger sind. Sie haben es mit Profis zu tun und sollen bloß nicht auf den Gedanken kommen, Sie könnten hier rumtricksen.“

Bockstiegel spürte förmlich die Anspannung, unter der sein Gegenüber stand. Er unterdrückte die Bemerkung, dass ein wirklich abgebrühter Profi vermutlich entspannter an die

Sache gehen würde. Doch dann dachte er daran, dass großen Leistungen fast zwangsläufig eine entsprechende Anspannung vorausgehen musste. Erst das Lampenfieber, das dem Schauspieler vor einer wichtigen Premiere und dem Sportler vor einem bedeutenden Wettkampf die Nerven zu rauben scheint, peitscht das Adrenalin richtig hoch und ermöglicht echte Spitzenleistungen. Warum sollte dies für einen Kriminellen kurz vor der Krönung eines aufwändigen Coups nicht auch gelten? Also hatte er es vielleicht doch mit Profis zu tun und sollte sich entsprechend bedeckt halten.

Bockstiegel versprach, alles ganz exakt nach Anweisung zu erlcdigen.

Kurz darauf hatte er seinen Kontaktmann bei der Versicherung angerufen und den Plan des Erpressers dargelegt. Der Versicherungsmann hatte sich alles ruhig angehört, hatte zwei, drei Fragen gestellt und dann mit Bockstiegel vereinbart, dass dieser in genau zwei Stunden wieder anrufen solle. Dann würde ihm definitiv mitgeteilt, ob der Plan in dieser Form akzeptiert würde. Nach dem Gespräch hatte Bockstiegel wieder das beunruhigende Gefühl, zwischen zwei sich gegeneinander drehenden Mühlsteinen zu stecken. Die Wahrscheinlichkeit, dass diese Affäre zu einer persönlichen Katastrophe für ihn werden würde, wuchs von Minute zu Minute.

41

Das Leben war doch immer wieder für die eine oder andere Überraschung gut. Es gab Dinge, an denen arbeitete man sich über Jahre ab. Man kam keinen Schritt weiter. Tunnelblick wurde dieses Phänomen wohl genannt, oder im Volksmund sah man den Wald vor lauter Bäumen nicht. In der letzten Zeit war Rodehutskors um die Grotenburg herumgeschlichen, war im Schweiße seines Angesichts den Berg hoch und runter gekraxelt, ganz gegen seine Überzeugung: Sport nur im Fernsehen.

Er hatte jeden Stein umgedreht, den gesamten Wald mit einem Metalldetektor abgesucht, nichts! Dann schlug er den *Spiegel* auf, um etwas über „Jung-Siegfried“ zu lesen und starrte anstatt auf irgendeinen blonden Jüngling auf die Hermannsfigur, die das Denkmal zierte. Er hatte einen ganz entscheidenden Fehler gemacht. Er musste Gesamt-Lippe in die Suche nach Spuren der Hermannsschlacht einbeziehen, das war ihm gestern Abend deutlich geworden. Er musste sein Forschungsvorhaben verändern, das war klar wie Kloßbrühe. Doch das war kostspielig.

Irgendjemand hatte ihm erzählt, wenn man nach einem historischen Schlachtfeld suche, sei es sehr hilfreich, sich das Gelände aus der Luft anzusehen. Das wäre der nächste Schritt, den er unternehmen würde, das hatte er sich vorgenommen. Zwar hatte Hermann Rodehutskors noch nie den festen Boden unter seinen Füßen verlassen. Urlaub hatte er immer da gemacht, wo er mit dem Auto hinkam. Er hatte an so manchem Stammtisch zum Besten gegeben, dass er einige spannende journalistische Angebot ausgeschlagen hatte, weil die großen Zeitungen dieser Welt von ihm verlangt hätten, manche Orte auf diesem Globus mit dem Flugzeug zu erreichen.

Doch heute würde er ein Lebensmotto ändern. Das neue lautete: Nieder mit der Schwerkraft, es lebe der Leichtsinn! Gleich heute Nachmittag würde er am Flugplatz Oerlinghausen vorstellig werden und sich nach Mitfluggelegenheiten über Lippe erkundigen. Vielleicht gab es ja so etwas wie verbilligte Rundflüge für Kurzentschlossene.

Doch zuvor würde er dem Landesverbandsvorsteher Jochen Bünemann einen Besuch abstatten. Er kannte ihn schon viele Jahre und war an sich immer gut mit ihm ausgekommen. Sicher hatte Rodehutskors den einen oder anderen kritischen Zeitungsartikel über dessen Partei und sein Agieren als Funktionär und Landesverbandsvorsteher geschrieben. Doch Rodehutskors hatte immer den Eindruck, dass dies seinem Verhältnis zu Bünemann nie geschadet hatte. Außerdem war im Jahre 2009 das historische Datum: Zweitausend Jahre Hermannsschlacht. Da hatte man doch gemeinsame Interessen! Vielleicht konnte man denen aus Osnabrück ja noch die Wurst vom Butterbrot nehmen.

„Was habe ich zu verlieren, außer meine Ketten", dachte Rodehutskors, griff zum Telefon und rief in Schloß Brake an. Von der Zentrale aus ließ er sich weiter verbinden und landete bei einer Frau, die sich mit sympathischer Stimme meldete:

„Vorzimmer Landesverbandsvorsteher, Edler!"

Rodehutskors schilderte sein Anliegen und nach einer halben Minute hatte er den Chef selber am Telefon. Ohne lange Vorrede kam der Hobby-Historiker zur Sache und bat um ein Treffen. Bestimmte Angelegenheiten könne man schlecht am Telefon besprechen. Der Landesverbandsvorsteher hörte sich alles in Ruhe an und griff dann zu seinem Kalender.

„Es sieht in den nächsten Tagen schlecht aus mit einem freien Termin. Die einzige Möglichkeit wäre heute Mittag. Ich habe um vierzehn Uhr eine Sitzung im Kreishaus. Da könnten wir uns vorher zum Mittagessen treffen. Was halten Sie von dem Vorschlag?"

Rodehutskors willigte ein. Wenn es um Essen und Trinken ging, brauchte man ihn nicht lange zu bitten und so verabredete man sich um zwölf Uhr dreißig im Detmolder Hof.

Das Essen war wie immer gut, doch mit dem Ergebnis war der Journalist und Hermannsforscher nicht so zufrieden. Bünemann hatte kein Geld zu verschenken, das machte er ihm unmissverständlich klar. Wenn es um einen fachlichen Rat oder Unterstützung ginge, so könne sich Rodehutskors gerne an den Landesverband wenden. Da würde der Vorsteher ihm gerne ein paar Kontakte herstellen, aber Geld sei nicht möglich. Knappe Kassen und so weiter, der Journalist würde die finanzielle Situation ja noch aus seiner aktiven Zeit kennen. Klar, wenn er die erste römische Rüstung auf den Tisch legen würde, sei alles möglich, aber bis dahin brauche er beim Landesverband auf finanzielle Unterstützung nicht zu hoffen.

Harter Hund, dachte Rodehutskors, der hält seine Penunzen zusammen. Also musste er doch an seine eisernen Forscherreserven gehen. Seinen Enthusiasmus hatte er nicht verloren. Eine Stunde später lenkte er seinen Passat auf das Segelflugplatzgelände von Oerlinghausen. Hier hatte er mehr Erfolg. Nachdem er sich zu einem Sportflugzeugbesitzer durchgefragt und diesem sein Anliegen vorgetragen hatte, ging alles ruckzuck. Der Mann entpuppte sich sozusagen als lippischer Patriot. Er machte Rodehutskors den Vorschlag, die realen Flugkosten wie Benzin, Start- und Landegebühr etc. zu teilen, dann könne es morgen losgehen, wenn das Wetter gut sei.

Die Männer verabredeten sich auf zehn Uhr am nächsten Morgen am Segelflugplatz. Dann könne man alles Weitere besprechen. Der Flugzeugbesitzer empfahl dem Journalisten noch eine warme, derbe Garderobe für den Flug. Man verabschiedete sich per Handschlag und beide Männer hofften auf gutes Wetter.

42

Der Kamm des Teutoburger Waldes zog sich links der Bundesstraße 239 hin. In der Morgendämmerung wirkte er wie ein Schutzwall. Vor ansatzweise zweitausend Jahren hatte er die Menschen diesseits des Gebirgszuges vielleicht gegen die Römer geschützt. Heute war es nicht mehr so klar, wovor er abschirmen sollte. Doch der Teutoburger Wald hatte immer schon etwas Trennendes. Die Menschen diesseits waren der Meinung, anders zu sein als die auf der anderen Seite und umgekehrt. Maren Köster wandte den Blick in die Richtung, wo sie das Städtchen Oerlinghausen vermutete. Hier war vor einigen Tagen der LKW überfallen und ein Mensch kaltblütig ermordet worden. Jetzt war es ihre Aufgabe, den Mord aufzuklären und die Kunstdrachen, die noch vor kurzem im Detmolder *Art Kite Museum* gehangen hatten, wieder zu finden.

Gestern hatte sie mit Wolf Muffen, dem Bielefelder Hauptkommissar, telefoniert und sich für heute Morgen neun Uhr angekündigt. Gemeinsam wollten sie Bockstiegel verhören. Sie wusste, dass sie ihren Kollegen Muffen schon einmal kennen gelernt hatte. Doch sie konnte sich nicht mehr an ihn erinnern.

Sie überlegte sich noch einmal, wie sie vorgehen könnte und versuchte, alle Stränge des Falles noch einmal durchzugehen. Während sie sich diese Gedanken machte, erreichte sie die Stadtgrenze von Bielefeld. Jetzt musste sie sich konzentrieren. Hier kannte sich Maren Köster nur oberflächlich aus. Sie musste zur Kurt-Schumacher-Straße. Das schaffte sie noch ohne Stadtpan. Jetzt befand sie sich auf der Stapenhorststraße. Jedes Mal, wenn sie diesen Weg fuhr, wunderte sie sich, dass sie hier keine Baustelle vorfand. Denn in den ersten zehn Jahren, in denen sie bei der Polizei war, war dies so gewesen. Diese alten Erinnerungen konnte sie nicht ablegen. Wie viele Stunden hatte sie auf dieser Straße vor Baustellenampeln verbracht, wenn sie bei der Bielefelder Polizei zu tun hatte. Damals wurde der Begriff geprägt: Bielefeld, die freundliche Baustelle am Teutoburger Wald.

Am Polizeipräsidium angekommen, parkte sie ihren Sportwagen und machte sich auf den Weg zum Eingang. Hier erkundigte sie sich nach dem Büro des Kollegen und befand sich kurze Zeit später vor dem Schreibtisch Muffens. Es roch nach kaltem Zigarettenrauch und gleichzeitig nach frischem Kaffee. Sie war sich nicht sicher, ob sie das, was sie roch, als Duft oder Gestank empfand. Muffen war ein kleiner dicker Mann mit einer Franziskanerglatze. An ihm war sozusagen alles rund. Er trug einen Trachtenanzug und ein kariertes Hemd.

Als Maren Köster den Raum betrat, sah er erst auf, erhob sich dann und kam ihr entgegen, um sie zu begrüßen. Er gab ihr die Hand und geleitete sie zu dem kleinen Besprechungstisch. Dabei ließ er sie nicht aus den Augen. Scharfe Frau, dachte er, als er ihr eine Tasse reichte und ihr Kaffee einschenkte. Nachdem die Polizistin versorgt war und auch er sich seine Tasse mit Kaffee gefüllt hatte, ging er noch einmal zum Schreibtisch und holte eine Akte. Da noch Zeit war, beschrieb Muffen den auf neun Uhr fünfzehn eingeladenen Bockstiegel und erläuterte den Fall aus seiner Sicht. Es wurde Maren Köster schnell klar, dass der Bielefelder Kunstkenner den Ermordeten Koppsieker gut gekannt haben musste.

Nachdem Muffen seinen Part geleistet hatte, war es an Maren Köster zu berichten. Muffen wollte etwas hören. Und so sagte er:

„Wenn ich ehrlich sein soll, habe ich von diesem Art Kite Museum, oder wie das hieß, bis zu den Anrufen von unserem Professor noch nie etwas gehört. Was war denn das für ein Laden?“ Maren Köster sah sich außer Stande, Muffen diese Fragen im Detail zu beantworten. Daher gab auch sie ihm einen knappen Bericht und versprach ihm, alles was sie an Akten zur Verfügung hatte, zu kopieren.

Nach dem Sachstandsbericht von Maren sah Muffen auf eine Taschenuhr, die er aus seiner Hosentasche zog.

„Neun Uhr dreißig! Handelte es sich jetzt um einen unpünktlichen Professor, oder hatte es andere Gründe, warum Bockstiegel nicht erschien?“, murmelte sich Muffen in den Bart und ging zu seinem Schreibtisch. Er tippte eine Nummer ein und lauschte in den Hörer. Es meldete sich niemand.

„Es scheint, wir werden versetzt“, wandte er sich danach an Maren Köster. „Ich habe ein ungutes Gefühl. Am liebsten würde ich zu ihm nach Hause fahren und nachprüfen, was los ist."

„Worauf warten wir dann? Fahren wir zu seiner Wohnung, dann werden wir sehen, ob der Vogel ausgeflogen ist".

Keine fünf Minuten später saß Köster in Muffens altem Mercedes. Weitere dreißig Sekunden danach erfuhr sie das Erlebnis eines Urknalls. Muffen, bekennender Heavy Metal Fan, hatte mit dem Start des Wagens auch seine Musikanlage unter Strom gesetzt, die urplötzlich ihre zwei mal dreihundert Watt entfaltete. Maren Köster glaubte, ihr würden die Ohren vom Kopf gerissen. Darüber hinaus verpassten ihr die niederfrequenten Bässe im Sekundentakt Hiebe in die Magengegend, so dass ihr augenblicklich schlecht wurde. Muffen schien dieser akustische Angriff nichts anhaben zu können. Als er bemerkte, dass Maren Köster seine musikalische Vorliebe nicht teilte und auch die Lautstärke nicht, mit der er sie zu hören pflegte, schaltete er gelassen die Stereoanlage, die seinen Wagen schmückte, ab.

Maren Köster sah ihn noch geschockt, aber dankbar an.

„Bin ich froh, dass dein Auto nicht durch die Kompression der Bässe deiner Anlage angetrieben wird."

Muffen grinste verlegen und berichtete ihr, dass dies der einzige Ort sei, an dem er seiner Vorliebe freien Lauf lassen konnte. Überall sonst sei er Anfeindungen ausgesetzt, wenn er seine Musik auch nur einschaltete. Bei der Schilderung wirkte er recht unglücklich. Maren Köster hatte jedoch großes Verständnis für die Mitmenschen Muffens, die ihn daran hinderten, in die Nähe einer Stereoanlage und insbesondere in die Nähe des Lautstärkereglers zu gelangen.

Der Mercedes der Polizisten fuhr auf die Detmolder Straße. Kurze Zeit später bog er wieder rechts ab in das so genannte Musikerviertel. Muffen stoppte den Wagen vor einer Villa, die im Art- Deco-Stil gebaut war. An einem der Pfeiler, die das Eingangstor flankierten, war ein Messingschild angebracht, auf dem Prof. Dr. Bockstiegel stand. Die Kommissarin betätigte den Klingelknopf. Nichts geschah. Also drückte sie gegen das Tor. Es war verschlossen. Muffen ging ein Stück am Zaun lang und schwang sich plötzlich mit einer Geschicklichkeit in den Garten des Anwesens, die ihm Maren Köster niemals zugetraut hätte. Er ging zum Haus, rüttelte an Türen und drückte gegen Fenster. Nichts! Alles war penibel verriegelt. So zogen die Polizisten unverrichteter Dinge wieder ab.

„Ich habe ein ungutes Gefühl", wiederholte sich Muffen. „Ich werde versuchen, Bockstiegel zu erreichen. Bei Erfolg rufe ich Sie sofort an", versprach er Maren Köster, als er ihr, an ihrem Auto angekommen, die Tür aufhielt, um sie aussteigen zu lassen.

Die versprochene Nachricht des Bielefelder Kollegen ereilte Maren Köster schon, als sie gerade die Stadtgrenze von Detmold erreicht hatte.

„Bockstiegel ist wieder aufgetaucht", berichtete Muffen. „Er macht jetzt einen auf zerstreuten Professor, der ständig Termine verschwitzt, die ihm nicht wichtig sind. Wir müssen uns also neu verabreden."

43

Es war stockdunkel im Zimmer. Das einzige, was zu hören war, war das Ticken eines uralten mechanischen Weckers. Es hörte sich an wie das Geräusch einer Zeitbombe in einem alten amerikanischen Mafiafilm. Die Zeiger der Uhr schienen auf einer Stelle zu stehen, so langsam bewegten sie sich.

Rodehutskors stemmte sich hoch, tastete mit seinen Füßen nach den Hausschuhen und ging zum fünften Mal in dieser Nacht zur Toilette. Jedes Mal wurde natürlich auch seine Frau wieder aus dem Schlaf gerissen. Ihr kam es vor wie eine gut ausgeklügelte Folter. Mit jedem Wachwerden verlor sie etwas mehr ihre Gelassenheit. Jetzt platzte ihr der Kragen.

„Morgen früh rufst du als erstes einen Urologen an und lässt dir einen Termin geben. Der soll sich deine Prostata ansehen, das ist doch nicht normal! Alle fünfzehn Minuten zum Klo!“

Und ob das normal ist, dachte ihr Hermann verzweifelt. Wenn seine Frau gewusst hätte, dass er sich freiwillig auf einen Rundflug über Lippe eingelassen hätte, sie hätte ihn für verrückt erklärt. Die Angst und Unsicherheit vor dem bevorstehenden Flug waren dem gestern noch furchtlosen Cherusker-Fan schlicht und ergreifend auf die Blase geschlagen. Mit Prostata hatte das nichts zu tun. Rodehutskors nahm sich Bettdecke und Kopfkissen und sagte:

„Tut mir leid, Else, ich bin irgendwie hellwach. Vielleicht habe ich mir auch meine Blase etwas verkühlt. Morgen ziehe ich mich wärmer an. Ich schlafe im Gästezimmer.

Am Frühstückstisch saß sich ein übernächtigtes, schlecht gelauntes Ehepaar gegenüber. Beide nippten missmutig an ihrem Kaffee und kauten griesgrämig an ihrem Brötchen. Rodehutskors versuchte sich auf den Inhalt seiner Heimatzeitung zu konzentrieren. Doch es gelang ihm nicht. Der Schweiß stand ihm auf der Stirn. Angoraunterwäsche und dicker englischer Tweedanzug waren für die gut beheizte Küche etwas überdimensioniert.

„Jetzt übertreibst du es aber wirklich!“, maulte seine Frau ihn an. „Unser Haus ist doch kein Iglu. So warm musst du dich nun wirklich nicht anziehen. Blasenentzündung hin oder her!“

Ihr Mann legte missmutig die Zeitung zur Seite.

„Hast du denn ein Brennen beim Wasserlassen?“

Jetzt reichte es dem Journalisten. Heftiger als nötig stellte er seine Kaffeetasse zurück auf den Tisch stand auf und sagte verärgert:

„Nein, habe ich nicht! Ich fahre mal nach Oerlinghausen, habe da was zu erledigen. Nahm sich eine dicke Jacke vom Haken und verließ das Haus.

Den Satz: „Die ist aber jetzt wirklich zu warm!“, den ihm seine Frau noch zurief, hörte er schon gar nicht mehr. So war Rodehutskors mit sich selbst beschäftigt. Rundflug über Lippe – gestern musste er wohl vom wilden Affen gebissen gewesen sein. Doch jetzt gab es kein Zurück mehr. Ein Mann muss seinen Weg gehen, redete er sich ein. Wenn er erst den Ort der Hermannsschlacht gefunden hätte, wäre das augenblickliche Leiden Schnee von gestern.

Gut gelaunt erwartete den Hobbyarchäologen sein Pilot auf dem Segelflugplatz. Rodehutskors fühlte sich wie ein Forscher, der gleich zu einer Expedition in ein noch unbekanntes Land aufbrechen würde. Entsprechend mulmig war das Gefühl in der Magengegend. Wieder verspürte er das Bedürfnis, aufs Klo zu gehen.

„Ja, das machen Sie nur. In den nächsten anderthalb Stunden werden Sie keine Gelegenheit mehr dazu bekommen!“, rief ihm Heinrich, so nannte sich der Pilot, nach.

Dann war es soweit. Rodehutskors hatte all seinen Mut zusammengenommen und sich in die enge Maschine gezwängt. Heinrich hatte die Einstiegstüren verriegelt und dann warf er den Motor an. Stotternd setzte der sich in Gang. Allein dieses Geräusch ließ in Rodehutskors das Gefühl aufkommen, wieder aussteigen zu wollen. Er hatte schon wieder Harndrang. Den musste er sich jetzt verkneifen. Nach wenigen Sekunden lief der Motor rund und gleichmäßig. Das kleine Flugzeug setzte sich in Gang. Obwohl es nur mit circa fünfzehn Stundenkilometern Richtung Startbahn rollte, fühlte sich der Journalist in den Sitz gepresst. Warum hatte er sich auf diese Schnapsidee eingelassen? Jetzt nahm die Maschine Fahrt auf. Sie beschleunigte rasant. Rodehutskors blieb die Luft weg. Er schloss die Augen. Plötzlich hatte er so ein Gefühl von Schwerelosigkeit. Er traute sich wieder hinzusehen und nahm wahr, wie die Propellermaschine sich über dem Wald Richtung Stukenbrock bewegte.

„Wo wohnen Sie?“, fragte Heinrich.

„In Berlebeck!“, rief Rodehutskors lauter als nötig.

„Na, dann fliegen wir da mal eben vorbei. Dann können Sie sich den Hermann und ihr Haus noch einmal von oben anschauen.“

Rodehutskors konnte sich gar nicht satt sehen. Wie schön doch der Teutoburger Wald war! Nachdem sie die Grotenburg und Umgebung hinreichend inspiziert hatten, machten sie einen kleinen Schlenker über Berlebeck und nahmen dann Kurs auf Bad Salzuflen. Rodehutskors glaubte, seine Frau im Garten gesehen zu haben. Seine Angst war wie weggeblasen. Ebenso das Gefühl, ständig pinkeln zu müssen. Es war irre, so aus dem Flugzeug die Welt zu betrachten. Der Sänger hatte recht: Hoch über den Wolken war die Freiheit grenzenlos, dachte der Hobbyforscher. Er holte einen Notizblock und einen Bleistift aus seiner Jackentasche und fing an, sich Auffälligkeiten zu notieren. Fragte nach Ortsbezeichnungen und Himmelsrichtungen. Dann plötzlich wurde er nervös.

„Da, das kleine Waldstück, wie heißt das?“, fragte er ganz aufgeregt.

„Bexterbreden, liegt westlich von Knetterheide.“

„Können Sie tiefer herunter gehen?“

Der Pilot drückte das Steuer nach vorne und das Flugzeug begann zu sinken.

Hier musste es gewesen sein. Geradezu ein ideales Aufmarschgebiet. Rodehutskors war sich sicher, er hatte neue Ansatzpunkte gefunden, denen er gleich nachgehen musste. Gleich morgen würde er mit der ersten Fußexkursion beginnen.

„Meinetwegen können wir zurück“, sagte er zu Heinrich, dem Piloten, plötzlich völlig unbeteiligt. Er würde sein Geheimnis erst verraten, wenn er sich sicher war. Schließlich sollte ihm ja niemand zuvorkommen. Wie oft hatte es schon Leute gegeben, die mit einer Angelegenheit nichts zu tun hatten und sich dann mit fremden Federn schmückten. Rodehutskors war so mit der Idee beschäftigt, die Hermannsschlacht habe in dem Gebiet Bexterbreden stattgefunden, dass er die etwas wackelige Landung gar nicht wahrnahm. Flugangst war für ihn ein Relikt aus vergangener Zeit. Vielleicht sollte er mit seiner Frau doch mal auf Mallorca Urlaub machen, wenn er die Schlacht von Bexterbreden nachgewiesen hatte.

44

An diesem Nachmittag wurde es besonders früh dunkel. Finstere Regenwolken ließen bereits seit dem frühen Nachmittag keinen Sonnenstrahl mehr durch und hüllten die Bielefelder Innenstadt in aschgrauen, dichten Nebel. Die Stadt erschien so unwirklich wie in einem alten Schwarz-Weiß-Film. Professor Bockstiegel saß in seinem Wohnzimmer und blickte trübsinnig aus dem Fenster. Die Szenerie erinnerte ihn an die Edgar Wallace-Filme aus den Sechzigern und es hätte ihn wenig erstaunt, wenn Klaus Kinski in diesem Augenblick um die Ecke geschlichen wäre. Seufzend ergriff er den Telefonhörer und wählte die Nummer des Mannes, der ihm unter dem Decknamen ‚Samurai' bekannt war. Wieder nahm keiner ab! Er hatte es bereits dreimal an diesem Nachmittag versucht. Heute noch dieser Anruf, dann war seine Mission beendet. Endlich! Er konnte seine Rolle in diesem miesen Spiel nicht mehr ausstehen, er fühlte sich wie ein Verräter. Und vor allem hatte er begonnen, diese Stimme am Telefon zu hassen. Eine Stimme ohne Gesicht, nur mit einem albernen Decknamen. Eine Stimme, die ihn zermürbte, indem sie ihn mal schmeichelnd aufbaute, dann aber unmittelbar wieder durch blanke Aggression zerstörte. Was für eine verkommene Person war da ungefragt in sein Leben getreten und hatte Besitz von ihm ergriffen? Und wieso war er, in seinem Alter, mit seiner Lebenserfahrung, seiner Bildung und seinen Beziehungen nicht in der Lage gewesen, diesen Angriff auf seinen Seelenfrieden abzuwehren? War es tatsächlich so, wie er es insgeheim schon immer befürchtet hatte, dass Bildung und ausgereifte Persönlichkeit zwar Werte sind, mit denen man vor seinesgleichen glänzen kann, die sich aber in der Abwehr dumpfer Gewalt als unbrauchbares Werkzeug erweisen? Professor Bockstiegel schüttelte sich angewidert, stand auf, ging zum Wohnzimmerschrank, nahm eine Flasche Whisky heraus und schenkte sich ein großes Glas ein. Es war ein schottischer Whisky von der Hebrideninsel Islay, einer von denen, die beim Anfänger Schüttelfrost und Fieberschübe auslösen, die dem Fortgeschrittenen jedoch einzigartiges Glück bescheren. Er trank im Stehen, spürte, wie der starke, ehrliche Trank sich durch die Speiseröhre fräste und wie sich Wärme und Ruhe in ihm ausbreiteten. Dankbar sackte er in seinen Sessel, schloß die Augen und gab sich seinen Gedanken hin. Ihm fiel ein, dass dieser Kommissar Muffen für den Abend seinen Besuch angekündigt hatte. Aber nicht vor 20 Uhr, hatte Bockstiegel sich ausbedungen. Er wurde wieder ärgerlich. Wieso hatte er überhaupt diesem Besuch zugestimmt und keine Ausrede erfunden? Den Polizisten konnte er jetzt überhaupt nicht gebrauchen.

Zehn Minuten blieb er still so sitzen, kostete die Zeit aus wie eine Galgenfrist. Dann griff er wieder zum Telefon. Wieder nichts. Wütend stampfte er den Hörer in die Basisstation und sprang auf. Er lief mehrere Runden durch das halbdunkle Wohnzimmer, dessen avantgardistische Spärlichkeit nicht unbedingt geeignet war, einem das Herz zu erwärmen. Immer wieder strich er mit der Hand die langen grauen Haare zurück, doch die leisteten erheblichen Widerstand und fielen zurück über die Augen. Alles, alles hatte sich gegen ihn verschworen! Plötzlich klapperte es in der Küche! Oder kam das Geräusch aus dem Bad? Beide Räume lagen im hinteren Bereich des Hauses, Straßenlärm konnte es also nicht sein. Bockstiegel schreckte aus seiner Melancholie auf und horchte gespannt. Außer ihm war niemand in der Wohnung.

Ein Haustier besaß er nicht. Es gab in dieser Wohnung einfach keinen Grund für ein solches Geräusch. Er nahm seinen Rest Mut zusammen und wollte gerade die Zwischentür zur Küche öffnen, als die sich von selbst in Bewegung setzte. Bockstiegel stand starr vor Schreck. Keinen Finger hätte er rühren können, alle Reflexe waren ausgeschaltet. Er konnte nur schauen und sehen, dass als erstes ein schwarzer Schuh und etwa weiter oben eine Hand, behandschuht, ebenfalls schwarz, hinter dem Türblatt hervorkam. Dann nahm er einen in schwarzer Jeans und schwarzer Motorradjacke gekleideten Mann wahr, der langsam und selbstsicher auf ihn zukam. Auf dem Kopf trug er eine Sturmhaube, die von seinem Gesicht nur einen schmalen Spalt um die Augen herum erkennen ließ. Der Mann machte einen äußerst kräftigen und militärisch straffen Eindruck. Bockstiegel registrierte mit der hilflosen Ruhe eines unter Schock Stehenden, dass er diesen Mann noch nie zuvor gesehen hatte.

Der Eindringling schaute ihn lange prüfend von oben bis unten an, zog dann einen der sehr modernen leichten Sessel zu sich heran, setzte sich ohne zu fragen und bedeutete dem Hausherren mit einer lässigen Handbewegung, sich ebenfalls zu setzen.

Bockstiegel gehorchte wie unter Hypnose. Noch immer war kein einziges Wort gefallen. Dann, endlich, spürte Bockstiegel, wie heiße Wut den Schreck überwand und sich die Starre löste. Er sprang wieder auf und schrie den Fremden an:

„Was haben Sie hier zu suchen? Wie sind Sie hier hereingekommen? Verschwinden Sie sofort oder ich rufe die Polizei!“

Der schwarz gekleidete Mann blickte ihn weiter ruhig und etwas herablassend an. Dann zeigte er auf die Flasche Whisky, die immer noch auf dem Wohnzimmertisch stand.

„Wollen Sie einem Besucher nicht was anbieten? Das gehört sich doch so, oder?“

Als Bockstiegel wieder empört lospoltern wollte, gebot ihm der andere mit einer barschen Handbewegung Ruhe.

„Bleiben Sie ruhig, Herr Professor! Glauben Sie mir, ich bin kein Fremder. Wir beide kennen uns besser als Sie glauben. Auch wenn wir uns noch nie...“

„Samurai!“, stieß Bockstiegel aufgeregt hervor, „jetzt erkenne ich die Stimme wieder. Sie sind das!“

„Ja! Ich bin das. Und ich bin hier, um von Ihnen zu hören, dass die Versicherungsheinis unsere Wünsche akzeptiert haben. Ich hoffe sehr, dass Sie gute Nachrichten für mich haben.“

Langsam kam Bockstiegel wieder zur Besinnung. Sein Verstand fing wieder an zu arbeiten.

„Wie sind Sie hereingekommen? Warum haben Sie nicht einfach geklingelt?“

Der Mann, der sich ‚Samurai‘ nannte, lachte kalt.

„Beide Fragen sind leicht zu beantworten. Ihr Küchenfenster stand auf Kippe. Für einen, der sich mit solchen Sachen auskennt, ist es ein Klacks, so ein Fenster ganz aufzubekommen. Zwei kleine Handgriffe und ich komme überall rein. Leider ist irgendetwas von der Fensterbank gefallen, als ich eingestiegen bin. Tut mir unglaublich Leid. Die zweite Frage ist auch einfach zu beantworten. Weil ich nicht wollte, dass mich jemand sieht, wenn ich zu Ihnen komme. Klar?“

Klar? Nichts war Bockstiegel klar. Wieso wollte der Mann nicht gesehen werden? Was hatte das zu bedeuten?

„Warum? Haben Sie was zu verbergen?“

Der Mann blickte ihn drohend an.

„Das ist meine Sache! Ihre Sache ist es, mir nun endlich zu berichten, wie der Stand der Dinge ist. Also, was haben die Versicherungsfritzen gesagt?“

Bockstiegel musste sich regelrecht zur Besinnung zwingen. Immer wieder drifteten seine Gedanken zu der Frage, warum ‚Samurai‘, der sich doch sonst so bemüht hatte, unerkannt zu bleiben, nun plötzlich die Sicherheit der Anonymität aufgab und zu ihm gekommen war. Wieder zuckte ihm die Erinnerung an eines der letzten Gespräche mit ‚Samurai' durch den Kopf, als dieser sich hatte hinreißen lassen, seine Schuld am Tod Koppsiekers einzugestehen. Damit war Bockstiegel ihm gefährlich geworden. War dieser finstere Mann nun gekommen, um einen lästigen Mitwisser auszuschalten? Den Professor durchzog ein eisiger Schauer, als ihm klar wurde, dass es kaum eine andere Erklärung für das merkwürdige Verhalten dieser bedrohlichen Gestalt geben konnte. Er spürte, wie ihm der Schweiß ausbrach. Es war kalter Schweiß! Im Nu war sein Unterhemd durch und die ersten Schweißperlen liefen von der Stirn in die Augen. Gab es eine Chance, sich zu wehren? Er war einen halben Kopf größer als der andere, aber der war massiver gebaut, war erheblich jünger und sportlicher. Außerdem machte er den Eindruck eines Mannes, der über die nötige Aggressivität, Erfahrung mit solchen Situationen und den erforderlichen Mangel an Skrupel verfügte. Nichts davon besaß er selbst. Er hatte nur eine Chance, wenn er den Ahnungslosen spielte, Ruhe einkehren ließ und dann im richtigen Augenblick die Flucht antrat. Einige tiefe Atemzüge beruhigten den Puls etwas und machten die Gedanken lockerer. Er setzte sich allerdings nicht, sondern ging im Zimmer auf und ab, um bei Bedarf schneller reagieren zu können. Der andere trommelte derweil nervös mit den Fingern auf dem Wohnzimmertisch herum.

„Ich habe den Versicherungsleuten Ihre Vorgaben genannt. Sie sind aber nicht damit einverstanden, dass sie mit der Übergabe des Geldkoffers in Vorleistung treten müssen, ohne eine Gewähr dafür zu haben, anschließend die Drachen wieder zu bekommen. Niemand könnte Sie daran hindern, einfach mit dem Koffer zu verschwinden und kurz darauf die Geldforderung zu wiederholen. Ich muss schon sagen, irgendwie kann ich das verstehen, ich ...!"

Der ‚Samurai' donnerte mit der Faust auf den Tisch.

„Es geht mir am Arsch vorbei, ob Sie das verstehen können! Vergessen Sie nicht, wer hier die Fäden in der Hand hält. Ich habe alle Trümpfe auf meiner Seite. Und ich allein bestimme hier, wie der Deal abgewickelt wird. Ich! Nicht Sie und auch nicht so ein Versicherungsmacker! Entweder die Jungs spuren nun endlich oder ich mache aus den kostbaren Drachen ein Osterfeuer. Mir persönlich liegt an diesen Dingern nichts. Haben Sie das verstanden? Es gibt nichts zu diskutieren!“

Bockstiegel hielt es für klüger, darauf nicht zu antworten. Er nahm, wie immer in Stresssituationen, seine Brille ab und begann, damit zu wedeln. Der Besucher hatte sich nun heiß geredet und machte weiter: „Mir garantiert auch keiner, dass in dem Geldkoffer nicht irgendeine Ferkelei verborgen ist. Ein winzig kleiner Sender zum Beispiel. Oder dass das Geld präpariert ist und Alarm auslöst, wenn es bei einer Bank eingezahlt wird. Vielleicht ist der Treffpunkt auch von Polizei umstellt, wenn ich den Koffer annehme. Oder was anderes. Das ist mein Risiko, das muss ich eingehen. Genau so erklären Sie das den Versicherungsleuten. Und zwar jetzt sofort! Ich will, dass Sie auf der Stelle anrufen. In meinem Beisein!“

Als Bockstiegel noch ein schüchternes „Aber ich kann doch nicht...“, einwenden wollte, griff der andere mit der rechten Hand unter seine Bomberjacke und zog, Bockstiegel stockte der Atem, eine Pistole hervor.

Der Professor hatte keine Ahnung von Schusswaffen, aber auch er erkannte, dass es sich bei der auffälligen Verdickung des Pistolenlaufes um einen Schalldämpfer handeln musste. Mit dieser Waffe winkte der Schwarzgekleidete ihn zum Telefon. Dann richtete er die Pistole direkt auf den zitternden Gelehrten. Dieser wählte mit schweißnassen Fingern die Nummer des Versicherungsmannes und verfluchte sich innerlich selbst, dass er den Besuch des Polizisten auf 20 Uhr verschoben hatte. Wenn er jemals in seinem Leben die Polizei hätte gebrauchen können, dann jetzt in diesem Moment.

45

Langsam aber sicher leerte sich das Gebäude der Kreispolizeibehörde in Detmold. Auf dem Flur der Mordkommission jedoch brannte in fast allen Büros noch Licht. Lohmann war lange Zeit bei Erpentrup gewesen, um den Blomberger Staatsbesuch weiter zu besprechen. Die Ergebnisse arbeitete er jetzt in sein Konzept ein.

Der hat geradezu einen Narren an mir gefressen, als er rausgefunden hat, dass ich mit Schröder mal Fußball gespielt habe, dachte Lohmann.

In Wirklichkeit hatte der Polizeichef die Fähigkeit Lohmanns erkannt, raffinierte Strategien nur so aus dem Ärmel zu schütteln. Der Kommissar hatte seinem Chef, ohne es selbst zu merken, mindestens zehn Fettnäpfe weggeräumt, in die Erpentrup ohne ihn garantiert getreten hätte. Als dem Oberrat dies bewusst geworden war, stimmte er sich sehr genau mit Lohmann ab. Einen anderen Weg konnte er dann immer noch einschlagen.

Schulte saß auch noch in seinem Büro. Er hatte wie immer, wenn er nachdachte oder einen Kater auskurierte, seine Spezialhaltung eingenommen. Er hatte die rechte untere Schublade herausgezogen und seine Füße hineingelegt. Seinen doch etwas fülliger gewordenen Bauch benutzte er als Schreibunterlage. Auf ihm hatte er einen Block abgelegt, auf den er verschiedenste Mind-Maps zeichnete. Er verglich sie immer wieder. Plötzlich erhob er sich ächzend aus seinem Stuhl und ging in das Büro von Braunert und Maren Köster. Auch die beiden arbeiteten vor sich hin und dachten nicht an Feierabend.

„Kaffee ist alle!", blaffte ihn Maren Köster an, als er eintrat.

Schulte sah sich um und entdeckte in einem Papierkorb eine eigenartig zerquetschte Coladose. Der Dosenzylinder war zusammengedrückt wie eine Ziehharmonika. Dazu gehört Kraft, dachte Jupp Schulte. Wahrscheinlich durch den Anblick angeregt entgegnete er: „‘ne Cola tut‘s auch.!“

„Die letzte hat dieser Haase ausgetrunken“, entgegnete Braunert unbeteiligt. „Der war heute Morgen noch einmal hier und hat uns seine Zusammenarbeit angeboten. Ist wohl auch so’n Möchtegernpolizist. Die laufen ja bei den schwarzen Sheriffs zuhauf rum.“

Maren wurde ernst.

„Also, Jupp, was treibt dich zu uns, wenn es nichts zu schnorren gibt?“

Schulte setzte sich auf einen Stuhl und legte seine Kunstwerke auf den Tisch.

„Sind doch irgendwie komische Fälle. Irgendwie habe ich das Gefühl, dass alles zusammengehört und dennoch finde ich die Verbindungspunkte nicht.“

„Gut, das Drachenmuseum war ein Riesenflop. Da hat sich keiner der Beteiligten und auch kein Detmolder Politiker mit Ruhm bekleckert. Die haben sich sicher auch gegenseitig ordentlich auf die Klötze gehauen. Das liest man ja schon raus, wenn man sich die Zeitungsartikel zu Gemüte führt. Mit Sicherheit haben sich einige der Beteiligten auch ein paar tausend Mark zugeschoben. Ihr versteht schon, den Bau des Museums managen und so. Kann man sich drüber streiten, war aber mit Sicherheit nicht illegal, höchstens verkommen. Gut, es sind ein paar Millionen in den Sand gesetzt worden, aber das ist ja Alltagsgeschäft. Da regt sich so ein Politiker nur drüber auf, wenn Wahlkampf ist. Und wenn die Landesknete demnächst zurückgezahlt werden muss, weil das Gebäude nicht zweckgebunden eingesetzt wird, interessiert das auch nicht wirklich einen. Da werden dann Leute für verantwortlich gemacht, die ihren Wirkungskreis Detmold längst verlassen haben. Ich glaube, dass diese ganzen Skandale und Skandälchen, die sich um das Museum und die Drachen ranken, weder mit den Morden, noch mit dem Drachendiebstahl etwas zu tun haben.

Sollte ich an dieser Stelle recht haben, wo liegen aber dann die Motive? Der Diebstahl, der übrigens clever durchgeführt wurde, kann reine Geldgier als Beweggrund haben. Wäre plausibel.

Der Tote bei dem Überfall war ein Betriebsunfall. Okay!

Aber was ist mit unserem ersten Toten? Koppsieker! Was hat der genau mit dem Drachenmuseum zu tun? Dann gibt es diesen Malzahn. Den und den ersten Direktor, der längst irgendwo im Ausland sein Ding abzieht. Die drei haben mindestens eine, wenn nicht mehrere Leichen im Keller. Aber wo ist der Eingang? Ich finde ihn einfach nicht!"

Die anderen Polizisten hatten genau zugehört. Maren Köster hatte den Arm unter ihrer Brust verschränkt und kratzte sich mit der anderen freien Hand am Kinn, während sie den Ellenbogen auf der anderen Hand abstützte.

„Gut, wo die Kellertür ist, wissen wir noch nicht, aber ich bin mir sicher, dass ich den Schlüssel für sie habe. Ich war, wie ihr wisst, heute in Bielefeld. Muffen und ich wollten diesen Professor Bockstiegel verhören. Da ich früh da war und unser zerstreutes Professorchen nicht kam, haben der Kollege und ich uns noch auf den neuesten Stand gebracht. Dabei kam heraus, dass diese, sagen wir etablierte Kaste der Kunstszene Ostwestfalens, sich wohl verdammt gut kennt. Wir waren später noch am Haus dieses Bockstiegels. Vergeblich. Aber Muffen hat ihn mittlerweile erreicht. Den müssen wir schnellstens verhören, und den Malzahn müssen wir uns auch noch einmal richtig vorknöpfen. Vielleicht sehen wir dann klarer."

„Dann wissen wir ja, was wir morgen zu tun haben. Für mich ist ein Besuch bei diesem Malzahn angesagt. Maren setzt sich noch einmal mit dem Kollegen aus Bielefeld in Verbindung und Axel sollte trotz allem die Recherchen zur Entstehungsgeschichte der Drachen abschließen!", meinte Schulte und gähnte unverhohlen.

„Ich jedenfalls mache jetzt Feierabend! Ich bin hundemüde. Außerdem muss ich mich um meine Tochter kümmern. Das arme Kind, so ganz ohne Vater!“

46

Herbert Martens war als Sachbearbeiter zwar kein Entscheidungsträger, aber man hatte ihm die Rolle des Prellbocks zugeschoben. Er hatte die Forderungen der Diebe entgegenzunehmen, an den Krisenstab der Geschäftsführung weiterzugeben und deren Vorstellung wiederum an den Mittelsmann der Erpresser zurückzuleiten. Martens war für diese Aufgabe wie geschaffen, da er ein Mann von äußerst sparsamen Emotionen war. Der Prototyp des kühlen Hanseaten. Ihn brachte so schnell nichts aus dem Gleichgewicht, weder die teilweise aggressiven Anrufe Bockstiegels noch die hektischen Bemühungen seiner Geschäftsführung, die Erpressung unter Kontrolle zu bekommen. Die Rolle Bockstiegels, der sich ihm übrigens nie mit richtigem Namen vorgestellt hatte, sondern immer nur von sich als dem Mann, der die Drachen retten will, gesprochen hat, war ihm noch immer nicht richtig klar geworden. War er nun aktiver Bestandteil der Erpressung oder war er wirklich nur der Vermittler? Und wenn, warum hatte er sich in eine solche Rolle drängen lassen? Und vor allem, wie naiv war er eigentlich? Musste ihm nicht längst klar sein, dass man seine Anrufe zurückverfolgt hatte und mittlerweile sicher wusste, um wen es sich handelte? Auch ohne die Polizei einzuschalten.

Als an diesem späten Donnerstagnachmittag, es war jetzt 17 Uhr 15, eben dieser Mann wieder anrief, stöhnte Herbert Martens unhörbar. Bockstiegel meldete sich wieder umständlich und gab die Anweisungen des ‚Samurai‘ weiter. Zuerst zögernd, dann immer forscher. Martens wunderte sich. Gelegentliche Aggressionen war er von diesem Anrufer ja gewohnt. Aber das, was er heute zu hören bekam, überstieg alles bisher Dagewesene so sehr, dass Martens nicht etwa ebenfalls aggressiv wurde, sondern anfing, sich Sorgen um den Mann zu machen. Martens hatte den Eindruck, als ob sein Gesprächspartner unter großem Druck stünde. Vorsichtig fragte er:

„Können Sie frei sprechen?"

Als Bockstiegel plötzlich anfing zu stottern, verfestigte sich bei dem Versicherungsmann das Gefühl, mit einem Mann zu sprechen, der nicht das sagen darf, was er eigentlich gern möchte. Außerdem hätte Martens, der ein sehr feines Gehör besaß, wetten können, im Hintergrund eine zweite Stimme gehört zu haben. Sollte sein Verhandlungspartner bedroht werden?

„Hören Sie gut zu!", flüsterte er ins Telefon, „antworten Sie nur mit Ja oder Nein. Hört jemand dieses Gespräch mit?"

Bockstiegel antwortete vorsichtig mit Nein.

„Okay! Werden Sie bedroht?"

Ein leises Ja.

„Mit einer Waffe?"

Es war ein äußerst knappes und sehr leises Ja, aber Martens war im Bilde.

„Geben Sie weiter, dass ich erst mit meinen Vorgesetzten sprechen muss. Sagen Sie Ihrem Auftraggeber, dass Sie in einer Viertelstunde noch einmal anrufen sollen. Dadurch gewinnen wir etwas Zeit und ich will in der Zwischenzeit sehen, was ich machen kann. Bis gleich!"

Damit legte Martens den Hörer auf. Er wählte die Nummer des Krisenstabes in der Geschäftsführung, schilderte in ganz kurzen Worten den aktuellen Stand und legte gleich wieder auf. Bereits während des Gesprächs hatte er begonnen, im Internet nach der Telefonnummer der Bielefelder Polizei zu suchen. Er kam auch sehr schnell durch und machte dem Wachhabenden sehr eindringlich klar, worum es ging.

Den Namen konnte er nennen, den hatte man schließlich nachgeforscht, die Straße hatte er nicht parat.

„Aber er hat etwas mit den gestohlenen Drachen aus Detmold zu tun!“, ergänzte Martens seine Meldung und legte dann auf.

Der Wachhabende wollte gerade im Einwohnerverzeichnis den Name des Bedrohten nachschlagen, als ihm einfiel, dass an dem Fall der gestohlenenen Drachen doch der Kollege Wolf Muffen arbeitete. Sofort rief er Muffen auf dem Handy an und berichtete vom Anruf aus Hamburg.

„Was hat er gesagt? Bockstiegel? Ja, klar, kenne ich den. Er wird jetzt in diesem Augenblick bedroht? Bin schon unterwegs!“

Muffen trat das Gaspedal seines alten Mercedes fast durchs Bodenblech, als er in Höhe Universität die Werther Straße herunterbretterte. Also hatte sein Gefühl ihn nicht getäuscht. Schon bei seinem Besuch am Morgen hatte er das unbestimmte Gefühl gehabt, dass sich Bockstiegel böse in der Bredouille befinden könnte. Das musste er jetzt allein regeln. So, die Stapenhorststraße hatte er nun auch hinter sich, jetzt nur noch den Ostwestfalendamm unterqueren, die Arthur-Ladebeck-Straße überqueren und dann (...).

Er war gerade nach rechts in die Arthur-Ladebeck-Straße gebogen, als er im dicksten Bielefelder Feierabendverkehr stand. Nichts ging mehr.

Professor Ludwig Bockstiegel nahm den Telefonhörer fester in die Hand, damit er nicht durch die verschwitzte Handfläche rutschte. Seine Situation hatte sich keineswegs entspannt. Zwar hatte der ‚Samurai‘ nach seinem Telefonat mit der Versicherung die Waffe nicht mehr direkt auf ihn gerichtet, aber sie lag seitdem auf dem Wohnzimmertisch, in unmittelbarer Reichweite des Mannes. Jede Sekunde konnte dieser es sich anders überlegen, sich die Waffe greifen und schießen. Niemand würde den Schuss hören. Jetzt, da Bockstiegel sich anschickte, das nächste Telefongespräch mit der Versicherung zu führen, nahm er wahrhaftig die große, schwarzglänzende Pistole wieder in die rechte Hand. Eine Hand, die in einem Handschuh aus dünnem, schwarzem Leder steckte. Bereits nach dem dritten Klingelton bekam Bockstiegel seine Verbindung. Wieder war Herbert Martens in der Leitung. Der kam auch gleich zur Sache.

„Okay! Wir sind mit Ihren Forderungen einverstanden. Ich wiederhole noch mal die Modalitäten im einzelnen. Also, zur Geldübergabe: Wie vereinbart 4 Millionen Euro in einem robusten Koffer, gemischte Scheine, nicht nummeriert. Termin ist der 1. März, abends. Ort ist der Parkplatz an der B1 hinter Bad Meinberg Richtung Blomberg im Kreis Lippe. Unser Mann fährt auf den, von Bad Meinberg aus gesehen, rechten Parkplatz, hält vor einem Drehkreuz aus Aluminium und setzt den Koffer hinter dem Drehkreuz ab. Dann fährt er weg. Wenn Ihr Mann den Koffer in der Hand hat, prüft er den Inhalt, sobald er dazu Gelegenheit hat. Ihr Mann stellt fest, dass ausreichend Geld im Koffer ist. Und es wird ausreichend sein. Wenn also alles okay ist, ruft er mich an und sagt mir, wo und wann wir den LKW mit den Drachen abholen können. Wir stellen sicher, dass jemand mit der Fahrerlaubnis für einen LKW sich im Großraum Bielefeld bereit hält. Richten Sie dies bitte Ihren Auftraggebern aus." Dann, sehr leise:

„Ich wünsche Ihnen viel Glück! Spielen Sie auf Zeit, die Polizei muss jeden Moment kommen!"

Nach diesen Worten legte er auf und ließ Bockstiegel allein mit der Gefahr.

„Auf Zeit spielen..." wie leicht sich das sagte! Aber in seiner Situation schien ihm dies einfach unmöglich. Außerdem hatte er den Eindruck, dass dieser ‚Samurai' alles andere als ein unsicherer Anfänger war. Auch wenn bei ihm die Nerven offensichtlich blank lagen, so schien er doch jederzeit in der Lage zu sein, einen Gegner wie Bockstiegel auszuschalten.

Zur selben Zeit stand Hauptkommissar Wolf Muffen auf dem Adenauer-Platz im dicksten Stau. Nichts ging mehr. Muffen hatte sich noch auf die Linksabbiegerspur Richtung Detmolder Straße einordnen können, dann war Schluss. Er hätte nun endlich einmal ausreichend Zeit gehabt, sich die Silhouette der Sparrenburg anzuschauen. Aber er hatte keinen Blick für die Reize alter Gebäude. Nervös trommelte er mit den Fingernägeln auf dem Lenkrad. Bei ihm mischte sich große Sorge um den Mann, der ihm zwar in den letzten Tagen alles andere als sympathisch geworden war, nun aber bedroht wurde, mit schlechtem Gewissen. Er hätte schon am frühen Nachmittag noch einmal vorbeischauen sollen. Außerdem, warum wurde Bocksticgel bedroht? Hatte da jemand mitbekommen, dass Bockstiegel bei der Polizei gewesen war? Und hatte diese vielleicht nicht sauber genug gearbeitet und deshalb waren Interna nach außen gedrungen? Wic auch immer, Muffen fühlte sich verantwortlich für diesen eitlen Kunstprofessor, und er wurde immer nervöser. Wiederholt hatte er die Kollegen mit dem Handy angerufen, seine Lage erklärt und verlangt, dass ein Einsatzwagen mit Blaulicht kommt und ihn zu Bockstiegel bringen soll. Bisher war nichts geschehen. Anscheinend steckte der Polizeiwagen im Feierabendverkehr fest. Dann hatte Muffen genug.

Er öffnete sein Handschuhfach, nahm seine Dienstpistole heraus, überprüfte die Sicherung und kletterte aus dem Auto. Die Pistole steckte er in den hinteren Hosenbund, dann schloss er das Auto ab und ließ es einfach, mitten auf der Kreuzung Adenauerplatz, im dichtesten Stau stehen. Ein Autofahrer beschimpfte ihn deshalb, aber Muffen nahm davon keine Notiz. Er lief so schnell er konnte über rote Fußgängerampeln, rempelte Passanten an, achtete nicht auf deren wütende Bemerkungen. Er lief, was der übergewichtige Körper hergab, den Bürgersteig der Kreuzstraße hoch. Auf Höhe des Landgerichts blieb er kurz stehen, um den Atem wieder unter Kontrolle zu bringen. Mann, was war er doch für ein schlaffer alter Sack geworden! Seit Jahren hatte er sich vor dem Polizeisport gedrückt, hatte auch privat das Auto den Joggingschuhen vorgezogen. Jetzt bekam er die Quittung serviert. Aber er hatte weder die Zeit, seinen Lebenswandel zu analysieren, noch Zeit für gute Vorsätze. Dies war die Zeit zum Handeln. Wieder setzte er sich in Bewegung und rannte auf dem Bürgersteig weiter, der ab hier Detmolder Straße hieß. Und es ging immer leicht bergauf. Muffen biss die Zähne zusammen, kaute Steine und hoffte, es würden Zuckerwürfel. Dreihundert Meter, vierhundert Meter. Dann bog er nach rechts in die Regerstraße ab und von da an wurde es richtig schlimm. Es ging sehr steil bergan. Dann links ab in die Lessingstraße, aus der nach wenigen Metern die ziemlich lange, aber recht vornehme, Furtwänglerstraße wird. Gott sei Dank wohnte Bockstiegel im vorderen Bereich der Straße. Zwei Häuser vorher hielt Muffen inne und rang nach Luft. Er war restlos erschöpft. Als er Atem und Puls wieder auf einem akzeptablen Pegel hatte, überlegte er, was zu tun sein. Er riss sein Handy aus der Jackentasche und rief noch einmal einen Kollegen an. Beschrieb dem, wo er sich gerade aufhielt und dass er vorhabe, in das Haus einzudringen. Wenn es sein müsse, auch mit Gewalt. Es sei Gefahr im Verzuge, er könne nicht mehr länger warten. Der Kollege versprach ihm, so schnell wie möglich einen Einsatzwagen dorthin zu schicken. Er solle auf jeden Fall vorsichtig sein.

„Du weißt doch wie das ist, Wolf! Sparmaßnahmen! Wenn dich einer umlegt, dann stellen die doch keinen Neuen ein. Und dann müssen wir deine Arbeit auch noch mitmachen. Das kannst du nicht von uns verlangen, also sei vorsichtig. Klar?“

Klar! Deswegen wusste er aber noch lange nicht, wie er den Fall anfassen sollte. Er ging langsam zu Bockstiegels Haus, entdeckte, dass an der rechten Seite des Hauses ein schmaler Gang entlangführte. Muffen überstieg den flachen Gartenzaun, durchquerte den kleinen Vorgarten und stand dann neben dem Haus. Vorsichtig lugte er am anderen Ende um die Ecke. Vor ihm lag ein nicht großer und ziemlich verwilderter Garten. An dieser Hausseite gab es zwei große Fenster. Eines davon stand weit auf! Muffen schlich zu diesem Fenster und lauschte. Er konnte stark gedämpft zwei verschiedene Männerstimmen erkennen. Die eine klang aggressiv, die andere eher defensiv. Worte verstand er nicht. Als Muffen sich auf die Zehenspitzen stellte, um durch das Fenster zu blicken, verfluchte er sich wieder mal dafür, dass er gerade mal 1,70 Meter groß war. Viel erkennen konnte er nicht, aber offenbar war dort eine Küche. Für ausgefeilte Strategien war keine Zeit, denn die aggressive Stimme wurde immer lauter, die andere klang zunehmend panischer. Muffen schüttelte alle Bedenken ab und stemmte sich auf die Fensterbank, um sich hochzuziehen. Aber entweder hatte er seine Kraft über-, oder sein Gewicht unterschätzt. Jedenfalls musste er diesen ersten Versuch wieder abbrechen. Nach kurzem Verschnaufen versuchte er es noch einmal. Diesmal mit mehr Schwung und mehr Selbstüberwindung. Dann kletterte er durch das offene Fenster in die Küche. Schnell versuchte er, sich zu orientieren. Auf der von ihm rechten Seite des Raumes war eine Tür. Die beiden Männer waren offenbar im Raum hinter dieser Tür, denn von dort kamen die Stimmen. Muffen stellte fest, dass die Tür so angeschlagen war, dass sie zur Küche hin geöffnet wurde. Das war für seine Zwecke ungünstig, denn dadurch konnte er sie nicht mit einem kräftigen Fußtritt öffnen, sondern musste sie zu sich heranziehen. Er zog die Dienstpistole aus dem Hosenbund und hielt sie mit der rechten Hand im Anschlag. Als er gerade die linke Hand ausstreckte, um den Türgriff zu erfassen, hörte er kurze laute Schreie, den Lärm eines umfallenden Stuhles. Dann fiel ein Schuss!!!

Ein eisiger Schreck durchfuhr Wolf Muffen, als er den Schuss hörte. Ohne weiter zu überlegen, legte er nun die linke Hand auf die Türklinke und wollte sie gerade runterdrücken, als die Tür urplötzlich in Bewegung geriet und ihm mit unglaublicher Wucht entgegenschlug. Voll ins Gesicht! Für einige Sekunden ging Muffen zu Boden. Als er wieder zu Bewusstsein kam, wähnte er sich in einem Alptraum. Eine komplett schwarze Gestalt stand vor ihm. Nur die Augen waren unter einer wollenen Sturmhaube zu erkennen. Augen, die ihn ebenso überrascht und panisch anstarrten, wie er sich selber fühlte. In der schlaff herunterhängenden rechten Hand hielt die schwarze Gestalt eine große Pistole. Muffens eigene Pistole lag zwei Meter entfernt von ihm unter dem Küchentisch. Muffen erkannte gleichzeitig die furchtbare Gefahr, aber auch, dass sein Gegner restlos überrascht war über Muffens Anblick. Der Mann würde noch eine oder zwei Sekunden brauchen, um zu realisieren, dass hier jemand war, den es ebenfalls auszuschalten galt. Muffen war fast fünfzig und übergewichtig. Sein Trachtenjanker machte ihn nicht eben zu einem imposanten Kämpfer. Aber er konnte unglaublich schnell sein. Blitzschnell rollte er sich unter den massiven Küchentisch, ergriff die Pistole und richtete sie auf seinen Angreifer. Beide Männer schossen gleichzeitig!

Während Muffen dadurch behindert wurde, dass er erst noch den Oberkörper etwas aufrichten musste und deshalb nicht sorgfältig schießen konnte, schoss der schwarz Gekleidete, als er bereits durch das Fenster kletterte. Muffens Geschoss steckte im Fensterrahmen, das seines Gegners war Muffen durch die rechte Schulter gejagt. Muffen spürte noch keinen Schmerz, aber er sah plötzlich nur noch wie durch Nebel, dass der schwarze Mann hinter dem Fenster wegtauchte und verschwand. Dann schwanden dem Polizisten die Sinne und sein massiger Oberkörper krachte ungeschützt auf den Fußboden.

Als er nach zwei Minuten wieder aus der Bewusstlosigkeit erwachte, kam der Schmerz mit einer Wucht, die ihn beinahe wieder ins Reich der Träume geschickt hätte. Nur unter Aufbietung äußerster Disziplin gelang es ihm, in die

Senkrechte zu kommen. Er durfte nicht nur an sich denken, sondern musste dringend nach Bockstiegel sehen. Langsam und mit schmerzverzerrtem Gesicht schlurfte er durch die Tür in das Wohnzimmer, stolperte über einen umgestürzten Stuhl. Dann sah er vor sich die lange dürre Gestalt des Professors in einer gewaltigen Blutlache liegen. Muffen kniete bei ihm um festzustellen, ob noch ein Rest Leben in dem Mann war. Zu seiner riesigen Erleichterung hörte er Bockstiegel leise wimmern. Es war nicht leicht zu erkennen, wo Bockstiegel getroffen worden war. Es war ungefähr auf Höhe des Herzens, aber auf der rechten Körperseite. Muffen fühlte sich außerstande, hier erste Hilfe zu leisten. Der Schmerz schlug wieder wie eine Riesenwelle über ihm zusammen. Er schaffte es mit allerletzter Kraft, sein Handy hervor zu ziehen und den Kollegen von eben anzurufen.

„Macht schnell!“, hauchte er kraftlos in das Gerät, „und schickt auch einen Notarzt mit. Es gibt hier zwei Schwerverletzte!“

Danach brach er erschöpft zusammen.

47

Ein Topf schepperte in der Küche. Konnte das denn sein? War der verfressene Hund plötzlich in der Lage, Schranktüren zu öffnen? Schulte tastete fluchend nach dem Wecker. Seine immer stärker werdende Alterssichtigkeit verhinderte, dass er den Stand der Uhrzeiger erkennen konnte. Wieder schepperte es. Missmutig tastete der Polizist nach der Nachttischlampe. Fünf Uhr dreißig. Was war nur in der Küche los? Der Polizist schwang sich fluchend aus dem Bett und schlurfte im Halbschlaf Richtung Tür. In dem Moment kollidierte die kleine Zehe seines rechten Fußes mit der Kante eines Stuhlbeins. Das Möbel, das in mehreren Schichten mit Kleidungsstücken behängt war, kippte nach hinten. Schulte wimmerte. Wut machte sich in seinem Bauch breit. Er würde den Köter totschlagen, dachte er und riss, angetrieben durch den immer stärker werdenden Groll, die Tür zum Flur auf. Heißer Tee schwappte über die behaarte Brust des nur mit Boxershorts bekleideten Mannes. Schulte brüllte vor Schmerzen auf und sah gleichzeitig in das Angst erfüllte Gesicht seiner Tochter.

Wieder einmal hatte der Polizist vergessen, dass er nicht mehr alleine in seinem Haus lebte. Mit einer durch Wut und Schmerz verzerrten Stimme raunzte er seine Tochter an:

„Was um alles in der Welt veranlasst dich dazu um kurz nach Fünf mit heißem Tee um dich zu schütten.“

Die Tränen schossen Lena in die Augen.

„Ich habe doch heute meinen ersten Schultag. Da dachte ich, wäre es schön, wenn wir vorher noch gemeinsam frühstücken und wollte dich gerade mit einer heißen Tasse Tee wecken.“

Bedauern und dann Rührung verdrängten bei Schulte Schmerz und Ärger. Anteilnahme am Leben der anderen Familienmitglieder und der damit verbundenen Rituale, die einem Menschen im Alltag ein gewisses Maß an Wärme und Zusammengehörigkeitsgefühl gaben, waren ihm seit über zwanzig Jahren fremd. In solchen Situationen wie gerade bemerkte er, wie sehr ihm solche Eindrücke und Empfindungen gefehlt hatten. Gleichzeitig wurde ihm seine Unfähigkeit bewusst, in einem Familienverband zu leben.

Jetzt musste Schulte mit den Tränen kämpfen. Er umarmte seine Tochter und entschuldigte sich. Drei Minuten später saß er, mit Jeans und einem Sweatshirt bekleidet, an einem sorgfältig gedeckten Küchentisch und versuchte mit Gefühlen umzugehen, die ihm, wie er bisher geglaubt hatte, immer fremd sein würden.

Schweigend saßen Vater und Tochter vor den Köstlichkeiten, die Lena aufgetischt hatte und versuchten mit der Situation umzugehen. Schulte konnte es kaum fassen: Obwohl seine Tochter quasi Vegetarierin war, sich aber auf jeden Fall mit Vollwertkost ernährte, hatte sie ihm Mett mit Zwiebeln gekauft und weiße Brötchen. Schulte hatte den Eindruck, nie zuvor habe ihm jemand soviel Aufmerksamkeit und Wertschätzung entgegengebracht wie seine Tochter, die über zwanzig Jahre für ihn eine Fremde war und erst seit knapp zwei Wochen bei ihm wohnte.

Plötzlich schlug er sich auf die Schenkel.

„Ich bringe dich zur Arbeit!" Doch sofort fiel ihm auf, dass er noch nicht einmal wusste, wie die Schule hieß, an der sie anfangen sollte.

„Heute muss ich nach Bielefeld ins Seminar. Da fahre ich mit dem Zug. Doch wenn ich demnächst an der Südholzschule bin, kannst du mich ja vielleicht morgens ab und an mit nach Detmold nehmen."

Schulte wurde unmissverständlich klar, dass das für ihn hieß, mindestens eine Stunde früher aufzustehen. Gegen eingefahrene Gewohnheiten ankämpfend, stimmte er entschlossen zu. Gleichzeitig überlegte er, ob es seine Finanzen zuließen, seiner Tochter einen Kleinwagen zu kaufen.

Später fuhren sie gemeinsam zum Detmolder Bahnhof. Schulte hatte sich um neun Uhr bei dem sich in Auflösung befindenden *Art Kite Museum* angesagt, um den ehemaligen Leiter Malzahn zu verhören. Durch den von seiner Tochter verursachten frühen Aufbruch hatte er jetzt noch etwas Zeit. Also hielt er am nächsten Geldautomaten und überprüfte seine Konten. Dann fuhr er zu einem Autohaus. Viertel vor Neun hatte er den Leasingvertrag für einen Twingo unterschrieben. Es war ein Vorführwagen. Der Händler hatte versprochen, ihn noch heute anzumelden und das Auto dann zu Fritzmeier auf den Hof zu stellen. Die Schlüssel sollte er dem Bauern geben, der schon per Telefon von Schulte benachrichtigt worden war. Jetzt musste er sich nur noch ein Szenario überlegen, mit dem die Schlüsselübergabe erfolgte.

Schulte hatte das Gefühl, sich seine Freiheit wieder beschafft zu haben. Das war ihm ein Kleinwagen wert. Mit dem Bewusstsein, sein Lebensgefühl wiedergewonnen zu haben, machte er sich auf den Weg zum Drachenmuseum.

48

Die Außenalster war selbst an einem trüben Februartag schön. Enten und Blesshühner gründelten und tauchten in den Uferregionen. Weiter draußen schwammen ein paar Graugänse, die anscheinend hier überwinterten. Von alledem bemerkte der Mann mit dem hochgeschlagenen Mantelkragen nichts. Er war sehr beunruhigt. Seit dem Telefongespräch gestern Abend hatte er von seinem Kontaktmann Bockstiegel nichts mehr gehört. Er hatte bei der Polizei in Bielefeld angerufen. Auch da konnte er nichts erfahren. Hoffentlich war der Deal nicht geplatzt, schließlich ging es im schlimmsten Fall um 40 Millionen Euro.Immer wenn Martens in der Situation war, dass sich ein Versicherungsfall, bei dem es um viel Geld ging, zuspitzte, hatte er das Bedürfnis, am liebsten nicht zur Arbeit zu gehen. So war es auch heute. Er hatte einen Umweg gemacht und ließ sich den Wind um die Nase wehen, in der Hoffnung sich seinen klaren Kopf zu erhalten.

Martens entschloss sich, zum Büro zu gehen. Um diese Zeit war die Straße An der Alster eine der befahrensten Straßen Hamburgs. Vor dem Hotel Atlantis standen vier Taxen, um die Hotelgäste der letzten Nacht zu befördern.

In dem Laden möchte ich auch einmal übernachten, dachte der Versicherungsmann. Und wenn ich die Sache mit dem Drachendiebstahl vernünftig über die Bühne gebracht habe, dann erfülle ich mir diesen Wunsch.

So in Gedanken ging er durch das Gebäude der Versicherung zu seinem Büro. Als er sich gerade den Mantel auszog, schrillte das Telefon. Das Adrenalin schoss Martens ins Blut.

Noch halb mit seinem Mantel bekleidet, langte er nach dem Telefon.

Es meldete sich eine Männerstimme, mit dem Wort: „Samurai."

Martens war darüber verwundert. Samurai? Was sollte das denn? Ein Scherz? Doch dann setzte sich eine Kombinationskette in Gang. Samurai, Japan, Drache!

„Hallo!", ertönte es aus dem Lautsprecher.

„Ja, äh, hier Martens, Sie wünschen!"

„Herr Martens, ich will mich kurzfassen! Mein Verbindungsmann zu Ihnen ist leider ausgefallen. Erstens wusste er zuviel und zweitens hat er sich nicht an die Absprachen gehalten. Ich rate Ihnen daher für die Zukunft keine Spielereien mehr. Sonst sehen Sie Ihre Drachen nicht mehr wieder. Die Modalitäten der Übergabe sollten Ihnen bekannt sein, denn die wurden dem Verbindungsmann bereits genannt. An Ort und Termin wird sich nichts mehr ändern!"

Martens versuchte erst gar nicht, andere Forderungen ins Spiel zu bringen.

„Ich will von Ihnen morgen um fünfzehn Uhr den Namen einer Person, die die Geldübergabe vornimmt. Wehe Ihnen, wenn Sie versuchen, mir einen Polizisten unterzuschieben. Ich werde die Person, die sie auswählen, überprüfen. Auch sonst rate ich Ihnen, keine Polizei einzubinden, sonst werden die Kunstdrachen zur Legende. Ich rufe Sie morgen um die verabredete Zeit an! Ach, noch eine Sache, ich möchte das Geld in einem *Samsonite Sahora Saho Spinner 77*-Koffer übergeben bekommen! Das ist mir absolut wichtig. Schreiben Sie sich die Marke auf. Benutzen Sie einen anderen Koffer, ist die Geldübergabe gescheitert und die Drachen werden als Brandopfer Ihrem Ungehorsam dargebracht. Ist Ihnen das klar?"

Im nächsten Moment ertönte das sich ständig wiederholende Hupzeichen, das die Beendigung des Anrufes signalisierte.

Martens zog jetzt seinen Mantel endgültig aus und setzte sich an seinen Schreibtisch. Welches waren die nächsten Schritte, die jetzt eingeleitet werden mussten, fragte er sich.

Er musste wissen, was in Bielefeld vorgefallen war. Der Versicherungsmann griff zum Hörer, rief die Polizei an und erreichte die Zentrale, mit der er gestern schon gesprochen hatte.

„Guten Tag, mein Name ist Martens von der *Hanseatic Versicherung*. Ich möchte gerne den Beamten sprechen, der den Fall Drachendiebstahl bei Ihnen bearbeitet."

Es folgte ein längeres Schweigen seitens des Polizeibeamten. Der Versicherungsmann hatte den Eindruck, dass er einen empfindlichen Nerv getroffen hatte. Im nächsten Moment wurde er kommentarlos in eine Warteschleife geleitet. Nach ca. dreizehn Mal „Für Elise" meldete sich eine Kommissarin namens Stolle:

„Herr Martens, ich weiß nicht, wovon Sie reden. Doch bestimmte Angelegenheiten besprechen wir nicht am Telefon. Ich muss Sie schon bitten, persönlich bei uns vorstellig zu werden."

Der Anrufer wusste nicht, ob er sich über die Diskretion freuen oder ärgern sollte. Da er noch keinen genauen Plan über das weitere Vorgehen hatte, versuchte er, sein Anliegen vorzutragen. Bei aller Professionalität, die die Kommissarin an den Tag legte - wenn es ihm gelingen würde, ihr ein paar Informationen aus der Nase zu ziehen, sparte er vielleicht einiges an Zeit. Doch der Versuch war zwecklos.

„Hören Sie, Herr Martens, es gibt Autos. Darüber hinaus hat auch der Bielefelder Bahnhof einen ICE-Anschluss. Wir können also gerne einen Termin machen. Ich bin da auch flexibel, da können wir dann alles Weitere besprechen."

Martens bemerkte sofort die Ausweglosigkeit seines Unterfangens.

„Okay, Frau Stolle, ich muss noch mit meinem Chef sprechen. Anschließend rufe ich Sie wieder an."

Martens legte auf, setzte sich an seinen Schreibtisch und begann, sich einen Plan über sein weiteres Vorgehen zu machen. Mit der Hausbank der Versicherung hatte er gesprochen. Die vier Millionen hatte er bereitstellen lassen. Er sah nach, wie spät es war. Zehn Uhr dreißig. Höchste Zeit, den Geldtransfer zu organisieren. Am sinnvollsten wäre es, das Geld mit einem gepanzerten Fahrzeug nach Ostwestfalen zu bringen. Vier Millionen in Form von gebrauchten Scheinen, das war schon für die Hamburger Bank mit entsprechendem Vorlauf nicht einfach zu organisieren gewesen. Seine hanseatische Arroganz suggerierte ihm, dass dann die ostwestfälischen Geldinstitute in der Kürze der Zeit erst recht vor ein Problem gestellt würden, eine so große Summe in bar zu beschaffen. Also, keine Experimente hinsichtlich der Leistungsfähigkeit von Provinzbanken. Gepanzerter Geldtransport war angesagt.

Martens griff zum Telefon und bat um Audienz beim Chef. Der war ob der Tatsache, dass er mit ziemlicher Sicherheit in den nächsten Tagen vier Millionen abschreiben musste, ziemlich genervt. Aber er wusste, was er an Martens hatte, der hatte schon kompliziertere Fälle gemeistert. Also überließ er ihm freie Hand.

„Nicht schlecht, die Polizisten da unten in Bielefeld", bemerkte er, als Martens ihm von dem Telefongespräch mit der Polizistin berichtete. „Ich habe nichts dagegen, fahren Sie. Wir schalten bei uns im Hause eine nichterkennbare Rufumleitung auf Ihr Handy. Wenn der so genannte Samurai wieder anruft, wird er Sie auf jeden Fall erreichen. Nur, halten Sie mich auf dem Laufenden."

Eine Viertelstunde später hatte Martens seine Sekretärin in ein Fachgeschäft geschickt, um den besagten Koffer zu erstehen. Mit der Bank der Versicherung hatte er geregelt, dass das gepanzerte Fahrzeug mit der entsprechenden Menge Geld bereitstand. Er hatte sich wieder mit der Bielefelder Polizei in Verbindung gesetzt und seine Ankunft für achtzehn Uhr angekündigt. Kommissarin Stolle war nicht gerade begeistert über das Treffen an einem Freitagabend um diese Uhrzeit.

Doch sie stimmte ohne zu diskutieren zu. Die Fahrkarte für die Bahn würde er am Bahnhof kaufen.

Nachdem er den von „Samurai" gewünschten Koffer bekommen hatte, machte sich der Versicherungsmann auf den Heimweg, um seine persönlichen Sachen für die Reise zusammenzupacken. Doch zuvor bat er seine Sekretärin, sie solle einen Mietwagen für ihn am Bielefelder Bahnhof bereitstellen lassen.

49

Hauptkommissar Schulte parkte seinen VOLVO und rüttelte an der Eingangstür. Sie war verschlossen. Also umrundete er das Gebäude. Nirgends fand er eine offene Tür. Verärgert rief er Lohmann an. Er merkte, dass diesem die Störung ungelegen kam. Mit jedem Tag, den der Staatsbesuch näher rückte, wurde Lohmann nervöser und war mittlerweile leicht gereizt.

„Was willst du, Schulte? Ich muss zum Chef, da sitzen schon wieder so‘n paar Affen vom BKA! Als wenn man nichts Besseres zu tun hätte, als mit diesen Idioten alles zehn Mal durchzukauen, und dann haben sie es immer noch nicht begriffen. Aber arrogant bis ins letzte Knopfloch!"

„Tut mir leid, wenn ich dir Stress mache, Bernhard, aber ich stehe hier vor diesem komischen Drachenmuseum und komme nicht rein. Kann da nicht mal jemand anrufen und dafür sorgen, dass mir einer die Tür aufmacht?"

„Kümmere ich mich drum!", entgegnete Lohmann kurz und knapp und hatte im nächsten Moment aufgelegt.

Es ist doch wieder verdammt kalt geworden, dachte Schulte und trat frierend von einem Bein auf das andere.

Die Hände versuchte er durch ständiges Hineinhauchen der Atemluft warm zu halten.

Nach fünf Minuten wurde es ihm zu bunt. Er schickte sich an zu gehen. In diesem Moment öffnete sich eine Tür des mittlerweile geschlossenen Besucherkaffees. Eine junge Frau steckte ihren Kopf nach draußen. „Herr Schulte?"

Der Polizist nickte. Sie öffnete die Tür ganz und bat ihn einzutreten. Kaum hatte sie hinter ihm abgeschlossen, teilte sie ihre Verwunderung mit. Sie berichtete, dass der Museumsdirektor noch nicht im Hause sei. Vor zehn Uhr komme der an sich fast nie und jetzt, wo die Drachen nicht mehr da seien, könne es auch schon mal elf werden.

Schulte wurde ärgerlich.

„Dann rufen Sie Ihren Chef an und sagen ihm, wenn er nicht in zehn Minuten auf der Matte steht, lasse ich ihn verhaften!"

Die Frau sah den Polizisten mit entsetztem Gesicht an.

„Das kann ich nicht machen. Der schmeißt mich umgehend raus. Außerdem habe ich seine Nummer nicht. Die ist geheim. Aber wir haben ja noch den Herrn Treuland, der ist dem Malzahn zur Seite gestellt worden, als Abwickler sozusagen. Es weiß zwar keiner, was der hier so genau macht, aber der kennt sicher die Telefonnummer."

Sie ging durch einen schmalen Gang und klopfte an eine Tür. Im nächsten Moment vernahm Schulte so etwas wie ein Knurren. Er war sich nicht sicher, ob sich im Zimmer ein Pitbull äußerte oder ein menschliches Wesen so etwas wie „Herein!" mit verschlossenen Zähnen hervorgebracht hatte. Schulte drückte die Klinke herunter und trat ein. Ein Mann um die Sechzig saß hinter einem Schreibtisch und las die Heimatzeitung. Er hatte Segelohren und einen schmalen, verkniffenen, aber breiten Mund. Jetzt hob er den Kopf und blickte den Polizisten mit kalten, grünen Augen fragend an.

Schulte kannte diesen Mann. Wo war er ihm nur schon einmal begegnet?

„Ich habe einen Termin mit Herrn Malzahn. Er ist jedoch nicht im Hause. Ihre Kollegin sagte mir, dass Sie eine Telefonnummer hätten, unter der er erreichbar ist.“

Ohne ein Wort mit Schulte zu wechseln griff der Mann zum Telefon drückte eine Kurzwahltaste. Es dauerte eine gewisse Zeit bis sich auf der Gegenseite jemand meldete.

Der Mann mit den Segelohren brummte:

„Hier ist jemand, der Sie sprechen will. Hat sich nicht vorgestellt, sagt aber, er hätte einen Termin.“

Dann, an Schulte gewandt:

„Kommt!“

Der Mann legte das Telefon zurück in die Haltevorrichtung. Anschließend beugte er sich wieder über seine Zeitung und tat so, als sei Schulte nicht mehr im Raum. Irritiert und nachdenkend darüber, wo er diesen Menschen schon einmal gesehen hatte, verließ er den Raum und sah sich im Gebäude um.

Es dauerte noch mindestens eine halbe Stunde, da meldete sich die Frau von vorhin.

„Herr Malzahn ist in fünf Minuten im Hause, dann steht er Ihnen sofort zur Verfügung“, flötete sie.

Schulte nickte missmutig.

Nach weiteren fünf Minuten Wartezeit, die Schultes Laune nicht besser werden ließ, betrat ein hünenhafter Mann den Raum. Sein geöffneter Mantel umwehte seinen Körper wie ein Umhang.

Er kam mit einem gewinnenden Lächeln auf den Polizisten zu. Schon im Abstand von drei Metern streckte er ihm die Hand entgegen, um ihn zu begrüßen und verfiel dabei in einen jovialen Plauderton.

„Es ist doch alles nicht zu schaffen, ich war heute Morgen schon bei der Stadt Detmold. So ein Museum abzuwickeln ist mindestens eine ebenso schwierige Aufgabe, wie eines aufzubauen. Und wenn Sie es dann nur mit Bürokraten zu tun haben, ohne jeden Kunstverstand, ich sage es Ihnen, eine

Strafe! Aber jetzt habe ich eine viertel Stunde Zeit für Sie!" Malzahn lächelte sein Gegenüber gewinnend an.

„Dann kommt schon wieder der Staatssekretär aus Düsseldorf. Der Stress hört eben nie auf, wenn man einen solchen Job macht, wie ich. Ich weiß auch nicht, wieso ich mir das in meinem Alter noch antue."

Schulte musste zu dem Hünen aufsehen. Allein diese Tatsache ärgerte ihn schon. Dass dieser Mann glaubte, ihn wie einen Schuljungen abwimmeln zu können, machte ihn wütend. Die Wartezeit hinzugenommen, machte ihn stinksauer.

Der Polizist brachte das höchstmögliche Maß an Selbstbeherrschung auf und schwieg.

Runterfahren, dachte Schulte, runterfahren.

Malzahn legte ihm seinen Arm um die Schulter und zog ihn in Richtung Büro, als seien sie alte Kumpel. Gemeinsam gingen sie durch ein Zimmer, in dem die junge Frau saß, die den Polizisten ins Museum hineingelassen hatte.

„Bringen Sie uns doch bitte Kaffee und etwas Gebäck!", forderte der Museumsdirektor die Sekretärin in einem Ton auf, der deutlich machte, dass hier nur einer etwas zu sagen hatte.

Im Arbeitsraum angekommen, wies Malzahn Schulte einen Platz zu und hängte seinen Mantel an den Haken. Die Tatsache, dass er erst gar keine Anstalten unternahm, seinem Besucher die Jacke abzunehmen, sollte wohl noch einmal symbolisieren, dass der Hausherr die Absicht hatte, den Besuch des Polizisten so kurz wie möglich ausfallen zu lassen.

Doch in diesem Falle hatte er die Rechnung ohne den Wirt gemacht. Schulte zog sich die Jacke aus und hängte sie demonstrativ auf den Mantel Malzahns. Diese Geste war nötig, das bemerkte Jupp in dem Moment, als er die Hand von dem Kleidungsstück ließ. Seine Wut, die ihn noch vor zehn Sekunden zu höchster Selbstdisziplin gezwungen hatte, um nicht aus der Rolle zu fallen, war einem kraftvollen, dominanten Gefühl gewichen. Anscheinend hatte auch der

Museumsdirektor diese nonverbale Geste bemerkt. Schulte nahm wahr, dass ein Stück Überheblichkeit von dem Kulturmanager abgefallen war. Irgendwie bewegte sich Malzahn plötzlich unsicherer. Er räusperte sich. Und sah seinen Gast fragend an.

Schulte setzte sich nicht auf den ihm zugewiesenen Stuhl, sondern auf den nächsten freien. Der Museumsdirektor musste sich erheben und seinen Stuhl rücken, um seinem Besucher wieder adäquat gegenüber zu sitzen.

Schulte nahm eine für ihn bequeme Sitzhaltung ein und sagte mit gelassener Stimme:

„Ihr Staatssekretär wird heute wohl unverrichteter Dinge wieder nach Düsseldorf fahren müssen. Ich kann mir vorstellen, dass Ihnen, nachdem ich mit Ihnen fertig bin, der Sinn nicht unbedingt nach einem weiteren schwerwiegenden Gespräch steht."

„Was bilden Sie sich ein!", brauste Malzahn auf.

„Was bilden Sie sich ein? Ich habe gestern meinen Besuch angekündigt und fest terminiert. Jetzt warte ich schon über eine Stunde auf Sie. Glauben Sie etwa, ich gehe jetzt unverrichteter Dinge wieder und mache diese Prozedur noch einmal mit? Ich bleibe jetzt so lange hier, bis ich alles, was ich wissen will, mit Ihnen geklärt habe. Sollten Sie auch nur die kleinsten Schwierigkeiten machen, dann lasse ich Sie zur Kreispolizeibehörde bringen. Da haben wir nette kleine Zimmer, in denen Ihnen das Nachdenken mit Sicherheit leichter fällt als hier. Keinerlei Ablenkung, verstehen Sie!"

Malzahn glotzte. Da öffnete sich die Tür und seine Sekretärin brachte Kaffee. Während Schulte sich genüsslich eine Tasse einschenken ließ, schnauzte der Museumsdirektor die Frau an:

„Sagen Sie dem Staatssekretär ab! Lassen Sie sich irgendetwas einfallen! Ich bin auf jeden Fall heute für ihn nicht zu sprechen und jetzt lassen Sie uns bitte alleine! Ach, und in nächster Zeit keine Störungen, kein Telefon, nichts!"

Bei Malzahn war nichts mehr von dem Strahlemann geblieben, mit dem er Schulte noch vor kurzer Zeit entgegengetreten war.

„Na, dann fangen wir mal an!“, Schulte nahm einen Schluck Kaffee. „Wie kommen Sie an diesen Job als Museumsdirektor?“

„Job, ich weiß nicht, ob das gerade die angemessene Formulierung für meine Arbeit ist“, erwiderte Malzahn säuerlich. „Ich habe die Idee kreiert, auf die Drachen Kunstwerke malen zu lassen. Ich habe Ausstellungen in der ganzen Welt organisiert und ich habe die Konzepte für dieses Museum geliefert, mit dem die Eingeborenen anscheinend nichts anfangen können, weil sie lieber Schützenfeste feiern oder sonstige Feste, auf denen man sich die letzten Gehirnzellen wegsäuft.“

Am liebsten hätte Schulte seinem Gegenüber für diese abwertenden Äußerungen, die er über die Lipper gerade zum Besten gegeben hatte, ein paar deutliche Worte gesagt. Doch er ließ sich nicht auf die falsche Spur setzten. Daher entgegnete er:

„Sie sind also sozusagen der Vater des Drachenmuseums und der Erfinder der Idee, Gemälde auf den Drachen zu präsentieren.“

„Vater des Drachenmuseums hört sich vielleicht etwas pathetisch an, aber im Grund haben Sie Recht.“

„Was sagt Ihnen der Name Koppsieker?“

„Koppsieker, Eberhard Koppsieker? Ja, den kannte ich, schreckliche Geschichte! Ich habe es in der Zeitung gelesen. War ein allgemein kunstinteressierter Mann. Netter Kerl, wir hatten einen losen Kontakt. Ich habe ihn über meinen Vorgänger kennen gelernt.“

„Ihren Vorgänger, der jetzt Ihre Drachen zu sich nach Palermo geholt hat?“

„Na, das ist ihm ja erst einmal nicht gelungen. Und unter uns gesagt, ich habe da noch ein paar rechtliche Eisen im

Feuer. Auch wenn die Drachen wieder gefunden würden, so hängen sie doch noch lange nicht in Italien."

Schulte kommentierte das Gesagte nicht weiter, sondern schob die nächste Frage nach.

„Da wäre dann noch eine weitere Person namens Bockstiegel. Kennen Sie den auch?"

„Sicherlich kenne ich Professor Bockstiegel. Er ist Kunsthistoriker und Mitglied im Kuratorium des Förderkreises der Kunsthalle Bielefeld. Es war mir übrigens immer ein Rätsel, wie dieser Mann in diese illustere Runde aufgenommen worden ist. Ich möchte nicht wissen, was er dafür tun musste. Meines Erachtens ist er ein Blender vor dem Herrn", wertete Malzahn den Bielefelder ab.

„Sie scheinen nicht viel von ihm zu halten. Er jedoch von Ihnen auch nicht. Jedenfalls ist dieser Professor Bockstiegel der Meinung, dass Sie nicht unbedingt ein Blender sind, sondern er hält Sie für einen Trittbrettfahrer, wenn nicht sogar für einen Scharlatan, ja Betrüger. Er hat uns berichtet, dass nicht Sie die Idee mit der Kunst auf den Drachen hatten, sondern ein gewisser Koppsieker. Weiter berichtete er uns, dass Sie sich dann anschließend mit fremden Federn schmückten und dies sei nicht das erste Mal gewesen, sondern ziehe sich als Wesensmerkmal durch Ihr ganzes Leben."

„So ein Schwachsinn ist mir ja schon lange nicht mehr untergekommen. Und das ausgerechnet von so einer Wurst wie diesem Bockstiegel!", empörte sich Malzahn. „Wenn ich es mir so recht überlege, hätte ich auch selber drauf kommen können, dass dieser Pseudowissenschaftler sich als Dreckschleuder der Nation erweist."

„Na, jedenfalls hat er Sie schwer belastet", schoss Schulte in die Luft. „Für mich sind Sie einer der Hauptverdächtigen in dem Mordfall Koppsieker. Ja, wenn ich es mir so recht überlege, kommen Sie auch als Täter in dem Drachendiebstahl in Frage. Schließlich haben Sie, wenn der Laden hier abgewickelt ist, noch kein neues Betätigungsfeld gefunden und in Ihrem Alter und den überzogenen Vorstellungen dürfte es auch schwer fallen, etwas zu finden", provozierte Schulte den Mann, der auch gleich einstieg.

„Quatsch, so ein ausgemachter Quatsch! Ich kann mich vor Angeboten nicht mehr retten! Ich habe mich nur noch nicht entschieden."

Der Polizist ging nicht auf die Äußerungen von Malzahn ein, sondern heizte die Emotionen seines Gegenübers weiter an.

„In Ihrer ausweglosen Situation kämen Ihnen doch so ein paar Millionen aus einem Versicherungsbetrug gerade recht. Und Sie wussten über alles Bescheid. Sie waren es doch, der die Reiseroute der Drachen ausgearbeitet hat. Sie kannten die Spedition und die Zeit, wann der Transport sich in Bewegung setzte."

„Quatsch, Quatsch, ausgemachter Quatsch! Meinen Sie wirklich, ich beschäftige mich mit so einer Kinderkacke? Dazu habe ich meine Leute. Für den Transfer war ausschließlich *Lippe-Security* verantwortlich und abgestimmt wurde das Ganze im Hause mit Treuland. Diesem abgehalfterten Politiker. Da war mal nichts mit Strippen ziehen und Dreck über andere Leute auskippen! Da musste er endlich mal arbeiten!"

Schon wieder dieser Name, dachte Schulte. Wo war ihm der schon einmal untergekommen. Er musste sich unbedingt die Akten zu dem Mord Koppsieker noch einmal ansehen und sie auf diesen Namen hin überprüfen. Das zweite Stichwort, was sich bei Schulte einbrannte, war *Lippe-Security*. Das Unternehmen wollte Braunert noch einmal checken. Die hatte man bisher viel zu sehr außer Acht gelassen. Dieses ständige Sich-Anbiedern von diesem Haase war so nervig, dass alle einen großen Bogen um den Laden machten. Vielleicht war das ja ein Fehler, oder von dem schwarzen Sheriff sogar gewollt? Der Polizist verwarf diesen Gedanken sofort wieder. Für so clever hielt er den Mann denn doch nicht.

„Also, was ist nun mit Koppsieker als Ideengeber für die Drachen?“, setzte Schulte Mahlzahn heftig zu.

„Ich sage Ihnen doch: Quatsch, Quatsch, Quatsch! Koppsieker war Musiker. Er spielte Kontrabass. Wenn Sie sich den Mann aus Süskinds Einmannstück ansehen, dann haben Sie die beste Beschreibung. Der interessierte sich vielleicht für die Frau, die Sopranistin des Orchesters, aber doch nicht für Malerei. Für den waren Bilder nur geeignet, Fettflecken, die sich auf Tapeten befanden, dahinter zu verstecken. Ich bin sicher, der war nicht mal als Möchtegern-Kunstkenner zu bezeichnen.“

„Da haben wir aber ganz andere Erkenntnisse“, erwiderte Schulte kühl. „Und er hatte mindestens einen, vielleicht mehrere längere Japanaufenthalte. Sie meines Wissens nicht.“

„Ich war auch in Japan! Und um eine gute Idee zu haben, muss man im Übrigen bestimmt nicht jedes Mal nach Ostasien reisen. Ihre Theorien sind haltloser Unsinn, Herr Kommissar. Ich habe keine Lust, mir so einen Schmarren weiter anzuhören. Für mich ist das Gespräch jetzt beendet!“

Schulte zuckte gelassen mit den Schultern. Er hatte Malzahn da, wo er ihn haben wollte.

„In Ordnung, Herr Malzahn! Aber Sie melden sich jeden Tag auf der Kreispolizeibehörde und verreisen können Sie auch nicht. Sie sind für mich der Hauptverdächtige!“

„Sie Polizistenpopanz!“

„So, Herr Malzahn, das war zuviel! Jetzt nehme ich Sie mit!“ Schulte zückte sein Handy und rief einen Streifenwagen an.

„Ich will meinen Anwalt sprechen!“

„Können Sie, können Sie! Von der Wache aus können Sie immer noch telefonieren.“

„Hören Sie, Herr Kommissar, es war doch nicht so gemeint. Mir sind die Nerven durch gegangen. Das kann doch jedem mal passieren. Okay, Koppsieker war an der Idee mit den Kunstdrachen nicht ganz unbeteiligt. Aber das war immer so einer, der den Sack nicht zubinden konnte. Das haben wir dann gemacht und die ganzen Managementleistungen, die Künstler ansprechen und die Drachenbauer und so weiter, das haben doch alles wir gemacht!"

„Wer sind wir?"

„Na, der ehemalige Direktor und ich. Koppsieker wusste gar nicht, dass seine weinseligen Gedanken in Realität umgesetzt worden sind. Das hat er erst Jahre später erfahren. Und dann hat er sich angestellt wie ein kleiner Junge, dem man die Förmchen aus dem Sandkasten stibitzt hat. Wir haben versucht, ihn noch einzubinden. Er wollte es nicht. Ab dem Zeitpunkt hat er nur rumgestänkert, alles mies gemacht. Wir wollten kooperieren, er nicht.

Im Übrigen habe ich für das Wochenende, an dem Koppsieker ermordet wurde, ein wasserdichtes Alibi. Ich war nämlich in Palermo, um noch einmal über die Zukunft der Drachen zu verhandeln."

Schulte erhob sich.

„Okay, Herr Malzahn, Sie kennen die Bedingungen. Jeden Tag melden und nicht verreisen, ohne zu fragen. Ihr Alibi werden wir überprüfen."

Der Mann nickte jetzt unterwürfig.

Schulte war sich relativ sicher, dass Malzahn Koppsieker nicht ermordet hatte. Aber jetzt war er geschmeidig. Jetzt würde er plappern wie eine Plaudertasche. Man brauchte ihn nur ab und zu etwas anzupieken. Und Malzahn wusste mehr, als ihm selber klar war.

Schulte war zufrieden, als er wenige Minuten später seinen Volvo aufschloss, um zum Mittagessen zu fahren. Er hielt am *CocoNuts* an der Ernst Hilker Straße, um einmal die Mittagskarte zu testen.

50

Seit zehn Minuten hatten die beiden Polizisten kein Wort miteinander gesprochen. Kurz vor Helpup hatte Jupp Schulte noch ganz begeistert vom gemeinsamen Frühstück mit seiner Tochter und dem anschließenden spontanen Autokauf geschwärmt. Als er dann laut über das Glück, Kinder zu haben, meditierte, traf er bei seiner Kollegin Maren Köster einen ganz wunden Punkt. Schulte spürte Empörung bei sich hochquellen, als sie ihn mit aggressivem Unterton fragte, wie diese offenbar neue Erkenntnis mit seiner bisherigen Rolle als Vater in Einklang zu bringen sei. Schließlich habe sich seine Vaterschaft seit über zwanzig Jahren auf die monatlichen Unterhaltszahlungen beschränkt. Verantwortung für die Erziehung seiner Töchter habe er nie übernommen. Die Vorwürfe trafen nun wieder Schulte hart, kamen sie doch gerade in einem Augenblick, in dem er zum ersten Mal das Gefühl hatte, endlich seiner Verpflichtung auch zu entsprechen.

Die beiden waren auf dem Weg nach Bielefeld, um den verletzten Kollegen Wolf Muffen im Krankenhaus zu besuchen. Es war kein privater Besuch. Muffen hatte schließlich zum Zeitpunkt seiner Verletzung an einem Fall gearbeitet, der offenbar eng verflochten war mit dem der Detmolder Kollegen. Der Mann, der ihn angeschossen hatte, war eventuell auch der Mörder vom Norderteich und von Oerlinghausen. Zumindest sprach einiges dafür.

Maren Köster und Jupp Schulte beendeten ihr Schweigen erst, als sie auf den harten Besucherstühlen in Muffens Krankenzimmer Platz genommen hatten. Wolf Muffen hatte sie mit einem schwachen Lächeln begrüßt.

„Bevor ihr die Frage stellt... ja, ich werde durchkommen! Der Arzt meinte, ich hätte riesiges Glück gehabt. Der Schuss ist durch die Schulter gegangen und die Kugel ist nicht stecken geblieben. Das wird schon wieder!“

„Wie lange fällst du denn aus?“, fragte Maren Köster.

Muffen schmunzelte.

„Ich bin passend bis zum Sommerurlaub krank geschrieben! Danach muss ich wohl wieder völlig neu angelernt werden. So lange war ich noch nie außer Dienst.“

„Wie geht es dem Professor?“

„Da fragt ihr besser den Arzt. Aber soweit ich gehört habe, hat auch er keine lebensbedrohende Verletzung. Obwohl er schon schwer danieder liegt. Er wird auf jeden Fall durchkommen. Ob er schon vernehmungsfähig ist, kann ich euch nicht sagen. Interessant wäre es auf jeden Fall schon, denn er kann bestimmt eine ganze Menge mehr zu seinem Angreifer sagen als ich. Seid ihr eigentlich offiziell hier oder privat?“

„Sowohl als auch!“, brummte Schulte, „einmal natürlich, weil du so ein ungewöhnlich liebenswerter Kollege bist. Zum anderen hat unser Chef mit eurem Chef gesprochen und die beiden waren übereinstimmend der Ansicht, dass dieser Überfall zwar in Bielefeld stattgefunden hat, aber die Ursache dafür vermutlich in Detmold liegt. Deshalb dürfen wir beiden jetzt die nötigen Vernehmungen durchführen.“

Muffen nickte, was ihm aber offenbar Schmerzen verursachte.

„Okay, dann fangt am besten bei mir an. Was ich weiß, ist folgendes...“

Er erzählte den Detmolder Kollegen den Hergang. Angefangen mit dem gescheiterten Besuch bei Bockstiegel, den er gemeinsam mit Maren Köster unternommen hatte, dann vom Anruf des Versicherungsmannes und schließlich von seinem persönlichen Einsatz am Tatort.

„Ich habe nicht viel von dem Angreifer gesehen, weil er ja diese Sturmhaube über das Gesicht gezogen hatte. Sicher bin ich allerdings, dass es sich um einen Mann handelte. Auch wenn das Gesicht verdeckt war, waren doch Statur und der ganze Habitus eindeutig männlich. Er war etwa 1,85 Meter groß, breitschultrig, dabei aber schlank. Sportler, schätze ich. Auf jeden Fall gut im Training. Zum Alter kann ich nicht viel sagen, aber seiner Beweglichkeit nach war er nicht über vierzig. Eher jünger. Die Art und Weise, wie er die Waffe hielt, spricht übrigens dafür, dass er den Umgang damit gewohnt ist...,“

„Spricht alles dafür, dass er Polizist ist!“, warf Schulte lachend ein.

Muffen antwortete ernst:

„Ist ja durchaus vorstellbar. Oder ein ehemaliger Zeitsoldat. Irgendwas in dieser Richtung wäre denkbar. Auf jeden Fall hat er keine Probleme damit, seine Waffe auch zu benutzen.“

„Hast du die Waffe erkannt?“

Muffen dachte nach.

„Wenn ich ehrlich bin, nein! Es war auf jeden Fall eine Pistole, kein Revolver. Aber die Kollegen von der Spurensicherung werden ja mit Sicherheit die Kugel finden, dann wissen wir ja mehr. Vielleicht haben sie die auch schon gefunden, keine Ahnung. Ich bin ja hier von allen Informationen abgeschnitten.“

„Aber wir nicht! Deshalb verlassen wir dich jetzt auch und versuchen mal, mit dem guten Herrn Bockstiegel zu sprechen. Anschließend mit der Spurensuche!“, meinte Schulte und stand auf.

Auch Maren Köster stand auf.

„Sieh zu, dass du wieder fit wirst. Wir brauchen dich!“

Bei diesen Worten beugte sie sich zu Muffen herunter und hauchte ihm einen Kuss auf die Stirn. Damit machte sie zwei Männer sprachlos. Muffen vor Überraschung. Schulte vor Empörung.

51

Fünf Minuten später saßen Maren Köster und Jupp Schulte bei einem anderen Patienten am Krankenbett. Dieser war allerdings weitaus weniger gesprächig, was zum einen daran lag, dass Professor Dr. Ludwig Bockstiegel den beiden Polizisten nicht persönlich bekannt war, vor allem aber an seiner weitaus schwerwiegenderen Verletzung.

Mit sehr schwacher Stimme teilte er ihnen seine Erlebnisse mit.

„Ich hatte den Mann vorher noch nie gesehen. Habe auch keine Vorstellung, wer das gewesen sein könnte. Ich konnte mich nur an seine Stimme erinnern, vom Telefon her. Er war der Mann, der mich ständig angerufen hat. Da bin ich mir sicher. Er hat sich immer der Samurai genannt. Dabei..."

„Wie hat er sich genannt?", fragte Maren Köster überrascht. „Was ist denn ein Samurai?"

„Samurais waren japanische Ritter", mischte sich Schulte ein, der auf Grund seines höheren Alters schon mehr Kung Fu-Filme gesehen hatte als seine jüngere Kollegin. Manchmal zahlt sich eben auch sowas aus. „Es waren Angehörige der alten Adelschicht, die sich einen sehr hohen Ehrenkodex gesetzt hatten und während der Feudalzeit so eine Art Elite darstellten. Stimmt's?" Dabei blickte er Bockstiegel an, der immerhin einige Jahre in Japan gelebt hatte. Dieser nickte nur schwach.

„Aha!" Maren Köster blickte ihn erstaunt von oben nach unten an. „Was du so alles weißt! Aber wieso nennt sich denn dieser Mann so? Das hört sich doch reichlich infantil an!"

Schulte überlegte.

„Ist es wahrscheinlich auch ein bisschen. Aber einen Zusammenhang sehe ich durchaus. Immerhin geht es bei der Erpressung, die dieser Mann durchziehen wollte, um ein gutes Stück japanischer Kultur. Um die Kampfdrachen eben. Da passt so ein Samurai schon ganz gut. Wahrscheinlich hat er einfach auf die Schnelle ein Pseudonym gesucht, weil er nicht unter seinem echten Namen arbeiten wollte, und da ist ihm der Samurai eingefallen. Allerdings hat er es mit der Wahl der Waffe nicht sehr genau genommen. Samurais haben natürlich mit dem Schwert gekämpft und nicht mit der Pistole geschossen. Das zeigt uns aber auch, dass er wohl mehr zufällig auf den Namen gekommen ist. Er scheint keiner von der Sorte zu sein, die sich wirklich einbilden, ein Samuraikrieger zu sein. Wir haben es offenbar mit einem ganz gewöhnlichen Kriminellen zu tun, aber nicht mit einem Spinner! Wenn man das überhaupt so trennen kann!"

Bockstiegel berichtete, so gut es sein Zustand zuließ, über den weiteren Verlauf des gestrigen Nachmittags. Auch er beschrieb noch einmal das, was es von dem vermummten Mann zu sagen gab. Seine Aussagen stimmten in allen wesentlichen Punkten mit Wolf Muffens überein.

Neu war für die beiden Polizisten Bockstiegels Beschreibung der geplanten Geldübergabe. An der Aktualität der Übergabemodalitäten hatte sich ja durch Muffens Auftritt nichts geändert. Nach wie vor waren die Drachen im Besitz der Diebe. Nach wie vor stand deren Geldforderung an die Versicherung im Raum. Und es würde auf jeden Fall zur Geldübergabe kommen.

„Eigentlich wollte ich die Polizei da rauslassen. Schien mir zu gefährlich, so ein Doppelspiel. Aber jetzt kommt es nicht mehr darauf an. Bin sowieso schon fast erledigt. Mehr als auf mich schießen können sie ja nicht. Außerdem hat Ihr Kollege Kopf und Kragen für mich riskiert. Da muss ich wohl etwas kooperativ sein."

Er schilderte den ganzen geplanten Ablauf mit Ort- und Zeitangaben. Der Tag X war der 1. März.

„Ist aber vielleicht besser, wenn das unter uns bleibt!", wurde Bockstiegel dann doch wieder ängstlich.

Schulte konnte ihn beruhigen. „Keine Sorge! Im eigenen Interesse bleibt das im ganz kleinen Kreis. Wenn ihr Herr

Samurai mitbekommt, dass die Polizei alles weiß, dann wird er erstmal die ganze Aktion abblasen. Wer weiß, ob wir beim nächsten Anlauf überhaupt etwas davon mitbekommen. Also halten wir uns mal lieber sehr, sehr bedeckt und beobachten nur. Wir schlagen erst zu, wenn das Geld übergeben worden ist. Nach außen werden wir verbreiten, dass Sie immer noch nicht vernehmungsfähig sind und die Polizei nach wie vor im Dunkeln tappt. Außerdem werden wir Sie hier im Krankenhaus gut bewachen. Ihnen wird hier nichts passieren, das kann ich Ihnen versprechen!"

Bockstiegel gab sich damit zufrieden.

Minuten später saßen die beiden Polizisten wieder im Dienstwagen und rasten Richtung Detmold. Es gab viel zu tun. Der Freitagnachmittag neigte sich dem Ende zu. Maren Köster fuhr, Schulte war bemüht, sich irgendwo festzuhalten. Er kannte den äußerst offensiven Fahrstil seiner Kollegin bereits, musste aber wieder einmal feststellen, dass sie zwar fast so gut fuhr wie Michael Schumacher, aber auch fast genauso schnell. Und das auf den idyllischen, schmalen lippischen Landstraßen. Schultes Magen schlug Saltos. Als sie begann, das eben Gehörte noch einmal durchzusprechen, winkte er ab.

„Ich bin jetzt etwas geschafft. Übrigens, deine... wie soll ich sagen, Aktion eben im Krankenhaus, beim Kollegen Muffen..., warum hast du das gemacht? So gut kennst du den doch gar nicht!"

Sie blickte kurz nach rechts, um zu prüfen, mit welchem Gesichtsausdruck er dies gesagt hatte. Als sie die Mischung aus Ernsthaftigkeit und Verlegenheit sah, schmunzelte sie und summte einige Töne einer Schulte nicht bekannten Melodie. Schulte wunderte sich über dieses Verhalten seiner Kollegin. So kannte er sie gar nicht. Sie summte weiter. Eine Antwort gab sie ihm aber nicht. Das konnte alles und nichts bedeuten. Schulte drehte den Kopf von ihr weg und tat, als interessiere ihn nichts mehr als die rasend schnell vorbeihuschende Landschaft zwischen Pivitsheide und den Donoper Teichen. Auf Höhe der Gaststätte *Forstfrieden* platzte es dann aus ihm heraus:

„Egal, was du an ihm findest, aber er ist ein Kollege! Unter Kollegen haben Gefühle nichts zu suchen. Du warst eben im Dienst. Und du weißt ja, Dienst ist Dienst und...!“

„Schnaps ist Schnaps!“ Sie blickte ihn so lange ernst an, wie es ihr als Fahrerin risikolos möglich war. Dann lachte sie wieder.

„Danke für die Nachhilfe! Du hast natürlich recht und es freut mich zu hören, dass du offenbar auch der Überzeugung bist, dass amouröse Beziehungen zwischen Kollege und Kollegin die Effizienz des Polizeiapparates schwächen. Sehr korrekte Einstellung, Herr Schulte!“

Schulte starrte sie mit offenem Mund an. In welche rhetorische Falle war er denn da geraten? Seine eigene Aussage machte nun alle weiteren Bemühungen um die Gunst dieser Kollegin unmöglich. Jahrelang hatte er bei ihr gebaggert. Hatte sie ihn jetzt endgültig ausgebremst?

Für den Rest des Weges schwiegen beide. Er starrte weiterhin angestrengt aus dem Beifahrerfenster, als sähe er Hiddesen zum ersten Mal. Sie fuhr weiterhin, als gäbe es keine Geschwindigkeitsbeschränkungen, lächelte dabei aber zufrieden.

Eine Viertelstunde später waren sie in Heidental und Schulte wollte wortlos aussteigen. Er war schon so gut wie draußen. Was war das denn? Eine Sinnestäuschung? Oder hatte sie wahrhaftig seine linke Hand, mit der er sich nur vom Sitz wegdrücken wollte, kurz aber unfassbar sanft, berührt? Noch bevor er das richtig erfasst hatte, beugte sie sich nach rechts und zog die Beifahrertür zu. Dann ließ sie ohne weiteren Gruß die Reifen durchdrehen und schoss davon. Zurück blieb ein Jupp Schulte, der noch über eine Minute auf seine linke Hand starrte, bevor er endlich ins Haus ging.

52

Der Bielefelder Bahnhof war nichts anderes als eine trostlose Baustelle. Dieser Eindruck wurde den Reisenden, die hier aussteigen musste, schon seit Jahren vermittelt. Martens interessierte es nicht. Er steuerte schnurstracks auf die Büroräume der Autovermietung zu, nahm seinen Mietwagen in Empfang, tippte den Zielort in das Navigationssystem ein und betrat zwanzig Minuten später das Polizeipräsidium an der Kurt-Schumacher-Straße. Er wurde von Walburga Stolle an der Zentrale abgeholt und saß kurze Zeit später vor ihrem Schreibtisch.

Die Frau war korpulent und hatte einen Männerhaarschnitt. Bekleidet war sie mit Jeans und Pullover. Ihr ganzes Auftreten wirkte streng. Nachdem sie Martens Personalien überprüft hatte, ergriff sie das Wort:

„Leider muss ich Sie nach Detmold weiter schicken“, eröffnete sie dem Mann seine Zukunftsaussichten. „Wir haben den Fall an die Kollegen dort abgegeben. Aber ich berichte Ihnen die Ereignisse seit gestern Abend chronologisch und gebe Ihnen die Informationen, die ich habe.

Zunächst war das Art Kite Museum ja in Detmold angesiedelt. Die Diebe der Drachen wandten sich jedoch an einen gewissen Prof. Dr. Bockstiegel, der Ihnen ja bekannt ist. Dieser wiederum setzte sich mit meinem Kollegen Muffen in Verbindung. Muffen nahm sich der Angelegenheit im Rahmen seiner Möglichkeiten an. Jedoch hielt er engen Kontakt zu Detmold.

Gestern Abend wurde Ihr Kontaktmann, Herr Bockstiegel, von jemandem besucht, der die Absicht hatte, ihn zu töten. Wahrscheinlich wusste der Professor zu viel, oder hatte sich nicht an die Absprachen gehalten. Das genaue Motiv ist uns noch nicht klar. Zufällig, oder durch Ihren Anruf bei uns, auch das ist noch nicht abschließend ermittelt, kam unser Kollege Muffen genau zu dem Zeitpunkt bei Bockstiegel an, als der Täter im Begriff war, zu morden. Das Erscheinen rettete Bockstiegel das Leben. Er liegt jedoch schwer verletzt im Krankenhaus. Ebenso unser Hauptkommissar, den hat es auch erwischt. Jedoch ist seine Verletzung nicht so gefährlich wie die des Professors.

Sie verstehen hoffentlich, dass ich diese Informationen nicht per Telefon an Sie weitergeben konnte. Die Wahrscheinlichkeit, dass der Täter glaubt, Bockstiegel sei tot, ist hoch. Darüber hinaus liegt die Verantwortung, wie gesagt, bei den Detmoldern. Auch das wollte ich nicht an jeden weitergeben. Ich rufe gleich dort an und werde die Kollegen informieren, dass Sie kommen. Heute Abend wird eh nicht mehr viel passieren, vermute ich. Es sei denn unser Mann meldet sich noch einmal.

Sie können sich ein Hotel in Detmold nehmen oder auch hier in Bielefeld. Die beiden Städte liegen nur circa dreißig Kilometer auseinander."

Die Kommissarin schob dem Versicherungsmann drei bedruckte Seiten hinüber.

„Ich habe Ihnen ein paar mögliche Hotelanschriften ausgedruckt."

53

Der schon aufgegangene Mond brachte die Schneereste im Garten zum funkeln, als habe jemand Schubkarrenladungen von Diamanten auf dem Gelände verteilt. Schulte fand diese Stimmung atemberaubend schön. Er setzte sich auf die einsame Gartenbank und genoss die klare Luft und die ausdrucksvolle Umgebung.

Die ungewohnte Nähe zu seiner Kollegin Maren Köster und ihr heutiges Verhalten hatten ihn in einen seltsamen Zustand versetzt. Was war nur los mit ihm. Noch nie war ihm so klar geworden, dass er in den letzten Jahren eigentlich keine wirklichen, langfristigen Bindungen eingegangen war. Diese Tatsache war ihm auch schon in den letzten Tagen in den Konfliktsituationen mit seiner Tochter öfter schmerzlich bewusst geworden. Gerade beschlich ihn dieses Gefühl wieder.

Auch die Zuneigung, die er ohne Zweifel zu seiner Kollegin Maren Köster empfand, verunsicherte ihn immer aufs Neue.

Über Jahre hatten sich immer wieder Gelegenheiten ergeben, die es zugelassen hätten, ihr näher zu kommen. Jedes Mal hatte er sich in letzter Sekunde auf irgendeine Weise so daneben benommen, dass dies Maren Kösters dann verheerendes Temperament zum Ausbruch brachte. So hatte er es immer wieder versaut. So lange es nicht ernst werden konnte, ließ er bei Frauen nichts anbrennen. Doch sobald etwas mehr Nähe ins Spiel kam, war Schulte der typische Elefant im Porzellanladen. Ihm wurde klar, dass seine „Einsame-Wolf-Mentalität" keine Masche oder Strategie war, sondern ein handfestes Dilemma.

Diese Erkenntnis ließ sein Gefühlsleben nicht gerade jubilieren. Er erhob sich. Gleichzeitig bemerkte er, wie kalt es hier draußen war. Er ging zu seiner Haustür. Am liebsten hätte er sich jetzt auf sein Sofa gelegt, sich irgendeinen schwachsinnigen Film angesehen und mehrere Flaschen Bier getrunken. Hauptsache, er würde keinem begegnen. Montag wäre er dann wieder der coole, etwas anarchische Polizist, der in keine Schublade passte.

Diese Art mit seinem Leben umzugehen, hatte fast immer funktioniert. Diesmal nicht! In seinem Haus brannte Licht. Seine Tochter wartete auf ihn. Wahrscheinlich hatte sie etwas gekocht, den Tisch gedeckt und war der Meinung, damit würde sie ihm eine Freude bereiten. Schulte hatte das Gefühl, diese Wertschätzung und Harmonie passte nicht in sein Leben. Er hatte verlernt, mit solchen Momenten umzugehen, sie zu genießen.

Von einer großen Traurigkeit erfüllt, öffnete er die Tür. Er hatte richtig vermutet. Aus der Küche kam ein Duft, der Köstliches vermuten ließ. Schulte hängte seine Lederjacke an einen Haken. Da hörte er das Telefon. Noch ehe er die Tür zu seiner Wohnküche geöffnet hatte, hörte er wie seine Tochter sich mit:

„Lena Wiesenhof bei Schulte", meldete.

Es entstand eine Pause.

„Ja, warten Sie bitte, mein Vater ist gerade ins Haus gekommen."

Schulte hatte beim Lauschen das Gefühl, dass hier über einen Fremden gesprochen würde. Mit ihm konnte das einfach nichts zu tun haben.

Er trat in die Küche.

„Am Telefon ist eine Anna Welke. Sie möchte dich sprechen."

Schulte bemerkte, wie er von einem leichten Schwindel befallen wurde. Heute Abend passte wirklich alles gleichzeitig. Er hatte Anna im letzten Sommer kennen gelernt. Sie war Archäologin und hatte auf Fritzmeiers Hof eine Ausgrabung geleitet. Sie war nur kurze Zeit in Detmold gewesen. Doch Schulte hatte sich in sie verliebt. Als er es sich zugestand, war sie zum nächsten Grabungsort weitergezogen. Sie hatten einige Male telefoniert. Schulte hatte sich vorgenommen, sie in Münster zu besuchen. Doch er hatte es nie geschafft. Einmal war es ihm gelungen, seinen inneren Schweinehund zu überwinden und sich angekündigt. Doch da hatte Anna Welke gerade ihren Koffer geschlossen, um für einige Monate in die Vereinigten Staaten zu reisen. Dort wollte sie an der Stanford University arbeiten.

Anscheinend war sie zurück. Ausgerechnet jetzt, dachte Schulte. Er nahm den Telefonhörer. Und im nächsten Moment hörte er ihre Stimme.

„Hallo Josef, ich hätte wieder einmal Lust, ein frisches Brot mit dir zu essen."

Schulte riss es den Boden unter den Füßen weg. Er hatte Flugzeuge im Bauch.

„Äh, frisches Brot, ja äh klar, warum nicht."

„Wie wäre es mit morgen Abend?"

„Gut, morgen Abend", Schulte sah seine Tochter an, „dann lernst du auch meine Tochter kennen."

„Ich wusste zwar nicht, dass du Vater bist, aber ich freue mich!"

Schulte war schon amüsanter am Telefon gewesen.

„Ach, eins noch, Anna, wir haben in Detmold gerade einen spektakulären Kunstraub erlebt. Die Drachen, vielleicht hast du es in der Zeitung gelesen. Ich bin in dem Ermittlungsteam. Kann also sein, dass etwas dazwischen kommt. Ist zwar unwahrscheinlich, aber in Lippe kotzen die Pferde manchmal vor der Apotheke. Sei mir dann bitte nicht böse."

„Ich habe volles Verständnis für einen gefragten Polizisten, komme aber trotzdem."

Damit beendete Anna Welke das Gespräch.

Schultes Tochter sah ihn fragend an. Er selbst wusste nicht mehr, wo ihm der Kopf stand. Also zuckte er hilflos mit den Schultern und sagte, als sei es lange geplant:

„Hast du gehört, wir bekommen morgen Besuch."

Dann raufte sich Schulte die Haare. Was passierte mit ihm? Maren Köster verwirrte ihn. Prompt meldete sich Anna wieder, die er gerade zu vergessen begann. Was hatte das alles zu bedeuten und wie würde es enden?

Lena, seine Tochter, riss ihn aus seinen Gedanken.

„Hast du Hunger? Ich habe einen Auflauf im Ofen. Dauert aber noch eine viertel Stunde."

Schulte nickte. Er wollte sich gerade setzen, da klopfte es. Ohne auf ein Herein zu warten, betrat Fritzmeier den Raum.

„Chut, das ich euch treffe, da is wat für euch abchecheben worden." Fritzmeier zwinkerte Schulte zu. Könnt ihr dat nich endlich abholen? Steht bei mich jetzt schon drei Stunden in Wege rum. Wird Zeit, das et da wech kommt."

Dann zog er Luft in seine Nase.

„Sacht ma, chibt et hier bei euch wat zu essen? Wenn chenuch da is, lade ich mich ein. Chet doch, oda nich“

Schulte und Lena nickten.

„Machst du das eben, Vater? Ich decke dann schon mal den Tisch weiter.“

„Ne, dat chet nich, da müsst ihr schon beide mitkommen, dat is zu chross!“

„Ja, was ist es denn?“, fragte Lena.

„Na, da musse schon selber kucken, Mädchen.“

Also trotten Lena und Schulte hinter Fritzmeier her zu seiner Scheune. Dort stand ein nagelneuer maurizius-blauer Twingo.

Lena Wiesenhof sah sich um.

„Was ist denn nun für uns abgegeben worden?“

„Nich für euch, für dich, Mädchen, dat Auto is für dich abgecheben worden.“

„Wie, das Auto ist für mich abgegeben worden?“

Schulte, der sich im Hintergrund gehalten hatte, ergriff jetzt das Wort. Er räusperte sich.

„Na, ja, heute Morgen, als ich dich zum Bahnhof gebracht habe, hattest du ja vorgeschlagen, wir sollten in Zukunft eine Fahrgemeinschaft gründen. Du weißt ja, ich schlafe gerne so lange wie es geht. Manchmal muss ich auch nachts raus und so weiter. Na, jedenfalls dachte ich, das gibt nur Stress mit der Fahrerei und dann brauchst du sicher auch mal mein Auto und so, und ich habe dann keins,“ stotterte Schulte herum.

Lena wurde traurig über die banalen Gründe, die Schulte für den Autokauf anführte. Sie war den Tränen nahe. Schulte entging das nicht. Er versuchte die Situation zu retten.

„Na ja, und da habe ich gedacht, du bist das ganze Leben, was mich angeht, zu kurz gekommen. Ich meine, ich habe dir nie was geschenkt und so. Und ich dachte, so eine Lehrerin, die braucht doch ein Auto. Ich meine, du musst doch auch mal wohin fahren und so. So für die Schule. Ich bin dann heute Morgen zufällig bei Renault vorbeigefahren. Die hatten da diesen Vorführwagen stehen. Den konnte ich sofort haben. So mit Farbe und Ausstattung, da war ja nichts mehr zu machen. Aber die von Renault haben gesagt, das sei die beste Ausstattung die es bei so einem Twingo gibt. So mit Radio und CD und so. Na, und da dachte ich, ich mache dir eine Freude und kaufe dir ein Auto."

Lena Wiesental schossen die Tränen in die Augen. Sie stürzte sich auf Schulte, umarmte und küsste ihn.

„Danke, Vater, danke."

Als sie sich wieder beruhigt hatte, trocknete sie ihre Tränen, ganz gegen ihre sonstige Art, einfach mit dem Ärmel. Fritzmeier durchsuchte seine Taschen und beförderte den Autoschlüssel an den Tag.

„Na, dann mach erst ma eine Probefahrt. Das Auto muss ja hier ausse Scheune raus, das wird ja chanz staubich."

„Ja, aber ich muss doch den Auflauf aus dem Ofen nehmen."

„Das mache ich", sagte Schulte. Du kannst ja kurz einmal um den Block fahren und wir machen dann morgen eine gemeinsame Jungfernfahrt, nachdem wir eine Flasche Schampus am Kotflügel zertrümmert haben."

Später saßen Schulte, Fritzmeier und Lena bei Schulte am Tisch und ließen sich den Auflauf schmecken. Schultes aufgewühltes, ja geradezu durcheinander gewürfeltes Gefühlsleben hatte ihm ordentlich zugesetzt. Das erste Bier, das wirkte fast sofort. Schulte fühlte sich plötzlich, als sei eine Zentnerlast von ihm abgefallen. Dies führte dazu, dass er dem Bier im Laufe des Abends reichlich zusprach.

Als seine Tochter schlafen gehen wollte, ging er noch mit zu Fritzmeier. Hier zechten sie weiter. Fritzmeier hatte eigentlich auch genug getrunken. Doch jetzt saß sein Nachbar mit viel Durst bei ihm in der Küche. Wie konnte er ihn loswerden?

Da hilft nur Korn, dachte Fritzmeier, und zwar nur für Schulte. Fritzmeier füllte ihn in der nächsten halben Stunde systematisch ab und schickte ihn dann nach Hause. Dieser Aufforderung kam Schulte, der mittlerweile die nötige Bettschwere hatte, auch widerspruchslos nach.

54

Hauptkommissar Schulte schüttelte die zweite Aspirin dieses Morgens aus dem Röhrchen. Weder Kaffee noch frische Luft hatten ihn bisher in einen dienstfähigen Zustand bringen können.

Der gestrige Abend hatte für ihn am Küchentisch Fritzmeiers mit etlichen Schnäpsen seinen Abschluss gefunden. Irgendwie und irgendwann war er in seine Wohnung hinübergewankt und hatte sich aufs Bett geworfen. Eigentlich kein Problem, denn er hatte ein dienstfreies Wochenende vor sich, Pustekuchen, um 8 Uhr in der Frühe beendete das Telefon brutal seinen Genesungsschlaf. Als er, noch halb bewusstlos, das Gerät ans Ohr hielt, hörte er die muntere, ausgeschlafene Stimme des überzeugten Frühaufstehers Bernhard Lohmann.

„Ich habe eine gute Nachricht für dich!", dröhnte Lohmann fröhlich. „Du brauchst heute an deinem freien Samstag weder Rasen zu mähen noch Auto waschen noch sonst was. Dein Chef hat in seiner unermesslichen Güte und Weisheit beschlossen, dich von der Last der Tagesplanung zu entlasten. Er möchte dich um 9 Uhr im Präsidium sehen und sprechen. Ich bin übrigens auch da und werde für ausreichend Kaffee sorgen. Bis gleich!"

Schulte hatte höchstens die Hälfte von Lohmanns Wortschwall verstanden. Wie konnte ein Mensch zu dieser unchristlichen Uhrzeit nur so redselig sein? Dann setzten die Kopfschmerzen ein.

Irgendwie hatte er es aber dann doch geschafft, rechtzeitig zur Besprechung zu kommen. Rechtzeitig nach seiner Wahrnehmung. In der Wahrnehmung seines Chefs, Polizeioberrat Thomas Erpentrup, war er jedoch zwanzig Minuten zu spät gekommen. Außer Schulte und Erpentrup saßen auch noch die ebenfalls nicht ganz frische Maren Köster sowie die beiden Morgenmenschen Bernhard Lohmann und Axel Braunert im kleinen Besprechungsraum. Schulte fühlte sich Maren Köster gegenüber etwas gehemmt nach der Verabschiedung am Vortag. Im Augenblick allerdings ließen seine Kopfschmerzen keine allzu differenzierten Betrachtungen dieses gestrigen Phänomens zu.

Und noch jemand saß am Tisch! Ein ihm völlig unbekannter Mann in Schultes Alter. Er wirkte äußerlich eher bieder, war Schulte aber nicht unsympathisch. Vorgestellt wurde er ihm als ein Herr Martens von der *Hanseatic-Versicherung* aus Hamburg.

„Wir haben heute Besuch aus Hamburg bekommen, weil wir ein gemeinsames Problem haben!", begann Erpentrup die Besprechung schlicht und ohne irgendwelche gestelzten Einführungsfloskeln.

Wenn Schulte irgendetwas an seinem Chef sympathisch fand, dann dessen sachliche und schnörkellose Art und Weise, sofort auf den Punkt zu kommen. Das war's dann aber auch schon mit Sympathie. Die beiden Männer respektierten gegenseitig die fachliche Kompetenz des anderen, aber menschlich waren sie Welten voneinander entfernt.

„Herr Martens ist von der Versicherungsgesellschaft, welche den Transport der Drachen versichert hat. Ich schlage vor, wir berichten unseren Stand der Dinge und dann haben Sie das Wort. Herr Schulte, wenn Sie so nett wären." Schulte verdrehte die Augen, ausgerechnet heute Morgen. Schultes schlechter Zustand veranlasste ihn, hanseatisch kurz und trocken zu berichten, was ihn im Gegenzug in Martens Achtung weiter steigen ließ.

„Es geht jetzt um die Geldübergabe. Unser Problem ist, dass seit Donnerstagabend der Kontakt zu den Erpressern völlig abgerissen ist. Sie wissen ja, dass wir vorher immer von einem gewissen Herrn Bockstiegel informiert wurden. Das letzte Gespräch war am Donnerstag, so um ca. siebzehn Uhr. Zu diesem Zeitpunkt wurde der Mann offenbar bedroht, aber das ist Ihnen sicher bereits bekannt. Sie haben ja schon Verbindung mit der Bielefelder Polizei aufgenommen.

Auf jeden Fall gab es danach keinen Kontakt mehr. Mittlerweile sind Sie bestimmt in groben Zügen darüber im Bilde, was nach dem Anruf passiert ist. Die Frage ist nun: Wie geht es weiter? Unser Herr Bockstiegel war eingeplant als Überbringer des Geldes. Er fällt ja nun aus. Wir müssen jetzt einen anderen finden. Das wollte ich mit Ihnen besprechen."

Daraufhin schaltete sich Martens ein.

„Es hat mittlerweile einen Kontakt zu den Drachendieben gegeben. Besser gesagt, sie haben ihn zu mir aufgenommen. Um es kurz zu machen, der Mann, der sich Samurai nennt, will heute um fünfzehn Uhr einen Namen genannt bekommen, der die Geldübernahme vornimmt. Sein Bedingung ist: Keine Polizei, versteht sich."

Es entstand eine kurze Pause, da Lohmann frischen Kaffee ausschenkte. Schulte trank derweil in kleinen Schlucken sein Wasserglas mit der aufgelösten Aspirin leer. Mit heiserer Stimme mischte er sich wieder in das Gespräch ein.

„Wir wissen ja ziemlich genau, wie die Geldübergabe geplant war. Will die Versicherung denn bei diesem Plan bleiben, oder wartet sie auf neue Vorschläge der Erpresser? Denn wir können nur vor Ort sein, wenn wir den Ort und den Zeitpunkt kennen."

Martens blies vorsichtig in den noch viel zu heißen Kaffee. Dann wandte er sich Schulte zu.

„Von Seiten der Versicherung wird es keine Änderung am Ablaufplan geben. Nur der Geldbote wird ein anderer sein. Wir selbst wollen uns möglichst aus der Geldübergabe raushalten und beschränken unsere Rolle darauf, das Geld zur Verfügung zu stellen. Montagmorgen um neun Uhr ist ein gepanzertes Fahrzeug mit dem Geld in Detmold. Den eigentlichen Ablauf sollten Fachleute vor Ort regeln. Wir werden uns diesbezüglich direkt an das Museum wenden. Beziehungsweise an die Leitung des ehemaligen Museums, an diesen Herrn Malzahn!"

Bei Nennung dieses Namens stöhnte Axel Braunert genervt auf. Er hatte bereits seine Erfahrungen mit diesem sehr von sich eingenommenen Herrn gemacht. Schulte ebenfalls, sein Kollege hatte daher sein volles Verständnis. Martens zeigte sich kurz irritiert, sprach dann aber weiter.

„Malzahn soll sich um geeignete Leute für die Geldübergabe kümmern. Da sind ja einige Anforderungen zu erfüllen. Der Geldbote sollte nicht nur unbedingt loyal sein, er muss auch über die nötige Intelligenz verfügen, die Regieanweisungen einzuhalten. Und wenn er dann auch noch sicherstellen kann, dass ihm der Geldkoffer nicht vom erstbesten Taschendieb entwendet wird, dann ist er vielleicht der Richtige. Malzahn wird diese Aufgabe wahrscheinlich nicht selbst übernehmen. Mal sehen, wen er vorschlägt."

Erpentrup nahm den Faden auf.

„Er hat allerdings keine Ahnung, dass die Polizei im Bilde ist. Frage ist nun: Schließen wir uns mit ihm kurz und arbeiten zusammen oder lassen wir ihn machen und beschränken uns erst mal auf's Beobachten?"

Nach einer kleinen Pause meldete sich Axel Braunert.

„Ich habe diesen Herrn Malzahn kennen gelernt und bin dafür, ihn nicht darüber zu informieren, dass wir über alles Bescheid wissen. Dieser Mann ist, bei aller fachlichen Kompetenz, ein aufgeblasener Wichtigtuer, der seinen Mund nicht halten kann. Die Gefahr, dass er zur falschen Zeit am falschen Ort das Falsche sagt, ist viel zu groß. Er könnte die gesamte Aktion gefährden."

„Was schlagen sie vor?“, fragte Erpentrup, beeindruckt von Braunerts sehr klarer Position.

„Soll er sich doch um einen neuen Geldboten kümmern! Uns kann es doch egal sein, wer den Koffer mit dem erpressten Lösegeld letztendlich im Auftrag des Opfers an den Täter übergibt. Für uns ist nur von Bedeutung, dass wir Ort und Zeitpunkt kennen und im geeigneten Moment zuschlagen können. Herr Martens sollte nur seinen Einfluss geltend machen, damit nichts mehr an den besprochenen Modalitäten geändert wird.“

„Was meinen die anderen?“, fragte Erpentrup in die Runde. Schulte meldete sich.

„Ich denke, dass Axel Recht hat! Wir wissen nichts, aber auch gar nichts, über die Erpresser. Es gibt keine Erkenntnisse darüber, wie gut ihre Beziehungen zum Museum sind. Theoretisch können es ja ehemalige Angestellte sein, die immer noch ein Ohr ganz in der Nähe Malzahns haben. Viel zu riskant, wenn dieser Mann zu viel weiß! Wir sollten auch keinerlei Kontakt zu ihm aufnehmen. Es reicht, wenn die Versicherung Kontakt zu uns hält.“

Da auch Maren Köster und Lohmann dem zustimmten, fasste Erpentrup zusammen:

„Okay! Wir kennen Zeitpunkt und Ort. Am Montagnachmittag liegen wir beim Parkplatz an der B1 bei Bad Meinberg auf der Lauer. Wir beobachten und filmen die Geldübergabe und greifen uns den Geldempfänger, sobald dies vernünftig erscheint. Dann...“

„Ich möchte da einen Vorschlag machen!“, mischte sich Maren Köster ein. „Wir sollten nicht sofort zugreifen. Der Drachenraub war nicht das Werk eines einzelnen. Dafür war die Ausführung zu komplex. Wir haben es also mit einer ganzen Bande zu tun. Ich denke mal, dass es wohl nicht der Kopf dieser Bande sein wird, den man vorschickt, um den Geldkoffer in Empfang zu nehmen. Wenn wir zu früh zuschlagen, riskieren wir, dass der Rest der Bande gewarnt wird und verschwindet. Ich bin dafür, den Mann, der den Koffer entgegennimmt, nur zu verfolgen. In der Hoffnung, dass er uns den Weg zum Rest der Bande weist."

„Super Idee!", warf Schulte ein. Lohmann wunderte sich darüber, denn normalerweise hätte Schulte jeden Vorschlag der Kollegin erst einmal zerrissen. „Bin ich voll mit einverstanden!"

Auch Erpentrup schloss sich dem Vorschlag der Kommissarin an. Braunert gab zu bedenken:

„Eines ist aber auch klar! Wenn wir das so durchziehen wollen, dann brauchen wir dazu eine ganze Menge Personal. Das ist mit uns vier Männekes nicht zu machen. Zumal Bernhard durch die Vorbereitung des Staatsbesuches wahrscheinlich komplett ausfällt. Wir brauchen Verstärkung, Herr Erpentrup!"

Der Angesprochene versteifte sich.

„Verstärkung? Wo soll die herkommen? Ursprünglich waren auch Sie drei beim Staatsbesuch eingeplant. Es reißt jetzt schon ein großes Loch in meine Personalplanung, wenn ich Sie dafür entbehren muss. Aber noch mehr Leute abziehen? Wie soll ich das verantworten? Stellen sie sich vor, beim Staatsbesuch gibt es irgendeine Katastrophe. Ich mag mir gar nicht ausmalen, was da alles passieren kann. Und dann stellt man fest, dass der zuständige Polizeichef einen großen Teil seiner Leute abgezogen hat, um ein paar kleine Drachendiebe zu fangen. Die Presse würde mich öffentlich zerreißen!"

„Moment!", fuhr ihm nun zornig Maren Köster dazwischen. „Diese kleinen Drachendiebe haben vermutlich zwei Morde und einen Mordversuch auf dem Gewissen! Darüber hinaus ist ein Polizist angeschossen worden. Wenn wir diese Leute laufen lassen, nur um eine große Polit-Show zu schützen, dann weiß ich nicht mehr, was ich hier zu suchen habe. Soll doch diesen Zirkus schützen, wer will. Es gibt doch genug: BKA, LKA, Bundesgrenzschutz, Verfassungsschutz und so weiter. So was darf doch nicht die Arbeit der örtlichen Polizei komplett lahm legen!“

Erpentrup schnappte nach Luft. Bevor er losbrüllen konnte, zeigte Schulte mit ausgestrecktem Arm, den Daumen nach oben gerichtet, an, dass er mit der etwas emotionalen Äußerung Maren Kösters mehr als einverstanden war. Erpentrup schaute ihn entsetzt an, kämpfte lange mit sich und sprach dann in bemüht sachlichem Ton:

„Ich kann Sie ja verstehen! Aber ich habe leider keine Wahl. Sie müssen das allein durchfechten. Ich kann allenfalls versuchen, Ihnen für ein paar Stunden einige Beamte zur Verfügung zu stellen. Aber keine besonders ausgebildeten Leute und wirklich nur kurzfristig, klar?“

Jetzt meldete sich noch einmal der Versicherungsmann.

„Da gibt es noch ein kleines Problem. Ich versuche seit gestern Abend den Herrn Malzahn zu erreichen. Sein Verhalten ist unglaublich, es geht um 40 Millionen Euro und der Herr geht ins Wochenende.“

Schulte sah auf seine Uhr. Es war kurz vor elf.

„Na, dann wird es ja Zeit, dass wir unseren Weltenbummler Malzahn erreichen. Gut, dass ich ihm gestern ein Reiseverbot auferlegt habe und mir alle seine Telefonnummern von ihm geben ließ. Sonst wäre das Vögelchen womöglich noch ausgeflogen.“

„Einen Moment!“, ergriff jetzt Erpentrup das Wort, „wir als Polizei arbeiten im Hintergrund! Dieser Malzahn darf nicht das Gefühl bekommen, dass wir Karten im Spiel haben.“

Schulte nickte nur und dachte: Meint der Alte etwa, ich wäre mit dem Klammerbeutel gepudert?

Der Hauptkommissar suchte nach seinem Notizbuch und griff zum Telefon. Er tippte eine Nummer ein, doch auch nach einer Minute ging noch niemand an den Apparat. Schulte legte auf und wählte die nächste. Diesmal meldete sich der ehemalige Museumsdirektor.

„Ja, hallo, hier Hauptkommissar Schulte! Herr Malzahn, könnten Sie vielleicht in der nächsten halben Stunde zur Kreispolizeibehörde kommen? Bei uns hier sitzt ein Mann aus Hamburg, der will gerade eine Vermisstenmeldung aufgeben."

Schulte lauschte.

„Wie, das geht nicht? Ja, wo sind Sie denn?"

Pause.

„In Hannover? Ich hatte Sie doch ausdrücklich gebeten, Lippe nicht zu verlassen, ohne dies vorher mit mir abzusprechen."

Wieder Stille.

„Freundin? Das ist mir scheißegal! Um ein Uhr stehen Sie hier in Detmold auf der Matte und zwar mit Ihrem gesamten Stab. Es geht wohl um die Geldübergabe. Der Mann aus Hamburg, ein gewisser Herr Martens, der will nur mit Ihnen verhandeln. Mit uns will er nicht sprechen. Er ist der Meinung, das ist eine Sache zwischen Ihnen und der Versicherung. Aber uns geht es vor allem um Mord. Sind Sie auch nur eine Minute zu spät, sperre ich Sie ein, darauf können Sie Gift nehmen! Und ich finde Sie, ganz egal, wo Sie sich verkriechen."

Schulte beendete das Telefongespräch. Er war stinksauer. Dann wandte er sich an seine Kollegen und den Versicherungsmann.

„Ich bin mir noch nicht sicher, dass wir das Ding bis fünfzehn Uhr in der Kiste haben. Diesem Malzahn ist es scheißegal, ob die Drachen zurückkommen oder nicht. In seiner Zukunft sind die Kunstwerke Geschichte, die er nur noch aus der Kiste zieht, wenn er sich damit rühmen kann. Ob die Drachen demnächst in Palermo hängen oder in irgendwelchen Hochsicherheitstrakten von fanatischen Kunstsammlern, ist dem völlig schnuppe. Ebenso die Tatsache ob die Versicherung 40 Millionen Euro latzen muss oder nicht, sein Geld ist es nicht."

Nachdem Schultes Emotionsausbruch abgeklungen war, merkte er seinen Kater, den er vorübergehend vergessen hatte, doppelt so stark wie vorher. Außerdem war ihm schlecht von den mittlerweile fünf Aspirin, die er seinem Magen zugemutet hatte.

Erpentrup ergriff noch einmal das Wort:

„Also, wir können jetzt erst einmal sowieso nichts machen. Ich schlage vor, wir treffen uns um fünfzehn Uhr dreißig wieder hier in diesem Raum."

An Martens gewandt sagte er dann:

„Wir von der Polizei sind da bei der Zusammenkunft mit den Museumsleuten nicht dabei. Sie können sich aber in einem weiteren Besprechungsraum einrichten und ihn als Büro nutzen. Da können Sie auch Malzahn und seine Leute empfangen. Wenn Sie durch sind und noch einmal Kontakt zu den Kunsträubern aufgenommen haben, legen wird die nächsten Schritten fest."

55

Warten kann die größte Folter sein. Besonders, wenn es um schlimmstenfalls 40 Millionen Euro ging. Dies musste Martens gerade schmerzlich erfahren. Er sah auf seine Armbanduhr. Viertel vor eins, dachte er. Was war dieser Malzahn nur für ein arroganter, selbstsüchtiger Mensch? Als die Detmolder Polizisten ihn vor zwei Stunden beschrieben hatten, hatte er gedacht, man kann es auch übertreiben. Doch langsam wurde dem Versicherungsmann klar, dass Axel Braunert mit seiner Einschätzung den Nagel auf den Kopf getroffen hatte.

Wieder sah Martens auf seine Uhr. Der große Zeiger hatte sich schon wieder um fünf Minuten weiter geschleppt. Die Nervosität stieg. Dieser Schulte war den Museumsdirektor vorhin ziemlich heftig angegangen, vielleicht sollte er sich mit dem Hauptkommissar noch einmal in Verbindung setzen.

Es klopfte an der Tür.

„Herein!“, schoss das Wort aus Martens Mund.

Im nächsten Moment traten zwei Männer in den Raum. Sie verkörperten einen krassen Gegensatz. Der eine war klein. Er ging etwas gebeugt, als hätte er in seiner Jugend Lasten, Kohlensäcke oder ähnliches geschleppt. Sein Haar war grau und schütter. Er sah mit kalten, grünen Augen in die Welt. Sein Mund war dünn wie ein Strich und verkniffen. Seinen Kopf zierten Segelohren. Der andere wirkte wie ein Riese. Er war fast zwei Meter groß. Elegant gekleidet. Er ging gleich auf Martens zu. Noch im Abstand von über einem Meter streckte er ihm seine riesige Hand entgegen, um den Mann von der Versicherung zu begrüßen.

„Darf ich mich vorstellen? Professor Malzahn. Ich denke, Sie sind Herr Martens. Es tut mir Leid, dass ich etwas zu spät komme, aber ich musste erst noch meinen Herrn Treuland auftreiben.“

Der Mann mit den Segelohren sah den Museumsdirektor missmutig an.

Martens deutete auf einen Tisch, auf dem Kaffeetassen und eine Thermoskanne mit Kaffee standen. Es gab auch Kekse. Nachdem sich alle gesetzt hatten, kam er gleich zur Sache.

„Ich bin wirklich nicht glücklich darüber, dass ich Sie hier im Polizeigebäude empfangen muss“, begann Martens das Gespräch „doch ich wusste mir wirklich keinen anderen Rat mehr, nachdem ich Sie nicht erreichen konnte. Sie können sich natürlich vorstellen, dass die Ordnungshüter sehr interessiert an Informationen waren. Doch damit würde der Drachentransfer nur gefährdet. Ich habe Ihnen nicht das Geringste erzählt. Das erwarte ich im Übrigen auch von Ihnen.“ Martens sah wieder nervös auf seine Uhr. Dann fuhr er fort:

„Ich will ihnen kurz einen Überblick über den Stand der Dinge geben. Leider fällt unser alter Verbindungsmann Bockstiegel, der die Geldübergabe hätte übernehmen können, aus. Genaueres weiß ich nicht. Es wurde mir von einer Person mitgeteilt, die sich Samurai nannte."

„Samurai!", lachte Malzahn „was ist das denn für ein armer Irrer?"

„Na vielleicht werden Sie ihn noch kennen lernen", erwiderte Martens kühl. Ihm ging die blasierte Art des Museumsdirektors auf die Nerven.

„Wir müssen uns nämlich überlegen, wer an Stelle von Bockstiegel das Geld übergeben soll. Wenn ich ehrlich sein soll, hab ich da an Sie gedacht, Herr Professor."

Malzahn, der gerade einen Schluck Kaffee genommen hatte, verschluckte sich heftig an diesem. Im nächsten Moment wurde er kreidebleich.

„Ich soll die Geldübergabe vornehmen? Das schminken Sie sich ab, Martens. Ich bin Kunsthistoriker und kein Abenteurer. Keine zehn Pferde werden mich dazu bringen, diesen Job zu übernehmen."

Jetzt meldete sich der Mann mit den Segelohren zu Wort. Er brummelte:

„Ich denke auch, dass es nicht Sache von Herrn Malzahn sein kann, das Geld zu übergeben. Wir haben ein Sicherheitsunternehmen beauftragt, das die Überwachung der Drachen zu verantworten hatte. Diesem Unternehmen sind die Kunstwerke beim Transport gestohlen worden. Es sollte auch die Leute stellen, die dafür sorgen, dass die Drachen wieder in unseren Besitz gelangen."

„Genau!", pflichtete Malzahn dieser Idee geradezu euphorisch bei. Dieser Haase soll das Geld übergeben. Das ist der Profi! Der soll die Aufgabe übernehmen."

Der Museumsdirektor zog aufgeregt sein Handy aus seiner Jackentasche. „Ich rufe ihn sofort an!"

Martens sprang auf.

„Nicht so hastig, Herr Malzahn. Das letzte Wort habe ich. Bevor wir eine Entscheidung treffen, will ich alles haarklein mit Ihnen durchgesprochen haben. Eher wird auch nicht telefoniert.“

In der nun folgenden Zeit diskutierten die drei Männer angespannt. Nach einer halben Stunde stand der Plan. Wieder griff Malzahn nach dem Handy. Doch Martens übernahm nochmals die Initiative.

„Lassen Sie mich telefonieren!“

Er streckte seine Hand Richtung Telefon aus. Mit einer widerwilligen Geste übergab es der Museumsdirektor an ihn, nachdem er die Kurzwahltaste gedrückt hatte. Nach dem vierten Signalton meldete sich eine Stimme.

„Haase, Lippe-Security!“

„Martens. Von der Hanseatic-Versicherung!“

Der Mann auf der anderen Seite der Leitung schwieg. Sein schweres Atmen war zu hören.

„Sie werden sich wundern, warum ich anrufe. Die Gruppe, die Ihnen die Drachen gestohlen hat, ist mittlerweile an uns herangetreten und hat uns ein Angebot gemacht. Wenn wir es erfüllen, geben sie die Drachen zurück. Es fehlt jedoch der Kurier. Ich habe mich mit dem Museumsdirektor beraten. Er war der Meinung, Sie seien die geeignete Person. Wären Sie bereit, die Aufgabe zu übernehmen?“

Wieder schwieg der Mann auf der anderen Seite eine längere Zeit.

„Bin ich denn als Person akzeptiert?“

„Das muss ich mit den jetzigen Drachenbesitzern noch abklären. Eins muss ich Ihnen jedoch fairerweise noch sagen. Sie sind völlig auf sich gestellt. Um die Drachenübergabe nicht zu gefährden, haben wir uns dazu entschlossen, die Polizei nicht einzuschalten.“

„Das ist für mich kein Problem.“

„Gut, Herr Haase, Sie werden von mir hören, sobald die für den Diebstahl Verantwortlichen sich melden.“

Martens legte auf. Einen Geldboten hatte er gefunden. Doch er war nachdenklich. Sein Gefühl sendete Warnsignale aus, die er nicht einordnen konnte. Waren die beiden Männer Malzahn und Treuland Auslöser dieser Reaktion? Malzahl schien nicht sonderlich bemüht, die Drachen wieder zurück zu bekommen und Treuland wirkte aalglatt, wie ein Politiker von der übleren Sorte. Mit einer Handbewegung versuchte er den Gedankenanflug aus seinem Gehirn zu vertreiben.

„Herr Haase von der Lippe-Security macht es. Jetzt können wir nur beten, dass die Drachendiebe den Geldboten akzeptieren. Sie können dann erst mal wieder gehen. Ich halte Sie auf dem Laufenden."

Malzahn verließ nur ungern das Zimmer. Gerne hätte er bei dem, was in der nächsten Stunde stattfinden sollte, Mäuschen gespielt.

Als Martens das Zimmer wieder für sich allein hatte, brachte er die Detmolder Polizisten auf den neusten Stand. Dann begann für ihn wieder das, was er am meisten hasste, das Warten. Wie ein Tiger sich in seinem Käfig bewegte, durchschritt er immer wieder den Raum. Sah auf die Uhr, setzte sich und machte sich Notizen. Sah wieder auf die Uhr. Dann endlich, um Punkt fünfzehn Uhr, läutete das Telefon. Die Stimme am anderen Ende klang merkwürdig dumpf.

„Hier spricht der Samurai! Wozu haben Sie sich entschlossen, Herr Martens?"

Der Mann von der Versicherung berichtete seine Vorstellungen, auf der anderen Seite wurde zugehört. Dann entstand eine längere Denkpause.

„Okay, wir werden die Person überprüfen. Wenn Sie bis sechzehn Uhr nichts Gegenteiliges von mir hören, akzeptiere ich Ihren Vorschlag", klang die Stimme dumpf aus dem Lautsprecher des Telefons. Dann wurde die Verbindung unterbrochen. Für Martens begann wieder die Zeit des Wartens. Er hasste es!

56

Der Verlauf eines Kriminalfalls schien immer die gleiche Abfolge zu haben. Nachdem das Verbrechen entdeckt wurde, lief die Polizei zu Hochtouren auf. Keiner der Ermittler kam die nächsten Tage zur Ruhe. Diese Zeit war oft sehr erfolgreich und nicht selten von Aufklärungserfolg gekrönt. War dies nicht der Fall, wurde die Polizeiarbeit zäh. Jeder Teppich musste hochgehoben werden, jedes Blatt wurde gewendet, in jeden Keller musste geguckt werden. Immer wieder gab es neue Hinweise, oft von Wichtigtuern, die nichts als heiße Luft erzeugten, jedoch keine heißen Spuren verrieten. Irgendwann, nach vielen Misserfolgen, wurden die Fälle dann quasi ad acta gelegt.

Meist war es dann Kommissar Zufall, der sie wieder auf den Arbeitsplan brachte. Die zweite Variante war die, die den Fällen sozusagen einen zweiten Frühling verlieh. Irgendwann, nach Wochen, hatten die Ermittler, nachdem sie schon von allen Zeitungen mehrfach zerrissen worden waren, plötzlich den ersten Fahndungserfolg. Ein zaghaftes Pflänzchen, das später irgendwann einmal den Namen Erfolg bekommen würde, begann zu sprießen.

Dann, eine Woche später, fuhren die Polizisten die nächsten wegweisenden Ergebnisse ein. Zwei Tage später der nächste Schritt in Richtung Lösung. Jetzt wurde die Polizeiarbeit spannend.

Die Zeit für Verschnaufpausen verkürzte sich immer mehr, bis der Fall eine rasende Fahrt in Richtung Lösung aufgenommen hatte, die nicht mehr zu stoppen war.

In dieser Phase war weder an Schlaf noch an Erholung oder Privatleben zu denken.

Diese Atmosphäre, die sich dann breit machte, hatte immer seinen besonderen Reiz, empfand Schulte. Nicht, dass er sie missen wollte, doch seit einiger Zeit stellte sich noch eine weitere Gefühlswahrnehmung ein. Nämlich die der absoluten Erschöpfung, die sich in der Phase einstellte, in der sich die Aufklärung einer komplexen Straftat abzeichnete.

Genau die Mattigkeit empfand der Hauptkommissar an diesem Samstagnachmittag, als er vor seinem Schreibtisch saß. Seine Füße hatte er in die unterste geöffnete Schublade gesteckt, und horchte in sich hinein.

„Jupp, du wirst alt“, sagte er zu sich selbst. Den heutigen Tag hätte er dringend zu seiner Erholung gebraucht. Doch anstelle der Stunden mit ein paar Zeitungen auf seinem Sofa hatte er den ganzen Tag im Polizeigebäude an der Bielefelder Straße verbracht. Dies, und noch dazu der reichliche Alkoholkonsum am gestrigen Abend, machte ihm schwer zu schaffen.

Heute Abend würde er frühzeitig schlafen gehen, das hatte er sich fest vorgenommen.

Das Telefon riss ihn aus seiner Gedankenwelt.

„Hallo, Vater, ich bin's! Sag mal, wann kommst du nach Hause und wie hast du dir den heutigen Abend so vorgestellt? Wenn ich dich gestern Abend richtig verstanden habe, kommt in zwei Stunden eine Bekannte von dir aus Münster. Soll ich noch in die Stadt fahren und etwas zu essen kaufen? Unser Kühlschrank ist nämlich ziemlich leer.“

Schulte knallte Adrenalin in die Blutbahn. Scheiße, Anna kam ja heute zu Besuch. Das hatte er total vergessen. Hätte seine Tochter ihn jetzt nicht angerufen, hätte er sich noch länger in seinem Büro aufgehalten, wäre dann in eine Detmolder Kneipe gegangen, um hier zu Abend zu essen und den Tag gemütlich ausklingen lassen. Anna Welke hätte ein verschlossenes Haus vorgefunden.

„Vater!“, wurde er aus seinem Schreck gerissen.

„Ja, äh, ich schaffe es nicht mehr einzukaufen. Ich habe auch keine Lust zu kochen oder so. Wenn du noch etwas für morgen früh zum Frühstück besorgen könntest, würdest du mir einen großen Gefallen tun. Heute Abend gehen wir irgendwohin essen.“

„Kein Problem, ich hab ja jetzt ein Auto“, klang es fröhlich aus dem Hörer „irgendein Supermarkt wird sicher noch auf haben. Dann kann ich gleich Detmold ein bisschen erkunden. Also, bis später!“

Lena Wiesenhof hatte aufgelegt.

Die Realität hatte Schulte eingeholt. Wie würde der Abend verlaufen? Gerade wollte er sich wieder in die nächste Grübelphase vertiefen, da tauchte Maren Köster gut gelaunt und etwas überdreht in seinem Büro auf.

„Na, Jupp, heute Abend schon was vor? Wie wäre es, wenn wir zusammen in Lemgo zum Italiener gehen?“

Sie sah ihm direkt in die Augen.

Schulte schluckte. Monatelang hatten sie sich fast täglich wegen irgendeiner Kleinigkeit angemacht. Doch seit ein paar Tagen schien die sonst so launische Kollegin permanent gute drauf zu sein. Schulte fühlte sich irritiert und überfordert. In solchen Situationen griff er unbewusst in die Kiste, in der er seinen einsamen Wolf beherbergte.

„Maren, gerne ein anderes Mal. Ich habe gestern gesoffen. Zu Hause wartet meine Tochter auf mich und die sechs Aspirin, die ich im Laufe des Tages eingeworfen habe, verursachen Sodbrennen bei mir. Ich habe die Schnauze voll und bin froh, wenn ich keinen mehr sehe.“

Normalerweise hätte eine solche Antwort dazu geführt, dass Maren Köster eine Woche kein privates Wort mehr mit ihm gewechselt hätte. Doch heute schien es sie überhaupt nicht zu berühren.

„Ich bin eben nur von alten Knackern umgeben. Axel ist da die einzige Ausnahme. Aber ich glaube, der hat da gerade so einen Süßen am Start. Der könnte mir auch gefallen. Na, dann pfleg dich mal, dass wir beiden nächste Woche wieder auf Verbrecherjagd gehen können“, sagte sie etwas überdreht und kraulte Schulte für einen kurzen Moment zärtlich den Nacken, bevor sie verträumt in die Welt blickend aus dem Zimmer stolzierte.

Schulte setzte auf Verdrängen. Über Maren und ihre momentan gute, manchmal schon extravertierte Laune wollte er jetzt ebenso wenig nachdenken, wie über seine Haltung zu ihr. Er schnappte sich seine speckige Lederjacke und verließ das Büro.

Als er an seinem Haus ankam, war kein Fenster erleuchtet. Lena war anscheinend noch mit Einkaufen beschäftigt, sein Hund mit ziemlicher Sicherheit bei Fritzmeier. Seine Tochter hatte sich noch nicht so richtig mit ihm angefreundet. Wenn sie allein zu Hause war, brachte sie ihn immer zu dem Bauern. Obwohl er lammfromm war, erschien seine Anwesenheit ihr doch nicht ganz geheuer.

Schulte stellte sein Auto ab und überquerte die Straße. Er öffnete die Deelentür, da stürzte sich sein Haustier hoch erfreut auf ihn. Er winselte und jaulte, sprang an ihm hoch, leckte ihm durchs Gesicht, jagte los, versuchte seinen Schwanz zu fangen, dann wieder tapste er durch die Scheune wie ein Teddybär.

„Wat is denn da draußen los?“, hörte Jupp Fritzmeiers Stimme aus der Küche. Im nächsten Moment öffnete sich die Tür. Fritzmeier hatte sich einen nassen Lappen auf den Kopf gelegt, um seinen Kater, den er von gestern hatte, zu lindern.

„Ach du bis et. Warum hab ich mich chestern nur auf die Sauferei mit dich eingelassen? Ich bin schon den ganzen Tach todkrank. Ich weiß garnich, wie du dat immer so wechstecks. Du has doch noch ne chanze Menge mehr chetrunken als ich.“

Schulte erzählte ihm nicht, dass auch er heute gehörig zu leiden gehabt hatte. Die beiden Männer wechselten noch ein paar Worte, dann schleppte sich Fritzmeier wieder in seine Küche und Schulte beschloss, mit seinem Hund einen kleinen Spaziergang zu machen, um sich den kalten Märzwind um die Nase wehen zu lassen. Als er wieder auf den Hof trat, bog gerade ein Bulli in seine Einfahrt ein. Anna Welke war eingetroffen. Unsicher näherte sich Schulte dem Auto. Kurz bevor er es erreicht hatte, stieg die Archäologin aus und kam ihm entgegen. Sie umarmte ihn wie einen alten Freund. Schulte war erleichtert.

„Schön, dass du da bist“, sagte er und wusste, dass er es ehrlich meinte. „Ich wollte gerade meinen Hund lüften. Und um die Wahrheit zu sagen, mich auch. Ich hatte einen stressigen Tag und brauche jetzt erst einmal frische Luft. Möchtest du schon ins Haus gehen?“

„Nö, ich kann auch etwas lippische Landluft vertragen.“

Anna Welke öffnete die Schiebetür ihres T4, griff nach einer Daunenjacke und hatte sich zwei Minuten später bei Schulte eingehakt, als sei dies das Selbstverständlichste der Welt. Sie legte ihren Kopf an seine Schulter. Schweigend gingen sie gemeinsam Schultes „Hunderunde“ und genossen den einsamen Spaziergang in der Dämmerung, die klare Luft und das Gefühl von Nähe.

Später, als sie wieder zum Haus zurückkehrten, war dies hell erleuchtet. Wieder bedauerte Schulte, dass er nicht alleine lebte. Als sie vor der Haustür standen, öffnete sich die Tür in dem Moment, als Schulte seinen Schlüssel aus der Tasche zog. Lena Wiesenhof hatte das Paar kommen sehen und ließ es eintreten. Schulte stellte, wie er selbst feststellte, nicht ohne Stolz seine Tochter vor. Später saßen sie gemeinsam in der Küche und tranken Kaffee.

„Darf ich die beiden Damen heute zum Abendessen einladen?“, leitete Schulte die Planung der nächsten Stunden ein.

„Vater, sei mir nicht böse, aber ich möchte heute Abend nicht mit euch essen gehen. Ich habe mir die Heimatzeitung gekauft und die Wohnungsanzeigen studiert. Eine erschien mir sehr interessant. Da habe ich angerufen und für neunzehn Uhr einen Besichtigungstermin abgemacht. Ich kann ja nicht ewig bei dir wohnen.“

Schulte, der es noch vor einigen Minuten bedauert hatte, dass er über sein Reich nicht mehr alleine verfügen konnte, bekam einen Stich, als hätte jemand mit einem Dolch zugestoßen.

Obwohl er wusste, dass das gemeinsame Wohnen mit seiner Tochter wahrscheinlich nicht lange gut gehen würde, und obwohl er ständig das Bedürfnis hatte, alleine zu sein, alleine zu planen, überhaupt alles alleine zu machen, sorgte die Nachricht, die ihm seine Tochter überbrachte, plötzlich für unendliche Einsamkeit.

„Dann hat auch noch ein früherer Kommilitone angerufen, der dieses Wochenende in Lemgo seine Eltern besucht. Wir sind um zwanzig Uhr im Vesuvio verabredet, einem italienischen Restaurant und um ehrlich zu sein, ich habe Lust, ihn zu sehen. Du müsstest mir aber noch den Weg dorthin beschreiben “

Schulte ließ die Hände auf seine Oberschenkel fallen und sagte:

„Aber um zehn bist du zu Hause!“

Dabei zwinkerte er ihr schelmisch zu, dann wandte er sich an die Archäologin:

„Wie sieht es mit dir aus?“

„Ich lasse mich gerne einladen. An was hast du gedacht?“

„Ich war neulich in einer netten Kneipe in Schlangen, Gasthof zur Rose. Wenn du Lust auf gutes, auch deftiges, lippisches Essen hast, sind wir da nicht falsch. Sind zwar ein paar Kilometer zu fahren, aber ich finde, es lohnt sich.“

Eine halbe Stunde später machten sich Schulte und Anna Welke auf den Weg. In Schlangen gab es keine Parkplatzprobleme. Als sie in den Schankraum traten, saßen nur wenige Leute an der Theke und fast alle Tische waren frei. An einem saß die Wirtin und studierte einen Reiseführer. Als sie Schulte sah, erhob sie sich und begrüßte ihn, als sei er jeden Abend hier.

„Ach, der Herr Kommissar, na haben ’se Ihre Drachen wieder und den Mord aufgeklärt?“

Schulte war verwundert. Er war doch erst einmal hier gewesen.

Das war zwar gerade etwas mehr als eine Woche her und getrunken hatten sie auch genug, aber so ein gutes Personengedächtnis war selten.

„Solche Leute wie Sie brauchten wir mehr auf der Welt“, entgegnete Schulte, „dann würden wir so manches Verbrechen doppelt so schnell aufklären. Sagen Sie bloß, Sie haben sich mein Gesicht gemerkt?“

„Na, wer einmal bei mir in der Kneipe war, den vergesse ich so schnell nicht wieder. Besonders, wenn er dann auch noch reichlich Bier trinkt, wie Sie es getan haben.“

„Na, reden wir nicht drüber“, wiegelte Schulte ab.

„Ja, und dann standen Sie ja auch ein paar Mal in der Zeitung. Ne, wenn ich das gewusst hätte, dass so ganz berühmte Maler Drachen bemalt haben und die dann Jahre lang in Detmold hingen, da wäre ich auch mal zum Gucken hingegangen.

Ich hab da ja mal davon in der Zeitung gelesen, aber da ging es immer nur da drum, ob der Bürgermeister zurücktritt und ob das mit dem Geld so astrein war und was weiß denn ich. Aber von der Kunst, war es doch, oder nicht? Da wusste ich nichts von. Das haben die Detmolder ganz schön geheim gehalten. Ich meine, so hoch ist doch die Gauseköte auch nicht mehr. Früher, ja da, da war es ’ne halbe Weltreise bis Detmold, aber heute doch nicht mehr, oder Herr Kommissar?“

„Nee, heute nicht mehr!“, antwortete Schulte. „Ich habe es ja auch geschafft, noch einmal vorbei zu kommen. Wie sieht es denn mit einem Abendbrot aus?“

„Wir haben so viel in der Küche, dass wir sogar was davon verkaufen.“

Die Wirtin wies auf einen Tisch und fragte:

„Zwei Bier und die Speisenkarte?“

Schulte nickte.

„Eigentlich habe ich ja heute frei“, erzählte die Frau, „ich fahre nämlich morgen nach Ägypten in Urlaub. Da wollte ich heute noch einmal ein bisschen in meinem Reisführer schmökern. Man muss ja wissen, was man sich ansehen muss. Mein Sohn bedient sie gleich weiter, aber ich sorge jetzt erst mal dafür, dass Sie was zu trinken kriegen.“

Kurze Zeit später tranken Schulte und Anna Welke ihr erstes Detmolder Pils. Obwohl Schulte gestern mehr gehabt hatte, als er vertragen konnte, schmeckte es ihm doch ausgezeichnet. Gemeinsam studierten sie die Speisekarte. Schulte entschied sich für eine Schlachtplatte und Anna Welke nahm Grünkohl mit allem.

Das Essen war ebenso gut wie das Bier und so machten sie sich später rundherum satt und zufrieden auf den Heimweg.

Es war ein schöner Abend, dachte Schulte. Sie hatten angeregt geplaudert. Er hatte, ganz gegen seine sonstigen Gewohnheiten, Charme in hohen Dosen versprüht und mit Komplimenten geradezu um sich geschmissen. Anna hatte ihn immer wieder angeschaut und er war jedes Mal in ihren schönen Augen ertrunken. Es hatte mehrfach bis in die Haarspitzen geknistert. Immer dann, wenn Anna Schultes Hand berührte, und dies tat sie absichtlich, da war er sich sicher, dann hatte er ein schon lange nicht mehr erlebtes Gefühl, das in seiner Lendengegend begann und sich in seinem ganzen Körper ausbreitete. Selbst in den Fingerkuppen kribbelte es.

Gerne hätte Schulte jetzt eine zu seiner Stimmung passende Musik in den CD-Player eingelegt, doch er hatte nur Led Zeppelin II im Auto. Also schaltete er auch nicht das Radio an, sondern genoss die lippische Nacht und die Anwesenheit Anna Welkes.

Schulte fand sie faszinierend, ohne jeden Schnörkel. Obwohl ihr auch ein Armanikostüm gut stehen würde, bevorzugte sie Kleidung, die man in der Regel in einem Tramper- und Treckingladen einkaufte. Allein diese Tatsache beruhigte Schulte und obwohl sie Wissenschaftlerin war, die auch hin und wieder an einer Hochschule lehrte, konnte man auch sehr gut über die banalen Dinge des Lebens mit ihr reden. Schulte erwischte sich dabei, wie er über den Begriff Traumfrau nachdachte.

Als Schulte seinen Volvo auf der Einfahrt seines Hauses zum Stehen brachte, bemerkte er bei sich Aufregung. Die sich aber, nachdem sie aus dem Auto ausgestiegen waren, schnell zur Erregung wandelte. Denn Anna Welke und er umarmten und küssten sich leidenschaftlich. Der Wunsch der beiden, den sie seit einem halben Jahr hegten, spiegelte sich in den folgenden Minuten voller Zärtlichen wider. Was dann geschah, war atemberaubend. Ohne Umwege fanden sie den Weg zum Schlafzimmer. Gegenseitig zogen sie sich ihre Kleider aus. Die Pausen verbrachten sie mit berauschenden Küssen und zärtlichem Streicheln.

Schulte sog den Geruch ihres Körpers ein. Empfand die Wärme und versuchte mit allen Sinnen die Momente zu empfinden, die entstanden, wenn sich ihre Leiber aneinander schmiegten. Die Gefühlsintensität besiegte Tabus und Unsicherheit. Später lagen sie glücklich nebeneinander und erfuhren gemeinsam die sich wiedereinstellende Lust, die sie mit allen Fasern ihrer Körper lebten und mit allen Sinnen erlebten. Schulte war sich sicher, dass er die Einzigartigkeit dieser Nacht nie vergessen würde.

Das Zimmer war sonnendurchflutet. Heute meldete sich der erste Vorfrühlingstag an. Schulte räkelte sich beim Erwachen. Im nächsten Moment nahm er den Duft und die Wärme Anna Welkes wahr. Auch sie war im Begriff aufzuwachen. Sie schmiegte sich an ihn, öffnete die Augen und strahlte ihn an. Sie küssten sich innig. Später schlüpfte Schulte in seine Jeans, schwebte in die Küche und sorgte für frischen Kaffee, den sie gemeinsam im Bett tranken.

Beide stellten sich die Frage, wie würde es weiter gehen. Plötzlich fragte Anna:

„Kennst du den Film *Harry and Sally?*"

Schulte konnte sich sofort an die Orgasmus-Szene erinnern. Er nickte.

„In dem Film haben die beiden über verschiedene Theorien am nächsten Morgen philosophiert. Zum Beispiel, der Mann zieht sich zügig an, gibt ihr noch einen Kuss und sagt ihr, er habe es eilig, würde aber garantiert in nächster Zeit anrufen. Oder, eine andere Variante, einer der beiden Partner schleicht sich noch nachts aus der Wohnung. Wie steht es mit dir, Schulte? Was hast du am Tag danach zu bieten?"

„Wie wäre es mit Frühstück?"

„Frühstück ist okay! Und dann?"

„Weiß nicht? Ich für meinen Teil freue mich auf die nächste Möglichkeit, dich nach diesem Wochenende wieder zu sehen", sagte Schulte ehrlich.

„Ich auch!", sagte Anna Welke und schmiegte sich wieder an ihn.

Gemütlich deckten sie den Frühstückstisch, kochten Kaffee nach und frische Eier.

Seine Tochter Lena hatte reichlich und gut eingekauft, bemerkte Schulte.

Doch wo war sie überhaupt? Sie war anscheinend nicht nach Hause gekommen. Er merkte, wie sich Unruhe in ihm breit machte.

Als sie eine Viertelstunde später gemütlich über den aufgetischten Köstlichkeiten tafelten, knarrte die Haustür. Keine zehn Sekunden später tauchte ein glückliches Gesicht im Türrahmen auf.

„Wo kommst du denn her?", fragte Schulte wie ein gelernter Vater.

„Wieso? Du hast doch gestern Abend gesagt, ich solle spätestens zehn Uhr zu Hause sein. Bin ich etwa nicht pünktlich?"

Lena hängte ihren Mantel an die Garderobe und setzte sich mit einer Tasse auf einen freien Platz.

„Ich war ja gestern noch eine Wohnung ansehen. Sie ist wunderbar. Direkt unter dem Dach mit riesiger Terrasse und großen Fenstern, total hell! Ich kann sie bekommen, doch sie wird erst in drei Monaten frei. Wäre es okay für dich, wenn ich noch so lange bei dir wohnen würde?“

Schulte fühlte wieder einen Stich. Seine Tochter, an die er sich so langsam zu gewöhnen begann, würde in drei Monaten wieder ausziehen. Er bedauerte es jetzt schon, doch es war mit Sicherheit das Beste für sie beide. Er war jemand, der sich nicht mehr großartig ändern würde. Da waren Ärger und Missverständnisse programmiert. Zu Lena sagte er:

„Bleib solange du willst und fühl dich hier zu Hause.“

57

Für Kaffee und Kuchen hatte er jetzt gesorgt. Aber danach würde seine Geburtstagsfeier ja erst richtig losgehen. Dann wollen die Leute ja was anderes trinken als Kaffee. Und das würde viel Geld kosten. Ja, er musste sich nun ganz schnell etwas einfallen lassen. Anton Fritzmeier war nicht zu beneiden. Zwei Tage grübelte er hin und her, wog dies ab und verwarf jenes. Bis er ein kurzes, aber ergiebiges Gespräch mit seinem Herrenfriseur hatte. Der war zwar in Fritzmeiers Augen noch ein junger Höpper, objektiv betrachtet aber auch schon etliche Jahre über die normale Rentengrenze hinaus. Die Motivation, immer noch zu arbeiten, speiste sich aus zwei Quellen. Einmal hatte er als junger Selbstständiger nicht regelmäßig „geklebt“, wie das damals hieß. Das hatte zur Folge, dass sein Rentenanspruch hinten und vorn nicht ausreichte. Zum anderen zeigte er wenig Neigung, seiner zänkischen Frau, die bis vor zehn Jahren den Damensalon geführt hatte, von morgens bis abends Gesellschaft zu leisten. Es kamen zwar nicht mehr viele Kunden, aber dafür waren es alte Bekannte. Wenn er früher nach Feierabend in den großen Behälter mit den zusammengefegten Haaren schaut hatte, dann hatte ihn das mit Stolz erfüllt. Heute war es nur noch ein kleines Eimerchen. Während die Anzahl der Köpfe in den letzten zwanzig Jahren fast gleich geblieben war, fiel die Ernte darauf doch von Jahr zu Jahr spärlicher aus.

Für Anton Fritzmeier war dieser Friseur ein wahrer Segen. Nicht nur, dass er dadurch das Haareschneiden im eigenen Dorf erledigen konnte, nicht nur, dass sein Friseur die Preise schon seit Jahren nicht mehr erhöht hatte. Fritzmeier musste sich dadurch auch keine Gedanken über seine Frisur machen. Er brauchte keinem jungen, blonden Mäuschen erklären, dass er es am liebsten hier gestuft, dort lieber lang und im Nacken rasiert hatte. Seit dem Tag Ende der sechziger Jahre, an dem Fritzmeier die letzte blau-weiße Tube *Fit*-Haarpomade verbraucht hatte, war seine Frisur von diesem einzigartigen Figaro kreiert worden, hatte Bestand bis heute und würde sich in diesem Leben auch nicht mehr ändern.

Aber das Wichtigste waren die Gespräche. Der Friseur wusste über alles und jeden Bescheid und hatte keinerlei Bedenken, seine brisanten Informationen an die Kunden weiterzugeben. Fritzmeier, der einem guten Tratsch gegenüber immer aufgeschlossen war, genoss diese Gespräche.

Heute ging es um seinen Geburtstag. Er hatte dabei angedeutet, dass er diesen Geburtstag ausnahmsweise mal groß feiern wolle, weil..., man weiß ja nicht, wie viele runde Geburtstage man noch hat, und man muss die Feste feiern wie sie fallen und so weiter. Dem Friseur leuchtete dies ein und er bestärkte Fritzmeier noch in seinen Plänen.

„Sowas musse einfach chanz chroß aufziehen, Anton! Man wird nur einmal achtzig! Außerdem, wenn einer in deinem Alter noch so chut aussieht wie du, dann musser das der chanzen Welt auch zeigen!“

Fritzmeier, der sehr wohl bemerkt hatte, dass auch bei ihm früher das Dreifache an abgeschnittenen Haaren auf dem Fußboden gelegen hatte, murmelte skeptisch:

„Meinsse wirklich?"

Als er aber daraufhin kritisch sein Spiegelbild betrachtete, gab er seinem Friseur aus vollem Herzen recht. Der verstärkte seine Aussage noch:

„Doch, doch! Da kannsse schon stolz drauf sein. Hass dich chut chehalten. Obwohl du doch immer chern mal 'n Bierchen chetrunken hass, oder? War woll 'n chutes und chesundes Bier!"

„Ja, muss woll!", lachte Fritzmeier. Dann wurde er plötzlich ernst. Das war es doch! Ja, genau so konnte es gehen! Als er fertig war, drückte er zum ersten Mal seit 1969 seinem Friseur ein kleines Trinkgeld in die Hand.

Eine Stunde später saß er im Büro der Detmolder Strate Brauerei und sprach mit einer Büroangestellten. Als er eine Viertelstunde später wieder herauskam, strahlte er über beide Backen. So, das war geschafft! Für Bier war nun ausreichend gesorgt. Es war ihm gelungen, die Brauerei davon zu überzeugen, dass er für sie ein geradezu idealer Werbeträger war. Ein waschechter Lipper, praktisch mit Detmolder Bier aufgewachsen und dabei immer noch so gut in Form. Nicht trotz, sondern wegen des Bieres! Wenn das keine Werbung war. Die Brauerei hatte sich gern bereit erklärt, aus diesem festlichen Anlass ein Fass samt Zapfanlage zu spendieren. Als Gegenleistung hatte sich Fritzmeier bereit erklärt, Fotos von sich in einer Werbebroschüre der Brauerei veröffentlichen zu lassen. Zwei Fliegen mit einer Klappe geschlagen! Seine Eitelkeit war befriedigt. Gleichzeitig zeichnete sich ab, dass er seinen Geburtstag zwar groß feiern konnte, aber kaum etwas dafür bezahlen brauchte. Für Essen und Trinken war jetzt gesorgt. Nun konnten die Gäste kommen!

58

Als hätte die bereits einsetzende Dämmerung nicht schon genug die Sicht behindert, legte sich nun auch noch dichter Nebel wie ein riesiger Wattebausch auf Straße und Parkplatz.

Schulte hielt sich im dichten Gebüsch versteckt. Vor ihm lag der Parkplatz auf der rechten Seite der B1, kurz vor der Abfahrt nach Höxter. Auch gegenüber, auf der anderen Straßenseite, war einer. Aber den konnte Schulte schon nicht mehr erkennen. Dämmerung und Nebel machten dies unmöglich. Direkt vor ihm stand in einem Zaun ein mehr als mannshohes stählernes Drehkreuz, das die Verbindung zu dem dahinterliegenden holprigen, nicht asphaltierten Wirtschaftsweg herstellte. Etwas weiter rechts, auf dem Parkplatz, leuchtete an einem Wohnmobil eine rote Lampe. Schulte musste schnellstens dafür sorgen, dass die käufliche Dame den Platz verließ. Weniger aus moralischen Gründen als vielmehr zu ihrer eigenen Sicherheit. Man konnte nie voraussagen, wie eine solche Geldübergabe ablief. Eine Schießerei war nicht auszuschließen! Das bedeutete auch auf dem Fahrersitz eines Wohnmobils höchste Gefahr. Die etwas mopsige Frau, die auf Schulte eher triebdämpfend wirkte, setzte bereits ihr einstudiertes falsches Lächeln auf, als er auf sie zuging. Es dauerte eine Weile, bis sie begriff, dass er kein Kunde war. Schulte hielt ihr seinen Dienstausweis vor die Augen und forderte sie auf, unverzüglich den Parkplatz zu verlassen. Ansonsten würde er genötigt sein, sich ihre Papiere genauer anzuschauen. Er hatte keinerlei Veranlassung, der Frau seine wahren Gründe darzulegen. Mochte die Frau denken, was sie wollte. Sie musste hier verschwinden! Das aufgesetzte Lächeln fror sofort ein und wich einer Mischung aus Wut und Besorgnis. Aber sie warf sofort den Motor an und fuhr los. Den auf russisch gemurmelten Fluch verstand Schulte nicht.

Wieder zurück in seinem feuchtkalten Versteck dachte Schulte daran, wie viele dieser Wohnmobile eigentlich in Lippe standen, in denen Frauen Tag für Tag ihre Dienste anboten. Er schätzte ihre Zahl auf mindestens dreißig. Wieso durften von Steuergeldern sündhaft teuer ausgestattete Parkplätze, wie zum Beispiel dieser oder der Parkplatz an der B1 bei Kohlstädt, vom Rotlicht-Milieu zu riesigen Open-Air-Puffs umfunktioniert und damit einer normalen Nutzung entzogen werden? Wieso gibt es so was nur in Lippe? Wieso steht kein einziges dieser Wohnmobile in den Nachbarkreisen?

Schultes Überlegungen wurden durch sein Funkgerät unterbrochen. Maren Köster war am Apparat. Sie lag ebenfalls auf der Lauer, auf der anderen Straßenseite.

„Na, war dir die schöne Dame im Wohnmobil zu teuer oder warum hast du sie weggeschickt?“

Schulte war nicht bereit, auf diese Frage einzugehen, sondern fragte nur zurück:

„Alles klar bei dir?“

„Ich habe alles im Griff! Falls es dir in deinem Waldversteck gruselig wird, dann denk immer daran, dass ich in Gedanken bei dir bin. Sei tapfer, Jupp. Du schaffst das!“

Nun wusste Schulte überhaupt nicht mehr, wie er mit dieser Frau umgehen sollte. Solche Töne war er von ihr nicht gewohnt. Er kannte eine nette Maren, er kannte eine vor Wut platzende Maren. Eine spöttische Maren war jedenfalls neu für ihn.

Braunert und die anderen Kollegen, die ja alle den Funk mithören konnten, hatten sich bestimmt köstlich amüsiert. Zeit, darüber nachzudenken, blieb ihm aber nicht. Es war jetzt sechzehn Uhr fünfundfünfzig. Wenn alles wie geplant lief, würden in fünf Minuten sowohl der Geldbote als auch der Geldabholer aufkreuzen. Leider wurde es immer dunkler und nebeliger. Axel Braunert, der gut getarnt in der Krone eines Baumes saß, hatte die Aufgabe, die Kofferübergabe zu filmen. Hoffentlich war nachher auf dem Video etwas zu erkennen.

Auf einem weiteren, eher provisorischen Parkplatz auf der B 239, der Straße Richtung Höxter bzw. Belle, wartete ein Beamter in Zivil namens Bernd Flach mit seinem Auto auf Anweisungen. Im weiteren Verlauf der B1 Richtung Blomberg stand in der Abfahrt nach Wehren ein anderer und ein dritter täuschte eine Reifenpanne an der B1 Richtung Horn vor. So gab es für alle erdenklichen Richtungen die Möglichkeit, sofort die Verfolgung des Geldabholers aufzunehmen oder ihn im Notfall an der Weiterfahrt zu hindern.

Schulte vergewisserte sich, dass seine Dienstwaffe, die er nur in ganz besonderen Fällen trug, griffbereit im Schulterholster saß. Wieder meldete sich das Funkgerät. Axel Braunert, der von seinem Baum aus die beste Übersicht hatte, meldete, dass ein Auto mit Standlicht sehr langsam durch den Wald Richtung Parkplatz unterwegs sei. Das war ihr Mann! Der Geldabholer! Zwischen dem sehr grobmaschigen Drahtzaun, der den Parkplatz begrenzte, und Schultes Versteck im Wald führte ein Wirtschaftweg entlang. Sehr schmal, gerade breit und fest genug, um ein Auto durchkommen zu lassen. Dieser Wirtschaftsweg führte im weiteren Verlauf in einer langen Schleife durch den Wald auf die Straße nach Höxter und mündete an etwa der Stelle, an welcher der Kollege postiert war. Als Schulte angestrengt horchte, konnte er das schwache Motorgeräusch erkennen. Plötzlich war das Geräusch weg. Dafür wieder Axel Braunert am Funk.

„Er hat angehalten und steht nun. Das Licht hat er komplett ausgeschaltet. Ich glaube, jetzt kommt auch der andere! Bis gleich!“

Ein Lichtkegel drehte von der Bundesstraße ab und kam direkt auf Schulte zu. Diesem blieb erst einmal nichts anderes übrig, als die Augen zu schließen, da ihn das Fernlicht des Autos so stark blendete. Erst als das langsam fahrende Auto, dem Verlauf des Parkplatzes folgend, etwas die

Richtung änderte und ihm nicht mehr direkt in die Augen leuchtete, konnte Schulte erkennen, dass es sich um einen dunkelblauen Porsche handelte. Der teure Wagen hielt, das Licht wurde abgedreht, nur der Motor lief weiter. Eine große, dunkel gekleidete Gestalt stieg aus dem Auto, ging einmal um den Wagen herum, öffnete die Beifahrertür und zog einen schwarzen Koffer heraus. Schulte erkannte Haase sofort. Na gut, der ausgewählte Geldbote war ihm zwar nicht sympathisch, aber zumindest konnte man von ihm erwarten, diese Aufgabe qualifiziert durchzuführen. Schulte blieb also ruhig in seinem Versteck, darauf bedacht, nicht gesehen zu werden und beobachtete gespannt, was nun passieren würde. Er staunte über die Ruhe, mit der Haase nun den Koffer anhob, durch das Drehkreuz ging, den Koffer wie vereinbart dahinter abstellte und wieder zurück zum Auto ging. Immerhin trug er in diesem Moment unglaubliche vier Millionen Euro im Koffer und war dadurch ein hochattraktives Opfer für einen Raubüberfall. „Ein echter Profi! Respekt!“, dachte Schulte anerkennend. Der Koffer stand nun praktisch direkt vor seiner Nase. Schulte wurde etwas schwindelig zumute, als er an die gewaltige Geldmenge dachte. Er müsste nur zugreifen...

Jetzt war auch das Motorgeräusch aus dem Wald wieder zu hören. Das noch unsichtbare Auto kam langsam näher, stoppte aber etwa dreißig Meter vor Schultes Versteck. Erst als Haase wieder in seinen Porsche geklettert war und nun den Parkplatz verließ, rollte der Wagen, ein dunkelgrüner Ford Mondeo mit einem Paderborner Kennzeichen, weiter und stoppte schließlich auf Höhe des Drehkreuzes. Schulte musste angestrengt die Augen zusammenkneifen, um trotz der Dunkelheit den Mann richtig sehen zu können.

Ein etwas weniger als mittelgroßer jüngerer Mann stieg aus. Er trug einen Motorradhelm. Bekleidet war er mit einer blauen Jeans und einer dunklen Daunenjacke, die Farbe konnte Schulte nicht wirklich erkennen. Er machte drei oder vier schnelle Schritte Richtung Drehkreuz, blickte kurz nach rechts und links, horchte einige Sekunden in die Dunkelheit, dann nahm er den Koffer auf und hievte ihn in sein Auto.

Schulte musste nun mucksmäuschenstill sein, denn der Mann agierte unmittelbar vor seinem Versteck im Dickicht. Dann krabbelte dieser wieder hinter das Lenkrad des Mondeo und gab so heftig Gas, dass etliche kleine Steinchen von den durchdrehenden Reifen hochgeschleudert wurden und Schulte teilweise recht schmerzhaft trafen. Sekunden später war die schwere Limousine, die so grade mal auf den schmalen Weg passte, aus Schultes Blickfeld verschwunden.

Sofort riss Schulte sein Funkgerät aus der Jackentasche und rief den Kollegen Flach an der Straße nach Höxter an. Er teilte in knappen Worten mit, dass der Geldempfänger nun unterwegs zu ihm sei und nannte ihm Automarke und Kennzeichen. Er solle ihn passieren lassen und sich dann sofort bei ihm melden.

Kurze Zeit später war der Kollege wieder in der Leitung.

„Er ist durch und fährt Richtung Belle! Ich fahre jetzt hinterher! Was soll ich tun, wenn er irgendwo anhält und aussteigt?“

„Erstmal nichts! Nur beobachten und sofort Bescheid geben!“ Schulte wollte das Gerät schon wieder in der Jackentasche verstauen, da drückte er noch mal auf die Sprechtaste.

„Wir kommen jetzt hinterher. Das heißt, wir müssen ständig informiert sein, wo sich der Flüchtige gerade befindet. Jede Abfahrt sofort melden! Klar?“

Nach ein paar Sekunden:

„Ist klar! Ich bin jetzt hinter ihm. Er ist nun auf Höhe Entenkrug. Melde mich gleich wieder!“

Schulte krabbelte aus seinem Gebüsch, reckte kurz die eingerosteten und fast erfrorenen Glieder und rannte über den Parkplatz, dann quer über die B1 auf den Parkplatz an der anderen Seite. Dort wartete Maren Köster bereits mit laufendem Motor auf ihn. Mit quietschenden Reifen fuhr sie los.

„Was ist mit Axel?“, wollte Schulte wissen.

„Den nimmt der Kollege Meisner mit, der Richtung Horn Wache steht. Bis Axel von seinem Baum runter ist, wäre unser Täter längst über alle Berge. Der Kollege Höppner in Höhe Wehren schließt sich uns auch noch an. Wir müssen jetzt jedenfalls höllisch Tempo machen!“

59

Nachdem sie die Abfahrt Richtung Höxter hinter sich gebracht hatte, beschleunigte Maren Köster den zivilen Dienstwagen, einen Audi A6, derart brutal, dass Schulte nichts anderes übrig blieb, als jeden Anschein von Lockerheit aufzugeben und sich krampfhaft am Handgriff festzuklammern.

„Wieso bist du eigentlich Polizistin geworden, und nicht Stunt-Frau?“, ächzte er mühsam, „ich gebe ja zu, dass du verdammt gut fährst, aber deine Kurventechnik ist nichts für meinen alten Magen!“

Sie lächelte dabei nur still vor sich hin, ließ das Gaspedal aber da, wo es ihrer Meinung nach hingehörte. Auf Höhe des Bodenbleches! Schulte gab alle Versuche auf, sie etwas zu bremsen und fügte sich in sein Schicksal. Mochten höhere Mächte über den weiteren Verlauf dieser Höllenfahrt entscheiden, ihm war alles gleich. Da meldete sich Hauptwachtmeister Bernd Flach, der den Geldempfänger direkt verfolgte, wieder am Funkgerät.

„Er ist jetzt in Belle. Ungefähr in der Mitte des Dorfes und fährt ..., nein, er hält an! Er fährt rechts ’ran auf einen Parkstreifen. Vor einen Motorradladen. Soll ich auch anhalten?“

Schulte schnaubte über diese Frage.

„Nein! Dann können Sie gleich ein Schild raushängen, dass Sie von der Polizei sind! Fahren Sie ruhig an ihm vorbei, als wäre dies das normalste der Welt. Und dann ab in die nächste Seitenstraße, sofort aussteigen und zu Fuß soweit zurückgehen, bis Sie ihn wieder im Blick haben. Aber möglichst ohne selbst gesehen zu werden! Dann sofort Bescheid sagen, was er macht. Wir übernehmen danach die weitere Verfolgung, weil er uns noch nicht kennt! Wir sind auch schon kurz vor Belle, warten aber am Ortsanfang auf Ihre Informationen!"

Kurz darauf fuhren sie am Beller Schwimmbad vorbei und hielten bei den ersten Häusern des Dorfes an. Nun hieß es warten, bis der junge Kollege sich wieder meldete. Schulte wurde wieder etwas lockerer. Maren Köster griff in ihre Jackentasche und zog eine Packung Zigaretten heraus. Gleichzeitig drückte sie auf den Zigarettenanzünder des Autos.

„Was ist das denn?", staunte Schulte. „Seit wann rauchst du denn wieder?" Maren Köster galt eigentlich als erfolgreich resozialisierte Ex-Raucherin mit Hang zur militanten Nikotingegnerin.

Sie lächelte wieder einmal still, steckte die Zigarette an und inhalierte in tiefen Zügen. Schulte schmerzte schon die Lunge vom reinen Zuschauen. Gleichzeitig erfasste ihn purer Neid. Entsetzt beobachtete er sie weiter. Bevor sie jedoch antworten konnte, schnarrte schon wieder das Funkgerät.

„Da ist ein anderes Auto dazu gekommen! Aus Richtung Schieder! Das hat gewendet und steht nun direkt hinter dem Mondeo. Es ist ein silberner 3er-BMW." Der Beamte nannte Schulte ein Kennzeichen aus Lippe. „Der BMW-Fahrer steigt jetzt aus... und geht zu dem Mondeo. Dessen Fahrer steigt auch aus! Den Motorradhelm hat er abgenommen. Er zieht einen großen schwarzen Koffer vom Rücksitz und ..., ja was macht er denn da? Er geht an dem BMW-Fahrer vorbei und steigt mit dem Koffer in den BMW ein. Was soll das denn? Und jetzt macht der andere das auch! Steigt in den

Mondeo ein! Und fährt los! Der BMW auch! Was soll ich tun?"

Schulte schüttelte sich kurz, gab seiner Fahrerin per Handzeichen zu verstehen, dass sie schleunigst losfahren solle und raunzte ins Funkgerät:

„Sofort im Sprint zurück zum Auto! Sie verfolgen den Mondeo, weil dessen Fahrer sie noch nicht kennt! Wir fassen uns den BMW! Und Tempo!"

Ob er damit den Kollegen oder Maren Köster gemeint hatte, war nicht klar. Sie hatte jedenfalls ihre glimmende Zigarette bereits aus dem offenen Fenster auf die Straße geworfen und einen Kavaliersstart hingelegt, dessen Wucht Schulte ins Polster drückte. Gut, dass in dieser Jahreszeit in Belle niemand mehr auf die Straße ging.

Am Ortsausgang sahen sie etwa hundert Meter voraus die sich schnell entfernenden Rücklichter eines Autos. Ob das nun der Kollege Flach war oder der BMW oder der Mondeo, ließ sich nicht feststellen. Maren Köster beschleunigte den Audi weiter erbarmungslos. Schulte brüllte ins Funkgerät:

„Wo sind Sie denn jetzt, Mann? Melden Sie sich doch!" Nach einiger Zeit brüllte Flach zurück:

„Ich bin immer noch dran! Der Mondeo ist jetzt gerade kurz vor Wöbbel. Jetzt biegt er ab nach Steinheim! Der BMW ist übrigens auch Richtung Wöbbel unterwegs. Der scheint durch den Ort durchzufahren. Ich bleibe beim Mondeo. Melde mich gleich wieder!"

Der Audi wurde noch schneller. Mit einem Irrsinnstempo donnerte Maren Köster nach Wöbbel hinein, durchquerte den kleinen Ort fast ohne Tempoverlust und hatte am Ortsausgang wieder die Rücklichter eines Autos vor sich.

„Das muss er sein!", rief sie, vom Jagdfieber gepackt. Nichts hätte sie jetzt noch von ihrer Beute abbringen können. Da sie nun beinahe direkt hinter dem anderen Auto fuhr, musste sie es, durchaus gegen ihren Willen, etwas langsamer angehen lassen.

Nun meldete sich auch Axel Braunert endlich am Funkgerät: „Ich sitze bei Meissner im Auto! Wir kommen hinter euch her. Sind gerade kurz vor Belle!"

„Und der andere?", fragte Schulte, „gibt's den auch noch?"

„Ja!", rief Wachtmeister Höppner dazwischen, „ich bin auch kurz hinter Ihnen und warte auf weitere Anweisungen!"

„Ist ja wunderbar", murmelte Schulte, „bloß nicht selber denken!" Gleichzeitig wusste er, dass er damit dem Kollegen unrecht tat.

Schulte versuchte trotz der Dunkelheit den Typ des Wagens vor ihnen zu erkennen. Es war tatsächlich ein silberner BMW. Das Kennzeichen passte auch. Jetzt hieß es dahinter bleiben und Nerven bewahren. Zu dichtes Auffahren war verräterisch. Ein zu großer Abstand konnte bedeuten, den Kontakt zu verlieren. Aber Maren Köster machte so etwas nicht zum ersten Mal. Sie schaffte genau die Balance und Schulte musste sich wieder einmal eingestehen, dass seine Kollegin nicht nur beglückend gut aussah, sondern auch eine verdammt gute Polizistin war. Trotz der hektischen Minuten, die hinter ihnen lagen, trotz der vielleicht noch riskanten Phase, die vor ihnen lag, spürte er einen sanften, warmen Hauch von Sehnsucht in sich aufsteigen. Ein Gefühl, welches er im Augenblick überhaupt nicht gebrauchen konnte. Aber dazu blieb ihm auch keine Zeit.

„Er hält an!", schrie Flach so laut, dass er eigentlich gar kein Funkgerät gebraucht hätte, „wir sind gerade in Steinheim angekommen. Jetzt fährt er auf den Parkplatz eines großen Möbelhauses und hält an. Was soll ich tun?"

Schulte legte die Hand auf den Mikrofonbereich und zischte zu Maren Köster:

„Der ist wirklich genauso, wie er heißt!" Laut sagte er:

„Genau so wie eben, Mann! Sie fahren dran vorbei, dann suchen sie sich schnellstens eine Möglichkeit, unauffällig anzuhalten. Wenn Sie den anderen Wagen vom Auto aus beobachten könnten, wäre das ideal. Wenn nicht, dann steigen Sie aus und suchen sich zu Fuß einen guten Beobachtungsstand. Aber machen Sie schnell!"

Zu Maren Köster gewandt:

„Irgendwie habe ich das Gefühl, hier gewaltig gelinkt zu werden! Was machen eigentlich die anderen Kollegen? Meissner und Höppner? Und Kollege Axel?" Fast gleichzeitig drückte er wieder auf die Sprechtaste.

„Axel, wo bist du? Melde dich mal!"

„Wir sind jetzt hinter Belle! Was meinst du, sollen wir..." Er konnte den Satz nicht mehr zu Ende sprechen, denn jetzt brüllte Flach dazwischen.

„Genau das gleiche wie eben!!! Jetzt ist es ein schwarzer Astra! Und wieder ist der Fahrer des Mondeos ausgestiegen und holt einen ... ich fasse es nicht! Er hat einen großen schwarzen Koffer in der Hand und steigt damit in den Astra ein...!"

Schulte blieb die Spucke weg.

„Sind Sie betrunken? Der Koffer ist doch in dem BMW! Haben Sie doch selber eben in Belle gesagt. Was denn jetzt?"

Der arme Hauptwachtmeister Flach konnte einem Leid tun.

„Ich verstehe das ja auch nicht! Auf jeden Fall ist jetzt ein schwarzer Koffer in dem Astra und der fährt jetzt los. Und..., wahrhaftig! Der Mann, der aus dem Astra gekommen ist, steigt jetzt in den Ford Mondeo ein. Die machen mich wahnsinnig! Was soll ich denn jetzt verdammt noch mal tun? Ich kann doch nicht beide gleichzeitig verfolgen?"

Das konnte er nun wirklich nicht, musste Schulte ihm zugestehen. Aber auch er selbst überblickte die Lage nun nicht mal mehr ansatzweise. Trotzdem musste er sich jetzt blitzschnell etwas einfallen lassen.

„In welche Richtung fährt denn der Astra?"

„Raus aus der Stadt! Die Wöbbeler Straße hoch. Wenn er auf der Umgehungsstraße angekommen ist, kann er nach rechts Richtung Ostwestfalenstraße fahren oder links Richtung Horn. Keine Ahnung!"

Schulte rotierte.

„Axel! Seid ihr noch in Belle? Gut! Es gibt da irgendwo eine kleine Straße nach Billerbeck, wenn ich mich richtig erinnere. Fahrt sofort nach Billerbeck, dann weiter Richtung Horn. Auf halber Strecke kommt hinter einer Kurve ein kleiner Parkplatz. Der gehört zum Norderteich. Legt euch da auf die Lauer und wartet auf einen schwarzen Astra. Kennzeichen unbekannt. Fahrt solange unauffällig hinter ihm her, bis Verstärkung kommt. Und beeilt euch!!!"

Dann fiel Schulte noch etwas ein. „Und seid vorsichtig! Fallt bloß nicht auf. Der Kerl könnte bewaffnet sein. Die Burschen haben schon Leute auf dem Gewissen!"

Er holte dreimal Luft, dann gab er neue Anweisungen. Diesmal wieder an Flach.

„Steht der Mondeo noch da? Wenn er wieder losfährt, bleiben Sie dran. Feierabend gibt's heute nicht! Klar?"

Zu Maren Köster gewandt, die weiterhin konzentriert und schweigend Auto fuhr:

„Die spielen mit uns Katz und Maus. Mit unseren paar Leuten können wir sowas nicht lange durchziehen. Zum Schluss verlieren wir den Kontakt zu allen Autos und sie drehen uns eine lange Nase. Aber wir dürfen noch nicht zugreifen, das könnte den Erfolg der gesamten Aktion in Gefahr bringen."

„Und du musst nachher von deinem Taschengeld die ganzen Drachen bezahlen, Jupp!", schmunzelte sie. Ihr schien das alles viel Spaß zu machen. Schulte hatte keine Chance, darüber nachzudenken.

„Höppner!", rief er wieder ins Gerät, „Sie fahren nach Steinheim und helfen Ihrem Kollegen Flach. Sie haben ja im Funk mitbekommen, wo er ist. Verstanden?"

Höppner bestätigte dies umgehend. Dann konnte Schulte endlich kurz durchschnaufen. Aber nur kurz. Er hatte für ein paar Sekunden das Funkgerät sinken lassen, als die wohlbekannte, aber wenig geliebte Stimme ihres Herrn aus dem Gerät krächzte.

„Schulte? Hören Sie mich? Wie sieht es denn aus? Keiner informiert mich. Läuft alles nach Plan?", fragte Erpentrup aufgeregt. Schulte verdrehte verzweifelt die Augen und stöhnte leise. Der hatte ihm auch gerade noch gefehlt. So sachlich wie er es in dieser Situation vermochte, gab er seinem Vorgesetzten einen knappen Überblick über den Verlauf der Aktion. Er vergaß auch nicht zu betonen, dass er eine solche mehrschichtige Verfolgungsjagd mit diesem Personalbestand nicht lange würde durchhalten können.

„Dann machen Sie doch Nägel mit Köpfen!", rief Erpentrup, „greifen Sie zu! Nehmen Sie die Leute fest! Besser den Spatz in der Hand, als..."

„Das können wir nicht riskieren!", Schulte war lauter geworden als er das eigentlich wollte, „wir müssen erst die Drachen in Sicherheit haben. Es war geplant, dass die Erpresser das Geld prüfen und dann bei Martens anrufen und ihm den Standort der Drachen mitteilen. Erst wenn unsere Leute den gefunden haben und bestätigen, dass die Drachen unversehrt sind, können wir zugreifen."

„Und was machen Sie, wenn Ihnen inzwischen alle Ganoven flöten gehen? Dann haben wir gar nichts! Schulte, machen Sie keinen Quatsch! Nehmen Sie die Leute fest, aber sofort! Haben Sie das verstanden?"

Schulte schaute fragend zu Maren Köster rüber, die das Gespräch natürlich mitbekommen hatte. Als er sah, dass seine Kollegin energisch den Kopf schüttelte, legte er ein gebrauchtes Tempotaschentuch auf den Mikrofonbereich und hauchte mit gespielt heiserer Stimme:

„Herr Erpentrup? Ich kann Sie kaum verstehen! Ich glaube, der Funkkontakt ist hier unterbrochen. Wenn er wieder da ist, melde ich mich zurück!“ Damit lehnte er sich zurück und suchte vorsichtig im Gesicht seiner Fahrerin nach einer Reaktion. Die schien restlos einverstanden zu sein mit seiner Eigenmächtigkeit, denn sie grinste ihn verschwörerisch von der Seite an. Schulte wurde ganz anders.

„Normalerweise müsste es dem Fahrer vor uns ja auffallen, dass wir immer hinter ihm bleiben“, trug sie dann aber ganz sachlich etwas zur Beurteilung der Situation bei, „aber schließlich ist die B 239 eine typische lippische Landstraße und nicht zum Überholen geeignet. Deshalb wird es ihn hoffentlich nicht allzu sehr verwundern, wenn immer dasselbe Auto hinter ihm ist. Falls ihm das überhaupt in der Dunkelheit schon aufgefallen ist. Schließlich kann er von uns nur die Scheinwerfer sehen. Und falls er uns wirklich mal für eine Sekunde im Rückspiegel sehen kann, dann sieht er eine junge Frau und einen älteren Herrn, vermutlich Tochter und Vater. Was soll daran auffällig sein?“

Schulte war platt.

„Wie? Was? Wieso älteren Herrn? Meinst du mich damit?“

Sie lachte nun laut.

„Bleib ruhig! Es ist doch keine Schande, wenn man dir dein ausschweifendes Leben ansieht. Und ich habe mich eben außergewöhnlich gut gehalten. Sowas gibt es!“

Als sei dieser Abend nicht schon aufregend genug, schien diese Frau es darauf angelegt zu haben, ihn restlos durcheinander zu bringen. Ihre anhaltend gute Laune war nicht nur außergewöhnlich, sondern geradezu bedrohlich. Was war hier im Busch? Obwohl er ihr innerlich selbstverständlich zugestehen musste, sich wirklich außergewöhnlich gut gehalten zu haben. Ein Gesicht wie ein Engel, dabei fuhr sie wie ein Hell-Driver. Um das für ihn nicht so schmeichelhafte Thema zu wechseln, fragte er betont sachlich:

„Hättest du gedacht, dass Haase als Geldbote eingesetzt wird?“

„Na, ja! Warum denn nicht? War doch nahe liegend. Das Museum hat ja bereits mit seiner Firma zusammen gearbeitet. Lippe-Security ist eine angesehene Sicherheitsfirma und Haase ist so was wie deren operativer Einsatzleiter. Er ist ein Profi! Und schließlich war das ein pikanter Job. Mit so viel Geld durch die Gegend fahren!"

Da Schulte dies eigentlich genauso sah, erlahmte das Gespräch schnell wieder.

Mittlerweile hatten sie Schieder längst durchquert und näherten sich Schwalenberg. Endlich schrebbelte auch wieder das Funkgerät. Flach war dran.

„Ich bin nun zusammen mit Höppner in dessen Auto wieder hinter meinem Mann her, weil er Höppners Auto noch nicht kennt."

Schulte pfiff anerkennend. Anscheinend hatte der Kollege mittlerweile das Prinzip verstanden. Flach sprach weiter:

„Er ist von Steinheim aus Richtung Höxter gefahren. Dabei fährt er ziemlich langsam und spricht dauernd in sein Handy. Wir bleiben dran!"

Nur zwei Sekunden später kündigte ein schrilles Pfeifen des Gerätes und eine sehr laute Stimme einen weiteren Anruf Erpentrups an.

„Schulte, Sie Höllenhund! Jetzt hören Sie gut zu und unterbrechen mich nicht! Dieser Erpresser, der Mann mit dem Künstlernamen Samurai, hat vor rund zehn Minuten bei Martens von der Versicherung angerufen und den korrekten Empfang des Geldes bestätigt. Er hat ihm auch den Standort der Drachen genannt. Die stehen angeblich in Bielefeld, in Sennestadt genauer gesagt. Die Bielefelder Kollegen haben schon einen kleinen Trupp dorthin geschickt. Wir haben Herrn Malzahn in einen Streifenwagen gesetzt und bringen ihn ebenfalls so schnell wie möglich dahin, damit er die Echtheit der Drachen bestätigen kann. Sobald er das tut, können Sie zugreifen. Was sage ich? Nicht können, sondern müssen Sie schnellstens zugreifen! Dass mir keiner von den

Ganoven durch die Latten geht! Ich halte Sie auf dem Laufenden!“

Jetzt war es an Schulte, sich zu wundern. Das ging ja schnell! Aber irgendwie... irgendwas passte doch da nicht! Aber jetzt war nicht Grübeln, sondern Action angesagt. Wieder drückte er auf die Sprechtaste.

„Axel, wo seid ihr? Melde dich!“

„Wir stehen hier immer noch wie blöde zwischen Billerbeck und Horn herum. Hier sind in der ganzen Zeit zwei Autos durchgekommen, aber kein Opel Astra. Ich denke, der kommt auch nicht mehr. Wahrscheinlich ist er in die andere Richtung gefahren. Zur Ostwestfalenstraße.“

Schulte überlegte fiebrig.

„Wahrscheinlich! Vielleicht ist er einfach dem anderen, der jetzt Richtung Höxter fährt, vorausgefahren. Eventuell wollen die sich ja da treffen. Pass auf, wir riskieren es! Gebt eure Position auf und fahrt sofort, aber mit Volldampf auch Richtung Höxter. Sobald ich was Neues weiß, sage ich euch Bescheid!“

Wenn die beiden Polizisten gedacht hatten, dass der BMW-Fahrer in Schwalenberg anhalten würde, sahen sie sich nun getäuscht. Er fuhr seelenruhig die kurvige Straße in Schwalenberg bergauf, ließ die Altstadt links liegen und weiter. Dann aber, kurz hinter dem zentralen Schwalenberger Parkplatz, bog der Verfolgte urplötzlich und ohne zu blinken schräg rechts ab in eine kleine Straße. Maren Köster bremste voll ab und hielt einige Meter nach der Abzweigung an. Wenn sie dieses abrupte Abbiegemanöver mitgemacht hätte, dann wäre dem BMW-Fahrer endgültig klar geworden, dass er verfolgt wird. Nein, ihnen blieb im Moment nichts anderes übrig, als vor der Abfahrt anzuhalten und einen Moment zu warten. Dabei liefen sie natürlich Gefahr, den BMW komplett aus den Augen zu verlieren. Schulte stieg aus, ging die paar Schritte zur Abzweigung zurück und versuchte im Dunkeln das Hinweisschild zu entziffern. Dort stand „Kollerbeck 5 km“. Noch nie war Schulte so tief in diese Regionen eingedrungen. Von Schwalenberg nach Rischenau und dann weiter nach Polle zur Weserfähre, okay. Das kam schon mal vor. Aber Kollerbeck? Wo sollte das sein? Er stieg wieder ins Auto und berichtete Maren Köster. Dann kramte er eine Straßenkarte heraus. Dummerweise teilte sich die vor ihnen liegende Straße kurz darauf schon wieder. Einmal rechts ab nach Ruensiek, kurz darauf hatte man die Wahl zwischen Grevenhagen und eben Kollerbeck. Die erste Abfahrt machte irgendwie keinen Sinn, sie führte ja praktisch wieder zurück. Die beiden anderen Abzweigungen hatten allerdings eines gemeinsam: Sie führten beide letztendlich auf die gute alte B 239, der Bundesstraße zwischen Steinheim und Höxter. Und hier machte es bei Schulte Klick. Hatte nicht Kollege Flach eben gesagt, dass sein „Klient“ ebenfalls Richtung Höxter unterwegs sei? Und war nicht auch der dritte Wagen dorthin unterwegs? Vielleicht wollten sich die Ganoven ja in Höxter oder auf dem Weg dorthin treffen. Dann spielte es auch keine Rolle, ob sie über Kollerbeck oder Grevenhagen fuhren. Hauptsache, sie kamen irgendwie zur B 239. Schulte gab seiner Kollegin ein Zeichen und sie lenkte den Audi in die kleine Seitenstraße. Dann bohrte sie wieder mit dem Gaspedal ein tiefes Loch ins Bodenblech. Schulte wurde arg durchgeschüttelt, sagte aber nichts, sondern leitete sie Richtung Kollerbeck. Sie fuhren in den kleinen Ort und folgten der kurvenreichen Dorfstraße. Die unscheinbare Abfahrt Marienmünster übersahen sie im Dunkeln. Erst als sie vor dem Ortsausgangsschild standen, auf dem als nächster Ort Papenhöfen angekündigt wurde, drehten sie um und fuhren wesentlich langsamer zurück, um die Abfahrt nicht noch einmal zu verpassen. Dann sahen sie links das schwarz-weiße Hinweisschild: Abtei Marienmünster 3 km.

Nun ging es ein gutes Stück immer bergauf über eine kleine Straße mit einigen fast serpentinenhaften Kurven, die bei Tageslicht sicher von landschaftlichem Reiz gewesen wären.

So blieb Schulte nur, sich gut festzuhalten und die ausgefeilte und hocheffektive Kurventechnik seiner Kollegin zu bewundern. Ganz gleich, wie schnell der BMW auch fahren mochte, gegen diese Schnippelkünstlerin musste er einfach immer mehr Vorsprung verlieren. Dann zuckte Schulte, der wegen der rasanten Fahrweise äußerst angespannt war, vor Schreck zusammen, als sich das Funkgerät wieder meldete.

„Die Drachen sind in Ordnung!“, brüllte Erpentrup durch den Äther.

„Malzahn hat nur einen kurzen Blick drauf geworfen und sofort bestätigt, dass es die richtigen sind! Sie stehen in Sennestadt in einer leeren Werkhalle. Schulte, Sie müssen jetzt zugreifen! Packen Sie sich die Kerle! Verschwenden Sie keine Zeit mehr, klar?

„Wird gemacht, Chef!“

Besorgt blickte er Maren Köster an. Zugreifen! Sofort! Gar nicht so einfach, wenn man jeden Kontakt zum Verfolgten verloren hat. Sie zog ebenfalls zweifelnd die Augenbrauen hoch.

Sie ließen auf der rechten Straßenseite das Gut Oldenburg unbeachtet liegen und folgten immer weiter dem Straßenverlauf. Auch das Licht im alten Wohnturm der Burg Oldenburg auf einer Anhöhe links der Straße nahmen sie nicht wahr. Schulte griff erneut zum Funkgerät.

„Flach, wo sind Sie jetzt?“

Nach kurzem Krächzen:

„Fast direkt vor der Abtei Marienmünster!“

„Haben Sie noch Kontakt zu Ihrer Zielperson?“

„Ja! Wir sind ungefähr fünfzig Meter hinter ihm. Keine Sorge!“

Dann sprach Schulte Axel Braunert an. Der antwortete prompt:

„Wir sind weit hinter Steinheim. Auf Höhe Rolfzen! Gleich kommt Sommersell! Unglaublich, diese Ortsnamen habe ich noch nie gehört. Aber wir sind gut im Tempo!“

Schulte wollte gerade wieder sein Funkgerät auf die Mittelkonsole legen, als sich Flach aufgeregt, ja fast hektisch meldete:

„Er hält an! Wir sind jetzt bei der Abtei Marienmünster fast vorbei gefahren. Er fährt auf den Parkplatz hinter dem Kloster. Jetzt..., jetzt biegt er in eine kleine Einfahrt ein und... und ist weg! Was sollen wir machen?“

„Nichts! Parken Sie irgendwo, wo Sie eine gute Sicht auf diese Einfahrt haben, und passen Sie nur gut auf. Bleiben Sie wo Sie sind! Wir sind in wenigen Minuten bei Ihnen!“

Dann wieder zu Braunert:

„Axel, habt ihr das mitbekommen? Ich vermute mal, die drei Autos treffen sich bei der Abtei. Fahrt auf keinen Fall dran vorbei! Und nehmt nicht den ersten Parkplatz! Wir treffen uns auf dem zweiten Parkplatz. Hinter der Abtei, wenn man Flach glauben darf. Bis gleich!“

Maren Köster und Jupp Schulte rasten weiter die bewaldete Straße entlang. Schulte versuchte noch mal, Flach zu erreichen, um ihn darauf hinzuweisen, dass vermutlich alle drei verfolgten Fahrzeuge mittlerweile dort angekommen sein mussten. Außerdem wollte er ihn noch einmal ausdrücklich vor diesen Männern warnen, die bislang vor nichts zurückgeschreckt waren und die mit Sicherheit bewaffnet waren. Aber Flach meldete sich nicht mehr. Auch sein Kollege und Fahrer Höppner gaben keinen Laut von sich. War der Funkkontakt unterbrochen? Oder waren die beiden aus dem Auto ausgestiegen, um kurz zu pinkeln? Oder was sonst? Schulte spürte, wie erste Besorgnis in ihm hoch kroch.

60

Die imposanten Zwillingstürme der Abteikirche Marienmünster waren von der regengetränkten Dunkelheit verschluckt worden. Kein Licht brannte an der Straßenfront dieses sonst so stimmungsvollen Gebäudeensembles, als Maren Köster die kleine Straße hinter sich gelassen hatte und nach links Richtung Höxter abgebogen war. Auch das Restaurant *Klosterkrug* schien geschlossen zu haben. Wahrscheinlich Betriebsferien. Alles in tiefem trostlosem Dunkel. Irgendwo musste hier das Auto der Kollegen Höppner und Flach, ein weißer VW Passat, stehen. Aber auf dem Parkplatz vor dem Restaurant stand nicht ein einziges Auto. Schulte wurde noch unruhiger, bis ihm wieder einfiel, dass Flach auf dem zweiten Parkplatz, also weiter Richtung Höxter, stehen musste.

„Park trotzdem schon hier!", wies er Maren Köster an, „wer weiß! Vielleicht ist es besser, wenn wir dort zu Fuß ankommen und kein Geräusch machen. Da stimmt doch was nicht. Wieso melden sich die beiden Volltrottel denn nicht mehr?"

Beide überprüften ihre Dienstwaffen, als sie aus dem Auto stiegen. Schulte hatte auch noch eine starke Taschenlampe mit verstellbarer Leuchtkraft und das Funkgerät in die vielen Taschen der alten Lederjacke gesteckt. Dann setzten sie sich zu Fuß in Bewegung, immer an der ewig langen Natursteinmauer des ehemaligen Klosters entlang. Eine Fußgängerunterführung der Bundesstraße beachteten sie nicht groß, sondern liefen im leichten Dauerlauftempo weiter. Maren Köster mit lockeren, elastischen Schritten, Jupp Schulte eher im Laufstil von Emil Zatopek, aber er biss die Zähne zusammen und hielt mit der wesentlich schlankeren Kollegin mit. Kurz darauf standen sie vor dem zweiten Parkplatz. Schulte dämmte den Lichtkegel der Taschenlampe auf das Minimum ab und versuchte zu erkennen, was da Rechteckiges direkt vor ihm stand. Es war ein großer, mit Schieferplatten gedeckter Info-Kasten. Dahinter war die leere Parkfläche. Leer bis auf den weißen Passat von Höppner und Flach! Köster und Schulte gingen leise zu dem Dienstfahrzeug und leuchteten hinein. Es war leer! Leer und abgeschlossen.

Plötzlich hörten sie Stimmen. Die beiden Polizisten blickten sich gegenseitig fragend an. Die Stimme kam von jenseits der Mauer, die auch hier noch den riesigen Komplex umschloss. Auf Höhe des Info-Kastens führte ein schmaler Weg durch die Mauer, gerade breit genug, um ein Auto durchzulassen.

„Das muss die Einfahrt gewesen sein, von der Flach gesprochen hat!", flüsterte Schulte, „in der das Auto der Ganoven verschwunden ist. Los, komm!"

Er ging voraus bis zu der Einfahrt. Die Mauer war hier etwa mannshoch. Dann lehnte er sich mit dem Rücken in die Maueröffnung und drehte sich vorsichtig um die Mauer herum, so dass er hinter die Mauer sehen konnte. Was er dort sah, ließ ihn vor Schreck erstarren.

Die Fläche hinter der Mauer war offenbar in besucherstarken Zeiten ebenfalls ein Parkplatz. Jetzt standen darauf, soweit Schulte das im kaum zu spürenden Mondlicht sehen konnte, drei Autos. Ob es wirklich der Ford, der BMW und der Opel der Drachendiebe waren, war nicht zu erkennen. Schulte war sich aber dennoch völlig sicher, denn neben dem BMW standen insgesamt fünf Personen. Kaum zu erkennen, aber es waren wohl alles Männer. Zwei dieser Männer standen mit dem Bauch an den Opel Astra Caravan gepresst, jeder auf einer Seite des Fahrzeugs, die Hände auf dem Autodach. Zwei weitere Männer waren damit beschäftigt, die Hände der beiden an die Dachreling zu fesseln. Der fünfte Mann stand hinter dem Astra und hielt eine Pistole im Anschlag.

Schulte schaute sich zu Maren Köster um und winkte sie heran. Als sie bei ihm war, drehte er sich etwas zur Seite, damit auch sie einen schnellen Blick auf die Szene werfen konnte. Schulte ließ ihr aber nur Sekunden, dann schob er sie beinah unsanft wieder weg, um weiter zu beobachten.

Die beiden Männer waren mit dem Fesseln offenbar fertig, denn sie wandten sich nun von ihren Opfern ab. Einer der beiden stieg in den Astra und ließ den Motor an. Dann... Schulte wollte es nicht glauben, fuhr er tatsächlich ruckartig etwa zwei Schrittlängen nach vorn. Die beiden Gefesselten schrieen auf! Sie hingen jetzt etwa im 45-Grad-Winkel an der Dachreling. Das ganze Körpergewicht lag nun in den Oberarmen und in den Schultergelenken. Das musste höllisch wehtun! Und barg die Gefahr, sich einen Arm auszukugeln. Das war Folter!

Schulte drehte sich wieder zurück zu seiner Kollegin. Trotz der Dunkelheit konnte Maren Köster sehen, dass Jupp Schulte kreideweiß vor Schreck war. Er zog sie ein paar Schritte mit sich, weg von der Mauer. Dann schilderte er im heiseren Flüsterton das eben Erlebte. Maren Köster war geschockt. Schulte zerrte das Funkgerät aus seiner Lederjacke und drückte es der Kollegin in die Hand.

„Lauf bitte ein Stück zurück, wo du ungestört sprechen kannst! Frag Axel, wann er endlich kommt und erklär ihm, was ihn hier erwartet. Er soll sehen, dass er noch ein paar Leute auftreiben kann. Soll vielleicht in Höxter anrufen, was weiß ich. Er selbst soll aber so schnell wie möglich hier hinkommen. Besprich du alles weitere mit ihm. Du weißt ja selber, wie solche Aktionen ablaufen müssen. Ich will sehen, dass ich diese Schweinebande weiter beobachte."

Er wartete, bis sie hinter der nächsten Ecke verschwunden war und ging dann vorsichtig lauschend wieder zur Mauer. Die Durchfahrt schien ihm als Beobachtungs- und Lauschposten zu gefährlich zu sein. Er schaute prüfend an der Mauer entlang, zumindest so weit, wie es die Lichtverhältnisse zuließen. Die Natursteinmauer war teilweise dicht mit Efeu überwuchert. Aber interessanter war, dass sie immer mehr an Höhe verlor, je weiter sie von der Durchfahrt entfernt war.

Also schlich Schulte ein gutes Stück an der Mauer entlang. Nach etwa fünfzig Metern machte sie einen scharfen Knick nach links und bildete dort einen fast rechtwinkeliges Dreieck. Hier reichte ihm die Mauer gerade mal bis zur Brust. Es war ein leichtes, sie an dieser Stelle zu überwinden. Schulte schaffte dies beinah völlig geräuschlos. In diesem Dreieck stand eine mächtige Linde, hinter der sich Schulte problemlos verstecken konnte.

Die Männer waren etwa zwanzig Meter von ihm entfernt. Er konnte nicht viel sehen, aber alles sehr gut verstehen. Die bedauernswerten Kollegen Flach und Höppner stießen immer wieder Schreie aus. Ob Schmerz oder Wut oder beides die Ursache war, konnte Schulte nicht feststellen. Der Mann, der eben die Pistole gehalten hatte, stellte sich nun hinter Flach. Es war der Mann, der auf dem Parkplatz bei Bad Meinberg den Geldkoffer entgegengenommen hatte.

„So, ihr habt also Schmerzen. Ich werde gleich dafür sorgen, dass ihr vor lauter Schmerzen nicht mehr schreien könnt. Also rede, du Scheißkerl!"

Er trat dem hilflos da hängenden Polizisten so fest vor das Schienbein, dass dessen Füße noch etwas weiter nach hinten rutschten und der Druck auf Arme und Schulter noch mehr zunahm. Flach stöhnte kurz auf und wimmerte dann leise.

„Reden sollst du! Nicht jammern! Was habt ihr Scheißbullen mit dem Geld gemacht? "

Nun zerrte er einen der beiden am Boden liegenden großen Koffer hoch und warf ihn dem Polizisten mit voller Wucht auf den Rücken. Flach schrie. Der Koffer polterte aufgeklappt zu Boden. Schulte biss vor Wut die Zähne zusammen.

Ein anderer der drei Männer trat nun zu Höppner, der schon aus böser Vorahnung heraus ächzte.

„Wieso wart ihr Bullen überhaupt dabei? Wer hat euch denn von der Geldübergabe erzählt? Wir hatten zwar eine solche Möglichkeit einkalkuliert, deshalb der ganze Zinnober mit wechselnden Autos und verschiedenen Koffern. Alles nur, um euch zu verwirren, falls ihr uns beschatten solltet. Aber eigentlich hättet ihr von nichts etwas wissen dürfen. Irgend jemand hat uns reingelegt. Wenn du darüber irgend etwas weißt, dann rede jetzt oder wir machen dich völlig fertig!“

„Wir haben keine Ahnung!“, rief Flach von der anderen Seite des Autos. „Uns hat man nur gesagt: Stellt euch auf den Parkplatz und wartet ab, was man euch sagt. Wir sind nur zwei einfache kleine Bullen. Uns erzählt niemand, was sich die hohen Herren ausgedacht haben!“

Der Mann, der den Koffer abgeholt hatte, mischte sich nun wieder ein. „Wer sind denn die hohen Herren? He?“, zischte er, „welcher Scheißkerl hat uns denn so gelinkt? Los, Mann! Ich will Namen und Dienstgrad hören, damit ich weiß, an wen ich mich wenden muss. Oder muss ich dir die Füße noch weiter wegziehen?“

Er trat an Flach heran und umschloss mit beiden Händen dessen Fußgelenke. Flach stöhnte.

„Und vor allem muss ich eines wissen: Wer war der Kerl, der den Koffer abgeliefert hat? War das einer von euch? Erzähl mir nicht, dass du das nicht weißt, sonst....!“

Ein kurzer Ruck und Flach schrie wieder auf.

„Wir wissen das wirklich nicht!“, jammerte er, „wir waren nur zum Beschatten abkommandiert. Uns hat niemand irgendwas erklärt!“

Die drei Verbrecher schauten sich an. Der dritte Mann, der bisher geschwiegen hatte, meldete sich nun erstmals zu Wort.

„Ich denke, sie sagen die Wahrheit! Die wissen wirklich nichts. Aber sie haben uns gesehen und reden gehört. Sie wissen nichts über die Operation, aber sie wissen zu viel über uns drei. Viel zu viel!“

Schultes Herz schlug bis unter die Schädeldecke. Was passierte nun?

Der Koffermann lief zum BMW, holte etwas heraus und kam schnell wieder zurück. Schulte konnte es mehr ahnen als wirklich erkennen, aber anscheinend hielt er eine Pistole in der Hand.

„Okay! Jeder einen Schuss in den Nacken und dann weg hier! Als ich eben hierher gekommen bin, habe ich gesehen, dass etwa auf halbem Weg von hier nach Kollerbeck mitten im Wald ein kleiner See ist. Wir werfen die beiden Bullen da rein. Bis sie zufällig dort jemand findet, sind wir längst nicht mehr im Land. Auf geht's!"

Er entsicherte seine Pistole und stellte sich hinter Flach, der nur noch leise wimmerte. Als er dem Polizisten die Pistole auf den Nacken setzte, war Schulte klar, dass es für ihn keine Wahl mehr gab. Er musste eingreifen. Sofort! Egal, was passieren würde.

Er zerrte seine Dienstwaffe aus dem Schulterholster, entsicherte blitzschnell, knipste die Taschenlampe an und schob den Regler auf Maximum. Dann sprang er hinter seinem schützenden Baumstamm hervor und schrie:

„Runter mit der Waffe! Polizei!"

Dabei gab er einen Schuss in die Luft ab.

Die drei Männer waren für Sekunden wie gelähmt. Schultes mächtige Stimme drang durch die nächtliche Stille wie ein Trompetensignal. Der Schuss ging zwar in die Luft, hatte aber in dieser angespannten Situation eine verheerende Wirkung auf das Nervenkostüm.

Vom starken Schein der Lampe geblendet konnten sie Schulte nicht erkennen, aber sicherheitshalber trat er sofort wieder hinter den dicken Baumstamm und wartete ab.

„Los! Weg hier!", schrie einer der drei und rannte zum nächststehenden Auto. Es war der BMW. Auch der Mann mit der schussbereiten Pistole auf Flachs Nacken drehte sich um, lief zum BMW und kletterte hektisch hinter das Steuer. Der dritte Mann schaffte es gerade noch, eine der beiden hinteren Türen aufzureißen und sich auf die Rückbank zu quetschen.

Schon heulte der Motor auf, drehten die Reifen durch. Kies spritzte weg, die silbergraue Limousine machte einen Satz nach vorn und schoss Richtung Maueröffnung davon.

Schulte sprang wieder hinter seinem Baum hervor und rannte hinter dem Auto her, in der Hoffnung, noch mit einem Schuss in einen Reifen dessen Flucht stoppen zu können. Aber der BMW war zu schnell. Er drehte bereits ab in die Ausfahrt, wieder spritzte Kies auf, dann war er in der Durchfahrt verschwunden. Schulte hätte schreien können vor Wut!

Da plötzlich, nur eine halbe Sekunde später, peitschten Schüsse auf! Schüsse, die auf Blech trafen, Schüsse, die Reifen platzen ließen! Dann lautes Geschrei! Schulte rannte los, durchquerte die Ausfahrt und sah vor sich den BMW, umstellt von drei Personen. Alle hielten ihre Waffen schussbereit.

Maren Köster nutzte die Schrecksekunde der Insassen aus, riss die Fahrertür auf und drückte dem Fahrer ihre Pistole an die Schläfe. Axel Braunert und der Kollege Meissner machten es ihr nach.

„Los! Rauskommen!“, fauchte Maren Köster den Fahrer an.

61

Erfolg und Misserfolg lagen oft dicht beieinander. Auch heute Abend war es so. Die Polizisten hatten zwar die Drachen sichergestellt, doch die vier Millionen Euro Lösegeld waren erst einmal weg. Trotz der Tatsache, dass man drei Männer, die wahrscheinlich unmittelbar an dem Drachendiebstahl beteiligt gewesen waren, hatte festnehmen können war dem Polizistenteam eine gewisse Niedergeschlagenheit anzumerken. Schulte, Braunert, Lohmann und Köster saßen mit dem Vertreter der Versicherung, Martens, und ihrem Chef Erpentrup zusammen.

Es war dreiundzwanzig Uhr dreißig. Martens von der Versicherung war nicht gerade glücklich über den Verlauf der Geldübergabe und Erpentrup war ungewöhnlich schweigsam.

„Ich mache Ihnen keinen Vorwurf", ergriff der Mann von der *Hanseatic* das Wort. „Sie haben professionelle Arbeit geleistet. Doch wo ist das Geld? Alles deutet darauf hin, dass der Geldbote Haase das faule Ei ist. Wo ist er eigentlich?"

Schulte zuckte mit den Schultern.

„Wir haben ihn noch nicht erreicht. Vielleicht hätten wir den auch beschatten müssen."

„Hinterher ist man immer schlauer", sprang Erpentrup ganz gegen seine sonstigen Gewohnheiten in die Bresche. „Wir haben ihn überprüft, er hatte eine blütenreine Weste. Er war schon öfter mit ähnlichen Aufgaben betraut, hat uns sein Auftraggeber berichtet, und sie immer absolut zuverlässig ausgeführt. Haase denkt bestimmt, er hat seinen Job gemacht. Ich kann mir gut vorstellen, dass er nach einer solch nervenaufreibenden Tätigkeit erst mal keinen mehr sehen wollte."

Schulte konnte es nicht fassen. Was war nur mit dem Alten los? Der hatte ja Kreide gefressen. Klar, hätte Erpentrup ein paar Männer mehr rausgerückt, hätte man auch den Geldboten beschatten können. Aber dem Chef schien nur noch der Staatsbesuch in Blomberg wichtig zu sein. Und jetzt, wo bei der Geldübergabe was schief gelaufen war, wollte er es klein kochen. Laut sagte Schulte:

„Das kann ich mir fast nicht vorstellen. Sonst war er geradezu auf Zusammenarbeit erpicht. Der hätte am liebsten mit ermittelt und jetzt meldet er sich nicht einmal. Ich denke, da stimmt was nicht und wir müssen Haase so schnell wie möglich finden. Ich traue dem Braten nicht."

„Lohmann ist schon dabei ihn zu suchen", warf Braunert müde ein.

„Ich denke, wir sollten Feierabend machen. Heute kommen wir sowieso nicht mehr weiter."

62

Im Moment floss das Leben keinesfalls langsam und unaufgeregt dahin. In den letzten Tagen hatte ein Ereignis das andere gejagt. Dies wirkte sich auch auf Schultes allgemeine Stimmung aus und vor allem auf seine Motivation, heute Morgen aufzustehen. Kaum war seine Tochter aus dem Bad, da schwang er sich aus dem Bett und suchte nach den zusammengebundenen Klavieren, die er hätte stemmen können. Gut gelaunt kam er eine viertel Stunde später aus dem Bad und setzte sich an den Küchentisch. Lena Wiesenhof schien von der guten Laune ihres Vaters genervt zu sein. Einsilbig blockte sie jeden Kommunikationsversuch ab. Schulte störte das nicht, er trank gemütlich seinen Kaffee und blätterte in der Zeitung. In den letzten Wochen war die Heimatzeitung sehr kritisch mit der lippischen Polizei umgegangen. Zwei unaufgeklärte Morde und gestohlene Drachen mit einem Versicherungswert von vierzig Millionen Euro, das war ein Wort zum Sonntag. Die Zeitung vermutete, dass die Kreispolizeibehörde bei der Preisgabe der Informationen mauerte, doch lange Zeit hatten die Ermittler ja wirklich auf der Stelle herumgetreten. Also hatten die Journalisten das Umfeld beleuchtet. Malzahn hatte seinen Auftritt gehabt und von der Unfähigkeit der Polizei gesprochen und den toten Koppsieker verunglimpft. Doch morgen würde alles anders aussehen. Die Drachen hatte die Polizei zurück und drei mutmaßliche Täter waren gefasst. Schulte war sich sicher, dass sein Chef Erpentrup diese Fakten der Presse als Erfolgsmeldung verkaufen würde. Vielleicht war ja auch noch für ihn und die Kollegen eine Streicheleinheit des Chefs drin. Er legte die Zeitung zur Seite und rief seinen Hund zum obligatorischen Morgenspaziergang.

Die Uhr zeigte noch nicht halb acht, da saß Schulte an seinem Schreibtisch und bereitete sich auf die kommenden Verhöre vor. Plötzlich öffnete sich die Tür unvermittelt und Lohmann betrat abwesend das Büro. Er erschrak fast, als er Schulte in seiner ihm eigenen Haltung, die Füße in der unteren, offenen Schreibtischschublade geparkt, wahrnahm.

„Mein Gott! Jupp, wie kannst du mich nur so erschrecken? Was hat dich aus dem Bett getrieben? Du bist doch sonst immer erst auf dem letzten Sticken im Hause."

„Konnte nicht mehr schlafen", antwortete der Hauptkommissar lapidar, „gibt es was Neues?"

„Jau! Ich habe gerade die Ergebnisse von der Spurensicherung bekommen. Ich hatte den Bielefeldern die Daten zu den Geschossen, die wir zum Koppsieker-Mord bekommen hatten, zugesandt."

„Du denkst aber auch an Alles!", bemerkte Schulte anerkennend und ärgerte sich darüber, dass er selber nicht auf die Idee gekommen war. Dann stellte er die überflüssige Frage:

„Was ist dabei rausgekommen?"

„Bockstiegel und Muffen sind mit der gleichen Waffe verletzt worden, mit der Koppsieker ermordet worden ist."

„Bingo!", war das Einzige, was Schulte hocherfreut hervorbrachte, „es scheint wieder ein erfolgreicher Tag zu werden.“ Bei Schulte jagte in den letzten Tagen ein Flow-Erlebnis das nächste.

„Zuerst will ich diesen Haase sehen. Habt ihr den gestern Abend noch erreicht?“

„Da hätten wir schon das erste Problem“, entgegnete Lohmann. „Der Vogel ist ausgeflogen. Während wir die Geldempfänger gejagt haben, hat sich dieser Typ heimlich leise weinend aus dem Staub gemacht.“

„Verdammter Mist, wie konnte denn das passieren? Habt ihr den Knaben denn nicht überprüft?“, fluchte Schulte verärgert.

Vorbei war es mit dem Gefühl, bald den nächsten Erfolg einzuheimsen.

„Klar ist der gecheckt worden, der und die ganze Firma. Er war aus unserer Sicht absolut sauber.“

„Wie sind wir überhaupt auf diesen Haase als Geldboten gekommen?“

„Der Mann von der Versicherung, dieser Martens, hatte das mit den Leuten vom Drachenmuseum abgestimmt. Weder Malzahn noch Treuland wollten die Aufgabe der Geldübergabe übernehmen.“

„Treuland, Treuland, diese Nase kommt mir irgendwie bekannt vor“, sagte Schulte mehr zu sich selbst, „wenn ich nur wüsste, wo ich den hinstecken sollt?“

„Treuland? Na, so hieß doch der Knabe von der langen Blonden, die aus Zeitz, die Rodehutskors letztes Jahr um die Ecke bringen wollte.“

Jetzt erinnerte sich Schulte:

„Genau, der ist das! Wie kommt der denn nach Detmold?“

„Kam wohl hier aus der Gegend, wenn ich mich recht entsinne. Wahrscheinlich ist er wieder zurückgekommen, nachdem wir sein Schätzchen eingesperrt haben.“

„Den will ich auf jeden Fall hier sehen, genau wie diesen Malzahn. Sollte mich nicht wundern, wenn die beiden irgendwie mit dem Drachendiebstahl und dem Mord an Koppsieker zu tun haben.“

„Meinst du, der Koppsiekermord und der Drachendiebstahl hängen zusammen?“, fragte Lohmann Schulte.

„Davon bin ich überzeugt. Dass es eine Verbindung zwischen dem Toten und dem Drachenmuseum gibt, ist ja schon länger klar. Unklar ist jedoch, ob Koppsieker sterben musste, weil es eben diese Verbindung gab. Da kommen wir einfach nicht weiter. Die Tatsache, dass die Tatwaffe in dem Mord mit der, die in Bielefeld eingesetzt wurde, um Bockstiegel zu töten, identisch ist, ist ein weiteres Indiz für diese These.“

Schulte schnorrte einen Kaffee und sprach sich noch einmal mit seinen Kollegen ab. Noch bevor sie zum Ende gekommen waren, steckte Wachtmeister Volle sein Panzerknackergesicht durch die Tür und meldete das Eintreffen der beiden Museumsleute.

„Die sollen warten!“, raunzte Schulte, verärgert über die Störung, ihn an.

Volle zog schnell seinen Kopf zurück, als vermutete er im nächsten Moment, dass das Beil eines Schafotts da heruntersauste, wo sich jetzt noch sein Hals befand.

„Diesen Malzahn lasse ich heute doppelt so lange warten, wie er es bei mir neulich getan hat“, gab Schulte der Runde bekannt. „Zunächst müssen wir uns noch einmal mit Martens von der Versicherung abstimmen und dann nehmen wir uns erst die drei Verhafteten von gestern Abend vor. Wer arbeitet mit wem?“

„Ich habe gleich einen Termin beim Chef wegen Blomberg, versuchte sich Lohmann abzumelden.“

„Das kann doch wohl nicht sein!“, maulte Schulte, „hier geht es um ein Kapitalverbrechen und du musst zum Kaffeekränzchen zu Erpentrup.“

Lohmann zog entschuldigend die Schultern hoch.

„Ich versuche, es so kurz wie möglich zu machen.“

„Okay“, sagte Schulte,

„Maren und Axel nehmen sich einen der Verhafteten vor. Ich spreche alles noch einmal mit Martens durch und dann schnappe ich mir den Nächsten. Wenn du beim Chef durch bist, kommst du zu mir und wir beiden arbeiten dann auch zusammen. Malzahn und Treuland können erst mal ein bisschen schmoren.“

Nach dem Mittagessen trank Schulte noch einen Kaffee in seinem Büro, als sein Telefon läutete. Es war Erpentrup, der ihm fröhlich mitteilte, dass er für heute Nachmittag sechzehn Uhr dreißig eine Pressekonferenz einberufen habe. Bis dahin wolle er die Ergebnisse im Telegrammstil vorliegen haben und Schulte solle natürlich teilnehmen, um die Details zu berichten. Der Hauptkommissar war stinksauer. Ohne große Worte knallte er den Hörer in die Haltevorrichtung. Lohmann war auch noch nicht aufgetaucht. Wahrscheinlich hatte Erpentrup ihn wieder den ganzen Tag wegen des anstehenden Staatsbesuches eingespannt.

So ein Idiot, dachte Schulte. Der denkt auch nur darüber nach, wie er nach außen gut dastehen kann. Er dachte an heute Morgen. Was hatte er herausgefunden? Eigentlich nichts, was ihn wirklich weiterbrachte. Der Festgenommene, den er vernommen hatte, wusste anscheinend gar nichts. Er behauptete, den „Samurai“ nie gesehen zu haben. Die Anweisungen hatte immer ein gewisser Klaus Ernst gegeben. Die Geldkuriere hätten auch den Auftrag gehabt, ihm die Koffer zu übergeben. Für die ganze Aktion habe er 10.000 Euro bekommen. Was konnte man mit diesen Informationen anfangen? Schulte grübelte noch kurze Zeit, nahm einen letzten Schluck und ging dann wieder ins Verhör. Jetzt nahm er sich Treuland vor. Als er ihn abholte, kam ihm Malzahn schon entgegen und wies auf seine Uhr.

Es sei eine Unverschämtheit, ihn so lange warten zu lassen. Er habe ja seine Zeit nicht gestohlen und er würde sich beim Landrat beschweren.

Schulte ignorierte ihn einfach.

„Herr Treuland, wenn sie so nett wären?“, wandte er sich an den kleinen Mann mit den Segelohren.

Im Besprechungsraum angekommen leitete er das Gespräch ein, indem er sagte:

„Wenn ich mich recht entsinne, kennen wir uns aus Zeitz. Dort waren Sie Fraktionsvorsitzender und Vollblutpolitiker. Was hat Sie nach Detmold verschlagen?“

„Das geht Sie gar nichts an!“

„Na gut, zäumen wir das Pferd anders auf. Welche Aufgabe haben Sie im Drachenmuseum?“

Treuland schwieg lange.

„Ich rate Ihnen zu kooperieren, Herr Treuland! Sie sind derjenige gewesen, der Haase als Geldboten ins Spiel gebracht hat. Es deutet im Moment alles darauf hin, dass er mit dem Lösegeld auf und davon ist. Ich hänge Ihnen eine Mittäterschaft an, ehe Sie Ihren Anwalt angerufen haben. Dann drehe ich jeden Stein um, der auch nur ansatzweise von Ihnen berührt wurde. Außerdem lasse ich Sie im Knast schmoren, solange es geht. Und der Laden unterscheidet sich erheblich von Ihrer Parteizentrale, das schwöre ich Ihnen.“

Wieder Schweigen, dann brummte Treuland:

„Ich bin für die Abwicklung des Museums verantwortlich. Ich hatte schon damals beim Bau einen kleinen Beratervertrag. Ich war die rechte Hand des Managements, das damals die Bauphase geleitet hat.“

„Von den Leistungen dieser Truppe habe ich in der Zeitung gelesen.“

Treuland sah den Polizisten eiskalt an. Beim Sprechen bewegte er kaum den Mund.

„Wollen Sie stänkern oder Informationen?“

Schulte hob beschwichtigend die Hände.

„Ist ja schon gut, Herr Treuland! Informationen wären schon nicht schlecht. Und auch in Ihrem Sinne.“

„Also, wie gesagt, ich war schon bei der Errichtung des Museums involviert. Kannte also einen Großteil der Strukturen. Da bot es sich an, jetzt wieder einzusteigen."

„Was hat sich geändert?"

„In der Gründerzeit gab es eine Troika, die sich um die Drachen kümmerte. Der Italiener, Koppsieker und Malzahn. Aus irgendwelchen Gründen hat das Trio sich gestritten. Warum, ist mir nicht bekannt. Jedenfalls war Malzahn vorübergehend der Kriegsgewinnler, doch der Italiener hat es im zweiten Schritt geschafft, die Drachen jetzt doch noch nach Palermo zu holen. Koppsieker, der eigentlich der geistige Vater der Drachen war, ist schon sehr früh gnadenlos abgesägt worden. Mich wundert, dass der umgebracht worden ist. Ich hätte eher vermutet, dass es umgekehrt Mordgelüste gab, so wie Malzahn und der andere ihn behandelt haben."

„Wieso nennen Sie den dritten Mann nur *den Italiener*?"

„Ganz einfach, ich habe seinen Namen vergessen."

Schulte sah Treuland ungläubig an und stellte die nächste Frage:

„Ganz unverständlich ist mir, wieso Sie uns über die Stellung Koppsiekers in der Gründungsphase des Drachenmuseums nicht unterrichtet haben."

Treuland zuckte teilnahmslos mit den Schultern. Im weiteren Verlauf zog sich das Verhör zäh hin. Als er Treuland mit der Auflage gehen ließ, Lippe nicht zu verlassen, dachte Schulte noch längere Zeit darüber nach, wieso der Mann bei allem unkooperativen Handeln ausgerechnet in der Frage Koppsieker diese Haltung aufgab.

Wollte er von sich ablenken? Wollte er einen Verdacht auf Malzahn lenken? Schulte war sich nicht im Klaren über die Beweggründe.

Vielleicht würde er ja nach der Vernehmung Malzahns klarer sehen. Er ging, ihn zu holen. Als der Museumsdirektor Schulte sah, ließ er umgehend eine Schimpftirade gegen ihn los. Der entgegnete jedoch nur:

„Halten Sie Ihren Mund und kommen Sie mit! Sie können froh sein, wenn Sie sich in nächster Zeit außerhalb von Gefängnismauern aufhalten können. Diese kurze Wartezeit ist gegen das, was auf Sie zukommen kann, ein Zuckerschlecken."

Malzahn klappte sprachlos den Mund zu. Schulte setzte sofort nach, obwohl sich die beiden Männer noch auf dem Flur befanden. „Was haben Sie mit Koppsieker zu tun?"

„Wieso Koppsieker? Ich dachte, es ginge um die Drachen?"

„Gibt es da einen Unterschied?", herrschte Schulte den Mann an. „Sie haben Koppsieker gemeinsam mit Ihrem Kollegen auf die übelste Art und Weise aus dem Projekt gedrängt, obwohl er der Ideengeber war. Im Anschluss haben Sie sich ins gemachte Nest gesetzt und sich mit Lorbeeren geschmückt, die Ihnen aber keinesfalls zustanden. Sie sind ein Schmarotzer vor dem Herrn. Ein widerlicher Kriegsgewinnler, der sich durch Lug und Trug in eine Position gebracht hat, die Ihnen nie zustand!", schoss Schulte einfach mal so ins Blaue.

Malzahn schwieg.

Schulte setzte nach:

„Was haben Sie mit dem Mord an Koppsieker zu tun?"

„Nichts, ich schwöre es Ihnen, ich habe Koppsieker seit vier Jahren nicht mehr gesehen, geschweige denn, mit ihm gesprochen. Sein Tod hat mich wirklich erschüttert."

Auch hier kam Schulte im weiteren Gesprächsverlauf nicht zu neuen Ergebnissen. Aber er würde am Ball bleiben. Er würde den Museumsdirektor die nächsten Tage nicht zur Ruhe kommen lassen.

„Sie können gehen, Herr Malzahn. Aber wehe, Sie verlassen Detmold, ohne sich bei mir abzumelden, dann sperre ich Sie ein!"

Wenige Sekunden später verließ ein über einen Meter neunzig großer Haufen Elend das Büro. Schulte sah auf die

Uhr. Gleich vier, dachte er. Diese blöde Pressekonferenz hätte der Alte auch noch morgen abhalten können, doch des Menschen Wille ist sein Himmelreich. Mal sehen, was Maren Köster, Braunert und Lohmann noch zu sagen hatten.

Er ging zu den Kollegen in das große Büro. Als er die Tür öffnete, sah er in drei frustrierte Gesichter.

„Was hat euch denn die Petersilie verhagelt?"

Braunert war der Erste, der das Wort ergriff:

„Es scheint wohl so, dass es sich bei den gestern festgenommenen Geldboten eher um kleine Fische handelt. Die wirklichen Drahtzieher haben sie vermutlich nicht einmal gekannt. Aus unserer Kenntnis deutet alles darauf hin, dass der Security-Mann Haase eine nicht unbedeutende Rolle bei dem Drachendiebstahl gespielt hat. Der war wirklich in einer komfortablen Position, hat immer brav bei uns auf der Matte gestanden, hat so getan, als würde er kooperieren. Aber in Wirklichkeit hat er die Informationen abgezogen, die er brauchte. Er war sogar ein paar Mal dabei, wenn wir die nächsten Ermittlungsschritte geplant haben. Haase war uns immer einen Schritt voraus. Ich kann mir gut vorstellen, dass er Tränen über uns gelacht hat. Wenn das die Presse erfährt, die jagt uns tagelang durchs Dorf."

„Das Genialste bei der ganzen Geschichte war: Er hat es hinbekommen, dass wir ihn für die Geldübergabe eingesetzt haben!", ergänzte Schulte, „da brauchte er nur noch einen leeren Koffer aus dem Fenster zu reichen und sich davon zu machen. Jetzt ist mir auch klar, warum der Samurai darauf bestanden hat, das Geld in einem ganz bestimmten Koffertyp übergeben zu bekommen. Für die Geldübergabe wurde er von Treuland vermittelt. Sollte mich nicht wundern, wenn der auch mit drin hängt. Aber das ist so ein aalglatter Typ, dem werden wir wohl so schnell nichts nachweisen können. Aber in dem Koppsiekerfall bin ich weitergekommen. Der hing dicker in der Anfangsgeschichte des Drachenmuseums drin, als wir vermutet haben. Er war, wie der Bielefelder

Bockstiegel schon angedeutet hat, der eigentliche Vater der Drachenidee. Er ist jedoch von Malzahn und Konsorten auf übelste Weise rausgemobbt worden. Da war wohl richtig Hass im Spiel. Die Angelegenheit werde ich mir auf jeden Fall sofort noch einmal vornehmen."

„Das glaube ich kaum!", schaltete sich Maren Köster jetzt verärgert ein, „eben war Erpentrup hier und hat uns seine weiteren Pläne eröffnet. Er stellt sich vor, dass wir in den nächsten Tagen in Blomberg jede Mülltonne umdrehen. Den Drachendiebstahl will er gleich auf der Pressekonferenz als abgeschlossen erklären. Erst wenn der Bundeskanzler sich wieder nach Berlin aus dem Staub gemacht hat, können wir an unseren eigentlichen Fällen weiterarbeiten."

„Ja, hat denn der Alte jetzt den absoluten Lattenschuss?", polterte Schulte wütend los und an Lohmann gewandt:

„Bernhard, was soll der Scheiß? Jeden Kanaldeckel hochzuheben, um nachzusehen, ob sich ein Terrorist dahinter versteckt hat, ist nun wirklich nicht unsere Aufgabe."

Lohmann zuckte mit den Achseln.

„Mit jedem Tag, den der Staatsbesuch näher rückt, wird Erpentrup nervöser. Anfangs ließ er sich ja noch was sagen. Doch jetzt ist er total angstgesteuert. Mit dem kann man nicht mehr reden."

Lohmann sah auf die Uhr.

„Es hat eh keinen Zweck mehr, noch lange darüber zu diskutieren. In fünf Minuten will uns der Chef alle auf der Pressekonferenz sehen. Von dir will er übrigens noch einen Kurzbericht haben, Jupp!"

„Habe ich nicht mehr geschafft!", entgegnete Schulte trotzig, „und mache ich auch nicht mehr!"

63

Das war zweifellos der Tiefpunkt seiner Polizistenlaufbahn!

Er war nun wirklich nicht pingelig und hatte in den fast dreißig Jahren Dienstzeit schon so manchen Schweinestall ausgefegt. Aber dass er nun als gestandener Kriminalhauptkommissar durch das eiskalte Blomberg laufen und Mülltonnen kontrollieren sollte, war einfach entwürdigend. Da war es nur ein schwacher Trost, dass es die Kollegen ähnlich heftig getroffen hatte. Sicher, der Sinn der Sicherungsmaßnahmen leuchtete ihm schon ein. Es wäre natürlich mehr als peinlich, wenn der französische Staatspräsident bei seinem mit Sicherheit ersten und einzigen Besuch Lippes körperlich oder seelisch zu Schaden kommen würde. Wie stünde sein Gastgeber, der erste und mit großer Wahrscheinlichkeit auf lange Zeit einzige lippische Bundeskanzler, denn da? Also musste Blomberg zum Hochsicherheitsbereich werden. Okay, einer musste auch diesen Job machen, zu dem er verdonnert worden war. Aber warum gerade er? Er hatte doch nun wirklich genug mit den Ermittlungen in der Mordsache Koppsieker und dem Drachendiebstahl zu tun. Dieses Riesenspektakel in Blomberg hielt ihn von der eigentlichen Arbeit ab und verhalf einem Mörder zu völliger Bewegungsfreiheit.

Außerdem ärgerte sich Schulte, dass er vermutlich vom Auftritt der beiden Regierungschefs Chirac und Schröder sowie ihrer populären Außenminister Barnier und Fischer nichts mitbekommen würde. Vor allem die beiden Franzosen hätte er gern gesehen.

Das Besuchsprogramm sollte etwa in diesem Augenblick mit einem Zusammentreffen der beiden Delegationen auf dem Marktplatz beginnen. Danach sollten sie ins Rathaus gehen, dem Bürgermeister von Blomberg ein paar nette Worte über seine schöne Stadt sagen, sich ins Goldene Buch der Stadt eintragen, dann erst begann die eigentliche deutschfranzösische Begegnung. Anschließend sollte es zum für die Sicherheitskräfte heikelsten Teil des Besuchsprogramms kommen. Einem Bummel quer über den Marktplatz, durch die kurze, aber enge Burgstraße zum Pideritplatz, dem großen Platz vor dem Burghotel. Der Platz, sonst ein vielgenutzter Parkplatz, war seit Tagen gesperrt. Jeder Gullydeckel in der Blomberger Kernstadt war untersucht und verplombt worden, kein Auto durfte mehr durch die Altstadt fahren. Mülltonnen mussten von der Straße verschwinden, nicht nur aus ästhetischen, sondern aus Sicherheitsgründen. Jede Baumkrone auf dem Pideritplatz war durchsucht worden, viele Anlieger hatten Besuch von den Sicherheitsleuten bekommen. Das Burghotel hätten die am liebsten komplett in alle Einzelteile zerlegt, jeden Stein untersucht und dann alles wieder zusammengebaut.

Den Blombergern hatte all dies nichts ausgemacht. Sie waren schier aus dem Häuschen vor Begeisterung über die öffentliche Aufmerksamkeit, die ihrem wahrhaftig schnuckeligen, aber nicht eben berühmten Städtchen zuteil wurde. Was zählten da so kleine Einschränkungen der Bewegungsfreiheit? Blomberg war in aller Munde, hatte bereits im Vorfeld einen Medienrummel erlebt, der die Einwohner staunen ließ.

Schulte war ein eher unbedeutendes Revier zugewiesen worden: Der Bereich der nordwestlichen Altstadt. Es stand nicht ernsthaft zu erwarten, dass hier irgendwelche Bomben herumlagen oder zu allem entschlossene Finsterlinge bereits ihr Präzisionsgewehr im Anschlag hielten. Dafür war dieses Viertel, im wahrsten Sinne des Wortes, zu weit weg vom Schuss. Aber es konnte ohne weiteres als Start- oder Rückzugsgebiet etwaiger Attentäter dienen. Es machte schon Sinn, sich hier etwas umzuschauen.

Nun stand Jupp Schulte in der Neue-Tor-Straße an der Ecke Hagenstraße vor einer Kneipe namens *Chaos*. Aus der weit geöffneten Eingangstür versprachen dröhnend die

Toten Hosen, dass sie nie zum FC Bayern gehen werden. Schulte, der dies gut verstehen konnte, trottete langsam die Straße hoch in Richtung Altstadt. Etwa fünfzig Meter weiter war auf der rechten Straßenseite ein Supermarkt, vor dem ein Parkplatz Schultes Aufmerksamkeit forderte. Er blickte konzentriert in jedes Auto, fand sie aber alle leer. Es gab an diesem Vormittag wohl keine Einkäufer, sondern nur Schaulustige, die weiter stadteinwärts wanderten. Schulte beendete seine Kontrollrunde über den Parkplatz und ging weiter. Immer mehr Menschen, Einheimische und Touristen trotzten der schneidenden Kälte, machten die Bürgersteige dicht und ein Durchkommen schwierig. An der nächsten Straßenecke bog der Polizist, einem Impuls folgend, nach rechts in die Friedrichstraße ab. Sofort riss der Besucherstrom ab und es wurde spürbar leiser. Nach etwa zwanzig Metern sah Schulte auf der rechten Seite den kleinen Hof vor einer etwas heruntergekommenen Werkshalle. Auf ihm standen mehrere Autos. Außerdem lag dort etwas Metallschrott herum. Schulte seufzte. Er hatte nicht die geringste Lust, sich auch noch diesen vollgemüllten Platz anzuschauen. Aber er war Profi und hatte einen klaren Auftrag. Was gab es da zu überlegen? Schulte wollte gerade einen Schritt auf das Anwesen machen, als eine ältere Frau mit einem Drahtkorb voller Blechdosen aus einer von der Straße nicht einsehbaren Haustür an der linken Seite des Platzes trat. Sie überquerte die Freifläche und stellte den Metallkorb in der rechten hinteren Ecke ab. Sie schaute Schulte, der etwas unschlüssig auf der Straße herumstand, misstrauisch an. Der Hauptkommissar wartete ab, bis sie mit schleppenden Schritten wieder zurück durch die Haustür gegangen war. Dann trat er auf den Hof und schaute sich um. Mehrmals hob er herumliegende Gegenstände auf, betrachtete sie eingehend und legte sie wieder zurück. Als er bei dem Korb angekommen war, widmete er auch dem einen Blick. Das kleine Drahtgebinde war voll mit leeren Cola-Dosen. Das mochte vielleicht bei demjenigen, der sie geleert hatte, Magenkrämpfe hervorgerufen haben, von Bedeutung für die Sicherheit des Staatsbesuches waren sie aber nicht. Schulte grinste etwas und ging weiter, um die Kontrollrunde abzuschließen. Er war schon wieder mehrere Meter auf der Friedrichstraße gegangen, als er das Gefühl hatte, etwas übersehen zu haben. Irgendetwas hatte sein Unterbewusstsein wahrgenommen, was in seinem Hirn noch nicht angekommen war. Er hielt an und dachte nach. Dann drehte er sich um und ging zurück zum Hof. Die Dosen, dachte er. Irgendwas war an ihnen ungewöhnlich. Als er wieder vor dem Drahtkorb stand, starrte er wie unter Hypnose auf den Blechhaufen, ohne zu einer Erkenntnis zu kommen. Plötzlich stand die alte Frau neben ihm.

„Was machen Sie denn da, junger Mann?“, keifte sie aufgeregt, „iss was Besonderes mit den alten Blechdosen?“

Schulte achtete nicht auf die Frau, sondern überlegte weiter angestrengt. Wo hatte er diese Form eines Blechschaden schon einmal gesehen?

„Sind Sie betrunken?“, wollte die Herrin dieses Gerümpels nun wissen. Als Schulte immer noch nicht reagierte, drehte sie sich Richtung Haustür und rief, fast dort angekommen, noch lauter:

„Ich hole die Polizei! Mit dem Kerl stimmt doch was nicht!“ Und direkt in der Tür setzte sie noch nach:

„Der spinnt doch! Und alles wegen so ein paar zerquetschten Cola-Dosen!“

Als hätten diese Worte zwei lose Enden eines durchgeschnittenen Zündkabels zusammengefügt, sprang plötzlich der Motor in Schultes Hirn an. Cola-Dosen! Zusammengequetscht wie eine Ziehharmonika! Wo hatte er die gesehen? Dann endlich zerriss der Schleier vor seinem inneren Auge und er sah klar und deutlich eine leere Getränkedose vor sich, die auf eben diese eigentümliche Weise zerquetscht worden war. Sie lag damals in einem Papierkorb der Detmolder Kreispolizeibehörde. Schulte hatte sich seinerzeit darüber gewundert, denn außer ihm selbst trank hier niemand Cola. Seine Kollegen waren allesamt bekennende Kaffeejunkies. Und dann diese erstaunliche Verformung der armen Dose. Eine Behandlung, die Rückschlüsse darauf zuließ, dass ihr Erfinder sowohl über ganz erhebliche Körperkraft als auch über eine gute Portion Aggression verfügte. Es hatte etwas brutal Endgültiges. So verhält sich nur jemand, der die Dinge, die er einmal angefangen hat, auch zu Ende bringt. So einer macht keine halben Sachen! Als Schulte damals so interessiert auf die zerquetschte Aluminiumhülse geschaut hatte, wurde von irgendjemandem, wahrscheinlich Axel Braunert, gesagt, von wem sie stammte. Wer war das noch? Schulte hätte gern in aller Ruhe darüber nachgedacht, wurde aber durch die immer lauter keifende Frau abgelenkt. Als er seinen Blick rundum schweifen ließ, fiel ihm eine plötzliche Bewegung hinter einem Fenster im Obergeschoss des Hauses auf der linken Hofseite auf. Eine Gardine war hastig zugezogen worden. Offenbar hatte ihn jemand von dort beobachtet und wollte nun selbst nicht gesehen werden. Verdammt, um wen war es damals gegangen? Schulte hatte noch keinen klaren Gedanken konstruiert, aber deutlich wie selten spürte er, dass hier eine Spur lag. Eine Spur, die er auf keinen Fall, und mochte sie noch so unbedeutend wirken, verlieren durfte. Staatsbesuch hin, Staatsbesuch her! Von diesem Hof würde für Schröder und Chirac keine Gefahr ausgehen. Aber etwas anderes lauerte hier. Schulte riss sein Handy aus der Brusttasche seiner dicken alten, Lederjacke und rief Axel Braunert an. Der war polizeiweit bekannt für sein außerordentlich gutes Gedächtnis. Auch hier musste Braunert nicht lange überlegen, sondern hatte schnell eine Antwort parat. Eine Antwort allerdings, die für Jupp Schulte pures Dynamit war.

„Klar weiß ich das noch! Wir hatten eine Besprechung. Kurz vorher war der Mann von Lippe-Security bei uns gewesen. Rainer Haase. Kräftiger Bursche. Der hatte dieses kleine

Kunststückchen vorgeführt. Mit einer Hand hat er die Dose zerdrückt! Sonst noch was? Ich habe hier nämlich viel zu tun!"

Haase! War es möglich, dass er hier rein zufällig endlich auf eine Spur des Mannes gestoßen war, den er seit Tagen für den Mord an Koppsieker und für den versuchten Mord an Bockstiegel verantwortlich machte? Und den zu verfolgen man ihn gehindert hatte, zugunsten der Sicherung dieses Staatsbesuchs? Sollte ausgerechnet diese ungeliebte Arbeit dazu führen, den vermutlichen Mörder zu finden? Welch ein Paradoxon!

Die alte Frau stand noch immer im Hauseingang und schaute ihn wütend an. Schulte ging entschlossen auf sie zu.

„Sagen Sie mal, gute Frau", fragte er lauernd und hielt der Alten seinen Dienstausweis vor die kurzsichtigen Augen, „wo kommen diese Dosen her?"

Sie war offenbar von dem Ausweis stark beeindruckt, zeigte nach oben, ungefähr auf das Fenster, hinter dem eben noch die Gardine vorgezogen worden war und bekannte:

„Von oben! Ich weiß aber nicht, wer da wohnt. Unten sind Büros. Ich mache da sauber. Wer da drüber wohnt, weiß ich wirklich nicht. Geht mich ja auch nichts an. Der hat die Dosen einfach unten im Flur in diesen Korb geworfen. Na ja, ich konnte sie ja nicht einfach da stehen lassen und habe sie jetzt rausgestellt. Irgendwer wird sie wohl mal wegbringen. Mir ist das doch egal!"

Sie hatte kaum ausgesprochen, da hatte sich Schulte schon an ihr vorbeigedrängt. Er stand nun im unteren Flur und versuchte, sich zu orientieren. Hinten links führte eine ziemlich fragwürdige Holztreppe ins erste Stockwerk. Schulte überlegte fieberhaft. Der Jagdinstinkt befahl ihm, ohne jedes Zögern die Treppe hinauf zu laufen, in die Wohnung einzudringen und Haase und alles andere, was sich dort oben befand, festzunehmen. Hausdurchsuchungsbefehl? Quatsch! Hier war ein mutmaßlicher Mörder auf der Flucht, da galten solchen feinsinnigen Überlegungen nicht. Aber etwas anderes hielt ihn davon ab. Die plötzliche Eingebung, dass Haase nicht irgendein leicht zu überrumpelndes Weichei war, sondern ein Sicherheitsprofi, der körperlich bestens in Schuss und mit größter Wahrscheinlichkeit bewaffnet war.

Schulte ging also erst einmal wieder zurück auf das eingepferchte Gelände. Die Putzfrau war inzwischen wieder zurück in die Büroräume gegangen, um mit ihrer Arbeit weiterzukommen. Schulte überlegte, ob er Verstärkung holen sollte. Zweierlei sprach dagegen: Einmal waren alle Kollegen zurzeit im Einsatz. Schröder und Chirac waren in diesem Augenblick vermutlich gerade im Rathaus bei ihrer Besprechung. In spätestens einer Viertelstunde würden sie herauskommen und wieder den Marktplatz betreten, um anschließend zu Fuß zum Burghotel zu gehen. Allerhöchste Alarmstufe! Kein Kollege, der noch einen Funken Verstand besaß, würde jetzt seinen Posten verlassen und zusammen mit Schulte einen Mörder jagen. Das Disziplinarverfahren wäre ihm sicher. Und Schulte selbst würde sich in Schwierigkeiten bringen, wenn irgendwann einmal herauskommen würde, dass er einen Kollegen zur Befehlsverweigerung aufgefordert hätte. Aber ganz auf eigene Faust? Wieder holte er sein Handy hervor und wählte Maren Köster an.

„Maren, du wirst es nicht glauben, aber ich habe durch puren Zufall eine ganz heiße Spur zu Haase gefunden! Er ist wahrscheinlich in diesem Moment in Blomberg. Ich stehe hier in der Friedrichstraße und werde jetzt in ein Haus gehen, in dem sich Haase vermutlich aufhält. Es wäre gut, wenn du...!“

Weiter kam er nicht, denn er wurde von einer sehr laut schreienden Kollegin unterbrochen.

„Bist du völlig durchgeknallt? Willst du dich umbringen? Jupp, mach keinen Scheiß! Wenn der Staatsbesuch gelaufen ist, bin ich sofort mit von der Partie. Aber doch nicht jetzt! Und auf gar keinen Fall ganz allein!“

Schulte aber gab ihr nur ohne jede Emotion seinen genauen Standort durch. Falls was passieren sollte.

„Und kein Wort zu Erpentrup! Ja? Ich jage doch nicht eingebildete Terroristen, wenn mir gleichzeitig ein echter Mörder durch die Lappen geht. Falls ich mich in der nächsten halben Stunde nicht wieder gemeldet habe, ist mir was passiert. Und dann weißt du wenigstens, wo. Drück mir die Daumen!"

Maren Köster wollte gerade zu einer passenden Antwort ausholen, als Schulte sie auf seinem Handy einfach wegdrückte. Er konnte jetzt keine klugen Ratschläge gebrauchen. Und das Schrillen des Handys konnte er am allerwenigsten gebrauchen, wenn er gerade versuchte, geräuschlos die Treppe zu besteigen.

Während seine Kollegin etwa einen Kilometer weiter gerade einen recht unweiblichen Fluch losließ, zog Schulte seine Dienstwaffe aus dem Schulterholster und trat leise wieder in den Flur. Als er die erste Treppenstufe belastete, zuckte er zusammen. Das Knarren erschien ihm so laut, dass er sich kaum traute, den nächsten Schritt zu machen. Auf die zweite Stufe trat er so vorsichtig auf, als ginge er barfuss über Glasscherben. Er schaffte es beinah vollständig, das Knarren zu vermeiden. Es dauerte eine volle Minute, bis er auf dem oberen Treppenabsatz vor der Wohnungstür stand. Er schaute sich das alte, schon stark beschädigte Klingelschild an, auf dem aber kein Name stand. Das bedeutete gar nichts. Schulte legte mit äußerster Vorsicht eine Hand an den silbernen Türknopf und prüfte, ob der sich drehen ließ. Ließ er nicht! Die Tür hatte allerdings eine recht primitive Schließanlage und Schulte hatte keine Mühe, mit seinem Spezialtaschenmesser in wenigen Sekunden den Schließzylinder fast geräuschlos zu drehen. Ein weiterer Griff an den Türknopf, eine leichte Drehung, und die Tür ging auf. So leise wie möglich öffnete Schulte sie weiter, unter höchster Anspannung, denn jeden Moment konnte ihm eine Kugel um die Ohren fliegen. Dann endlich stand die Tür so weit auf, dass Schulte den Flur überschauen konnte. Niemand war zu sehen! Er blieb eine Weile still stehen und lauschte. Nichts war zu hören. Nur im Raum rechts vom Flur tropfte ein Wasserhahn. Schulte schluckte seine aufkommende Unsicherheit herunter und trat auf den Flur. Drei Türen waren zu sehen. Die Tür des Wohnraumes rechts von ihm, aus dem das einsame Klack-Klack des Wasserhahns kam, stand auf. Er lugte vorsichtig um die Ecke und blickte in ein winziges und ziemlich heruntergekommenes Badezimmer, in dem sich aber niemand aufhielt. Den Hahn ließ er tropfen und ging zur nächsten Tür auf der linken Seite. Die war zu. Er stellte sich neben die Tür und drückte mit ausgestreckter Hand die Klinke so leise wie möglich runter. Dann stieß er ruckartig mit dem Fuß die Tür auf, stürzte mit vorgehaltener Pistole durch die Öffnung und fand sich in einer schmuddeligen Wohnküche wieder. Hier gab es halbvolle schmutzige Kochtöpfe, auf einem kleinen Küchentisch einen Teller mit einer braunen Masse, daneben eine noch heile Dose Cola. Aber kein Mensch war zu sehen. Schulte trat an den Tisch, begutachtete den Teller genauer, vermutete darauf Chili con Carne und stellte fest, dass es noch warm war. Die Getränkedose war geöffnet, aber noch halbvoll und eiskalt. Offenbar hatte hier jemand ganz abrupt sein Mittagessen im Stich gelassen. Schulte ging wieder zurück auf den Flur, um die dritte und letzte Tür zu öffnen. Wieder die gleiche Vorgehensweise, der Schubs mit dem Fuß, das Eindringen mit vorgehaltener Pistole. Diesmal wäre er vom eigenen Schwung beinah in die Tiefe gerissen worden. Denn vor ihm war nicht, wie vermutet, ein weiterer Raum. Nein, hinter der Tür führte ein enges und finsteres Treppenhaus wieder nach unten. Offenbar war Haase durch dieses Treppenhaus geflüchtet! Auf halber Höhe der Treppe war das einzige winzige Fenster des Treppenhauses mit milchigen Scheiben. Schulte lugte neugierig hindurch und blickte zu seinem Erstaunen wieder auf den Hof. Und dann sah er ihn!!!

Haase stand da unten und schaute zu ihm hoch. Dann drehte er sich blitzschnell um und lief davon. Schulte zerbiss einen Fluch und polterte die restlichen Treppenstufen hinunter. Er hielt sich auf dem Gelände keine Sekunde länger als nötig auf und stand wieder auf der Friedrichstraße. Links war nichts zu sehen, rechts eilte ein Mann gerade um eine Kurve. Haase! Schulte mobilisierte alle Kräfte und rannte hinterher. Auf Höhe der Turnhalle konnte er den Flüchtenden wieder sehen. Aber nur kurz, denn der ganze Verlauf der Friedrichstraße war hier eine einzige lang gezogene Kurve und der Mann vor ihm geriet sofort wieder aus Schultes Blickfeld. Er war offenbar gut in Form. Aber auch Schulte war keine lahme Ente. Er war am Limit, aber er ließ den Abstand nicht größer werden! Rechts von ihm sah er die Stadtmauer, dahinter einen Grünstreifen mit einem Fußweg. Links von ihm war nun ein großes ehrwürdiges Schulgebäude. Schulte hatte das Gefühl, sich übergeben zu müssen, aber er biss die Zähne zusammen und hielt sein Tempo. Bei der Kirche erwischte er noch einen kurzen Blick auf Haase, der in den Seligen Winkel abbog. Dann war er Schultes Blicken entzogen. Schulte bog ebenfalls in die sonst sehr beschauliche kleine Straße ein und bremste dann abrupt seinen Lauf ab. Mit fliegendem Puls und rasselndem Atem blieb er kurz stehen und sah, dass auch Haase seinen Lauf stoppen musste, um durch die dichte Menschenmenge zu schlüpfen, die auf dem Weg zum Pideritplatz war und so kurz davor nicht gewillt schien, einen so unverschämten Drängler vor zu lassen. Haase musste sich böse Beschimpfungen und heftige Rempler gefallen lassen, als er versuchte, sich durch die Massen zu winden. Für mehrere Sekunden war Schulte außerstande, auch nur einen Schritt weiter zu gehen. Einen solchen Sprint musste ein Mann in seinem Alter erst einmal verdauen. Als Haase völlig im Gedränge verschwunden war, blieb Schulte nichts anderes übrig, als ihm zu folgen. Auch er musste sich nun beschimpfen lassen, auch er bekam nun Ellenbogenstöße ab.

Aber das alles spürte er nicht. Sein Jagdfieber machte ihn resistent gegen alle Anfeindungen. Außerdem hatte er breite Schultern, kräftige Ellenbogen und fühlte sich durch seinen hoheitlichen Auftrag befugt, diese auch einzusetzen.

So arbeitete er sich langsam, aber stetig an Haase heran, der nicht nur durch seine kräftige Statur auffiel, sondern auch dadurch, dass er der einzige in der Menschenmenge war, der nicht mit einer dicken Jacke oder einem Mantel bekleidet war. Er hatte offenbar keine Zeit mehr gefunden, sich dem Klima entsprechend anzukleiden, als er Schulte auf dem Hof erblickt hatte, sondern war so, wie er war, geflüchtet. Mit einem feuerroten Sweatshirt, das wie eine Signallampe schon von weitem zu erkennen war und Schulte die Verfolgung leicht machte. Auf der Höhe des Amtsgerichtes schaute Haase sich wieder einmal um und beschleunigte, als er Schulte etwa zwanzig Meter hinter ihm zwischen all den Leuten entdeckte, seine Schritte noch mal. Er kannte jetzt überhaupt keine Hemmungen mehr und schob störende Fußgänger links und rechts von sich weg. Damit schuf er nicht nur sich eine Menge Feinde, sondern auch Schulte eine Gasse, durch die er immer weiter aufholen konnte.

Auf dem Marktplatz wurde das Gedränge dann immer dichter. Haase durchschnitt die Menge wie eine Schneefräse.

Vor einigen Minuten waren die prominenten Besucher wieder aus dem Rathaus gekommen und hatten ein Bad in der Masse genommen. Die Blomberger und ihre Gäste vermittelten den Franzosen das Gefühl, hier zu Hause zu sein. Beide Staatschefs hatten zum jetzigen Zeitpunkt große Probleme mit ihrer eigenen Partei und mit ihrer Akzeptanz beim Wähler. Umso mehr genossen sie diese Welle von Sympathie, die ihnen in Blomberg entgegenschlug und ließen sich von ihr tragen. Dann waren sie, umringt von ihren Bodyguards, in die kurze und enge Burgstraße gebummelt. Die Zuschauer waren nun völlig aus dem Häuschen und drängten hinterher. Die Burgstraße drohte aus den Nähten zu platzen. Und genau in dieses Getümmel stürzte sich Haase! Vermutlich war er der Überzeugung, dass er in diesem Gewimmel am wirkungsvollsten untertauchen konnte. Seine nicht unberechtigte Hoffnung war gleichzeitig Schultes große Sorge.

Plötzlich war Haase, fast am Ende der Burgstraße und schon beinah auf dem Pideritplatz, nur noch etwa zehn Meter von Chirac entfernt und kam dadurch in das Radar seiner Bewacher. Vor ihm baute sich wie aus dem Nichts auftauchend, ein Schrank von einem Mann auf und breitete beide Arme aus, um ihn zu stoppen. Haase reagierte mit einem unglaublichen Reflex, indem er einen blitzschnellen Haken schlug und unter den Armen des Sicherheitsbeamten hindurchtauchte. Weit kam er aber nicht, denn schon stand der nächste im Weg. Wie ein Stier rammte Haase den gesenkten Kopf gegen die Brustbeinspitze des Mannes. Während dieser mit Atemnot zusammenklappte, packte Haase einen völlig unbeteiligten jungen Mann und warf ihn auf den röchelnden Sicherheitsmann. Der erste Bodyguard war Haase sofort nachgeeilt, hatte seine Waffe gezogen und versuchte, sich eine Gasse zu Haase zu schlagen, zu drücken und zu stoßen. Er fand jedoch keine Gelegenheit, die Pistole abzufeuern, denn Haase war umringt von völlig harmlosen Schaulustigen und ein gezielter Schuss war unmöglich. Es wäre eine viel zu große Gefährdung dieser Leute gewesen. Zwei weitere Beamte des Bundeskriminalamtes bahnten sich einen Weg durch die Menschen, um ihre Kollegen zu unterstützen. Aber Haase war entwischt!

Er war nun auf dem großen Pideritplatz und fräste sich weiter durch die Menschenmassen. Die vor Wut schäumenden Sicherheitsbeamten wollten gerade die Verfolgung aufnehmen, als ein weiterer Randalierer in bedenkliche Nähe der hohen Gäste kam. Schulte stand nun einer Wand von vier hochgewachsenen und bestens trainierten Männern gegenüber, die ihm keine Sekunde Zeit ließen, sich zu erklären.

Unfassbar schnell lag Schulte plötzlich mit dem Gesicht auf der Straße, der Schmerz des Aufpralls wurde noch vom größeren Schmerz der gewaltsam nach hinten gedrückten Arme übertroffen. Er spürte einen schweren Männerschuh an seinen Weichteilen und wagte kaum zu atmen, während kräftige Hände ihn von Kopf bis Fuß abtasteten. Dann wurde er mit einem furchtbaren Ruck an den Armen hochgerissen. Er war noch nicht komplett in der Vertikalen, als schon die Handschellen klickten. Als er den Mund aufmachte, um zu protestieren, wurde er brutal nach vorn gestoßen. Während einer der Sicherheitsmänner voraus schritt, um eine Gasse für den Gefangenentransport freizumachen, hielten zwei andere jeweils einen Oberarm Schultes mit einer Kraft umklammert, die nur durch Wut zu erklären war und zogen ihn rücksichtslos mit sich. Nach drei bis vier stolpernden Schritten fand Schulte wieder etwas zu sich. Er wollte schreien, wollte deutlich machen, dass alles ein großes Missverständnis sei, dass er Polizist und kein Attentäter sei. Aber er wurde nicht gehört. Einmal war die Menschenmenge zu laut, als dass ein einzelner sie hätte übertönen können, zum anderen lief sein Mund sofort voll Blut. Es floss in zwei dicken Strömen aus der Nase und erstickte jede Artikulation. Schulte hatte keine Chance mehr! Haase war uneinholbar entkommen! Schulte biss die Zähne zusammen und ergab sich in sein Schicksal, als die vier Gorillas ihn zu einem Einsatzwagen der Kreispolizeibehörde Lippe am Anfang der Weinberggasse zerrten. Schulte war so benommen, dass er kaum zur Kenntnis nahm, dass vor dem Einsatzwagen ein Mann ihn völlig fassungslos anstarrte. Irgendwie kam ihm dieser Mann bekannt vor, aber....

„Schulte!“, schrie Polizeioberrat Klaus Erpentrup, „Sie Wahnsinniger! Was haben Sie denn jetzt schon wieder gemacht?“

Dann wandte sich Erpentrup hektisch zu den Sicherheitsbeamten und fauchte die an.

„Was soll das? Wieso nehmen Sie einen meiner Männer fest?“

Nun klärte er die total verständnislos dreinschauenden Männer über Schultes Identität auf. Es dauerte kostbare Zeit, bis sie verstanden und Schulte die Handschellen abgenommen hatten.

Der größte und kräftigste der vier Beamten schlug Schulte mit seiner Pranke übertrieben kräftig auf die Schulter und meinte jovial:

„Nichts für ungut, Kumpel!“

Als Schulte sich von dem Hustenanfall erholt hatte und mit einem hilfreich dargebotenen Tempotaschentuch das schlimmste Nasenbluten etwas unterbunden hatte, waren die BKA-Leute schon wieder weg. Sie hatten Wichtigeres zu tun, als sich um verletzte Dorfpolizisten zu kümmern.

Und Schulte hatte Wichtigeres zu tun, als sich die Vorhaltungen seines Chefs anzuhören. Mit einem hastigen:

„Ja, ja! Weiß ich alles! Anschließend können Sie mich ja rausschmeißen!“ warf er sich wieder in die Menge.

Die Politiker waren inzwischen schon auf dem gepflasterten Weg vom Alten Amtshaus zum Burgtor unterwegs und hatten von dem Zwischenfall nichts mitbekommen. Schulte blickte verzweifelt über die Menschenmassen, um irgendwo wieder eine Spur von Haase zu finden. Doch der rote Pullover war nicht zu sehen. Da bimmelte sein Handy.

„Jupp! Er ist hier! Hier in dem kleinen Park mit der Turmruine!“, rief Maren Köster aufgeregt. „Er ist gerade an mir vorbeigelaufen. Ich bleibe dran!“

Schulte ballte eine Faust als Zeichen des Triumphes und setzte sich wieder in Bewegung. Auf Maren Köster war doch Verlass! Wenn sie auch häufig seine recht unorthodoxen Methoden ablehnte, war sie doch, immer wenn es wirklich darauf ankam, hundertprozentig zuverlässig. Auch sie verließ ja jetzt ihren anbefohlenen Platz und riskierte Kopf und Kragen.

Die Polittouristen standen nun nicht mehr ganz so dicht gedrängt und er kam gut vorwärts. An der Westseite des Pideritplatzes, rechts neben dem Alten Amtshaus, führte ein Weg durch eine Maueröffnung in einen kleinen kreisrunden Park, an dessen Stirnseite die halbrunde Ruine eines Wachturmes stand. In der Hoffnung, aus diesem Rondell auch wieder einen Ausgang zu finden, hatte sich der nicht sehr ortskundige Haase hier hinein geflüchtet. Schulte erkannte mit einem Blick, in welche Lage sich Haase damit gebracht hatte. Es gab keinen Ausgang! Haase saß in der Falle!

Am Eingang dieses runden Parks stand Maren Köster und wartete auf Schulte. Beide zogen ihre Dienstwaffen und näherten sich Haase. Aber der hatte noch lange nicht resigniert! Der Kämpfer Haase kletterte gemsengleich auf die Stadtmauer, dort wo sie am niedrigsten war, rechts von der Ruine. Dort aber schien es ihn endgültig erwischt zu haben. Die Mauer, die zum Park hin nicht mal zwei Meter hoch war, fiel auf der anderen Seite bis zu vier Meter senkrecht ab. Und am Fuß der Mauer fiel die Grasfläche auch noch steil ab. Beste Voraussetzungen, um sich gründlich den Hals zu brechen.

„Bleib du hier!“, rief Schulte seiner Kollegin zu.

Er selbst sprintete nun wieder aus dem kleinen Park heraus, bog scharf rechts ab, rannte am Alten Amtshaus vorbei, bog bei der gewaltigen uralten Burglinde wieder rechts ab und hetzte unterhalb der Stadtmauer zu der Stelle, an der Haase entweder tot oder zumindest schwerverletzt ankommen würde, falls er den Sprung wagte. Kurz vor der Stelle traute er seinen Augen nicht.

Genau unterhalb des Mauerabschnittes, auf dem Haase gerade noch herumgeturnt hatte, waren kräftige Efeuranken bis an die Mauerkrone herangewachsen. Es gehörte Mut dazu, Mut oder Verzweiflung, diesen Efeuranken seine Gesundheit anzuvertrauen. Aber Haase war nicht irgendjemand. Er hatte es gewagt – und er hatte verloren! Etwa einen Meter war er bereits an der grünen Blätterwand hinabgeklettert, als die

Ranken dem Gewicht des kräftigen Mannes nicht mehr gewachsen waren und sich von der Mauer lösten. Haase stürzte mit einem lauten Schrei ab, schlug hart auf dem abschüssigen Gras auf und überschlug sich mehrfach, bevor er auf dem Fußweg dann bewegungslos liegen blieb.

Schulte war mit ein paar schnellen Schritten bei ihm, stellte fest, dass Haase lebte und nicht einmal bewusstlos war. Aber er hatte sich doch verletzt und hatte anscheinend Schmerzen. So wie sein rechter Arm da lag, musste er gebrochen sein. Schulte stand schnaufend vor ihm und rang um Atem. Die Dienstwaffe hatte er wieder in das Schulterholster gesteckt. Es dauerte einige Sekunden, bis sein Puls sich wieder eingependelt hatte. Irgendwo hatte ein Fanfarenzug angefangen, Musik zu machen. Wahrscheinlich direkt auf der anderen Seite der Stadtmauer, denn es wurde recht laut.

Er wollte gerade auf Haase zugehen, als er hinter sich, trotz der Musik, ein Klicken hörte und eine hohe, heisere Stimme krächzte:

„Flossen hoch! Und keinen Mucks!“

Schulte erstarrte zur Salzsäule. Seine Gedanken rotierten wie eine Roulettekugel. Wer war das nun wieder? Bis ihm aufging, dass sich hinter ihm nur der in den letzten Tagen vielzitierte „Vierte Mann“ befinden konnte, war dieser bereits von hinten an ihn herangetreten und hatte Schulte eine Pistole in den Rücken gedrückt. Dann griff er von schräg hinten unter Schultes Lederjacke und zog dessen Waffe heraus.

„Hinlegen! Mit dem Gesicht auf dem Boden! Los!“

Und wieder lag Schulte in dieser unwürdigen Stellung, wie nur wenige Minuten zuvor schon einmal. Aus den Augenwinkeln konnte er sehen, dass Haase ächzend aufstand. Er schrie kurz auf, als er versuchte, den rechten Arm zu bewegen. Leider schien der Rest dieses durchtrainierten Mannes unversehrt zu sein. Er brüllte seinen Gehilfen an:

„Los! Knall ihn ab!“

Gleichzeitig ging er einige Schritte von Schulte weg, um Platz für den tödlichen Schuss zu machen. Dabei hinkte er auch ein wenig. Sein Kompagnon stellte sich direkt vor den liegenden Schulte.

„Worauf wartest du noch? Wir müssen hier weg!“, rief Haase aufgeregt. „Klaus, jetzt pass auf: Mein Auto steht am Niederntor. Du weißt, wo das ist, oder? Mach den Kerl fertig und sieh zu, dass du so schnell wie möglich zum Wagen kommst. Ich kann nicht so schnell, deswegen verschwinde ich schon mal!“

Die Fanfarenmusiker gaben ihr Bestes. Die Mauern von Jericho wären längst eingestürzt, aber die Mauern vom Blomberg hielten stand. Schulte durchzuckte der Gedanke, dass nicht jeder mit Musik ins Jenseits begleitet wird. Immerhin!

Der Angesprochene senkte langsam die Waffe und zielte nun auf Schultes Hinterkopf.

64

Maren Köster war nicht untätig geblieben. Nachdem Schulte losgesprintet war, um Haase auf der anderen Seite der Stadtmauer zu erwischen, hatte sie sofort Axel Braunert angerufen. Sie hatte seine Einwände, dass er doch nicht so einfach seinen Posten verlassen dürfe, rigoros hinweggewischt. Nach kurzer aber heftiger Diskussion sagte Braunert sein Kommen zu. Er würde aber etwas Zeit brauchen, da er sich noch am Marktplatz befinde. Dann hatte sie sich langsam, aber stetig an Haase herangepirscht. Schritt für Schritt war sie ihm auf den Pelz gerückt. Er hatte sie natürlich schon erkannt und geriet deshalb zunehmend in Panik. Verzweifelt hatte er immer wieder umhergeblickt und einen Fluchtweg aus diesem tückischen Rondell gesucht. Es gab keinen! Jedenfalls keinen regulären. Und dann hatte er auch gesehen, dass die Polizistin in ihr Funkgerät gesprochen hatte. Es bestand kein Zweifel daran, dass sie Verstärkung geordert hatte.

Er musste raus hier! Ganz schnell! Wie hoch war eigentlich diese Stadtmauer auf der anderen Seite? Vielleicht konnte er ja einfach... Haase kletterte behände auf die Stadtmauer, die ihm von dieser Seite her gerade mal bis zur Schulter ging. Oben angekommen, krabbelte er bis an den Rand und schaute auf der anderen Seite hinunter. Ein Gefühl von Schwindel drohte ihn zu überwältigen. Die Mauer, so harmlos sie von der Stadtseite aus erschien, fiel hier fast vier Meter senkrecht ab. Tief genug, um sich sämtliche Knochen zu brechen! War alles vorbei? Da fiel ihm das Efeu auf, das bis an die Mauerkrone gewachsen war. Würde das halten? Einen schweren Mann wie ihn? Haase blieb keine Zeit, dies Problem von allen Seiten zu betrachten. Die Verstärkung würde jeden Moment auftauchen, dann wäre alles zu spät. Er drehte sich auf den Bauch und rutschte langsam mit dem Oberkörper zum Mauerrand. Die Beine zappelten kurz in der Luft, bis sie Halt in dem dichten Efeugestrüpp fanden. Dann „seilte“ er sich weiter ab.

Maren Köster traute ihren Augen kaum, als Haase einfach hinter der Mauer verschwand. Sie lief schnell zu der Stelle, an der Haase verschwunden war. Vorsichtig krabbelte auch sie an den Bruchsteinen hoch, rutschte, den Meter, den die Stadtmauer breit war, nach vorn und lugte gerade in dem Augenblick, als die Efeuranke unter Haases Gewicht von der Mauer abriss und der Mann abstürzte, hinunter.

Dann lief vor ihren Augen mit wachsendem Entsetzen die weitere Handlung wie ein Film ab. Bis hin zu dem Moment, als der neu aufgetauchte Mann seine Pistole auf Schultes Hinterkopf richtete und ihr brutal klar wurde, dass sie jetzt sofort eingreifen musste. Aber wie?

Sie hatte den Gedanken noch nicht zu Ende gedacht, da war sie schon, ebenso wie kurz zuvor Haase, über den Rand der Mauer gekrochen. Ihre Schuhe fanden Halt in einer anderen Efeuranke und sie stieg weiter ab. Die Pflanze hielt ihrem erheblich geringeren Gewicht ohne weiteres stand. Zu hören war von ihr nichts, dafür sorgten die Fanfarenbläser. Keiner der beiden Verbrecher schaute zu ihr hoch. Auf halber Höhe wurde ihr klar, dass ihr keine Zeit mehr blieb, ganz hinabzuklettern. Dann würde es für Schulte bereits zu spät sein. Sie hielt sich mit der linken Hand an den Ranken fest, zog mit rechts ihre Dienstpistole und drehte sich, so schnell es ging, um. Keine Zehntelsekunde zu früh! Als Haases Gefährte den Zeigefinger krümmte, zerriss ein Schuss die Musik und der Mann wurde mit Urgewalt nach hinten geschleudert und stürzte rückwärts taumelnd ins Gras.

Maren Köster kletterte nicht weiter, sondern sprang den Rest einfach hinunter.

Haase reagierte blitzschnell und rannte, so schnell sein verletztes Bein dies zuließ, den Abhang hinunter und war nach zwei Sekunden hinter den zahlreichen Apfelbäumen verschwunden. Die Polizistin schwankte kurz hin und her zwischen den drei Aufgaben: Haase verfolgen, nachschauen, wie es Schulte ging und den verhinderten Polizistenmörder festnehmen. Sie entschied sich für das Letzte, riss dem Mann die Waffe, die er noch immer fest umklammert hielt, aus der Hand und warf ihm Handschellen darüber. Dann beugte sie sich über Schulte, der sich mittlerweile auf den Rücken gedreht und dann aufgesetzt hatte. Sein Gesicht war kreideweiß. Noch war von Freude über die kaum noch für möglich gehaltene Rettung nichts zu sehen. Der Schock saß noch zu tief. Ihr reichte aber fürs Erste die Erkenntnis, dass er körperlich keinen Schaden genommen hatte. Sie nahm wieder das Funkgerät und rief Axel Braunert an, beschrieb ihm ihren Standort und die Situation.

„Sieh zu, dass du einen Notarztwagen mitbringst. Der Mann ist ziemlich verletzt, schwer einzuschätzen. Und Jupp steht unter Schock, der muss auch versorgt werden. Ich werde mich sofort an die Verfolgung von Haase machen. Melde mich, sobald ich was Neues habe!"

Schulte war während ihres Gespräches aufgestanden und hatte sich einige Male geschüttelt, als habe er hohes Fieber. Als sie das Funkgerät wieder eingesteckt hatte, trat er zu ihr:

„Unter Schock stehen kann ich später! Wir müssen sofort zum Niederntor! Haase hat dort anscheinend sein Auto stehen und will dorthin. Ich erkläre dir alles später. Los, komm!"

Und weg war er. Maren Köster blieb nichts anderes übrig, als ihm zu folgen. Mit schlechtem Gewissen ließ sie den Verletzten allein, in der Hoffnung, dass Axel Braunert in der nächsten Minute dort sein würde. Sie musste jetzt bei Schulte bleiben. Bevor das Ganze in einer großen Katastrophe endete.

„Und bedanken kannst du dich auch später!", dachte sie, während sie ihre Schritte weiter beschleunigte.

65

„Mein Gott, was ist diese Frau schnell!“, stöhnte Schulte, während er, aus dem letzten Loch pfeifend, hinter Maren Köster herlief. Er selbst hatte schon weiche Knie, als sie gerade bei der Burglinde waren. Das Gefühl von Schwäche verstärkte sich noch, als er unterhalb der Burgmauer hinter ihr herrannte. Ein erfolgreicher Kriminalbeamter muss nicht zwangsläufig auch ein guter Dauerläufer sein. Und an diesem Tag hatte er sein Ausdauerpotential bereits restlos ausgeschöpft. Aber es gab zwei gute Gründe, hier und jetzt nicht schlapp zu machen. Er konnte sich unmöglich von seiner Kollegin abhängen lassen und zum anderen war Haase jetzt einfach fällig. Schulte hätte schreien können vor Wut, wenn er daran dachte, dass dieser Mann ihm heute schon zweimal, nein dreimal ganz knapp durch die Lappen gegangen war. So etwas war für Jupp Schulte unerträglich. Also zwang er seine geschundene Lunge, weiterhin guten Blomberger Sauerstoff in die Blutbahn zu blasen und befahl seinen müden Beinen eine Geschwindigkeit, die er unter anderen Umständen als suizidgeeignet abgelehnt hätte.

Hinter der Burg ging es weiter, immer unterhalb der Stadtmauer entlang, bis sie völlig ausgepumpt bei Blombergs eindrucksvollem Stadttor ankamen, einem mittelalterlichen, rechteckigen Turm mit einer einspurigen Durchfahrt. Die beiden Polizisten lehnten sich stadteinwärts an den Turm und versuchten, ihren Atem zu besänftigen. Schulte dampfte wie eine Lokomotive, seine Kleidung klebte ihm am Körper. Und das alles bei Außentemperaturen knapp über dem Gefrierpunkt. Dichte Menschentrauben kamen aus der Weinberggasse und aus dem Langen Steinweg und zwängten sich durch das Stadttor auf dem Weg zu den speziell für diesen Anlass geschaffenen Parkplätzen unten an der B1. Vielen war der verschwitzte, mit hochrotem Kopf dastehende Mann nicht ganz geheuer, das konnte Schulte den misstrauischen

Blicken entnehmen. Ihm war das herzlich egal. Während er noch erschöpft hechelte, war Maren Köster schon wieder frisch. Sie lief mit den Touristen durch die Toröffnung und schaute sich vorsichtig um. Die Straße machte vom Tor aus eine scharfe Rechtskurve. Gegenüber dem Stadttor war an der Straße ein kleiner, vollbesetzter Parkplatz. Dort standen die unterschiedlichsten Fahrzeugtypen. Maren Köster hatte keine Ahnung, wo Haase sein Auto wohl geparkt haben könnte. Sie konnten jetzt nur abwarten. Haase hatte ja einen Umweg machen müssen, als er bergab in die Streuobstwiesen geflüchtet war. Außerdem hinkte er etwas. Zurück in die Stadt konnte er nicht, also blieb ihm nichts anderes übrig, als sich von unten, von außerhalb der Altstadt, an das Niederntor heranzu pirschen. Er musste irgendwie bis zu der Straße Neuer Weg kommen, die von der B1 aus in einer scharfen Rechtskurve bis zum Niederntor führte, und dann weiter bergauf laufen bis zum Parkplatz. Das würde noch ein paar Minuten dauern!

Schulte hatte sich mittlerweile erholt und stellte sich neben seine Kollegin. Beide positionierten sich so, dass sie auf den Parkplatz sehen konnten, selbst vor von unten kommenden Blicken geschützt waren. Dass sie dabei den stadtauswärts strömenden Leuten im Weg standen und sich einige böse Bemerkungen anhören mussten, konnten sie ertragen.

„Übrigens!“, Schulte berührte dabei sanft ihren Arm, „Ich möchte mich bedanken! Du warst großartig!“

Sie blickte starr auf den Parkplatz, als laufe dort eine spannende Szene ab. Ohne ihn anzuschauen, sagte sie dann:

„War doch selbstverständlich! Hättest du auch gemacht!“

Schulte ließ ihren Arm los.

„Aber du hast es gemacht! Und du hast dabei Kopf und Kragen riskiert. So selbstverständlich ist das nicht. Ich werde dir das...!“

„Er kommt!“, unterbrach sie ihn aufgeregt. Schulte blickte angestrengt auf die mit Fußgängern bevölkerte Straße.

Dann sah er den auffälligen roten Pullover in etwa dreißig Meter Entfernung.

Für Haase waren die zahlreichen Fußgänger ein Segen, gaben sie ihm doch die Tarnung, die er dringend brauchte. Sicher war es für ihn ein Risiko, hierher zu kommen. Aber was sollte er machen? Wie hätte er ohne Auto aus Blomberg entkommen können? Außerdem barg der kleine Kofferraum des Sportwagens etwas für ihn überaus Wertvolles, nämlich einen schwarzen Koffer mit einem Inhalt, der ihm für den Rest seines Lebens Freude und Wohlstand versprach. Auf den Porsche hätte er verzichten können, es war ohnehin nur ein Firmenwagen. Aber niemals auf diesen Koffer. Dafür hatte er fast alles riskiert. Hatte sich für immer außerhalb einer anständigen Gesellschaft gestellt. Dieser Koffer war für ihn jedes Risiko wert!

Schulte spürte, wie sich alles in ihm anspannte, als er Haase langsam und etwas hinkend die Straße hochkommen sah. Er konnte sogar fast körperlich die Konzentration spüren, die von der dicht neben ihm stehenden Maren Köster ausging. Haases rechter Arm hing auffällig schlaff, wie ein Fremdkörper, an ihm.

Der rote Pullover kam immer näher und blieb bei den geparkten Autos stehen. Haase schaute sich forschend um. Als er nach seiner Wahrnehmung weit und breit nur harmlose Touristen, aber keine Polizei entdecken konnte, trat er schnell an einen dunkelblauen Porsche heran, friemelte mit links einen Schlüssel aus der Hosentasche und löste die automatische Türöffnung aus. Er öffnete die Fahrertür und stieg ein. Sein Arm schien ihm dabei heftige Schmerzen zu bereiten.

Schulte und Köster konnten wegen des Lärms, der von den Fußgängern ausging, nicht hören, ob Haase den Motor schon angelassen hatte oder nicht. Für sie gab es jetzt jedoch kein Zögern mehr. Beide zogen ihre Dienstwaffe. Sie blickten sich kurz an. Als Schulte nickte, lief Maren Köster los. Schulte eilte hinterher. Jetzt heulte der kräftige Motor des Sportwagens unüberhörbar auf. Haase wollte starten, aber in diesem Moment stand gerade eine besonders dichte Menschentraube diskutierend hinter ihm. Ein, zwei Hupsignale durchdrangen die lärmende Kakophonie der zahlreichen menschlichen Stimmen. Aber wenn Haase geglaubt hatte, sich damit schnell den Weg frei machen zu können, sah er sich getäuscht. Es dauerte Sekunden, bis die Leute begriffen hatten, dass sie gemeint waren. Als dann die ersten sich endlich in Bewegung setzten, kamen bereits neue dazu. Auch Schulte und Köster wurden dadurch daran gehindert, schnell zu dem Porsche durchzudringen. Plötzlich schien Haase jeden Rest von Geduld verloren zu haben. Wahrscheinlich hatte er Schulte in der Menschenmenge entdeckt. Zu seiner Wut über den Zeitverlust kam jetzt noch die Panik, geschnappt zu werden. Er schob jede Rücksicht auf die sich nur träge bewegende Menge beiseite, ließ den Motor laut aufheulen, hupte wieder gleichzeitig und fuhr rückwärts aus der Parklücke.

Die Menschen schrieen auf, versuchten in ihrer Panik, andere aus dem Weg zu drängen und brachten diese dadurch in Gefahr, überrollt zu werden. Haase ließ den Porsche unerbittlich weiter rückwärts rollen, langsam, aber ohne Rücksicht auf Verluste. Einige Leute, die hinter dem Auto gestanden hatten, schafften es gerade noch, sich in Sicherheit zu bringen, während die ersten bereits wütend mit den Fäusten auf das Dach des flachen Wagens trommelten. Einer versuchte sogar, die Fahrertür aufzureißen, um Haase herauszuzerren. Doch der war ausgekocht genug gewesen, vorher die Zentralverriegelung zu aktivieren. Lynchstimmung breitete sich aus. Sie erreichte auch die beiden Polizisten, denen bei ihrem Versuch, sich durchzudrängen, die gleiche Wut entgegenschlug. Wie eine Wand stand die aufgebrachte Menge zwischen ihnen und dem gnadenlos rückwärts drängenden Auto. Was konnte Schulte tun? Eigentlich hatten die beiden vorgehabt, vor Haases Start beide Türen aufzureißen, Haase die Pistole sehen zu lassen und ihn zum Aussteigen aufzufordern. Wenn Haase der Aufforderung nicht gefolgt und trotzdem gestartet wäre, hätte man zwei Reifen zerschießen und die Flucht auch so beenden können. Jetzt klappte gar nichts mehr! Die Dienstwaffen waren angesichts der dichten Mengenmassen überhaupt nicht zu gebrauchen.

Haase hatte nun eine Position erreicht, von der aus er nun endlich hätte vorwärts starten können. Wenn ihm nicht zahlreiche Menschen im Weg gestanden hätten! Wieder die laute Hupe, wieder der aufheulende Motor. Dann machte der PS-Protz einen Satz nach vorn, zwei Männer stürzten zu Boden, der Porsche hielt wieder kurz an, der Motor heulte aber weiter bedrohlich im hohen Drehzahlbereich. Geistesgegenwärtig zerrten nun einige andere die beiden Verletzten aus dem Weg, es bildete sich endlich eine schmale Gasse, die Haase brutal nutzte. Die Menschen spritzten auseinander, als er die Kupplung losließ und der Sportwagen wie ein Geschoss durch die Gasse drang. Nach etwa zehn Metern war die Straße dann freier und Haase gab richtig Gas.

Die beiden abgehängten Polizisten konnten nicht anders. Sie schrieen ihren Frust laut heraus. War dieser Mann denn überhaupt nicht zu fassen? Wie ein glitschiger Aal flutschte er ihnen immer wieder aus den bereits zugreifenden Händen. Empört und verzweifelt schauten sich die beiden an.

Da zerriss das durch Mark und Bein dringende Geräusch quietschender Reifen das aufgebrachte diffuse Stimmengewirr, gefolgt von einem lauten Knall. Dann war plötzlich alles still. Kein Motorengeräusch mehr. Keine Stimmen. Die Menschen hielten den Atem an. Die Welt stand für einen kurzen Augenblick still. Schulte und Köster fassten sich wieder und liefen los. Bergab, die Straße hinunter. Bis sie in der scharfen Kurve vor dem Wrack des dunkelblauen Porsche standen, der sich um einen kräftigen Baum gewickelt hatte. Aus dem Motor stieg eine dünne, dunkle Rauchsäule auf. Der Fahrer steckte fest auf seinem Sitz.

Haase war bewusstlos und gefangen. Der Kofferraumdeckel stand weit auf, im Straßengraben lag ein schwarzer Koffer. Völlig unversehrt, wie er in der Werbung angepriesen worden war.

66

Bis zum Montagabend lag Haase ohne Bewusstsein im Krankenbett. Danach hatte der Arzt jede Art von Verhör kategorisch untersagt. So konnten Jupp Schulte und Maren Köster vorerst nicht mit dem Mann sprechen, den sie am Tag zuvor so schweißtreibend verfolgt hatten.

In der Zwischenzeit hatten sie sich den Mann vorgenommen, der Haase zur Seite gestanden hatte und den sie mit Handschellen gefesselt einfach unterhalb der Stadtmauer hatten liegen lassen, um weiterhin Haase zu verfolgen. Axel Braunert war nur Sekunden später dort eingetroffen, konnte den Mann formell festnehmen und abführen.

Dieser erwies sich allerdings beim Verhör als äußerst sperrig und unangenehm selbstgefällig. Die Angaben zur Person, er hieß Klaus Ernst, nannte er noch ohne Widerstand. Als er jedoch zu seiner Rolle beim Drachendiebstahl befragt wurde, machte er dicht. Von einem Drachendiebstahl behauptete er überhaupt nichts zu wissen. Erst recht nicht von den Morden am Norderteich und in Oerlinghausen. Sein Verhältnis zu Haase sei das eines Angestellten gewesen. Haase habe ihn vor einiger Zeit als Mitarbeiter seines Sicherheitsdienstes eingestellt. In dieser Rolle habe er auch seinem Chef gestern geholfen. Für ihn hatte sich das Ganze so dargestellt, dass sein Vorgesetzter von einem Fremden bedroht worden war und da habe er einfach eingreifen müssen. Wie hätte er wissen können, dass dieser Fremde ein Polizist war? Außerdem habe er bis jetzt keinen Grund gehabt, seinen Chef für einen Kriminellen zu halten. Woher hätte er dies wissen sollen? Er selbst war nur das ahnungslose Opfer einer kriminellen Machenschaft. Weitere Auskünfte würde er nur in Anwesenheit seines Anwaltes geben. Wenn überhaupt! Dabei wirkte er so ruhig und selbstsicher, als habe er in seinem Leben noch nie etwas Ungesetzliches getan.

Viel ergiebiger waren die Befragungen der drei Männer, die vor ein paar Tagen in Marienmünster festgenommen worden waren, auch nicht gewesen. Hier war zwar die Gesprächsbereitschaft erheblich größer gewesen, aber es kam hauptsächlich die Wut der drei, von Haase und diesem Klaus Ernst gelinkt worden zu sein, durch. In der Substanz brachte das alles nicht viel.

Sicher war zu diesem Zeitpunkt nur, dass Haase das Lösegeld entwendet hatte. Der prall gefüllte Koffer in seinem Porsche war ein mehr als ausreichender Beweis. Klaus Ernst hatte ebenfalls schlechte Karten, denn trotz seiner Aussage, von nichts etwas gewusst zu haben, hatte er doch gestern eine Waffe getragen und mit ihr gedroht. Einen Waffenschein hatte er nicht, das war schon festgestellt worden. Das reichte immerhin aus, um ihn erst einmal für längere Zeit festzuhalten.

Aber den wesentlichen Fahndungszielen, nämlich die Aufklärung der beiden Morde, waren die Polizisten noch nicht entscheidend näher gekommen. Frustrierend war auch ein Fax von der italienischen Polizei aus Palermo gewesen. Darin wurde eindeutig Malzahns Alibi bestätigt. Sowohl das Meldeformular seines Hotels, als auch eine Befragung des Hotelpersonals ließen keine Fragen offen. Damit war Malzahn aus der Geschichte raus! Es blieb nur noch die Hoffnung, Haase überführen zu können.

Der machte bereits wieder einen kampflustigen Eindruck, als die beiden Polizisten ihn im Detmolder Krankenhaus aufsuchten.

„Mit den Morden habe ich nichts zu tun!“, trompete er laut. Dass er noch vor nicht einmal vierundzwanzig Stunden bewusstlos hinter dem Steuer eines Unfallautos gesessen hatte, war ihm nicht mehr anzumerken. In seinen Augen blitzte es aggressiv.

„Ruhig, Herr Haase!“, mahnte Schulte, „wie kommen Sie denn darauf, dass wir Ihnen einen Mord anhängen wollen? Erstmal geht es um den Drachendiebstahl und das Lösegeld. Da sieht es allerdings für Sie ziemlich schlecht aus. Ist aber hochinteressant, dass Sie von sich aus über die Morde sprechen. Sehr interessant...!“

„Nichts da!“, polterte Haase wieder los, „da hängen Sie mir nichts an! Keine Chance!“

Schulte nahm sich nun zurück und überließ Maren Köster das Verhör. Sie ging das Ganze wesentlich ruhiger an, während Schulte immer wieder zwischendurch den Aggressiven spielte.

Aber auch dieses uralte Guter Bulle-Böser Bulle-Spiel brachte nicht viel ein. Haase war viel zu abgebrüht, um dadurch seine Verteidigungsstrategie aufbrechen zu lassen. Die lief im Wesentlichen darauf hinaus, dass er den Vorwurf, sich das Lösegeld angeeignet zu haben, zugab. Bestreiten ließ sich das ja auch nicht mehr ernsthaft. Aber nach Haases Version hatte das nichts mit dem Drachendiebstahl zu tun. Erst recht nichts mit den beiden Morden. Er hatte nur einer sich völlig unerwartet bietenden Situation nicht widerstehen können.

„Gelegenheit macht Diebe!“, verteidigte er sich, was Schulte zwar ziemlich dreist fand, dem er aber vorerst nichts entgegensetzen konnte. Sie brachen das Verhör an dieser Stelle ab.

Danach fuhren sie vom Krankenhaus über die Bielefelder Straße zur Justizvollzugsanstalt, um noch einmal mit den drei Männern zu sprechen, die in Marienmünster erwischt worden waren. Sie nahmen sich jeden der drei einzeln vor und konfrontierten sie damit, dass sie nach wie vor Hauptverdächtige im Fall Drachendiebstahl seien, da sowohl der

Mitverdächtige Klaus Ernst, als auch Rainer Haase jede Beteiligung daran abstritten.

Die drei Männer waren empört. Nach Schultes Wahrnehmung sogar ehrlich empört. Zu Haase konnten sie wohl wirklich nichts sagen. Den kannten sie nicht. Aber Ernst? Natürlich! Alle Kontakte zum „Samurai" waren über ihn gelaufen. Er hatte ihnen alle Aufträge erteilt, er hatte mit ihnen den Lohn ausgehandelt, er hatte alle Einzelheiten mit ihnen durchgesprochen. Schulte provozierte weiter, indem er ihnen immer wieder vorhielt, wie selbstgefällig sich Ernst präsentiert hatte, und dass sie jetzt „bis zum Hals im Dreck steckten", während Ernst sich ins Fäustchen lachte.

Einer der drei steigerte sich derart in seine Wut über Klaus Ernst hinein, dass er sagte:

„Außerdem hat er den Mann in Oerlinghausen umgelegt!"

Whamm! Endlich mal eine klare Aussage. Schulte und Köster konfrontierten sofort die beiden anderen damit. Beide zappelten noch etwas, dann bestätigten sie zögernd. Immerhin brachten sie sich damit selbst in Schwierigkeiten, denn sie hatten über einen langen Zeitraum ihr Wissen nicht weitergegeben und damit die Aufklärung einer Straftat behindert. Das würde nicht ohne Folgen bleiben.

Hoch zufrieden verließen Schulte und Köster die Verhörzelle. Endlich mal was Greifbares. Dann wiesen sie den zuständigen Beamten an, schon mal Klaus Ernst vorzuführen. In der Zwischenzeit gingen die beiden los, um sich irgendwo einen Kaffee zu schnorren. Dass Ernst dabei ziemlich lange auf sein Verhör würde warten müssen, war nicht nur ihrem Kaffeedurst geschuldet, sondern war Teil ihres Konzeptes. Der sollte ruhig etwas unruhig werden. Sich Gedanken machen, was wohl gegen ihn vorliegen könnte. Irgendwie würden sie ihm diese aufgesetzte Zufriedenheit schon austreiben. Außerdem mussten sie sowieso abwarten, bis der Anwalt des Delinquenten eingetroffen war.

Nach dreißig Minuten Wartezeit saß Klaus Ernst dann vor den beiden Ermittlern und Schulte glaubte tatsächlich, ein nervöses Flackern der Augenlider bemerken zu können. Immerhin etwas.

Bevor der Anwalt irgendeinen Einfluss auf den Verlauf des Verhörs nehmen konnte, kam Maren Köster sofort zur Sache.

„Wir beschuldigen Sie, am 17. Februar dieses Jahres in Oerlinghausen einen LKW-Fahrer erschossen zu haben! Was sagen Sie dazu?"

Und, noch bevor Ernst und sein Anwalt sich von ihrer Überraschung erholen konnten, schob sie hinterher: „Uns liegen drei Zeugenaussagen vor!"

Klaus Ernst, der sich vom Verlauf dieses Verhörs eine ganz andere Vorstellung gemacht hatte, kapitulierte nach wenigen Minuten. Daran konnte auch sein Anwalt nichts mehr ändern, der ihm immer wieder klar zu machen versuchte, dass er sich nicht äußern müsse. Ernst war noch immer wie benebelt über diese Wende, als Schulte den Druck noch einmal steigerte:

„Und den Mord an Koppsieker hängen wir Ihnen auch noch an! Verlassen Sie sich drauf!"

Ernst starrte ihn fassungslos an. Dann brach es unkontrolliert aus ihm heraus:

„Haase war es! Haase ganz allein!"

Er wollte aufspringen, aber der Vollzugsbeamte drückte ihn wieder auf den Stuhl zurück. Danach brach er völlig zusammen.

67

Drei Tage hatte Rainer Haase nun geschwiegen, hatte die Polizisten, mochten sie nun Schulte, Köster oder Braunert heißen, reihenweise gegen die Wand laufen lassen. Er wurde dabei kongenial von seinem Anwalt unterstützt. Die beiden hatten ihr Verhalten so gut synchronisiert, dass der Schutzwall um sie herum einfach nicht aufzubrechen war.

„Beide in einen Sack und kräftig draufhauen!“, war Schultes Bewertung dieses unanfechtbaren Duos, „man trifft auf jeden Fall immer den Richtigen!“

Auch wenn seine beiden Kollegen solche Äußerungen natürlich rechtsstaatlich bedenklich fanden, pflichteten sie ihm doch innerlich bei.

Der andere Untersuchungshäftling, Klaus Ernst, war nicht aus diesem harten Holz geschnitzt. Nachdem er Haase beschuldigt hatte, war er psychisch am Ende. Der Druck von außen und von innen war zu mächtig geworden. Und so öffneten sich bei ihm plötzlich alle Ventile, um diesen Druck entweichen zu lassen.

Heraus kam ein umfangreiches Geständnis, das den Polizisten nicht nur manche ungelöste Frage beantwortete, sondern auch Ernsts Boss, Rainer Haase, schwer belastete. So schwer und so klar, dass sich Schulte und Köster zum ersten Mal darauf freuten, sich mit Haase in das Verhörzimmer zu begeben.

Der immer wie aus dem Ei gepellte Anwalt stand abwehrbereit neben dem Verhörtisch. Ein eleganter, großer, noch junger Mann mit unangenehm blasiertem Lächeln. Das Lächeln derer, die mit dem goldenen Löffel im Mund geboren wurden, in deren Biografie es nie Brüche gab, denen Papas Geld und Beziehungen jeden Weg frei gemacht hatten.

Schulte spürte bei jedem Zusammentreffen mit diesem Mann längst verdrängt geglaubte klassenkämpferische Gefühle in sich hoch kochen.

Er konfrontierte Haase mit den Aussagen von Ernst. Der hatte zugegeben, den LKW-Fahrer in Oerlinghausen, im Zuge des Drachendiebstahls, der laut Ernst von Haase organisiert worden war, erschossen zu haben. Haase, ein alter Bekannter von ihm aus gemeinsamen Jugendtagen, hatte ihn Anfang Januar angesprochen und ihn für diesen „Job" eingekauft. Seine Aufgabe hatte darin bestanden, drei weitere geeignete Mitstreiter für diesen großen Raubzug zu gewinnen. Haase hatte darauf bestanden, selber auf keinen Fall Kontakt zu den drei Männern zu haben. Alle Fäden waren, von Haase ausgehend, durch die Hände von Ernst gelaufen. Die drei anderen hatten Haase wirklich nie zu Gesicht bekommen. Der versprochene Lohn war fürstlich gewesen, vom Gesamtwert der Drachensammlung hatte allerdings nicht mal Ernst eine Vorstellung gehabt.

Zuerst war auch alles nach Plan verlaufen, aber beim Kidnapping des LKW in der Nähe von Oerlinghausen war einer der Fahrer widerspenstiger als geplant gewesen und Ernst hatte die Nerven verloren.

Welche Rolle der ermordete Koppsieker gehabt hatte, wusste er nicht so recht. Was er ganz genau wusste, war, dass dieser von Haase ermordet worden war. Er selbst, Klaus Ernst, hatte seinerzeit das Auto gefahren, mit dem er und Haase dem alten Mann zum Norderteich gefolgt waren. Als Haase dann ausstieg und in den dunklen Wald ging, war Ernst ihm unauffällig gefolgt. Ob es reine Neugier war oder die Hoffnung, seinen Boss bei einer ungesetzlichen Tat zu beobachten und ihn dadurch erpressbar zu machen, konnte oder wollte Ernst nicht sagen. Er konnte dann das Geschehen direkt am Gewässer wegen der Dunkelheit nur schemenhaft wahrnehmen, aber dass von Haase Schüsse in Richtung des Flüchtenden ausgegangen waren, blieb ohne jeden Zweifel. Das konnte und das würde er auch jederzeit bezeugen.

Zum versuchten Mord an Ludwig Bockstiegel in Bielefeld vermochte er hingegen nichts zu sagen. Aber zusammen mit dem Nachweis der Techniker, dass bei den Anschlägen auf Koppsieker und Bockstiegel die selbe Waffe verwendet worden war, ergab sich nun gegen Haase eine solche Beweislast, dass seinem Anwalt zum ersten Mal das ewige Lächeln einfror. Haase selbst brauchte etwas länger, um seine Situation zu erfassen. Als er dann endlich seine unausweichliche Niederlage erkannt hatte, reagierte er seiner Natur gemäß erst einmal mit heftiger Aggression. So heftig, dass Schulte und Köster die Verstärkung durch zwei Vollzugsbeamte benötigten, um den Randalierer wieder in seine Zelle zu verfrachten. Der Anwalt stand zitternd in einer Ecke, völlig schockiert von diesem gewalttätigen Gefühlsausbruch. Jupp Schulte und Maren Köster pusteten durch und gingen erst mal einen Kaffee trinken. Ein Angebot des Anwaltes, das weitere Vorgehen gemeinsam abzusprechen, lehnten sie ab.

Nach zwei Stunden saß Rainer Haase wieder vor ihnen. Jetzt wirkte er klein und müde. Erst bekam er kein Wort heraus, dann redete er eine Viertelstunde lang ununterbrochen. In der Summe ergab sich für die Polizisten folgende Geschichte:

Koppsieker war der geistige Vater der Drachensammlung gewesen. Er hatte damals in Japan die Idee gehabt, Drachen von den bekanntesten zeitgenössischen Künstlern gestalten zu lassen. Bis in Einzelheiten hinein hatte er alles durchdacht. Aber es blieb bei seiner Idee. Die Energie, ihr Taten folgen zu lassen, hatte ein anderer. Der Mann, den der letzte Direktor des Drachenmuseums, Malzahn, immer als den „Italiener“ bezeichnet hatte. Koppsieker hatte es zähneknirschend hingenommen, dass aus seiner Idee das Detmolder Drachenmuseum entstanden war. Dass der „Italiener“ und in seinem Gefolge auch Malzahn als die geistigen Väter gefeiert worden waren, dass er selbst keinerlei Rechte hatte geltend machen können, da seine geistige Urheberschaft nicht bewiesen worden war. Jahrelang hatte er hart daran geknabbert, hatte aber damit leben können, solange er mindestens einmal pro Woche seine Drachen zu sehen bekam. Dann wurde bekannt, dass das Museum dichtgemacht hatte und die Drachensammlung komplett nach Palermo gehen sollte. Das war für Koppsieker zuviel gewesen! Wut und Frust hatte sich mit Habgier gemischt! Und er hatte beschlossen, die gesamte Drachensammlung in seinen Besitz zu bringen. Gehörte sie ihm nicht sowieso? Erst hatte er wohl vorgehabt, den Coup allein auszuführen, war jedoch schon bei der Planung an den komplexen Herausforderungen gescheitert. Zufällig hatte er dann Rainer Haase kennen gelernt, der ihm wie ein Geschenk des Himmels erschienen sein musste. Koppsieker erkannte sofort, dass hinter Haases Maske des freundlichen und tüchtigen Sicherheitsbeauftragten ein zutiefst korrupter und habgieriger Mensch steckte. Haase war nicht nur empfänglich für große Geldsummen, er war nicht nur als Krimineller ausreichend kompetent, er war auch durch seine Position in ausgerechnet der Sicherheitsfirma, die den Transport der Drachensammlung durchführen sollte, die Idealbesetzung. Jetzt war Koppsieker sicher gewesen, die Sache durchführen zu können. Unterschätzt hatte er dabei den Ehrgeiz und die Brutalität Haases. Der hatte sofort die großen Möglichkeiten gesehen. Er wusste Bescheid über die enorme Versicherungssumme, er kannte jede Einzelheit des Transports, er war die Schnittstelle von alledem, hatte die Kontrolle über jeden einzelnen Schritt. Und er beschloss, den Coup auf eigene Rechnung durchzuführen. Er engagierte seinen alten Bekannten Klaus Ernst und ließ sich von diesem das Team von Helfern zusammenstellen. Koppsieker stand ihm nun im Weg. Dieses Hindernis beseitigte er an einem kalten Februarabend am Norderteich. Hätte er gewusst, dass Ernst ihn dabei beobachtet hatte, hätte es an diesem Abend einen zweiten Mord gegeben.

Dann kam die gelungene Aktion. Nun galt es, Kontakt zu der Versicherung aufzunehmen, die den Transport versichert hatte. Das konnte er auf keinen Fall selbst machen. Er wollte eine Art „Medium“ als Sicherheitspuffer zwischen sich und der Versicherung haben. Einen Menschen, der persönliches Interesse daran hatte, die Drachen wieder der Öffentlichkeit zuzuführen und der in der Lage war, mit der Versicherung auf Augenhöhe über Werte von Kunstgegenständen zu sprechen. Ludwig Bockstiegel war dafür der richtige Mann! Leider hatte sich Haase ihm gegenüber einmal am Telefon verplappert und als Bockstiegel dann aussteigen wollte, beschloss Haase, auch Bockstiegel auszuschalten. Irgendein „Drecks-Bulle“ war ihm dazwischen gekommen.

Keine Sekunde hatte er vorgehabt, die gewaltige Lösegeldsumme mit seinen Gehilfen zu teilen. Von Anfang hatte er Pläne geschmiedet, diese um ihren Anteil am Geld zu prellen und sie gleichzeitig der Polizei auszuliefern, um sie loszuwerden. Gefährlich werden konnten sie ihm nicht, weil sie von ihm persönlich nichts wussten. Sie kannten ja nur Ernst. Und mit dem würde er schon noch fertig. Aber erst einmal hatte er Ernst noch für seine Flucht gebraucht. Ja, und wie die letztendlich abgelaufen war, wussten die beiden Polizisten nur zu gut.

Schulte wischte sich den Schweiß von der Stirn, als Rainer Haase wieder hinter Schloss und Riegel saß. Der Anwalt hatte sich bereits kleinlaut verabschiedet. Es war nicht mehr so kalt, dafür regnete es in Strömen, als Maren Köster und Jupp Schulte die Justizvollzugsanstalt verließen und durch die stockdunkle Nacht zu ihrem Auto liefen. Schulte war mit seiner Lederjacke wie immer falsch gekleidet. Doch sie trug eine weite Regenjacke. Leise lachend zog sie diese auseinander und ließ Schulte mit „reinschlüpfen“.

68

Es gibt Rituale im Leben, die ändern sich nie. Zumindest möchte man, dass sie so bleiben, wie sie einmal waren. Bei Fritzmeier war sein Geburtstag so ein Brauch, den er am liebsten so begangen hätte, wie er es als Sechsjähriger schon erlebt hatte. Heute Morgen lag er in seinem Bett und träumte von einem riesigen Kuchen mit achtzig Kerzen drauf.

Neunzehnhunderteinunddreißig waren es noch sechs. Doch damals folgte dem Traum die schöne Wirklichkeit. Seine Mutter hatte ihm einen Kuchen gebacken und es gab ein paar kleine Geschenke. Ein Knecht hatte ihm sogar ein Auto aus Holz gebaut. Er war damals der einzige Junge in Heidental, der über ein solches Spielzeug verfügte.

Die Welt hatte sich verändert, Fritzmeier war alt geworden. Heute Morgen würde nichts auf dem Gabentisch liegen. Er horchte in sich hinein und seine innere Stimme sagte ihm:

„Anton, bleib liegen und träum weiter, von allen möglichen Geschenken, dann schiebt sich der Moment, in dem du enttäuscht wirst, weil dir keiner eine Aufmerksamkeit in die Küche gelegt hat, weiter nach hinten. Du kannst dich noch etwas mit dem Gedanken vertraut machen, dass niemand an dich gedacht hat. Erst heute Abend, wenn sie dir die Haare vom Kopfe fressen, bist du vielleicht für einen Moment unsterblich. Doch dann hat schon der nächste Nachbar Geburtstag und alle haben dich vergessen."

Fritzmeier musste grinsen. Seine Gäste konnten seine Geburtstagsfeier ruhig aus dem Gedächtnis verlieren. Ihn jedenfalls hatte der Versuch, sich durch das Fest unsterblich zu machen fast keinen Pfennig gekostet. Fritzmeier hatte alles gut organisiert. Oder sollte man sagen zusammengeschnorrt?

Da plötzlich wurde er aus seinen Gedanken gerissen. Auf dem Hof sang jemand laut und schief:

„Zum Geburtstag viel Glück! …"

Wer hätte das gedacht, Fritzmeier sprang aus dem Bett und bereute diese schnelle Bewegung im nächsten Augenblick. Sein Kreuz tat ihm weh, sein rechter Wadenmuskel brannte und er hatte ein mächtiges Ziehen in der Leiste. Er stöhnte vor Schmerzen, stemmte sich eine Hand in die Lendengegend und humpelte zum Fenster.

Unten auf dem Hof stand Schulten Jupp und grölte sein Geburtstagslied. Vor ihm parkte eine Sackkarre auf der fünf Kisten Detmolder Hefeweizen standen. Das Ganze war mit einer roten Schleife verziert.

„Herzlichen Glückwunsch zum Geburtstag, Anton!", rief Schulte, „meine Kollegen und ich haben dir für jedes Lebensjahr eine Flasche Bier geschenkt, Detmolder Hefeweizen! Und eine Sackkarre, damit du für den Rest deines Lebens nicht mehr so schwer zu tragen hast."

Fritzmeier war sichtlich gerührt. Das durfte natürlich keiner merken, und so rief er nach unten:

„Is ja chut, is ja chut, alt wirse von selber und et kostet auch noch Chelt. Und dieset bayrische Bier, watt die da jetz überall brauen, dat saufe ich sowieso nich. Komm in fünf Minuten wieder, dann krisse ne Tasse Bohnenkaffee! Ich muss mich ers noch anziehen."

Schulte kannte seinen Vermieter. Er wusste, dass das, was er gerade erlebt hatte, Freude pur war.

„Ist in Ordnung, Anton, ich gehe noch grade mit dem Hund und dann komme ich zum Kaffee. Ach, wenn du das Bier nicht magst, die Flaschen kriegen wir schon leer. Du hast ja dann immer noch die Sackkarre."

Den ganzen Tag über kamen Gäste, beglückwünschten Fritzmeier, brachten Geschenke mit, tranken Kaffee und aßen Kuchen. Schon mittags bat der Bauer Schultes Tochter Lena Nachschub zu holen. Mit soviel Besuch hatte der alte Bauer nicht gerechnet. Hoffentlich war der Saal der Kirchengemeinde groß genug.

Der Raum reichte so gerade. Die Landfrauen hatten ein opulentes Buffet aufgefahren und viele Gäste hatten nicht nur ihren Bruder sondern auch noch eine Kiste Bier mitgebracht. Fritzmeier war sich sicher, dass somit auch die Getränke reichen würden. Er hatte noch ein paar Musiker der Vahlhauser Musikanten angesprochen, ob sie auf seinem Geburtstag für die richtige Stimmung sorgen würden. Für umsonst natürlich! Schließlich hatte Fritzmeier in diesem Verein jahrelang die Tuba gespielt und darüber hinaus war er bis vor einiger Zeit noch der Kassierer gewesen. Zwar hatten sich die Musiker erst geziert, als sie gehört hatten, dass sie ihren Instrumenten Töne für Gotteslohn entlocken sollten, doch wenn es um Geld ging, war Fritzmeier ein Überredungskünstler.

Schon um zweiundzwanzig Uhr war die Stimmung auf dem Siedepunkt. Fritzmeier tanzte wie ein junger Gott, und als die Polonaise aus Blankenese angesagt war, ging selbst er über Tische und Bänke. Besonders Klärchen Henkemeier hatte es ihm angetan. Ihr Mann sah schon immer ganz irritiert zu den beiden hinüber, wenn seine Frau nach einem schlüpfrigen Witz von Fritzmeier vor Vergnügen fast quiekte.

Je öller je döller, dachte der alte Henkemeier und bestellte sich das nächste Bier. Wenn Fritzmeier schon mit seiner Frau turtelte, wollte er dem alten Schwerenöter wenigstens die Ecken leer saufen.

Auch die Polizistentruppe verfügte über Sitzfleisch. Sie hatten sich zu Rodehutskors etwas abseits an einen Tisch gesetzt. Der Journalist war durch seine Forschungstätigkeit zur Hermannsschlacht dermaßen eingebunden, dass er von den aktuellen Ereignissen nur so am Rande mitbekommen hatte. Dass er so ganz außen vor war, ärgerte ihn mächtig. So ein Rentnerdasein hatte doch auch seine Nachteile. Wenn man nichts dafür tat, wurde man doch schnell vergessen, dachte Rodehutskors.

Er kramte sich eine kubanische Zigarre, eine Habanos Limitada, aus der Jackentasche und rauchte sie gemütlich an. Er hielt die Zigarre in die Luft und verkündete stolz:

„Die hat mir letzten Montag übrigens Gerhard Schröder geschenkt. Er ist ja ein alter Kumpel von mir aus den Zeiten, als er noch beim TuS Talle Fußball spielte. Ihr wisst ja, ich war in jungen Jahren auch mal Sportjournalist."

Der Erzähler wies mit der Zigarre auf Lohmann und meinte zu ihm:

„Bernhard, du müsstest dich doch noch daran erinnern können. Du hast doch immer beste Kritiken von mir in der Montagsausgabe der Heimatzeitung bekommen."

„Was anderes hättest du ja auch nicht schreiben können, es sei denn, du wärst nicht bei der Wahrheit geblieben", entgegnete Lohmann doppeldeutig.

„Na, was ich sagen wollte", nahm Rodehutskors das Gespräch wieder auf, „unserem Bundeskanzler gehen diese offiziellen Auftritte ja ganz schön auf die Nerven. Besonders das Essen, immer diese Sechs-Gänge-Menüs, mit übersichtlich drapierten Speisen. Man muss wissen, Gerhard Schröder liebt an sich das Einfache.

Also hatte er mich angerufen, und mir gesagt: Herr Rodehutskors, wenn ich in Blomberg bin, müssen wir unbedingt zu Rudis Bratwurstbude und eine anständige Currywurst essen. Darf nur die Presse nichts von mitbekommen. Ich habe schon dafür gesorgt, dass ich mich nach dem offiziellen Teil für eine Stunde verdrücken kann.

Ihr müsst wissen, das habe ich schon öfter mit ihm gemacht, wenn er hier in Ostwestfalen-Lippe zu tun hatte. Schröder steht einfach auf das, was Rudis Bratwurstbude so zu bieten hat. Na, und als Dank dafür bekomme ich immer die so genannte Kanzlerzigarre."

Alle lachten über die von Rodehutskors preisgegebenen Geschichten und nannten ihn wieder einmal den Käpt'n Blaubär Lippes.

Da ergriff Lohmann noch einmal das Wort:

„Ich weiß gar nicht, was es da zu lachen gibt? Anschließend war der Bundeskanzler nämlich noch bei uns zu Hause, zum Kaffeetrinken. Er liebt ja die Schwarzwälder Kirschtorte meiner Frau. Wir kennen uns noch aus Fußballerzeiten. Ich war Libero bei Lage und er der berühmte Acker, Mittelstürmer beim TuS Talle. Wir haben uns manche harte Schlacht geliefert und uns nichts geschenkt. Aber als sich Schröder in meine damalige Freundin und jetzige Frau verkuckt hatte, da war ich der Acker, da habe ich nichts anbrennen lassen.

Na, jedenfalls kommt er ab und zu bei uns zum Torteessen vorbei, wenn er sich in der Nähe aufhält. So auch am Montag. Als er ging, sagte er: Lippe ist doch wirklich eine nette Gegend. Und am besten ist es, wenn ich erst mit Rodehutskors an Rudis Bratwurstbude eine Currywurst esse und anschließend bei euch ein schönes Stück Torte. Da kommt Berlin einfach nicht mit."

Rodehutskors bekam einen Hustenanfall.

Später, als sich die Reihen lichteten, war Fritzmeier einer derjenigen, die kein Ende bekommen konnten. Mittlerweile turtelte er nicht nur mit Klärchen Henkemeier, sondern hatte auch Elvira Tölle in sein Werben einbezogen. Doch als diese auch nach Hause wollte, zog sie einen Umschlag aus der Handtasche.

Fritzmeier hatte gedacht, er bekäme noch ein Geschenk. Womöglich einen Briefumschlag mit Geld drin. Er riss ihn auf und fand eine Rechung über tausendfünfhundert Euro für das kalte Büffet vor. Das konnte nicht war sein! Er musste sich setzen, kalter Schweiß strömte aus allen Poren.

„Wie, ich soll dat Büffet bezahlen? Aber davon war doch keine Rede! Bis jetzt war et doch ein so schöner Cheburtstach. Auf den Schrecken brauche ich ers mal einen Schnaps."

„Ich weiß gar nicht, was du hast, Anton? Für umsonst hat es doch noch nie was gegeben", entgegnete Elvira Tölle.

„Tausendfünfhundert Euro! Ihr happt wohl ’n Knall? Dat bezahl ich nich!“

„Na gut, Anton“, kam es von Klärchen Henkemeier, „wer nicht zahlen will, muss spülen. Nächsten Sonntag haben die lippischen Landfrauen ihre Jahreshauptversammlung. Da solltest du dir mal nix vornehmen.“